中国文学研究

教育部人文社会科学重点研究基地
复旦大学中国古代文学研究中心　主办

第三十二辑

復旦大學出版社

主　编　陈尚君
副主编　陈维昭　黄仁生　朱　刚
编辑部主任　罗剑波
编　委（排名以拼音为序）

陈广宏（复旦大学）　　　　　　　廖可斌（北京大学）
陈国球（香港教育学院）　　　　　刘跃进（中国社会科学院）
陈　洪（南开大学）　　　　　　　马泰来（美国芝加哥大学）
陈庆浩（法国国家科学研究中心）　莫砺锋（南京大学）
陈尚君（复旦大学）　　　　　　　孙　逊（上海师范大学）
陈维昭（复旦大学）　　　　　　　谭　帆（华东师范大学）
陈文新（武汉大学）　　　　　　　王瑷玲（台湾"中研院"文哲所）
陈引驰（复旦大学）　　　　　　　王德威（美国哈佛大学）
崔溶澈（韩国高丽大学）　　　　　王靖宇（美国斯坦福大学）
大木康（日本东京大学）　　　　　吴承学（中山大学）
董乃斌（上海大学）　　　　　　　项　楚（四川大学）
杜桂萍（黑龙江大学）　　　　　　姚　申（《高等学校文科学术文摘》编辑部）
关爱和（河南大学）　　　　　　　詹福瑞（中国国家图书馆）
郭英德（北京师范大学）　　　　　赵逵夫（西北师范大学）
黄　霖（复旦大学）　　　　　　　赵敏俐（首都师范大学）
矶部彰（日本东北大学）　　　　　郑杰文（山东大学）
金文京（日本京都大学）　　　　　郑利华（复旦大学）
魏浊安（意大利那不勒斯东方大学）　朱　刚（复旦大学）
李　浩（西北大学）　　　　　　　朱万曙（中国人民大学）

目 录

论《诗经》中的"郊" ……………………………………………… 侯文学（001）

清华简《子仪》辞令研究 …………………………………………… 何家兴（016）

论《史记》由"他"而"我"的写心之道 …………………………… 张学成（028）

汉赋中的秦史书写——读司马相如《哀二世赋》………………… 蒋晓光（039）

敦煌残卷《楚辞音》所代表的时代与楚辞音义文献的产生 ……… 牟 歆（048）

写本·刻本·拓本——唐代墓志的生发、篆刻与流传 …………… 孟国栋（060）

空间、身份与关系：唐代小说中的盒子 …………………………… 杨为刚（071）

明初君臣唱和与台阁体 …………………………… 余来明 周思明（077）

台北故宫博物院藏《金瓶梅词话》的版本形态及其文献价值
　　——兼与梅节本和人文本比较 …………………………… 杨 彬（092）

清代孙濩孙对赋的三位一体功能认知与赋史建构 ………………… 何易展（103）

胡濬源《离骚》"求确"探赜 ……………………… 周建忠 徐瑛子（119）

晚清幕府中的域外诗歌创作——以吴长庆幕府为中心 …………… 侯 冬（131）

梁启超与近代中国海洋意识的发展 ………………………………… 彭 松（146）

意随世变——韩愈诗试论 …………… ［日］川合康三 著 陆颖瑶 译（156）

最近十年日本的中国唐代小说研究状况 ［日］赤井益久 著 陆颖瑶 译（163）

从"文苑"之文到"淑世"之文
　　——《新唐书》列传对"文"的重新定义 ……………… ［美］田 安（171）

论《诗经》中的"郊"

侯文学

摘　要：国野制是西周春秋时期重要的制度规划，是周代分封制的空间体现，也是《诗经》产生的重要的制度与空间背景。"国"指各国国都的郭城之内，"野"在"国"的外围。"国""野"交汇处为"郊"。"郊"是周人生活的重要区域，它既是空间转换地带，也是礼仪与风俗的富集地带。《诗经》中的"郊"承载亲迎、祖道、祭天、藉田、练武、献俘、游乐、欢会与集结军队等事项。"郊"是《诗经》最生动的空间画卷，于此生发的情感也最为丰富。

关键词：国野制　空间　《诗经》　郊　礼俗

"郊"是周代各国国野制度规划的产物，它与"国""野"共同构成时人的活动空间，也是《诗经》的叙事与情感发生的重要空间背景。厘清《经》之"郊"景及与之相关的礼仪与风俗，有助于我们从制度与空间的双重视角立体把握《诗》中人物的具体生活与内心世界、情感世界。

一、周代国野制与"郊"的空间规划

为了藩屏王室，周人广泛"封建"诸侯。封指封土，建指建国，建国主要指建都城（"国"），也就是在周人统治的广袤区域里，按照一定的营国建城之法，确立诸侯国的统治中心"国（包括内城与郭城）"，国的周围，是为"国"提供生产生活资料的"野"，"国""野"交汇处为"郊"。

"国"（或称"国中"）固然是政治、经济、文化的中心，"郊"也是重要的人口分布区域。从文献记载来看，西周春秋各国郊内遍布独立的居民点，这些居民点或称邑，或称里。《左传·桓公十一年》郧国之"蒲骚"、《桓公十四年》郑国之"牛首"、《僖公十八年》梁国之"新里"，都是这类居民点。这些邑里除供人居住，兼有营卫国都的作用。《左传》对此多有记载。如《襄公八年》郑人责楚侵郑就以"焚我郊保，冯陵我城郭"为言[1]。郊保即郊邑。称郊邑为"保"，正是着眼于其营卫国都的功能。与此相应，其他国家若想对某国构成实

---

[1] 杜预注，孔颖达疏《春秋左传正义》，见阮元校刻《十三经注疏》（第4册），北京：中华书局影印清嘉庆刊本，2009年，第4210页。

质性的威胁,也往往以侵夺其郊邑作为重要手段。《襄公十年》:"诸侯之师城虎牢而戍之。晋师城梧及制,士鲂、魏绛戍之。书曰:'戍郑虎牢',非郑地也,言将归焉。"①孔颖达正义引《春秋释例》:"虎牢,郑之郊竟。晋人既有之矣,又城而居之,将以胁郑。郑畏而强服,遇楚而复叛。八年之间,一南一北,至于数四。晋悼虑其未已,故大城置戍,先以示威。郑服之日,释戍而归之。"②《哀公七年》载,宋人伐曹,"晋人不救,筑五邑于其郊,曰黍丘、揖丘、大城、锺、邘"③,亦即在曹郊原有的五个居民点基础上修筑邑墙,以增强其防御能力。需要指出,郊的范围并非一成不变,有因为邻国侵伐被迫缩小的情况,也有侵伐他国纳他国城邑为郊邑的情形。如《左传》载,成公十四年时,许国犹为郑国之西邻,故"郑伯复伐许。庚子,入其郛"④。至次年,"许灵公畏逼于郑,请迁于楚,辛丑,楚公子申迁许于叶"⑤。襄公十一年时,此许之旧地竟被郑国开拓为西郊之地:"四月,诸侯伐郑。己亥,齐大子光、宋向戌先至于郑,门于东门。晋荀罃至于西郊,东侵旧许。"⑥晋军的行军路线是自西向东,先至西郊,逐步向东部郑都逼近,因侵"旧许",是旧许在郑国西郊之内。

与"郊"相关的行政区划概念是"乡"。围绕"乡",主要有两个问题:第一,乡在何时成为区划概念?第二,乡与国中、郊是怎样的关系?因为关乎下文的讨论,我们在此略作辨析。

我们认为,"乡"在西周金文中已是一个地域区划概念。西周中期金文《裘卫盉》有"逆者其乡"⑦,对于此四字,王沛等学者释为"逆者其卿(飨)",谓裘卫的办事人员举办宴会⑧;张亚初、刘雨释为"逆诸其乡",认为"其乡字似应理解为乡遂之乡"⑨。由此铭文涉及田土买卖及此四字上承"受田"看,当指裘卫的家臣至某处接收田地而言,此"乡"当是指周京城外的郊之地而言,张亚初、刘雨的判断是有道理的。

乡与国中、郊的关系,学界的意见并不统一,甚至一人而存两说。或以为乡是基于国中与郊而产生的划分单位。换言之,郊内与国中都有乡的划分。杨宽就说:"西周、春秋时代,天子的王畿和诸侯的封国,都实行'国''野'对立的乡遂制度。'乡'是指国都及近郊地区的居民组织,或称为'郊'。"⑩这主要是基于《国语·齐语》等产生的认识。据《齐语》,春秋时管子治国,将"国(国中与郊)"⑪划分为二十一乡,"工商之乡六;士十五"。士组成的十五乡又可以三分之:"公帅五乡焉,国子帅五乡焉,高子帅五乡焉",与此相成,"五乡一帅,故万人为一军,五乡之帅帅之",十五个士乡组成三军,"是故卒伍整于里,军

---

①②③④⑤⑥ 杜预注,孔颖达疏《春秋左传正义》,见阮元校刻《十三经注疏》(第4册),第4230、4230、4699、4154、4157、4233页。
⑦ 中国社会科学院考古研究所《殷周金文集成》(修订本)(第6册),北京:中华书局,2007年,第4973页。
⑧ 王沛《西周金文法律资料辑考(上)》,《中国古代法律文献研究》第七辑,2013年。
⑨ 张亚初、刘雨《西周金文官制研究》,北京:中华书局,1986年,第142页。
⑩ 杨宽《中国古代都城制度史研究》,上海:上海古籍出版社,1993年,第43页。
⑪ 《国语·齐语》记载,管仲改革的主要内容是"参其国而伍其鄙"。韦昭注:"参,三也。国,郊以内也,伍,五也。鄙,郊以外也。谓三分国都以为三军,五分其鄙以为五属。"未言郊之所属。然下注云:"国,国都城郭之域也。"可见他认为"国"不包括郊。然《齐语》有"郊"有"鄙",制鄙不及郊,可见是将"郊"含在"国"中来讨论。将"郊"包含在"国"中,《管子·小匡》表述得较为明确:"制国以为二十一乡,商工之乡六,士农之乡十五。"早期的郊民,主要是务农。所谓"士农之乡",自然包含了郊在内。江永《群经补义》也如是解说:"管仲参国伍鄙之法……是齐之军悉出近国之十五乡,而野鄙之农不与也。"

旅整于郊"①。这种设计实际上是一种扩军的方式。由《尚书·费誓》②关于"鲁人三郊三遂""峙乃桢榦""峙乃刍茭"的记载可知,在西周时期,鲁国的郊遂之民只是负担筑墙工具、生干草料等徒役工作,并不需要作为军士参与作战,这正是《齐语》中的"鄙"民之所任。而管子则将"郊"民的义务与"国中"之人的义务归为一类,并以分乡的方式落实这样的规划,亦即通过扩大军士之来源的"国"的界限来实现扩军。管子以"乡"覆盖"里",这是他的创造,但以"乡"为"国中"的行政区划单位早期似乎只在齐国发生效力,并不具有普遍性。由前引《尚书·费誓》诸家之注及《左传》来看,西周及春秋时其他国家的"乡"更多是"郊"而非"国中"的行政区划单位。《左传·襄公九年》载,宋国发生火灾,司城子罕(乐喜)"为政",布置了一系列防火安排:先是"使伯氏司里",又有二师"令四乡正敬享,祝宗用马于四墉,祀盘庚于西门之外"④。里,指国中的里;乡正,即主管乡民之事务者。司里者与司乡者的工作一在城内(国中),一在城外,界限分明。此四乡是就城外郊内之乡而言。子罕的防火措施与《昭公十八年》郑国"火作",子产使"司马、司寇列居火道,行火所焮。城下之人,伍列登城。明日,使野司寇各保其征,郊人助祝史除于国北,禳火于玄冥、回禄,祈于四鄘"⑤的措施大同,宋之"乡正"与郑国的"郊人"同职。"郊"即"乡"之所在,乡在"'国'以外和'郊'以内"⑥。准此,春秋时期作为行政区划的"乡"与"郊"关联密切,不关"国中"。

二、《诗经》的郊之图景

从《左传》等文献记载来看,"郊"不但是物理空间上的"国"与"野"的交界,也是《诗经》中人物活动的重要空间。《诗经》中的"郊",在时人而言是不言自明的,只是在历史的变迁中变得模糊,需要我们结合其他文献梳理、确认。

(一) 国君亲迎于郊

对于君夫人的迎娶,历西周至春秋,礼仪上是递降的趋势。本来西周诸侯尚至妇家亲迎新娘,如《大雅·韩奕》所示:"韩侯取妻,汾王之甥,蹶父之子。韩侯迎止,于蹶之里。百两彭彭,八鸾锵锵,不显其光。诸娣从之,祁祁如云。韩侯顾之,烂其盈门。"⑦诗中的韩侯是西周宣王时的诸侯,他亲至京师的蹶父之里迎娶韩姞。时至春秋,诸侯亲迎的情形已极为罕见,见诸史籍的只有鲁庄公一人而已⑧。一般的情形是:诸侯派卿或大夫到女家迎娶,本人则候于本国之郊。如《左传·隐公二年》:"纪裂繻来逆

---

① 徐元诰《国语集解》,北京:中华书局,2002年,第222—224页。
② 《史记·鲁周公世家》以为《费誓》作于周初。文中的"公"即伯禽。
③ 孔颖达《尚书正义》:"郑众云:'六遂之地在王国百里之外。'然则王国百里为郊,乡在郊内,遂在郊外。《释地》云:'邑外谓之郊。'孙炎曰:'邑,国都也。设百里之国,去国十里为郊。'则诸侯之制,亦当乡在郊内,遂在郊外。此言'三郊三遂'者,'三郊'谓三乡也。盖使三郊乡之民,分在四郊之内,三遂之民,分在四郊之外,乡近于郊,故以郊言之。"朱骏声《尚书古注便读》引古注:"国外四面曰郊,乡在郊内;郊外四面曰牧,遂在牧内。"
④⑤ 杜预注,孔颖达疏《春秋左传正义》,见阮元校刻《十三经注疏》(第4册),第4211—4213、4529—4530页。
⑥ 杨宽《古史新探》,上海:上海人民出版社,2016年,第139页。按,杨宽先生此说与前面正文所引的另一说相矛盾。本文取此弃彼。
⑦ 按,本文所引《诗经》之原文,俱见郑玄笺,孔颖达疏《毛诗正义》,阮元校刻《十三经注疏》(第1册)。他处不复出注。
⑧ 《春秋·庄公二十四年》:"公如齐逆女。"

女,卿为君逆也。"①《桓公三年》:"公子翚如齐逆女。"②《诗·卫风·硕人》作于春秋初期,诗咏卫国庄公夫人庄姜初嫁时的美好,庄姜身份高贵:"齐侯之子,卫侯之妻。东宫之妹,邢侯之姨,谭公维私。"她是东方大国齐僖公的嫡妻所生,太子得臣之妹,邢侯与谭公是她的姐夫,地位不可谓不显赫。她的待遇如何呢?诗第二章云:"硕人敖敖,说于农郊。"农郊,国都的近郊。庄姜直到卫国近郊,才见到夫君卫庄公,与西周后期的韩姞出嫁的热烈场景适成对比;而在另一面,我们则看到卫庄公作为一国之君的绝对尊严。

(二) 祖道饮饯于郊

祖道,又称"軷",即出行者祭祀路神以求平安;祭祀路神之后送行者为之设饮,称为"饯"。《仪礼·聘礼》载使者出使,要"出祖释軷,祭酒脯,乃饮酒于其侧"。郑注:"既受聘享之礼,行出国门,止陈车骑,释酒脯之奠于軷,为行始也。《诗传》曰:軷,道祭也。谓祭道路之神。《春秋传》曰:軷涉山川。然则軷,山行之名。道路以险阻为难,是以委土为山或伏牲其上,使者为軷,祭酒脯祈告也。卿大夫处者于是饯之,饮酒于其侧,礼毕,乘车轹。"③这是周代贵族出行的重要仪节,文献多不惮烦记载。《国语·周语上》:"襄王使太宰文公及内史兴赐晋文公命。上卿逆于境,晋侯郊劳,馆诸宗庙,馈九牢,设庭燎……既毕,宾、享、赠、饯,如公命侯伯之礼,而加之以宴好。"韦昭注:"饯,谓郊送饮酒之礼也。"④《周语下》"宾礼、赠、饯"韦昭注:"送之以物曰赠,以饮食曰饯。饯,郊礼。"⑤《左传·昭公十六年》:"夏四月,郑六卿饯宣子于郊。"杜注:"饯,送行饮酒。"⑥《诗经》也以独特的视点关注其仪。《大雅·韩奕》:"韩侯出祖,出宿于屠。显父饯之,清酒百壶。其肴维何?炰鳖鲜鱼。其蔌维何?维笋及蒲。"韩侯离开京师,显父在城门外近郊的屠地为他设饯行的酒肴,肴馔十分丰富,有清酒,有炰鳖、鲜鱼,有笋蒲,显父还赠与韩侯"乘马路车"。以丰厚的肴馔与礼物托出送者的殷殷情意。《大雅·崧高》乃"宣王之舅申伯出封于谢,而尹吉甫作诗以送之"⑦之作。其中有"王饯于郿"之句,谓宣王亲自在西郊为申伯饯行⑧,申伯的荣宠自不待言。《烝民》:"仲山甫出祖,四牡业业,征夫捷捷,每怀靡及。四牡彭彭,八鸾锵锵。王命仲山甫,城彼东方。"周王命仲山甫"祖齐"筑城,"仲山甫即受王命,将欲适齐,出于国门,而为祖道之祭"⑨,但关于祖道一事,诗人只是铺陈仲山甫的随从车马等仪仗之盛,而于祖道的具体环节却略而不言,这是诗有别于礼之处。《邶风·泉水》也捕捉到祖道之地作为思情展开的重要环节:

毖彼泉水,亦流于淇。有怀于卫,靡日不思。娈彼诸姬,聊与之谋。

---

① ② 杜预注,孔颖达疏《春秋左传正义》,见阮元校刻《十三经注疏》(第4册),第3730、3792页。
③ 郑玄注,贾公彦疏《仪礼注疏》,见阮元校刻《十三经注疏》(第2册),第2318页。
④ ⑤ 徐元诰《国语集解》,第36、102页。
⑥ 杜预注,孔颖达疏《春秋左传正义》,见阮元校刻《十三经注疏》(第4册),第4516页。
⑦ 朱熹《诗集传》,上海:上海古籍出版社,1980年,第212页。
⑧ 朱熹云:"郿在今凤翔府郿县,在镐京西郊。"见朱熹《诗集传》,第213页。
⑨ 毛亨传,郑玄笺,孔颖达疏《毛诗正义》,见阮元校刻《十三经注疏》(第1册),第1226页。

出宿于泲，饮饯于祢。女子有行，远父母兄弟。问我诸姑，遂及伯姊。
出宿于干，饮饯于言。载脂载舝，还车言迈。遄臻于卫，不瑕有害。
我思肥泉，兹之永叹。思须与漕，我心悠悠。驾言出游，以写我忧。

泲、祢，郑笺："所嫁国适卫之道所经，故思宿饯。"①干、言，毛传："所适国郊也。"郑笺："干、言犹泲、祢，未闻远近同异。"据此，泲、祢、干、言，俱在女子所嫁之国的国郊。此诗乃"卫女思归"②之作，卫女的思归之情全部化作回卫路上的具体想象。在想象中，她在国郊的干、言等地与送行者宴饮道别，并踏上归卫的道路。但是与《诗经》对于男性祖道的实写不同，这番诗思在卫女这里并没有落实。这并非由于此礼不行于女子的限制，而是妇人"无大故不反于家"③的礼制规定使然。

（三）祭天于郊

据礼书的记载，西周宗周（镐京）和成周（洛邑）都在城外南郊设有祭天（上帝）之所。天子汇聚诸侯，于南郊祀天，表明自己奉天承运的地位。《逸周书·作雒》："乃设丘兆于南郊，以（祀）上帝，配（以）后稷。日月星辰、先王皆与食。"④蔡运章、俞凉亘认为，"'丘兆'就是明堂，位于成周的南郊，是祭祀天帝和日月星辰的殿堂，并以始祖后稷相配。《大戴礼记·明堂》载：'明堂者，古有之也……其宫方三百步。在近郊，近郊三十里。'《礼记·明堂位》载：'武王崩，成王幼弱，周公践天子之位以治天下。六年朝诸侯于明堂，制礼作乐，颁度量，而天下大服。'"⑤据《逸周书·明堂》，此礼行于"周公摄政，君天下，弭乱六年，而天下大治"⑥之时。《礼记·明堂位》揭其义："祀帝于郊，配以后稷，天子之礼也。"⑦上述文献多强调郊天之礼的政治等级意义——突出天子的尊贵。而从《尚书》《左传》的记载来看，郊祀的目的主要在于祈求农事的丰收。《尚书·金縢》载，周公殁后，"天大雷电以风，禾尽偃，大木斯拔"，成王启金縢之书，知周公"勤劳王家"之事。王乃"出郊"，即至郊行祀天之礼，结果是"天乃雨，反风，禾则尽起""岁则大熟"的丰收图景⑧。《左传·襄公七年》孟献子云"夫郊祀后稷，以祈农事也。是故启蛰而郊，郊而后耕"，并以为"今既耕而卜郊"殊无意义⑨。杨伯峻以为《礼记》所载为"郊"之原义，《左传》所云乃衍生之礼："则郊本为祭天之礼。祭天应有陪同受祭之人，周之始祖为后稷，因以后稷配享。此本是原义。其后又以后稷为始作农耕之人，人既祭祀上天，上天应有以酬答，于是产生祈求好收成之

---

① 毛传与郑笺有异："泲，地名。祖而舍軷，饮酒于其侧曰饯，重始有事于道也。祢，地名。"严粲《诗缉》："泲、祢，卫之郊也。卫女思归，追念其始来嫁之时。出宿于卫地之泲，饮饯于卫地之祢。"亦通。
② 毛亨传，郑玄笺，孔颖达疏《毛诗正义》，见阮元校刻《十三经注疏》（第1册），第651页。
③ 郑玄注，贾公彦疏《仪礼注疏》，见阮元校刻《十三经注疏》（第2册），第2079页。
④ 黄怀信、张懋镕、田旭东撰《逸周书汇校集释》，上海：上海古籍出版社，2007年，第533页。按，括号内字原阙，此据卢文弨校补。
⑤ 蔡运章、俞凉亘《西周成周城的结构布局及其相关问题》，《中原文物》，2016年第1期。
⑥ 黄怀信、张懋镕、田旭东撰《逸周书汇校集释》，第710页。
⑦ 郑玄注，孔颖达疏《礼记正义》，见阮元校刻《十三经注疏》（第3册），第3225页。
⑧ 孔安国传，孔颖达疏《尚书正义》，见阮元校刻《十三经注疏》（第1册），第418—419页。
⑨ 杜预注，孔颖达疏《春秋左传正义》，见阮元校刻《十三经注疏》（第4册），第4206—4207页。

义。"①亦有学者认为,祭天之郊为天子的特权,祈农事之郊乃为鲁国的分享②。但有一点殊无疑问,即此礼在郊举行。《礼记·郊特牲》解释以"郊"为祭名的原因就说:"于郊,故谓之郊。"③

《诗经》中的郊天(上帝)之礼更切于祈谷、禳旱等与农事相关的实用功能,与《尚书》《左传》的记载相类。《周颂·臣工》为春日祈谷于上帝的仪式所用之乐歌。诗云:"嗟嗟臣工,敬尔在公。王厘尔成,来咨来茹。嗟嗟保介,维莫之春,亦又何求?如何新畲?于皇来牟,将受厥明。明昭上帝,迄用康年。命我众人:庤乃钱镈,奄观铚艾。"《噫嘻》,也是"春夏祈谷于上帝"④的用诗,诗云:"噫嘻成王,既昭假尔。率时农夫,播厥百谷。骏发尔私,终三十里。亦服尔耕,十千维耦。"《思文》乃用于郊祀后稷以配天的乐歌,为"祈谷之郊"⑤。诗云:"思文后稷,克配彼天。立我烝民,莫匪尔极。贻我来牟,帝命率育,无此疆尔界。陈常于时夏。"李山认为,《生民》与之存在对应关系⑥。区别在于,《思文》倾向于表达人王的祈求,《生民》则以生动的笔墨交代后稷为天帝之子的特殊身份及其从事农业生产的天分,赐予子孙以好的收成自然是他的神性。《大雅·云汉》讲周宣王禳旱郊天:"不殄禋祀,自郊徂宫。"宣王虽然史有不藉千亩的违礼之举,但在大旱面前,却也靡神不举,靡祀不行,遍求上帝祖先,其虔诚焦虑可以想见。禳旱的主要目的,还在祈请农业的收成。

鲁以周公勋劳之故,得行郊天之礼。据《左传》,鲁国每年春季也都在国都近郊举行祭天仪式,称为"郊"。《左传·桓公五年》谓"凡祀,启蛰而郊,龙见而雩"⑦。故《鲁颂·閟宫》津津乐道于叙鲁人郊天以后稷配祀:"皇皇后帝,皇祖后稷,享以骍牺,是飨是宜,降福既多。"文献记载,周代只有周王与鲁君才有郊天的资格⑧,可以得到《诗》的印证。

(四)藉田礼行于郊

周王与诸侯的藉田礼(或简称藉礼)也在郊举行。据甲骨学者研究,藉礼在商王时已行,至于周王的藉礼,更广泛见于金文及传世文献的记载。《礼记·祭统》:"天子亲耕于南郊,以供齐盛;王后蚕于北郊,以供纯服。诸侯耕于东郊,亦以供齐盛;夫人蚕于北郊,以供冕服。"孔颖达正义:"藉田并在东南,故王言南,诸侯言东。"⑨经、注对于天子藉田的方位与大致地点交代得比较清楚,即国都的南郊。后世学者则有近郊与远郊乃至郊外的理解分歧。孙诒让以为在国都南方近郊,其《周礼正义》总括诸说,并加以辨析:"据孔说,是郑本谓藉田在南方之远郊。《国语·周语》云:宣王即位,不藉千亩。三十九年,战于千亩,王师败绩于姜氏之戎。《诗·小雅·祈父》孔疏引孔晁《国语》注云:'宣王不耕藉田,神怒民困,为戎所伐,战于近郊。'孔晁谓藉田在近郊,虽与郑、孔少异,要其在郊则同。

---

① 杨伯峻《春秋左传注》,北京:中华书局,1990 年,第 950 页。
② 宁镇疆《郑玄、王肃郊祀立说的再审视》,《历史研究》2014 年第 5 期。
③⑨ 郑玄注,孔颖达疏《礼记正义》,见阮元校刻《十三经注疏》(第 3 册),第 3146、3479 页。
④ 毛亨传,郑玄笺,孔颖达疏《毛诗正义》,见阮元校刻《十三经注疏》(第 1 册),第 1274 页。
⑤ 姚际恒《诗经通论》,见鲁洪生等《诗经集校集注集评》(第 14 册),北京:现代出版社,2015 年,第 9021 页。
⑥ 李山《〈诗·大雅〉若干诗篇图赞说及由此发现的〈雅〉〈颂〉间部分对应》,《文学遗产》2000 年第 4 期。
⑦ 杜预注,孔颖达疏《春秋左传正义》,见阮元校刻《十三经注疏》(第 4 册),第 3796—3797 页。
⑧ 董仲舒《春秋繁露·郊事对》:"周公,圣人也,有祭于天道。故成王令鲁郊也。"

贾氏本职疏,亦从《祭统》在南郊之说,此疏又云'在南方甸地',以傅合郊外曰甸之义,而忘其与《祭统》之文显相违盭,不亦疏乎!窃谓《周语》说耕藉之礼云:王即斋宫,王乃淳濯飨醴;及期,王裸鬯,飨醴乃行;及藉毕,宰夫陈飨,王歆大牢。然则由国以至藉田之地,必道涂不远,故崇朝往反,可以逮事。孔晁谓在近郊,揆之事理,实为允惬。若在远郊,则至近亦必在五十里之外,甸则又在百里之外,古者吉行,日五十里,必竟日而后至其地,于事徒劳,义又无取,必不然矣。"①《诗》二雅"南亩""南东其亩"屡见,曲英杰联系《毛序》等所载及《诗》的文本内容得出结论:"除《七月》为追叙周先公业绩而作,其'南亩'很可能是指邠或豳之南面田亩之外,其他诸篇均是叙写西周时期与周王有关的农事活动,其所载'南亩''南东其亩'似应指西周都城丰镐之南或东的田亩。"②西周天子的藉田在镐京南方近郊,殊无疑问。然则《诗经》中关于藉田等礼仪的诗篇,如《小雅·楚茨》《信南山》《甫田》《大田》及《周颂·臣工》《噫嘻》《丰年》《载芟》《良耜》等本事都发生在国城的(东)南近郊。

从文献记载的方位来看,周王的郊天之所与藉田较近,而祈谷也是郊天的目的之一。早期郊天之礼的内涵值得思考。

(五) 练武、献俘、游乐于郊

周代天子与诸侯的大学俱在郊,天子曰辟雍(辟廱),诸侯曰泮宫(頖宫)。《礼记·王制》:"小学在公宫之左,大学在郊,天子曰辟廱,诸侯曰頖宫。"③杨宽归纳周代大学的特点有三:第一,建设在郊区,四周有水池环绕,中间高地建有厅堂式的草屋,附近有广大的园林。园林中有鸟兽集居,水池中有鱼鸟集居。第二,西周大学不仅是贵族子弟学习之处,同时又是贵族成员集体行礼、集会、聚餐、练武、奏乐之处,兼有礼堂、会议室、俱乐部、运动场和学校的性质,实际上就是当时贵族公共活动的场所。第三,西周大学的教学内容以礼乐和射为主要。④ 但是,辟雍又有西周金文中的"莾京辟雍"与传世文献中的"镐京辟雍"之称,两者是何种关系,学者的观点并不一致。李山对此有比较精密的辨析,认为"莾京辟雍"就是"镐京辟雍",辟雍就在宗周丰、镐两都之间⑤。我们这里进一步指出,辟雍与莾京(亦即传世文献中的"丰"),俱在镐京之西郊。而由《大雅·灵台》诗语并笺疏可知,辟雍与灵台、灵囿俱在一处⑥。天子诸侯的大射礼在此举行⑦。《礼记·射义》:"天子将祭,必先习射于泽。泽者,所以择士也。已射于泽而后射于射宫。射中者得与于祭,不中者不得与于祭。"⑧所谓泽,就是辟雍之水。西周金文对于周王于辟雍的活动多有记载。

---

① 孙诒让《周礼正义》,北京:中华书局,1987年,第29页。
② 曲英杰《〈诗经〉"南亩"解》,《江汉论坛》1986年第5期。
③⑧ 郑玄注,孔颖达疏《礼记正义》,见阮元校刻《十三经注疏》(第3册),第2885、3667页。
④ 杨宽《我国古代大学的特点及其起源》,《古史新探》,第200—221页。
⑤ 李山《〈诗〉辟雍考》,《河北师范大学学报》2003年第4期。
⑥ 《诗·大雅·灵台》郑笺:"文王受命而作邑于丰,立灵台。"虽然考古没有发现灵台,但古人却多有记载,王应麟《诗地理考》:"《三辅黄图》:'在长安西北四十里,高二十丈,周四百二十步。'"据此,灵台在今陕西长安斗门镇西南。距离丰邑很近。孔颖达疏"故灵台、辟雍皆在郊也"的推断不差。关于灵台的作用,郑笺谓"天子有灵台,所以观浸象,察气之夭祥也"。
⑦ 按,大射是天子诸侯为即将举行的祭祀、朝觐、盟会等选定人员,或者纯粹为了与群臣练习射技而在大学举行的活动。参阅彭林注译《仪礼》,郑州:中州古籍出版社,2011年,第175页。

如《麦方尊》:"在辟雍,王乘于舟,为大礼,王射大鸿,禽。"①《静簋》:"王令静司射学宫。"②《仪礼·大射仪》记载了大射的具体的仪节。与金文的泛泛叙事及礼书的仪节记录不同,《诗经》侧重于表现辟雍的风物与人物的和乐。《周颂·振鹭》:"振鹭于飞,于彼西雍。我客戾止,亦有斯容。在彼无恶,在此无斁。庶几夙夜,以永终誉。"西雍,即辟雍,以其在镐京西郊,故云西雍。诗人选择辟雍翩飞的鹭鸟比拟宾客的姿容,显然在其为人物活动的背景。《大雅·灵台》写辟雍游乐:

> 经始灵台,经之营之。庶民攻之,不日成之。经始勿亟,庶民子来。
> 王在灵囿,麀鹿攸伏。麀鹿濯濯,白鸟翯翯。王在灵沼,於牣鱼跃。
> 虡业维枞,贲鼓维镛。於论鼓钟,於乐辟雍。
> 於论鼓钟,於乐辟廱。鼍鼓逢逢。蒙瞍奏公。

辟雍有高台,有池沼,有鱼鸟,有器乐,周王在此游观,颇能获得视听的愉悦。

《小雅·宾之初筵》即以天子大射礼为线索,串起各项活动。前引《礼记·祭义》说明,天子诸侯举行大射礼的目的,是选拔人才以参与祭祀。以祭祀为目的的射礼,只有大射。既然大射是择士与祭,大射礼之后必然是祭祀之礼。故第二章前八句写祭礼:"籥舞笙鼓,乐既和奏。烝衎烈祖,以洽百礼。百礼既至,有壬有林。锡尔纯嘏,子孙其湛。"前人或以为《宾之初筵》所表现的射礼为燕射,如此则第二章涉及的祭祖内容无法获得解释。我们这里强调的是,《宾之初筵》的画面,正是在辟雍展开。辟雍兼有行礼与游乐的功能,表现在《宾之初筵》中,就是既有"大侯既抗,弓矢斯张。射夫既同,献尔发功。发彼有的,以祈尔爵"的君子式的争竞,也有"宾既醉止"的欢愉。

辟雍与泮宫也还是献馘等礼举行之所。《鲁颂·泮水》是"颂美僖公既作泮宫、淮夷攸服之作"③,由诗首章"其旂茷茷,鸾声哕哕。无小无大,从公于迈"可知泮宫不在国都,而是在郊,且是一个非常开阔的所在。诗中谈到泮宫风物:有泮水("思乐泮水"),有水草("薄采其芹""薄采其藻""薄采其茆"),有林木、飞鸟("翩彼飞鸮,集于泮林");写到鲁侯(僖公)在泮宫的活动:饮酒("在泮饮酒")、献馘("在泮献馘")、献囚("在泮献囚")、献功("在泮献功")、献琛("来献其琛")。鲁君以此方式对国人作最好的教育,所谓"匪怒伊教"即是。

(六)爱情事件发生在郊

《礼记·月令》有仲春之月"择元日,命民社"的记载④,意谓到了阴历二月,政府要选择一个吉祥的日子,让百姓祭祀社神。联系《周礼·地官·媒氏》"中春之月,令会男女,于是时也,奔者不禁"⑤的规定,我们可以推断,其中应该包括男女欢会的活动。春月是周

---

① 中国社会科学院考古研究所《殷周金文集成》(修订增补本)(第5册),第3704页。
② 中国社会科学院考古研究所《殷周金文集成》(修订增补本)(第4册),第2604页。
③ 陈子展《诗三百解题》,上海:复旦大学出版社,2001年,第1227页。
④ 郑玄注,孔颖达疏《礼记正义》,见阮元校刻《十三经注疏》(第3册),第2948页。
⑤ 郑玄注,贾公彦疏《周礼注疏》,见阮元校刻《十三经注疏》(第2册),第1580页。

代爱情事件的高发季节,政府负责出面组织,目的很实际——增殖人口。

《诗经》中的爱情事件,多发生在"国"郊的流水之畔、高丘(台)之上。很多诗语隐约透出这些爱情事件就是郊社活动的产物。《郑风·溱洧》写春日水边的盛会,"士"与"女"的恋爱是其中的一项重要内容:"溱与洧方涣涣兮,士与女方秉蕳兮。""维士与女,伊其相谑,赠之以勺药。"《太平御览》卷五九引《韩诗外传》:"溱与洧,三月桃花水下之时,众士女执兰拂除。"《太平御览》卷八八六又引《韩诗外传》:"溱与洧,说人也。郑国之俗,二月上巳之日,于两水上招魂续魄,被除不祥,故诗人愿与所说者俱往观也。"①风俗的用物兼为爱情事件的道具。《郑风·褰裳》:"子惠思我,褰裳涉溱。""子惠思我,褰裳涉洧。"溱、洧二水的水岸,是上面两起爱情事件发生的空间背景。溱、洧二水俱流经郑郊。溱水,即《水经注》中的浕水,又称黄水。《说文·邑部》释"郑":"宗周之灭,郑徙浕洧之上,今新郑是也。"②谓平王时郑武公东迁,立国于溱、洧之间。《左传·襄公二十八年》:"公过郑,郑伯不在,伯有迋劳于黄崖。"③"劳"即行劳礼,是诸侯接待来访与过往贵族的重要礼仪,行礼之地在郊④,则黄崖为郑国之郊邑名,以其在黄水之崖而得名⑤。溱水迳郑郊可知。《左传·襄公元年》:"夏五月,晋韩厥、荀偃帅诸侯之师伐郑,入其郛,败其徒兵于洧上。"⑥又《昭公十九年》:"郑大水,龙斗于时门之外洧渊。"杜注:"时门,郑城门也。"⑦据此,洧水在郑国郛之内⑧,城之外。《水经注·洧水》:"今洧水自郑城西北入而东南流。"⑨洧水所入者,当是春秋时期郑都的外郛,而非郛城。溱水与洧水,是郑国郛城之外的两道屏障。《溱洧》《褰裳》二诗所展示的图景在郑郊的溱、洧二水之涯。

东门之外的近郊,是郑国爱情诗发生的重要区域。《郑风·东门之墠》《出其东门》都以男子的口吻写在东门之外对心仪的女子的情思:

东门之墠,茹藘在阪。其室则迩,其人甚远。
东门之栗,有践家室。岂不尔思,子不我即。(《东门之墠》)

出其东门,有女如云。虽则如云,匪我思存。缟衣綦巾,聊乐我员。
出其闉闍,有女如荼。虽则如荼,匪我思且。缟衣茹藘,聊可与娱。(《出其东门》)

---

① 以上两处引文并见李昉编《太平御览》,北京:中华书局,1960年,第284页、第3935页。
② 许慎撰,段玉裁注《说文解字注》,上海:上海古籍出版社,1988年,第286页。
③⑥⑦ 杜预注,孔颖达疏《春秋左传正义》,见阮元校刻《十三经注疏》(第4册),第4245、4186、4534页。
④ 劳礼,以其在郊,又称"郊劳"。《仪礼·聘礼》载其地,其仪:"宾至于近郊,使卿朝服,用束帛劳之。"
⑤ 杜注:"荥阳宛陵县西有黄水,西南至新郑城西入洧也。"竹添光鸿笺曰:"迋劳,言过宾不入,大夫出劳也。上文君使子展迋劳于东门之外,三十一年亦有例……《水经注》'黄水出大山黄泉,流迳华城西,又东南与上水合。即《春秋》所谓黄崖也。今河南开封府新郑县东南二十里有黄水,崖即涯也。'于黄水之畔行劳礼。"(竹添光鸿《左氏会笺》,成都:四川出版集团、巴蜀书社,2008年,第1514页。)
⑧ 有学者统计,《左传》中"入其郛"有5处,"攻"或"伐"某"郛"有2处,"城"某"郛"有1处。可见,"'入郛'是一件比较容易的事""又从多达4处的'城'某'郛'看,郛应该是指城外没有城垣的部分""郛外应有天然或人工河道,或者丘陵、山地作为屏障"。参阅徐昭峰《从城郛到城郭——以东周王城为例的都城城市形态演变观察》,《文物》2017年第11期。
⑨ 郦道元撰,陈桥驿校证《水经注校证》,北京:中华书局2007年,第520页。

毛传："东门，城东门也。"孔颖达疏："'出其东门，有女如云'，是国门之外见女也。'东门之池，可以沤麻'，是国门之外有池也。则知诸言东门，皆为城门，故云'东门，城东门也。'"①《东门之墠》提到栗树，无独有偶，《左传·襄公九年》也提到栗树：此年冬，诸侯伐郑，包围了部分郑国郭城：或"门于鄟门"或"门于师之梁"，或"门于北门"，或"斩行栗"，至甲戌日"师于汜"②。可见诸侯始终未能进入郑城。那么，"斩行栗"便是斩伐郭城外近郊的路边栗树。《左传》的记载可以强化我们对于《东门之墠》的爱情事件的发生在东城门门外近郊的认识。

卫国的情形也大致相同。卫国早期以朝歌为国都。朝歌，在今河南淇县境内。时人称为沬或沬邑。《左传·定公四年》载，祝佗言周初的康叔封卫："分康叔以大路、少帛、綪茷、旃旌、大吕，殷民七族，陶氏、施氏、繁氏、锜氏、樊氏、饥氏、终葵氏。封畛土略，自武父以南，及圃田之北竟，取于有阎之土，以共王职。取于相土之东都，以会王之东蒐。聘季授土，陶叔授民，命以《康诰》，而封于殷虚。"杜预注："殷虚，朝歌也。"③可见，康叔封卫侯即以朝歌为都。朝歌，就是沬。刘起釪《尚书校释译论·盘庚》对此解释说："周初对当时的殷都又称'卫'，仍是由'衣''殷'声转来的。当时殷都由安阳扩大到了朝歌，其地即'沬'，周武王灭商后封纣子武庚于其地。武庚叛灭后，成王封康叔于其地，国号遂为'卫'。"④卫人都沬，从始封君康叔封卫起直到卫懿公九年（前660），狄人伐卫，入卫邑（沬）而止。《水经注·淇水》："其水南流，东屈迳朝歌城南，《晋书地道记》曰：'本沬邑也。《诗》云：爰采唐矣，沬之乡矣。殷王武丁始迁居之，为殷都也。'"⑤据此，卫都沬南临淇水，《卫风·竹竿》《有狐》都提到淇水⑥，诗中的情事以发生在春秋前期卫都南郊的可能性为大。《鄘风·桑中》写一个男子在卫郊追思与一个女子的交往：

爰采唐矣？沬之乡矣。云谁之思？美孟姜矣。期我乎桑中，要我乎上宫，送我乎淇之上矣。

爰采麦矣？沬之北矣。云谁之思？美孟弋矣。期我乎桑中，要我乎上宫，送我乎淇之上矣。

爰采葑矣？沬之东矣。云谁之思？美孟庸矣。期我乎桑中，要我乎上宫，送我乎淇之上矣。

前面已言，乡为郊的行政区划。首章的沬之乡，犹言沬之郊。下面两章的沬之东、沬之北，更点出郊的具体方位。方位由北而东的变化，一如孟姜、孟弋、孟庸的变化，是乐歌

---

① 毛亨传，郑玄笺，孔颖达疏《毛诗正义》，见阮元校刻《十三经注疏》（第1册），第728页。
②③ 杜预注，孔颖达疏《春秋左传正义》，见阮元校刻《十三经注疏》（第4册），第4216、4636页。
④ 刘起釪《尚书校释译论》，北京：中华书局，2005年，第974页。
⑤ 郦道元撰，陈桥驿校证《水经注校证》，第235—236页。
⑥ 《卫风·竹竿》"籊籊竹竿，以钓于淇。岂不尔思，远莫致之。"《卫风·有狐》写女子的求偶之思："有狐绥绥，在彼淇梁。心之忧矣，之子无裳。"

分章咏叹使然。桑中，在今河南淇县境内①，为卫郊地名。卫郊建有桑林之社，当是殷商的文化遗存。殷商后裔宋国就有桑林之社，《左传·昭公二十一年》"宋城旧鄘及桑林之门而守之"②的"桑林"即是。此桑林之社在宋郊，并有独立的城墙、城门环绕，所以能够起到拱卫国都的作用③。上宫，桑中的高台。《太平御览》卷一七八引《郡国志》："卫州苑城北十四里，沙丘台也，俗称妲己台，去二里，有一台，南临淇水，俗称为上宫也。"④男子当下的活动空间与追忆之所，都没有超过卫郊。

《卫风·氓》以弃妇的口吻追溯婚前一段情事："氓之蚩蚩，抱布贸丝。匪来贸丝，来即我谋。送子涉淇，至于顿丘。"后二句谓女子与男子既相恋慕，遂送男子至于淇水边的顿丘。王应麟《诗地理考》："《水经注》：淇水北迳顿丘县故城西。（《竹书纪年》：'晋定公三十一年，城顿丘。'）阚骃云：'顿丘，在淇水南。'又屈迳顿丘西。"⑤梁益《诗传旁通》："顿丘，以丘名县，在朝歌纣都之东。"⑥陈子展《诗经直解》引魏源说："淇水、顿丘，皆卫未渡河故都之地。"⑦诸家都注意到顿丘在朝歌（沫）附近，淇水之畔。诗写女子别后盼男子再来的情态云："乘彼垝垣，以望复关。"关，郊关。春秋时期各国出于征税、防卫等目的，在郊邑设有关卡。陈奂《诗毛氏传疏》："关，卫之郊关也。襄公十四年、二十六年《左传》：蘧伯玉'遂行，从近关出。'又二十六年《传》：'大叔仪乃行，从近关出，公使止之。'盖卫之境有远有近，诗之关即卫之近关也。"⑧按，春秋时期的"关"多为郊关。《左传·昭公二十年》载晏子对齐侯言齐之暴政："县鄙之人，入从其政；逼介之关，暴征其私。"王引之《经义述闻》谓"逼介"本作"逼尒"，尒即迩字⑨。"逼尒之关"即迫近国都的关卡。可见，齐国之郊设有"关"。《孟子·梁惠王下》也提到郊关："臣闻郊关之内，有囿方四十里。杀其麋鹿者，如杀人之罪。"《氓》之"复关"类之。由此可以推断，由于卫都乃殷商故都，商业十分发达⑩，往来商人亦多，此诗中的男子当属此类商人，他来到卫国国都近郊，认识了女主人公，并因此生发一段恋情，最终与之成婚。

《邶风·静女》的"牧"字标示出诗中恋情的发生地："静女其姝，俟我于城隅。爱而不见，搔首踟蹰。""自牧归荑，洵美且异。匪女之为美，美人之贻。"牧，是女子与男子约会之地，为远郊。陈启源《毛诗稽古编·出车》："《尔雅》：'邑外谓之郊，郊外谓之牧。'郊、牧异地。然统言之皆可名郊。《出车》诗首章言牧，次章言郊……《疏》引《司马法》云：'王国百里为远郊。'又引《白虎通》云：'近郊五十里。远郊百里。'可见远郊者即牧地。《周礼·载

---

① 《左传·成公二年》："夫子有三军之惧，而又有桑中之喜。"杨伯峻注："桑中，卫国地名，当在今河南淇县境内。"（杨伯峻《春秋左传注》，第805页）
② 杜预注，孔颖达疏《春秋左传正义》，见阮元校刻《十三经注疏》（第4册），第4557页。
③ 杨伯峻："《太平御览》五十五引《帝王世纪》谓汤时大旱，祷于桑林之野。《后汉书·张衡传》注及《周举传》注引《帝王世纪》俱作'祷于桑林之社'。是殷商早有桑林之地，立社于此。《吕氏春秋·诚廉篇》'立汤后于宋，以奉桑林'，则此桑林之门，桑林社之围城门也。当在宋都郊外，作外城据点以守之。"（《春秋左传注》，第1426页）
④ 李昉编《太平御览》，第868页。
⑤ 王应麟撰，张保见校注《诗地理考校注》，成都：四川大学出版社，2009年，第73页。
⑥ 鲁洪生等《诗经集校集注集评》（第3册），第1516页。
⑦ 陈子展《诗经直解》，上海：复旦大学出版社，1983年，第180页。
⑧ 陈奂《诗毛氏传疏》卷五，北京：北京市中国书店据漱芳斋1851年版影印，1984年。
⑨ 王引之《经义述闻》，上海：上海古籍出版社，2016年，第1128—1129页。
⑩ 《尚书·酒诰》说商都妹邑（即沫邑）之人善于远为商贾之事："妹土，嗣尔股肱，纯其艺黍稷，奔走事厥考厥长。肇牵车牛，远服贾，用孝养厥父母。"

师》职以牧田,任远郊之地,斯其证矣。然则近郊但可名郊,远郊可名牧,又可名郊。"①诗中的这对青年男女,他们相约于城隅,往那郊牧之地去欢会,女子送给意中人茅荑作定情的礼物。

需要辨析的是《卫风·竹竿》。诗中反复提到"淇"与"泉源":"泉源在左,淇水在右""淇水在右,泉源在左"。此二水皆卫都朝歌附近水名。淇水在沫(朝歌)东、南,前面已辨,《水经注·淇水》:"右合泉源水。水有二源:一水出朝歌城西北,东南流……其水南流东屈,径朝歌南城……又东与左水合,谓之马沟水,水出朝歌城北,东流南屈,径其城东。又东流与美沟合……其水东径朝歌城北,又东南流注马沟水,又东南注淇水,为肥泉也。故卫诗曰:我思肥泉,兹之永叹……然斯水即《诗》所谓泉源之水也。"②据此,泉源乃淇水的之流,由朝歌城北屈径东南汇入淇水,是朝歌东郊的重要水流,也是卫国男女游观的重要所在。此诗旧说此诗为"卫女思归"③,然循此则无法解释诗之第三章"巧笑之瑳,佩玉之傩"的赞美女子之句,第四章"淇水滺滺,桧楫松舟"的写实之句亦无法落实。屈万里"此盖男子怀念旧好(女子)之诗"④颇得诗旨。诗发端于男子淇水边的垂钓,男子睹物思人,想起昔日与女子在淇水与泉源之畔的种种欢乐,女子的"巧笑"与"佩玉之傩"如在目前,而实际的情形则是"女子有行,远父母兄弟",只有他一人还驻足于旧游之地,一怀思愁如悠悠淇水,只能靠"驾言出游"去排遣了。

陈国国城的东南郊为《陈风》爱情诗的策源地。《东门之枌》与《宛丘》二诗都提到宛丘:

东门之枌,宛丘之栩。子仲之子,婆娑其下。(《东门之枌》)

子之汤兮,宛丘之上兮。洵有情兮,而无望兮。(《宛丘》)

宛丘,在陈国城外南郊。《水经注·沙水》:"(沙水)又东南,迳陈城北,故陈国也……宛丘在陈城南道东。"⑤《东门之枌》还提到"南方之原",欧阳修《诗本义》指出:"盖男女淫奔,多在国之郊野,所谓'南方之原'者,犹'东门之墠'也。"⑥《东门之池》以"东门之池"为事件背景,此池或以为在陈城东门之内,胡承珙《毛诗后笺》:"《水经·渠水注》:陈之东门内有池,'池水东西七十步,南北八十许步。水至清洁而不耗竭。'水中有故台处,《诗》所谓东门之池也。'《元和郡县志》亦云:'东门池在陈州城东门内道南。'此皆后代迁徙,已非故迹。若毛云'城池',故当在城外也。"⑦胡说不为无据。陈国国城的东门之外,为爱情欢会的重要场所。《东门之杨》当为同类事项:

---

① 鲁洪生等《诗经集校集注集评》(第6册),第3866—3867页。
② 郦道元著,陈桥驿校证《水经注校证》,第235—236页。
③ 毛亨传,郑玄笺,孔颖达疏《毛诗正义》,见《十三经注疏》(第1册),第687页。
④ 屈万里《诗经诠释》,上海:上海辞书出版社,2016年,第76页。
⑤ 郦道元撰,陈桥驿校证《水经注校证》,第535页。
⑥⑦ 鲁洪生等《诗经集校集注集评》(第5册),第2957、2994页。

东门之杨,其叶牂牂。昏以为期,明星煌煌。
东门之杨,其叶肺肺。昏以为期,明星晢晢。

诗人邀约意中人以黄昏为幽会之期,其地点在国城东门之外。

春秋时期,各诸侯国多有在都城之郊筑台的行为,或为实用,或为游乐。《公羊传·庄公三十一年》:"筑台于薛。何以书?讥。何讥尔?远也。"何休注:"礼,诸侯之观不过郊。"①何休对诸侯筑台的礼规记载当渊源有自。观不过郊,犹言观台不出郊。鲁国舞雩台,即在鲁城南郊。② 传说新台为卫宣公为宣姜所筑,必然在郊。《水经注·河水》:"河水又东迳鄄城县北,故城在河南十八里……北岸有新台,鸿基层广高数丈,卫宣公所筑新台矣。"③《邶风·新台》毛序:"刺卫宣公也。纳伋之妻,作新台于河上而要之。国人恶之,而作是诗也。"④诗以第三者的口吻叙述这一段情事:"新台有泚,河水沵沵。燕婉之求,籧篨不鲜。"新台,是卫宣公取悦宣姜的所在。宣公纳子妇为妻固然属于不伦,但于卫郊筑台悦女,却符合当时的习俗。

(七) 军队集结、驻守于郊

郊还是军队的集结之地。《尚书·费誓》是鲁侯率军征伐淮夷的誓师词。孔传:"鲁侯征之于费地而誓众也。""费,鲁东郊之地名。"⑤由此来看,西周时诸侯于郊集结军队。循此我们看《小雅·出车》一二章:

我出我车,于彼牧矣。自天子所,谓我来矣。召彼仆夫,谓之载矣。王事多难,维其棘矣。
我出我车,于彼郊矣。设此旐矣,建彼旄矣。彼旟旐斯,胡不旆旆?忧心悄悄,仆夫况瘁。

前言牧为远郊。古人为不与民争地,养马于远郊。《鲁颂·駉》:"駉駉牧马,在坰之野。"首章首二句谓推出我的兵车,到远郊去就马。郊、牧对言,则郊指近郊。古人征战前要建旗聚众。此诗次章正是写军队于近郊建旗致众的情形。我们再看《采芑》一二章:

薄言采芑,于彼新田,于此菑亩。方叔涖止,其车三千。师干之试,方叔率止。乘其四骐,四骐翼翼。路车有奭,簟茀鱼服,钩膺鞗革。
薄言采芑,于彼新田,于此中乡。方叔涖止,其车三千。旂旐央央,方叔率止。约軝错衡,八鸾玱玱。服其命服,朱芾斯皇,有玱葱珩。

---

① 何休注,徐彦疏《春秋公羊传注疏》,见阮元校刻《十三经注疏》(第5册),第4867页。
② 鲁国郭城南门,以其与舞雩台(雩坛)隔水相对,故称"雩门"。参阅曲英杰《先秦都城复原研究》,哈尔滨:黑龙江人民出版社,1991年,第272—274页。
③ 郦道元撰,陈桥驿校证《水经注校证》,第141页。
④ 毛亨传,郑玄笺,孔颖达疏《毛诗正义》,见《十三经注疏》(第1册),第655页。
⑤ 孔安国传,孔颖达疏《尚书正义》,见阮元校刻《十三经注疏》(第1册),第541页。

中乡，即乡中，指郊乡之中。此诗前二章所叙，仍是致众于郊的军礼。所以于郊集合军队，除了"国中"地狭不足以容纳众多军士外，还有空间理念的制约。至少在春秋时期，人们已经形成"在国"与"在军"所尚不同的认识。《司马法·天子之义》云："古者国容不入军，军容不入国。军容入国，则民德废；国容入军，则民德弱。故在国言文而语温，在朝恭以逊；修己以待人。不召不至，不问不言，难进易退。在军抗而立，在行遂而果，介者不拜，兵车不式，城上不趋，危事不齿。故礼与法，表里也；文与武，左右也。"①《左传·成公二年》鞌之战后，晋师回国，"范文子后入。武子曰：'无为吾望尔也乎！'对曰：'师有功，国人喜以逆之。先入，必属耳目焉，是代帅受名也，故不敢。'武子曰：'吾知免矣。'"②范文子的言行可以说是《司马法》一段文字的形象注脚。

郊还是驻军之地，重要的防御之所。春秋时期虽然已有领土意义上的边境（竟）观念，但各国所重视的主要还是"国中"及公室、贵族所领有的城邑及城邑周边的耕地。至于城邑之间的隙地，往往被忽略。各国对于营卫"国中"的"郊"的重视超过"竟"，军队往往驻防于郊而非竟。春秋后期犹然。《左传·哀公十一年》载，齐侵鲁，齐军进到清地（齐国）。这引起鲁人的警觉。冉求建议季康子："一子守，二子从公御诸竟。"季康子认为自己做不到这一点。冉求又建议说："居封疆之间。"季康子与孟孙氏、叔孙氏商议，遭到拒绝。冉求曰："若不可，则君无出。一子帅师，背城而战，不属者，非鲁人也。"最后"师及齐师战于郊"，也就是郊头郎地③。齐师能长驱至鲁都之郊，可见一路上并无防御军队。《郑风·清人》正是这种观念制约下的产物：

> 清人在彭，驷介旁旁。二矛重英，河上乎翱翔。
> 清人在消，驷介镳镳。二矛重乔，河上乎逍遥。
> 清人在轴，驷介陶陶。左旋右抽，中军作好。

据《左传·闵公二年》，此诗的本事与郑人高克有关："郑人恶高克，使帅师次于河上，久而弗召，师溃而归，高克奔陈。郑人为之赋《清人》。"④以清人称高克，盖因其食邑于清。毛传："彭，卫之河上，郑之郊也。"⑤据此，高克所戍守之地在郑之郊境。郑人（郑文公等）命之驻防郊邑，是变相的斥退，高克对此心知肚明，所以不甚尽职，导致军士的溃散，自己也落得出奔的下场。《诗》则截取其驻防于郊邑的片段，写其车马兵器仪容，颇有同情之意。

《诗》中还有一些人，不堪忍受本国的恶政，思去其邦。如《魏风·硕鼠》：

> 硕鼠硕鼠，无食我黍！三岁贯女，莫我肯顾。逝将去女，适彼乐土。乐土乐土，

---
① 王震撰《司马法集释》，北京：中华书局，2018年，第78页。
②④ 杜预注，孔颖达疏《春秋左传正义》，见阮元校刻《十三经注疏》（第4册），第4636、3881页。
③ 杜预注，孔颖达疏《春秋左传正义》，见阮元校刻《十三经注疏》（第4册），第4703—4704页。按，《礼记·檀弓下》记此事则曰："战于郎，公叔禺人遇负杖入保者息。"孔颖达正义："郎，郊头近邑。"
⑤ 毛亨传，郑玄笺，孔颖达疏《毛诗正义》，见阮元校刻《十三经注疏》（第1册），第4636页。

爰得我所。

  硕鼠硕鼠,无食我麦。三岁贯女,莫我肯德。逝将去女,适彼乐国。乐国乐国,爰得我直!

  硕鼠硕鼠,无食我苗。三岁贯女,莫我肯劳。逝将去女,适彼乐郊。乐郊乐郊,谁之永号!

  诗人所向往之地,由"乐土"而"乐国"而"乐郊",范围逐渐缩小,但以他国之"郊"为目的地。所以有此向往,在于诗人所生活的场域就在国郊。所不同者,此郊的生活给他带来较多的负面感受,彼郊则是诗人对于美好生活的想象。凡此,都可以想见《诗》中之"郊"的丰富图景及其带给时人的多样感受。

  [**作者简介**] 侯文学,吉林大学文学院教授,博士生导师。

清华简《子仪》辞令研究*

何家兴

[摘　要]　辞令是考察先秦文学的重要视角。新出清华简《子仪》辞令极具特点。秦穆公送归子仪的典礼上，双方赋歌以对；送别过程中，微言相感、隐喻其辞。本文立足于文本，解释相关字词、疏通文义，总结辞令特征，详细考察其中的修辞手法，分析其文体价值，并认为《子仪》篇应属语类文献。

[关键词]　清华简　《子仪》　辞令　语类文献

春秋时期，外交场合中升降揖让，辞美理顺，宾主尽欢。"古者行人出境，以词令为宗；大夫应对，以言文为主"①，贵族大夫们在揖让周旋之际以文质彬彬的辞令来言志、足志，灵活自如地微言相感、寓讽托喻。孔子说："《志》有之：言以足志，文以足言。不言，谁知其志？言之无文，行之不远。晋为伯，郑入陈，非文辞不为功。慎辞也。"②古人重视辞令，孔门"四科"就有外交辞令的训练。《国语·楚语下》谈到观射父善于外交辞令而被视作楚国之宝。③《论语》记载郑国辞令的起草过程："裨谌草创之，世叔讨论之，行人子羽修饰之，东里子产润色之。"④创作过程与风格的论述，表明时人对辞令的重视和文体意识的自觉。辞令在春秋时代十分发达。据统计，《左传》全书十八万字中，记录辞令多达两万五千字左右，约占七分之一。⑤可以说，春秋辞令在形态上是史传叙事的一部分，也是一种独立的文体。⑥赵逵夫先生认为行人及辞令是"研究先秦尤其春秋时代文学创作、文学活动与文学思想的一个新的视角"⑦。

一直以来，春秋辞令研究多集中于《左传》《国语》等传世文献。近年来，新出简帛文

---

*　本文系国家社科基金重大项目"中华简帛文学文献集成及综合研究"（项目批准号：15ZAB065）的阶段性成果。
①　刘知幾《史通·叙事》，浦起龙《史通通释》，上海：上海古籍出版社，2009年，第161页。
②　杨伯峻《春秋左传注》，北京：中华书局，2009年，第1106页。
③　徐元诰撰，王树民、沈长云点校《国语集解》，北京：中华书局，2002年，第526页。
④　杨伯峻《论语译注》，北京：中华书局，2009年，第145页。
⑤　武惠华《〈左传〉外交辞令探析》，《中国人民大学学报》1994年第4期。
⑥　赵逵夫主编《先秦文学编年史》，北京：商务印书馆，2010年，第869页。
⑦　赵逵夫《叔孙豹的辞令、诗学活动与美学精神——兼论春秋时代行人在先秦文学发展中的作用》，《文学评论》2007年第4期。

献为中国文学史研究注入了新活力。出土文献为文学史研究提供了新材料,也启示我们重新思考早期文本形成的复杂性。正如李学勤先生所说:"还有一点非常重要的,是出土书籍使大家更清楚地看到古代文学艺术孕育产生的背景,特别是思想文化的背景。"①赵敏俐先生也提出:"对出土文献的充分重视,是当下从事先秦文学研究的要务。"②新近公布的清华简是先秦文献的重大发现,对先秦文学研究具有重要价值;③其中,有多篇记述春秋外交活动,涉及外交辞令,如《子仪》(秦公与楚臣对话)、《子犯子余》(秦公与晋臣对话)、《越公其事》(吴君与越使、越君与吴君的对话等)。④ 三篇中以《子仪》篇最具特色,秦穆公和子仪的对话显示了极高的语言艺术。整理者认为:"简文对送归过程,特别是秦穆公和子仪的对话有详细描述,是了解殽之战前后秦、晋、楚三国关系和春秋外交辞令的重要史料。"⑤

《子仪》篇辞令最大的特点,就是多种修辞手法的运用。整理者注释从简,不做发挥。文本的准确解读是探究历史文化、文学思想的基础。⑥ 本文参考各家释读意见,⑦结合历史事实和相关文献,解读辞令及其文化内涵,进而探讨其文学史意义。

一、文 本 释 读

本篇讲述"殽之战"后,秦穆公在国内施行"休养生息、任贤、惠民"等政策,于是"骤及七年,车逸于旧数三百,徒逸于旧典六百。"⑧ 为了与楚修好,秦穆公主动送归楚子仪。送归仪式上,双方赋歌以对;问答过程中,微言相感、隐喻其辞。

《子仪》简背无编号。整理者认为:"内容大致相贯,惟第十五至十六简、第十九至二十简之间跳跃较大,疑有缺简。"⑨关于简序,子居先生根据文义进行了调整,结论比较可信。全篇重新编联如下:1+15+2+3+4+5+6+7+8+9+10+11+17+18+19+16+12+13+14+20。

通篇辞令可分为两个阶段。第一阶段为"杏❍"之会,第二阶段为"翌日"之别。第一阶段中秦穆公彬彬有礼、措辞谦敬、语气委婉,并奏乐赋歌,简文如下(参考各家观点,以下用通行汉字释写):

---

① 李学勤《出土佚书的三点贡献》,姚小鸥主编:《出土文献与中国文学研究》,北京:北京广播学院出版社,2000年,第1页。
② 赵敏俐《出土文献与先秦文学研究》,《光明日报》2015年5月28日第7版。
③ 黄德宽《清华简〈赤鹄之集汤之屋〉与先秦"小说"——略说清华简对先秦文学研究的价值》,《复旦学报》2013年第4期。
④ 李学勤主编《清华大学藏战国竹简(六)》,上海:中西书局,2016年,第127—135页;《清华大学藏战国竹简(七)》,上海:中西书局,2017年,第91—99、112—151页。
⑤⑧⑨ 李学勤主编《清华大学藏战国竹简(六)》,第127、128、127页。
⑥ 葛晓音《读懂文本为一切学问之关键》,《羊城晚报》2012年7月8日;蒋寅《文献整理是文学研究的重要基础》,《学术界》2016年第11期;林晓光先生提出"史料库意义上的'作品'——以文本为基点的文学研究",刘跃进、程苏东主编《早期文本的生成与传播》(第一辑),北京:中华书局,2017年,第63—67页。
⑦ 2016年4月,《子仪》篇公布以后,《简帛网·简帛论坛》有《清华六〈子仪〉初读》跟帖讨论;复旦大学出土文献与古文字研究中心、清华简出土文献与保护研究中心、中国先秦史等网站陆续有讨论文章。其中,子居《清华简〈子仪〉解析》,中国先秦史网站2016年5月11日,对简序和文义进行了调整和疏通,本文参考子居先生观点,皆出于此文,不另出注。

公曰："仪父！不谷缳左右绲，缳右左绲，如权之【3】又加翘也。君及不谷专心戮力以左右诸侯，则何为而不可？"……【4】

公命穹韦升琴、奏庸，歌曰：迤迤兮逶逶兮。徒伓所游，又步里譁。【5】

应也和歌，曰：沣水兮远望，逆视达化。汧兮靡靡，渭兮滔滔，杨柳兮依依，其下之浩浩。此愠之伤痛！【6】是不攷而犹，僮是尚求，怵惕之怍，处吾以休，赖子是求。"

乃命升琴，歌于子仪，楚乐和【7】之，曰：鸟飞兮僭永！余何矰以就之？远人兮离宿，君有寻言，余谁使于告之？强弓兮挽其绝【8】也，矰追而集之。莫往兮何以置言？余畏其忒而不信，余谁使于协之？昔之编兮余不与，今兹【9】之编余或不与。施之绩兮而奋之！织纴之不成，吾何以祭稷？……【10】

秦穆公"缳左右绲，缳右左绲，如权之又加翘也"①，属于自谦之辞，表达自己左右不能逢源的困境，与晋国交往紧密则与楚国就会紧张，反之亦然，无法达到平衡。

接着，秦穆公命令乐工奏乐，宾主双方赋歌以对。据《左传》记载，春秋会盟宴飨等场合中赋诗、作诗、赋歌活动非常频繁。双方在礼乐制度下②，通过这种"微言相感"的方式，遵循"歌诗必类"的原则，表达自己的政治意图。《子仪》篇赋歌仪式分为三个步骤：乐工穹韦奏铺，秦穆公赋歌一曲；子仪赋歌以对，随从应也和歌；最后，秦穆公再为子仪赋歌一曲，并用"楚乐和之"。③ 首先，秦穆公命令乐工穹韦奏庸，并起唱："迤迤兮逶逶兮。徒伓所游，又步里譁"，"迤迤兮逶逶兮"是联绵词"逶迤"的迭用，犹如"恍恍惚惚、隐隐约约"等，暗指秦楚道路蜿蜒曲折。子仪赋歌以对，歌辞具有楚辞体的句式特征，"沣水兮远望""汧兮靡靡，渭兮滔滔，杨柳兮依依"，其中"沣水兮远望"与《湘夫人》"荒忽兮远望"语辞句式相近。"处吾以休，赖子是求"属于委婉之词，大意是承蒙您让我居住于秦，求此美善则有赖于您。最后，秦穆公再次鼓琴，歌于子仪，并用"楚乐和之"。以"鸟"起兴，"鸟飞兮僭永！余何矰以就之。远人兮离宿，君有寻言，余谁使于告之。"大体的意思为："孤鸟渐飞渐远，我拿什么箭去得到它。远离故土的人离开他的住处，我让谁帮我捎话呢？"后半段大意为："我要用强弓挽回飞逝的鸟儿，我担心他有差错而不可信，我将使谁去和睦秦楚关系呢？昨日编织我未参与，今日编织我又未参与。""我要好好地做好我的职责，如果我不能好好地做好我的职责，我要如何担任君位，祭祀社稷呢？"④

在典礼活动上，秦穆公先后赋歌两次，显示出极高的诗文素养，印证传世文献中秦穆

---

① 整理者注："缳，疑通'揄'，《说文》手部：'引也。'""绲，《楚辞·招魂》'绮容修态，绲洞房些'，王逸注：'绲，竟也。'"《简帛论坛》《清华六〈子仪〉初读》68楼跟帖"绲当训为急"，《淮南子·缪称训》："治国譬若张瑟，大弦绲，则小弦绝矣"。高诱注："绲，急也。"
② 据杨伯峻先生统计，《左传》"礼"字一共讲了四百六十二次。另外还有'礼食'一次，'礼书'、'礼经'各一次，'礼秩'一次，'礼义'三次。《论语译注》，北京：中华书局2009年，第16页。
③ 相关内容参见何家兴《清华简〈子仪〉赋歌研究》，《中国诗歌研究》（第十七辑），北京：社会科学文献出版社，2018年10月。
④ 季旭昇先生认为："覃言，指含有深意的话语，委婉地表达出'您回去后，希望秦楚两国能修好结盟'的意思。"季旭昇《〈清华六·子仪〉"鸟飞之歌"试解》，武汉大学简帛网，2016年4月27日。

公自述"中国以诗书礼乐法度为政"①。子仪赋歌中歌辞的内容和句式与《诗经》《楚辞》近似,有助于考察春秋诗乐的传播及其文化交融,一定程度上反映了诸侯国之间在文化传承上的一体性。

"翌日"之别,就是第二天早晨的临行送别。本段辞令最大的特点就是修辞的运用。简文如下:

> 翌明,公送子仪。
>
> 公曰:"仪【10】父!以不穀之修远于君②,何争而不好?譬之如两犬沿河啜而狺,岂畏不足?心则不【11】裕。我无反覆,尚端项瞻游目,以我眂秦邦。③ 不穀敢爱粮?④"
>
> 公曰:"仪父!归,汝其何言?"
>
> 子仪【17】曰:"臣观于沛滢,见独鹣踦济,不终,需鹣,⑤臣其归而言之;臣见二人仇竞,一人至,辞于俪,狱【18】乃成,⑥臣其归而言之;臣见遗者弗复,翌明而返之,⑦臣其归而言之。"
>
> 公曰:"君不尚望郫【19】方诸任,君不瞻彼沮漳之川,开而不阖,緊笃仁之楷也!"⑧
>
> 公曰:"仪父!昔羁之行,不穀欲【16】列求兄弟以见东方之诸侯,岂曰奉晋军以相南面之事?⑨ 先人有言曰:'咎者不元',昔羁【12】之来也,不谷宿之灵阴,厌年而见之,亦唯咎之故。"公曰:"仪父!嬴氏多丝,紊而不续【13】,⑩给织不能,官居占梦,渐永不休。台上有象,⑪柚枳当橭,竢客而谏之。⑫"

---

① [汉]司马迁《史记》,北京:中华书局,2014年,第245页。
② 整理者注:"《书·盘庚》'王播告之修',刘逢禄《今古文集解》:'修,远也。'"
③ 子居先生认为"我无反复"与《左传·文公五年》:"初,鄀叛楚即秦,又贰于楚。夏,秦人入鄀"有关,"秦人入鄀"是因为鄀"贰于楚",责任在于楚国。"尚"训为犹,即"如果还"。端项,即直着脖子。瞻游目,即放眼望。眂,当训直视。"瞻游目以眂"犹言觊觎。
④ 整理者认为"粮"指"秦曾两次对晋施行粮食援助。"子居先生认为不确,"粮,当训出行所备的食物,此处指军粮,《周礼·地官·廪人》:'凡邦有会同师役之事,则治其粮与其食。郑玄注:'行道曰粮,谓糒也。止居曰食,谓米也。'"
⑤ 整理者注:"滢,水边,涯岸。《左传》成公十五年:'则决睢滢。'"子居先生认为"鳌"读"鹣",即比翼鸟,《山海经·西次三经》:"有鸟焉,其状如凫,而一翼一目,相得乃飞,名曰蛮蛮,见则天下大水。"《广韵·魂部》:"鹣,似凫,一目一足一翼,相得乃飞,即比翼鸟也。"《说文·足部》:"踦,一足也。"
⑥ 整理者注:"《左传》成公十一年'鸟兽犹不失俪',杜注:'俪,耦也。'一说'俪'读为'丽',美也;'于'训'而'。"杨蒙生《清华六〈子仪〉篇简文校读记》指出"二人仇竞"即指秦、晋相争。子居先生以为:"一人至"指的楚,"俪"确当训"耦","辞于俪"指来的人帮着其中的一方说话,即为一方作证言,因此有"狱乃成"。
⑦ "遗"即遗失,子居先生认为即"遗失的郫方诸任","翌明而返之"希望明天秦国将这些小国的控制权归还楚国。
⑧ 整理者认为此处疑有缺简,经过子居先生调整后,文通字顺。"郫方诸任"即指任姓诸小国。秦穆公让子仪看看沮漳之川开源而不截流,这才是笃敬仁义的楷范。
⑨ 关于"昔羁之行",子居先生认为本篇叙述的是"殽之战"七年后子仪出使秦国,对于理解"昔"字有启发意义。他认为"昔羁之行"即秦穆公在崤之战后将子仪放归楚国的事。
⑩ "丝",谐音"思",表示"思绪"。"紊而不续"表示乱而无头绪。
⑪ 整理者释为"台上有兔",此从子居先生意见。
⑫ 从橭与柚枳对举来看,橭当是中原罕见之物,柚枳相对而言则常见。秦穆公以柚、枳自喻,谦称自力不济。"竢客而谏之",子居先生认为"秦穆公希望子仪帮自己说话"。

子仪曰:"君欲乞丹【14】、黄之北物,通之于鄀道,岂于子孙若? 臣其归而言之。"①【20】

清华简《系年》交代了这次活动的背景,"秦穆公欲与楚人为好,焉脱申公仪,使归求成。秦焉使与晋执乱,与楚为好。"②秦穆公有求于子仪,希望他回去说服楚王联合抗晋。第一小段中,连续用了三个问句,③兼有反问和设问,"以不穀之修远于君,何争而不好"属于反问,有无奈的意味,我们秦楚两国相距甚远,为何相争而不友好呢;第二问"两条狗沿着黄河饮水并且怒目相吠,难道是担心水不足? 心不足啊"以譬喻设问,纷争源于"心不足";秦国没有反复无常,如果还觊觎秦国土地,我将会爱惜军粮? 反问委婉地对楚人施加外交压力。秦穆公接着问道"您回去了,将说些什么呢?"子仪譬喻以对,说了三件事:"我看到沣水边有一只比翼鸟,只有一足无法过河,在等待着另一只";"我看到两个相争(秦晋),一人(楚)到,帮一方(秦)作证,'狱乃成'";"我看到遗失者不用回来,第二天就有人返还。"

外交场合的寓讽托喻,双方基于共同的语境彼此心领神会。子仪说比翼鸟无法济水,表达了秦楚联合的心理意愿;至于秦晋相争,楚国也有意偏向秦国;同时还希望秦国归还任姓小国的管辖权。针对最后一个问题,秦穆公立刻回复,让子仪"看看沮漳之川开源而不截流,希望楚国对于这些任姓小国也一样,尊重独立而不干涉,这才是笃敬仁义的楷范"。子仪羁押在秦,穆公婉言解释:"羁押送行,我为了求得东方兄弟诸国(楚、齐等非姬姓),难道是侍奉晋军维护周王? 先人有言'责怪别人者不会有好结果',您被俘回秦国,安顿在灵阴,一年后才见,也是不想被责怪的缘故。"古人十分重视梦象、占卜和异象,在《左传》中多有记述。④ 秦穆公的这番回复,反映了这种风气,接着自谦:"我思绪很乱,无法理出头绪。任职乏能,史官占梦,日暮途远而不善。政坛已有吉凶征兆。柚枳作橱,才力不济,等君相助。"面对穆公的谦逊之词和含蓄求助,子仪也委婉应答:"您希望以丹、黄之汇为界,丹水以北、黄水以西,北至于鄀道划归秦国,应该为子孙后代着想吧! 我将回去告诉他们。"

二、辞 令 特 征

春秋时代的辞令具有独特的语言魅力。⑤ 清华简《子仪》作为新出文学史料,印证和补充传世文献的记载。宾主双方的赋歌表现出极高的诗文素养,对话中刚柔并济、譬喻引用、双关谐音等多种修辞手法,凸显出本篇辞令的艺术特色。下面谈谈《子仪》篇的辞

---

① 子居先生认为"丹、黄"当指丹水和黄水,"君欲乞丹、黄之北物,通之于鄀道"就是说秦穆王打算以丹、黄之汇为界,丹水以北、黄水以西,北至于鄀道划归秦国,黄水以东、丹水以南划归楚国。
② 李学勤主编《清华大学藏战国竹简(二)》,上海:中西书局,2011年,第155页。
③ 《左传》辞令中常反问或设问,例如郑子家给赵盾的信中说道:"居大国之间,而从于强令,岂其罪也?"(《左传·文公十七年》)齐桓公伐楚中,桓公曰:"岂不穀是为? 先君之好是继,与不谷同好如何?"(《左传·僖公四年》)
④ 郑晓峰《占卜异象与〈左传〉叙事的预言式结构》,《学术交流》2017年第1期。
⑤ 董芬芬《春秋辞令文体研究》,上海:上海古籍出版社,2012年;赵逵夫《叔孙豹的辞令、诗学活动与美学精神——兼论春秋时代行人在先秦文学发展中的作用》,《文学评论》2007年第4期;陈彦辉《春秋行人辞令简论》,《北方论丛》2004年第1期;陈彦辉《春秋辞令的审美意义》,《广东外语外贸大学学报》2007年第1期等。

令特征。

(一) 委婉含蓄

春秋时代,辞令委婉含蓄,散发着礼乐文明的气息。"春秋时,犹尊礼重信,而七国则不言礼与信矣。春秋时,犹宗周王,而七国则绝不言王矣。"①"春秋之世,有识之士莫不微婉其辞,隐晦其说。"②宾主双方的谦逊主要通过称谓和婉辞表现出来。有些新出材料颠覆了传世文献的记载,例如"人物形象"。清华简《越公其事》也有外交辞令。其中,吴王夫差作为战胜国接待越国使臣,表现出极其循礼、仁爱、谦卑。③《子仪》篇中,秦穆公也表现得谦虚得体,在称谓方面,自称"不穀""嬴氏",尊称子仪为"仪父""君",谈到被俘之事则婉言称"羁"。作为一国之君,自谦能力不足,强调左右不能逢源,"繻左右绲""繻右左绲""嬴氏多丝,缟而不续""绐织不能";联合争霸则说"左右诸侯";施加压力则委婉道"不穀敢爱粮";回复子仪的言辞"君不瞻彼沮漳之川,开而不阓",显得论辩有度;尊奉周王"见东方之诸侯,岂曰奉晋军以相南面之事"。有些语辞与《左传》《国语》相近或相同。另外,本篇的多例譬喻也反映了含蓄委婉的特征。

(二) 赋歌言志

据董治安先生统计,《左传》《国语》称引"诗三百"及逸诗和赋诗、歌诗、作诗等有关记载,总共三百一十七条;其中《左传》二百七十九条,《国语》三十八条。其中,直接引诗证事,《左传》一百八十一条,《国语》二十六条;赋诗言志,《左传》六十八条,《国语》六条;各国歌诗,《左传》二十五条,《国语》六条。④ 可见,先秦贵族对《诗》相当熟悉。他们在各种场合,尤其是在政治场合,熟练地引诗、歌诗表达自己的意图,显示出良好的诗学素养。

送别典礼上,秦穆公和子仪赋歌以对。这是出土文献第一次再现春秋外交赋歌的场景。歌辞的用韵现象和句式特征对于《诗经》和《楚辞》的文本生成具有一定的启发意义,有助于考察春秋诗乐的流传,"无论是引诗证事还是赋诗见志,要别人能够体察其心曲,领会其深意,双方之间对于诗义的理解,就必须首先有个基本的共识。"⑤歌辞文本可与《诗经》《楚辞》对照分析,如下表:

表1:《子仪》歌辞与《诗经》《楚辞》对照表

《子仪》歌辞	《诗经》《楚辞》及相关诗句	说　　明
迤迤兮逶逶兮	"委委蛇蛇。"(《召南·羔羊》) "委委佗佗。"(《鄘风·君子偕老》)	连绵词叠用,文献中又作"逶迤""倭迟""委蛇"等
沣水兮远望	"荒忽兮远望。"(《九歌·湘夫人》)	楚辞体句式

---

① 顾炎武《日知录·周末风俗》,黄汝成《日知录集释》,长沙:岳麓书社,1994年,第467页。
② 刘知幾《史通·惑经》,浦起龙《史通通释》,第386页。
③ 李学勤主编《清华大学藏战国竹书(七)》,上海:中西书局,2017年,第112—151页。
④⑤ 董治安《从〈左传〉〈国语〉看"诗三百"在春秋时期的流传》,氏著《先秦文献与先秦文学》,济南:齐鲁书社,1994年,第20—45、33页。

续　表

《子仪》歌辞	《诗经》《楚辞》及相关诗句	说　明
汧兮霏霏 渭兮滔滔	"今我来思，雨雪霏霏。"（《小雅·采薇》） "汶水滔滔，行人儦儦。"（《齐风·载驱》）	"十年，秦还于汧渭。" （《竹书纪年·周平王》）
杨柳兮依依	"昔我往矣，杨柳依依。"（《小雅·采薇》）	渭水河畔多有杨柳，汉至唐的文献、诗词中甚多
其下之浩浩	"诗有之：浩浩者水，育育者鱼。" （《管子·小问》）	故《子仪》此处很可能也是化用的《诗》句
鸟飞兮翾永	"鸿雁于飞，肃肃其羽。"（《小雅·鸿雁》）	《子仪》歌辞中的"鸟""远人兮离宿"委婉地表达远方之人（子仪）远离故土。屈原以南鸟自喻，同时表达对故土的思念，具有很强的相似性
远人兮离宿	"鸿飞遵渚，公归无所，于女信宿。" （《豳风·九罭》）	
	"有鸟自南兮，来集汉北。"（《抽思》）	
	"离鸟夕宿，在彼中洲。"（汉乐府《善行哉》）	

在会盟、酬酢等活动中，懂诗达礼是一种身份素养的象征，也是一种文化风尚。赋歌是春秋贵族的基本素养。台湾学者张高评认为："春秋以来，公卿大夫之赋诗道志，不惟表现专对之儒雅风流，更显见贵族文化涵养之一斑。"①

（三）善于修辞

《子仪》篇辞令最大的特色就是修辞艺术。近年来，新出简帛不断涌现，但修辞如此集中还属首见，传世文献中也不多见。外交辞令含蓄委婉，喜用譬喻。

（1）譬喻

譬喻就是"借彼喻此"，运用联想或想象，以具体熟悉的事物，说明抽象隐晦的主题，表达效果更加生动形象。譬喻源于比况思维，是早期语言表达的重要方式，早在商周时期就已出现。例如《尚书·盘庚》"若乘舟，汝弗济，臭厥载"，战国时期发展到了极致，"人们借用'寓言'这个词，所指称的已经是这些用颇有些情节的比喻来说理的方法和文体了"②。据《左传》记载，春秋外交辞令多见譬喻。③

修辞源于生活，《子仪》辞令中的譬喻生动而具体。多例喻体与"丝织"有关，例如"编织"比喻"协作征伐"，"纶织"借喻"职位"，反映了"丝织"与古人生活密切相关。古文字中大量的"糸"旁之字，以及甲骨文"断""终"等字形都从"糸"，④也反映了这种现象。传世和出土文献中也有以"丝网"为喻的，例如《盘庚》"若网在纲，有条而不紊。"郭店楚简《缁衣》简29："子曰：王言如丝，其出如纶；王言如索，其出如绋。"有些喻体进入了文学语境，一直沿用，例如"飞鸟"比喻远离故土之人，见于《豳风·九罭》"鸿飞遵渚，公归无所，于女信

---

① 张高评《左传之文学价值》，台北：文史哲出版社，1982年，第87页。赵敏俐《诗与先秦贵族的文化修养》，《诗经研究丛刊》（第一辑），北京：学苑出版社，2001年，第88—114页。
② 廖群《中国古代小说发生研究》，济南：山东教育出版社，2016年，第197页。
③ 武惠华《〈左传〉外交辞令探析》，《中国人民大学学报》1994年第4期。
④ "断"字表示以刀断丝。"终"字像线上打一个结，对线头加以束缚，防止脱线，衣服开裂，参看李守奎《制衣过程与"初""终"的阐释》，《美文》2015年第12期。

宿",《九章·抽思》"倡曰：有鸟自南兮,来集汉北",汉乐府《善行哉》"离鸟夕宿,在彼中洲"等。

表2：《子仪》辞令中的譬喻

本体	喻体	喻词	辞 例	类型
远人	鸟		鸟飞兮渐永,余可缯以就之。远人兮离宿,君有寻言	暗喻
编织	协作征伐		昔之编兮余不与,今兹之编余又不与,夺之绩兮而奋之!	暗喻
两犬	秦楚	譬之如	譬之如两犬沿河啜而猎	明喻
独鸂	楚		臣观于沣澨,见独鸂踦济,不终,需鸂	暗喻
二人仇竞	秦晋		臣见二人仇竞,一人至,辞于俪,狱乃成	暗喻
遗者	任姓诸国		臣见遗者弗复,翌明而返之	暗喻
沮漳之川	秦		君不瞻彼沮漳之川,开而不阖,繄助人之楷也	暗喻
给织不能	职位		仪父,嬴氏多丝,缊而不续,给织不能	暗喻
柚枳、樆	庸人、贤才	当	台上有象,檪枳当樆,竢客而谏之	明喻

（2）引用

春秋辞令常常征引各种"言"以增强说服力。罗根泽先生认为："左氏浮夸,最喜征引。"①《左传》《国语》中多次出现"史佚有言",其实,并非局限于《左传》,《盘庚上》有"迟任有言曰",《泰誓下》《酒诰》《秦誓》有"古人有言曰"等。先秦文献还常引用谣谚和警言等。《子仪》中秦穆公说"先人有言曰：咎者不元"②,希望子仪尽释前嫌,总是责怪他人终将不会有好的结果。

（3）排比

"同范围同性质的事象用了组织相似的句法逐一表出的,名叫排比。"③三个或更多内容相关、结构相似、语气连贯、字数大体相等的句子,构成排比句,更好地阐明道理、表达情感,《左传》习见。正如张高评所说："左氏炼句,喜作排比句法,妙在绝无堆垛之迹,自与后人之重叠取厌者不同也。"④在临行送别时,秦穆公问道"回去说些什么",子仪用了三个分句"臣其归而言之",构成一组排比,表达出丰富的内容和情感。

（4）双关

"双关是用了一个语词同时关顾着两种不同事物的修辞方式。"⑤其中,语音相同或相近是重要原则,又常称作"谐音"。这是古典诗词常用的修辞手法,例如李商隐《无题》："春蚕到死丝方尽,蜡炬成灰泪始干";《吴声歌曲》："始欲识郎时,两心望如一。理丝入残

---

① 罗根泽《古史辨（四）》,《战国前无私家著作说》,上海：上海古籍出版社,1982年,第30页。
② 我们怀疑"咎者不元"可能源于《周易》,《左传》中引用《周易》的语句较多。
③⑤ 陈望道《修辞学发凡》,上海：上海教育出版社,1997年,第203、96页。
④ 张高评《左传文章义法探微》,台北：文史哲出版社,1982年,第116页。

机,何悟不成匹?"这两句的"丝"谐音"思"。《子仪》中秦穆公自谦"嬴氏多丝",也是谐音"思",表示思绪之义。从语音来看,上古音"丝""思"皆为"心母之部",读音完全相同。从物象来看,连续不断的"丝"谐音"思无期";紊乱的"丝"谐音思绪混乱之"思"。一方面是语音相同,另一方面,"丝"与古人生活密切关系。

多种修辞的综合运用,增加了表达效果。譬喻委婉地表达自己的政治意图,叙述生动而形象;排比条理清晰、节奏明快;引用则增强说服力;"丝""思"的谐音双关说明早在先秦时代就已出现,并一直沿用。这些修辞反映了先秦贵族丰富的知识储备和高超的语言艺术,对战国论辩之风具有一定的影响。

三、文 体 价 值

《子仪》辞令具有重要的研究价值,赋歌仪式中的"楚乐和之",有助于考察春秋秦乐的开放和完备,反映春秋时代的文化交流。另外,辞令文本具有重要的文体价值。① 正如赵逵夫先生所说,春秋时代"行人辞令是先秦时代具有文体学意义的散文,对后世散文、辞赋的发展有较大影响"②。

(一)《子仪》辞令与寓言、辞赋

《子仪》辞令运用了大量的譬喻,具有寓言的意味。王焕镳先生认为作为文学体裁的"寓言",其实就是比喻,只不过是"比喻的高级形态","是在比喻的基础上经过复杂的加工过程而成的机体"。③ 先秦寓言起源于民间。殷末周初已有寓言,从文体构成来看,是一种主要运用比喻的手法,虚构人物、故事,寄托了劝谕或讽刺意义的文体。《尚书》《诗经》已经出现一些初具寓言特征的作品。春秋末期,随着论辩讽谏和诸子学派的兴起,世族大夫和士阶层有意识地运用这种文学样式来讲说道理、表达情感。春秋末期寓言的创作与探索,为战国寓言文学的兴盛打下了坚实基础。④ 战国之世,譬喻之风兴盛,例如《荀子·非相》:"分别以喻之,譬称以明之。"⑤《说苑·善说》:"譬称以谕之,分别以明之。"⑥

《子仪》辞令中的譬喻具有一定的过渡特征,与战国拟人化、故事化的寓言并不完全一样。战国时期的"斥鹦笑大鹏""鹬蚌相争""三虱相讼"等寓言,通过典型的拟人手法和完整的故事情节,表达一定的道理。秦穆公的"两犬争河",比喻人心无足,并无详细的故事情节,只是在特定的语境中,通过譬喻阐述事理、表达意愿。子仪的"独鹦须济"有简单的情节描写,"一足的比翼鸟渡河失败,于是等着另一只。"通过喻体形象地表达政治处

---

① 新出简帛具有重要的文体价值,黄德宽先生指出:清华简《赤鹄之集汤之屋》所具有的小说文体的特征,该篇佚文的发现有可能改写文学史家关于先秦无小说的结论。黄德宽《清华简〈赤鹄之集汤之屋〉与先秦"小说"——略说清华简对先秦文学研究的价值》,《复旦学报》2013年第4期。
② 赵逵夫《叔孙豹的辞令、诗学活动与美学精神——兼论春秋时代行人在先秦文学发展中的作用》,《文学评论》,2007年第4期。
③ 王焕镳《先秦寓言研究》,北京:中华书局,1959年,第9页。
④ 赵逵夫主编《先秦文学编年史》,北京:商务印书馆,2010年,第870页。
⑤ 王先谦《荀子集解》,上海:上海书店,1986年,第54—55页。
⑥ 刘向撰,向宗鲁校证《说苑校证》,北京:中华书局,1987年,第266页。

境,并无拟人化的情景,更无普遍的哲理。但是,寓言是"比喻的高级形态",①这些譬喻为寓言提供了素材,可以说寓言产生前的一种文学形态。因此,《子仪》有助于了解早期寓言的过渡形态。

  罗剑波先生认为先唐文体研究应有"通变"的视角。新出简帛有助于考察先唐文学的生成谱系和衍生机制,为"通变"研究提供重要史料。"赋之源,出自诗,故而铺采摘文,意在体物写志,这是其名理相因之须'通'之处。……综合二者,'赋也者',乃'受命于诗人,而拓宇于楚辞'也,即赋之'通''变'之内涵。"②《子仪》赋歌具有楚辞体的句式特征,有助于考察楚辞文本和早期赋类文献的生成。从句式来看,歌辞每句的字数,四字至七字不等。其中,虚字多见,例如"兮""而""以""兹""也"等。这些虚字的使用增强了节奏感和表现力;同时,使歌辞具有散文化的特点。歌辞"兮"字的句中位置,主要有"□兮□□""□□兮□□""□□□兮□□□",③与《楚辞》十分相似,结合上博简楚辞类作品,足以说明在屈原之前已有比较成熟的楚辞体文本。歌辞内容和句式与《诗经》《楚辞》的近似,说明早期楚辞与诗体之间的密切关系。有学者认为诗体赋属于古老的体式,并且流传于北方;骚体赋的形成或晚于诗体赋,流行于南方。楚辞文本则属于融合的产物,表现出复杂的面貌。④ 新出材料显示先秦辞赋类作品的多个源头,应动态考察文本的多元生成。陈桐生先生认为主客问答的对话形式在宋玉之前已经发展了八九百年,因此散文赋在极短的时间内成熟起来。"宋玉、唐勒等人所做的工作,就是将此前据实记载的对话体散文改变为虚构的主客问答,由此成就了他们对散文赋文体的天才创造。"⑤战国竹简《子仪》篇主体围绕秦穆公与子仪的对话,并且采用排比铺陈、譬喻谐音等手法,从结构形式和表现手法上对散文赋的形成具有一定的影响。

(二)《子仪》为语类文献

  随着简帛古书的不断出土,学者们开始思考春秋战国古书的构成和流传,并进而考察《国语》《左传》等传世古书的文本生成。⑥ 李零先生认为:"春秋战国时期,语类或事语类的古书非常流行,数量也很大。同一人物,同一事件,故事的版本有好多种。这是当时作史的基本素材。"⑦从上博简和清华简来看,故事类的语类文献十分活跃,既有史实载录又有故事叙事,例如清华简《越公其事》,整理说明:"叙述过程有详略,所表达主旨也各有不同,但从总体上看,都属于以叙述故事为主的语类文献……"⑧巫史传统下的《春秋》的记事模式无法适应时代需求。春秋战国时期,史官记述增加了"过程性载录"。"逮左氏

---

① 廖群《中国古代小说发生研究》,济南:山东教育出版社,2016年,第201页。
② 罗剑波《"通变":审视先唐文体递延脉络的重要视角》,《求是学刊》2014年第5期。
③ 何家兴《清华简〈子仪〉赋歌研究》,《中国诗歌研究》(第十七辑),北京:社会科学文献出版社,2018年10月。
④ 江林昌《诗的源起及其早期发展变化——兼论中国古代巫术与宗教有关问题》,《中国社会科学》2010年第4期;牟歆《从〈楚辞〉的用韵方式与句式看南北文化的交融——以〈九歌〉、〈九章〉为例》,《文艺评论》2015年第12期。
⑤ 陈桐生《先秦对话体散文源流》,《学术研究》2017年第8期。
⑥ 近年来,代表性论著有:李零《简帛古书与学术源流》、徐建委《〈说苑〉研究——以战国秦汉之间的文献累积与学术史为中心》、廖群《"说"、"传"、"语":先秦"说体"考索》、俞志慧《古"语"有之:先秦思想的一种背景与资源》、夏德靠《先秦语类文献形态研究》。
⑦ 李零《简帛古书与学术源流》,北京:生活·读书·新知三联书店,2004年,第297页。
⑧ 李学勤主编《清华大学藏战国竹书(七)》,第112页。

为书,不遵古法,言之与事,同在传中。然而言事相兼,烦省合理,故使读者寻绎不倦,览讽忘疲。"①"言事相兼"的记述模式进入了春秋战国文人的叙事系统,于是"在历史事实的框架下,讲故事的人各自添枝加叶,通过人物塑造与情节描写等文学手段表达各自对这段历史的了解。"②

《子仪》记载的事件也见于《左传》、清华简《系年》等文献,可以相互补充,体现不同的叙事特点:

> 秋,秦、晋伐鄀。楚斗克、屈御寇以申、息之师戍商密。秦人过析隈,入而系舆人以围商密,昏而傅焉。宵,坎血加书,伪与子仪、子边盟者。商密人惧曰:"秦取析矣,戍人反矣。"乃降秦师。囚申公子仪、息公子边以归。楚令尹子玉追秦师,弗及,遂围陈,纳顿子于顿。
>
> 《左传·僖公二十五年》

> 二邦伐鄀,徙之中城,围商密,止申公子仪以归。　　　　清华简《系年》39、40

> 初,斗克囚于秦。秦有殽之败,而使归求成。成而不得志,公子燮求令尹而不得,故二子作乱。
>
> 《左传·文公十四年》

> 秦穆公欲与楚人为好,焉脱申公子仪,使归求成。秦焉始与晋执乱,与楚为好。
> 　　　　清华简《系年》48、49

我们发现《系年》属于《春秋》记事类,并无人物对话等细节描述,按照事件的时间和逻辑简要记述。"殽之战"是春秋著名历史战役,《子仪》以此为背景,围绕秦穆公、子仪等人物的活动而展开。叙事以时间为线索,先后叙述"杏☐之会""翌日之别",细致描述故事情节,传世文献都没有记载。《子仪》与《左传》《系年》,都是在同一史实框架下,进行不同的叙事表达,采用言事相兼的记述手法,运用特色的赋歌和个性的对话进行细节描写,语辞华丽,善于修辞,具有很强的文学性。抄写于战国的竹书,呈现出春秋战国时代的文人叙事风格,反映了春秋时代文学性不断增强的趋势。正如李守奎先生所说:"历史记载变成历史传闻,不断被故事化、小说化,融入了个人的理解和想象,形成了众多的语类文献,同一故事可以形成不同的文本,它们既有历史的本干,又有文学的枝叶,可以说是历史的故事化。"③

新出简帛有助于考察《左传》《国语》《说苑》以及诸子散文中的史实与故事,重新思考"历史的故事化"和"故事的历史化"。一般来说,史实经过不断地增益,补充细腻的情节,立体地叙述,逐渐有了故事化倾向,完成了历史叙述向文学描写的转化。《子仪》采用典

---

① 刘知幾《史通·叙事》,浦起龙:《史通通释》,第8页。
②③ 李守奎《〈越公其事〉与句践灭吴的历史事实及故事流传》,《文物》2017年第6期。

型的文学叙事,呈现故事化的特点,属于典型的语类文献。李零先生根据出土文献对语类文献有过一个概括:"过去我们的印象,古代史书,'春秋'最重要,但从出土发现看,'语'的重要性更大。因为这种史书,它的'故事性'胜于'记录性',是一种'再回忆'和'再创造'。它和它所记的'事'和'语'都已拉开一定距离,思想最活跃,内容最丰富,出土发现也非常多。"①郭店简、上博简和清华简语类文献不断出现,印证着李先生的判断。

[**作者简介**] 何家兴,济南大学出土文献与文学研究中心副教授、副主任。

---

① 李零《简帛古书和学术源流》,第202页。

论《史记》由"他"而"我"的写心之道

张学成

摘　要：在某种意义上说，文学以写人为本，而写人重在写心。中国文学长于写心，即把人物心理活动、心情、心志、情感、思想等各个方面当作描写重心，这比西方文学主要基于心理学体系的心理活动描写范围广，含义也有所不同。胸怀孤愤的司马迁在其《史记》中善于采取各种策略写他人心迹，同时传达自我心声。作者既善于通过叙事以"写他心"，又善于在"写他心"中输入"我心"，贯彻了自己的人生观念，从而达到"成一家之言"的境界。这部史书之所以令人百读不厌，除了"史家绝唱"因素，还有以"写心"为内涵的文学性因素。从后世小说等叙事文学的继承发扬，我们也能感受到《史记》"写心"造诣之高。

关键词：《史记》　写心　方法　互见法　意义　文学性

史书自有其撰写规范，它首先要遵循实录的原则。史书叙事写人讲究其来有自，查有实据，否则便容易沦为信口开河、闭门造车的"秽史"。由于人物心理活动看不见摸不着，不符合"眼见为实"原则，故而往往成为史家排斥的对象。而文学艺术却往往注重写心，与史学形成分野。作为正史之首，毫无疑问，《史记》是一部严肃的史书，但它又具有较高的文学性，是一部以写心见长的文学经典。这部兼具史书与文学经典双重性质的著作以历史人物为书写对象，又输入了作者个人的情怀，借用现代哲学"他者性"与"主体性"观念说，其"写心"就是"写他心"与"写我意"的统一。

一、《史记》"写心"之文化语境

现在我们所接触到的心理、心理活动、心理描写等术语，大致皆来自西方的话语体系，属于西方心理学的范畴。而中国传统所谓"写心"包括了心理活动，从含义及外延来说更广泛，它还包括心情、心志、情感、思想等等内容，并不等同于西方大段大段的直接心理描写，二者之间的关系属于包含和被包含的关系。也许有人会说，"心"作为身体五脏器官之一，指的是心脏，指的是人体中的一种生理结构，它跟心理、心理活动又有什么关

---

* 本文系山东省社会科学规划项目"汉武新政背景下的文学嬗变研究"（项目批准号：18CZWJ03）、临沂大学2016年哲学社会发展重点项目"汉武帝新政背景下的文学嬗变研究"的阶段性成果。

系呢?但实际上,此"心"非彼"心","心"绝非仅一生理学术语。《医宗金鉴》云:"动物之心者,形若垂莲,中含天之所赋,虚灵不昧之灵性也。""天之所赋",犹如人的精卵之合成,在"心"的概念中,已是包含了个体的生成和发展,乃至人之为人的道理。① 在中国传统文化中,"心"的含义非常广泛,可用来表示思想、情感、意识,乃至态度、性格和意志。《四书章句集注·大学》:"心者,身之所主也……意者,心之所发也。"② 心还被称为智慧之所,《管子·心术》:"心也者,智之舍也,故曰宫。"③ 这样一来,"心"就具有了西方"心理学"的含义,它超越了"心脏",同时也超越了"大脑"。古人用"心"来表示人的灵性和智慧,表示人的心理、心灵与精神世界。

"写心"一词古已有之。《诗经·小雅》之《裳裳者华》:"裳裳者华,其叶湑兮。我觏之子,我心写兮。我心写兮,是以有誉处兮。"④《蓼萧》:"蓼彼萧斯,零露湑兮。既见君子,我心写兮。燕笑语兮,是以有誉处兮。"《说文解字注》释"写":"置物也。谓去此注彼也。曲礼曰:器之溉者不写,其余皆写。注云:写者,传己器中乃食之也。小雅曰:我心寫兮。传云:輸寫其心也。按凡倾吐曰写,故作字作画皆曰写。"⑤ 朱熹注曰:"写,输写也……既见君子,则我心输写而无留恨矣。"这与我们今天的描写、抒发之义有了一定的联系。在《诗经》时代,"赋比兴"作为《诗经》三种常用的艺术表现手法,本身就承担了一定的写心的功能,叶嘉莹认为兴是由物及心,比是由心及物,赋是即物即心。……古人所说的这个物,其实是指"物象"。⑥ 黄霖认为:"'赋'是'直说',也可凭借着感性的材料,伴随着强烈的感情,具体、形象、生动地叙事、状物、写景、描人、抒情。""'赋'是文艺创作中最为普遍、因而也是最为重要的一种心化形态。""赋比兴乃是三种不同的心物交互作用的方式,也就是'心化'过程中的三种不同的艺术思维。""'比'的特点是明显地根据创作主体情性的变化和发展去描写和组织笔下的事物;'兴'的特点则是由客观的事物启引创作主体沿着某一思路去不断生发。毫无疑问,'赋''比''兴'应该是文学创作中的三种最基本的形象思维和表现方式。"⑦因此李桂奎认为:"从'心情''心神'等构词看,文学写人之'情'、写人之'神'皆可谓之'写心'。另外,作为写人关键词的'态'也隶属于'心'部。归根结底,'赋比兴'写人,旨在'写心'。"⑧

总体看来,"写心"虽重在心理描写,但含有一定抒情意味。《尚书·尧典》云:"诗言志,歌永言,声依永,律和声,八音克谐,无相夺伦,神人以和。"⑨《诗大序》说:"诗者,志之所之也,在心为志,发言为诗。情动于中而形于言,言之不足,故嗟叹之,嗟叹之不足,故永歌之。"陆机在《文赋》中说:"诗缘情而绮靡,赋体物而浏亮。"《诗经·氓》就是非常成功的写心名篇,"送子涉淇,至于顿丘。匪我愆期,子无良媒。将子无怒,秋以为期。乘彼垝

---

① 申荷永《中国文化心理学心要》,北京:人民出版社,2002年,第17页。
② 〔宋〕朱熹《四书章句集注》,北京:中华书局,1983年,第3页。
③ 黎翔凤《管子校注》,北京:中华书局,2004年,第770页。
④ 〔宋〕朱熹《诗集传》,上海:中华书局,1958年,第159页。
⑤ 〔清〕段玉裁《说文解字注》,杭州:浙江古籍出版社,1998年,第340页。
⑥ 叶嘉莹《中西文论视域中的"赋、比、兴"》,《河北学刊》2004年第3期。
⑦ 黄霖《赋比兴论》,《复旦学报》1995年第6期。
⑧ 李桂奎《"赋比兴"写人功能之抉发及其理论价值》,《社会科学》2018年第7期。
⑨ 〔清〕孙星衍《尚书今古文注疏》,北京:中华书局,1986年,第70页。

垣,以望复关。不见复关,泣涕涟涟。既见复关,载笑载言。尔卜尔筮,体无咎言。以尔车来,以我贿迁。桑之未落,其叶沃若。于嗟鸠兮,无食桑葚!于嗟女兮,无与士耽!士之耽兮,犹可说也。女之耽兮,不可说也。"作者以女主人公的口吻,写出了自己从热恋、失恋到被抛弃的心路历程,同时巧妙地表现出了男主人公由追求、热恋,到变心的全过程。《离骚》也是非常典型的写心言志的名篇。中国古代大量的抒情诗都是写心的典范,成熟较早。就写心与写人的关系来说,写心是非常重要的写人手段,在一定程度上甚至可以说,写心就是写人,写人重在写心,写心之于写人性情、写人形貌有着极为重要的作用,文学作品有没有写心,写心手段和水平的高低优劣往往决定着文学作品成就的高低。我们要建立自己的文学理论话语体系,必须大力弘扬老祖宗早就创造的属于自己的贴切表述。对于西方的文学理论,我们应该采取拿来主义,但绝非不分青红皂白地拿来就用,以免驴唇不对马嘴,导致丧失自我,这种自贬自低的做法不可取。我们要建立起具有中国特色、中国特征、贴近中国文学发展现实的"写心学"理论体系。

接下来的问题是,"写心"怎么可以与历史著作联系到一起呢?它们之间难道有什么必然的联系吗?鲁迅先生对《史记》的定评"史家之绝唱,无韵之《离骚》"其实已经告诉了我们其中的答案,《史记》作为一部具有浓郁抒情特色的文学巨著,这里边一定少不了写心的成分。

司马迁认为自己著史的宗旨就是为了"究天人之际,通古今之变,成一家之言",言外之意是通过对历史人物命运、历史事件的记录,探究上天自然与普通人事之间的关系,打通古今历史发展变化的规律,最终像诸子百家一样著书立说,表达自己对政治、历史、人生的看法。从这个角度来讲,《史记》也成了一部子书。只不过,这部子书不是通过直接说理来宣扬自己的学说,而是通过历史的编辑记录来曲折表达的。此处所指,就是要探究天人之间存在着什么样的关系,自然更有人与人之间关系的把握。鲁迅先生的"无韵之《离骚》"之喻的内在含义非常明确,《离骚》是中国文学史上最早的文人独创的具有自叙传性质的长篇政治抒情诗;其言外之意,《史记》同样是一部抒情之书。既然是抒情,抒发的首先是司马迁的丰富复杂的感情。李晚芳认为:"独惜其立意措词,多有愤怼不平之过……诸传诸赞,半借以抒其愤怼不平之气。"[1]李长之亦提醒说:"我们更必须注意《史记》在是一部历史书之外,又是一部文艺创作,从来的史书没有像它这样具有作者个人的色彩的。其中有他自己的生活经验,生活环境,有他自己的情感作用,有他自己的肺腑和心肠。"[2]

司马迁的《史记》自然是历史上大大小小的历史人物的传记,由于特殊的时代和特殊的生平遭际,使得一部史书别有怀抱。清人刘熙载言:"太史公文,精神气血,无所不具。……第论其恻怛之情,抑扬之致,则得于《诗三百篇》及《离骚》居多。学《离骚》得其情者为太史公,得其辞者为司马长卿。"[3]诗歌之抒情到了叙事文学作品里就化作了写心。那么,写的是谁的心?这个问题不难回答,自然是历史人物之心,还有自己之心。有学者

---

[1] 杨燕起《历代名家评史记》,北京:北京师范大学出版社,1986年,第32页。
[2] 李长之《司马迁之人格与风格》,北京:生活·读书·新知三联书店,1984年,第202页。
[3] 〔清〕刘熙载《艺概》,上海:上海古籍出版社,1978年,第12页。

甚至认为"司马迁的《史记》,不但为中华民族述史,而且为中华民族写心。他写历史,不只是进行历史的评价和裁判,而且继承和发扬'善善恶恶,贤贤贱不肖'的传统,把自己作为民族的良心。他在民族历史心灵的大海里遨游、巡礼,揭露不平,鞭挞罪恶,讽刺丑恶,赞美英雄,颂扬美德,追求崇高,追求光辉理想的人格,对于形形色色的人性,作出妍媸必显的鉴镜。所以人们读《史记》,不仅可以读到历史,还能读到人的命运与人的心灵的历程。"①

《史记》而下,文艺的"写心"功能得到不断认知和阐发。班固《汉书》云:"吏见者皆输写心腹,无所隐匿,咸愿为用,僵仆无所避。"②"输写心腹"可理解为"写心"。《文心雕龙》多次提到"写心"的问题,《物色》篇云:"是以诗人感物,联类不穷。流连万象之际,沉吟视听之区。写气图貌,既随物以宛转;属采附声,亦与心而徘徊。"③作者之心与创作对象密切相关,在很多时候文学创作就是写心的过程。《序志》篇专门提到了"文心"的问题。"夫'文心'者,言为文之用心也。""生也有涯,无涯惟智。逐物实难,凭性良易。傲岸泉石,咀嚼文义。文果载心,余心有寄。""为文用心""文果载心"都是"写心"的大致情状。魏晋时候,"写心"一词正式出现在文人的笔下。张华《答何劭》二首之一:"是用感嘉贶,写心出中诚。发篇虽温丽,无乃违其情。"④向秀的《思旧赋》更是明确地提到,"伫驾言其将迈兮,故援翰以写心"⑤,这跟我们现代的"写心"基本同义,《辞源》解释"写心"为抒发心意,举了这个例子。⑥陶渊明在《赠长沙公族祖》中写道:"遥遥三湘,滔滔九江。山川阻远,行李时通。何以写心?贻此话言。进篑虽微,终焉为山。"⑦从此以往,"写心"这个词就经常出现在文学作品中了。李白《酬岑勋见寻,就元丹丘对酒相待,以诗见招》有诗句云:"黄鹤东南来,寄书写心曲。"王琦引郑笺注曰:"心曲,心之委曲也。"⑧苏轼《答李知府启》(又名《答李宝文启》)中云:"轼倦游滋久,瘵瘵怀归。空咏甘棠之思,莫展维桑之敬。怅焉永望,言不写心。"⑨南宋的陈郁在《藏一话腴》感慨道:"写照非画科比,盖写形不难,写心惟难。"⑩这里是说绘画,描绘人的心灵非常之难,文学创作自然也需要写出人的心灵,正因为难能,所以才更为可贵。陈郁进一步论述道:"盖写其形必传其神,传其神必写其心。"⑪人物画要想打动人,必须描绘传达出这个人的神态风貌才算成功,文学创作更重视写心,写心的最高要求就是活灵活现,栩栩如生,形神毕肖。

在中国"写心"文化历程中,《史记》继承发扬了"诗骚"传统,从韵文之抒情转换为散文之写心。而后,文学艺术中的"写心"内涵不断丰富,至唐宋获得广泛认同,指文学艺术传达人们内在心理、心情、思想、精神等诸多因素的一种功能。

---

① 可永雪《史记文学性界说》,《内蒙古师大学报》1995年第3期。
② 〔汉〕班固《汉书》,北京:中华书局,1997年,第3201页。
③ 陆侃如、牟世金《文心雕龙译注》,济南:齐鲁书社,1995年,第549页。
④ 〔南朝梁〕萧统编,〔唐〕李善注《文选》,卷二十四,北京:中华书局,1977年,第343—344页。
⑤ 〔唐〕房玄龄《晋书》,列传第十九,北京:中华书局,1974年,第1375页。
⑥ 《辞源》,北京:商务印书馆,1979年,第862页。
⑦ 袁行霈《陶渊明集笺注》,北京:中华书局,2003年,第18页。
⑧ 〔清〕王琦注《李太白全集》,北京:中华书局,1977年,第889页。
⑨ 孔凡礼点校《苏轼文集》,北京:中华书局,1986年,第1366页。
⑩⑪ 〔宋〕陈郁《藏一话腴》,外编卷下,《文渊阁四库全书》第865册,子部,杂家类,第569、570页。

二、通过叙事以"写他心"之道

中国传统文论强调文学创作"以意为主",《史记》长于叙事,又以"究天人之际,通古今之变,成一家之言"为旨归。这其中包含着一个"写心"问题。关于《史记》之"写心",以往所触及。如安平秋等主编的《史记教程》有专节叙述,认为《史记》人物心理描写方法主要有三种:让人物自白表白心迹,用心理动词直接揭示,借别人之言辞间接揭示。① 张新科主编的《史记概论》在"《史记》的写人艺术"一章的"善于通过心理描写刻画人物的性格"一节提到了心理描写的方法:通过拟言、代言等方式写心理;通过动作、行为刻画心理;通过心理状态动词直接揭示人物心理。② 这些研究多运用西化"心理描写"观念,与我们所谓的本土"写心"有所疏离。事实上,司马迁非常重视传主的"为人",这说明他已经把历史人物作为人性的人、人的自身来看待,而且已经"把写人引向写心,引向人物的精神世界,这种自觉成了引导作者和读者进入人物心灵的通道"③。其诸多行笔之道均旨在"写心",而这种"写心"主要是通过叙事来实现的。

(一)灵活运用正叙、补叙以"写心"

作为一部史书,叙事是其主体。然作者并非为叙事而叙事,而是善于借助叙事以传达人物心声。如《孙子吴起列传》写吴起之为将与士卒最下者同衣食。吴起卧不设席,行不骑乘,亲裹赢粮,与士卒分劳苦。卒有病疽者,起为吮之。卒母闻而哭之。人曰:"子卒也,而将军自吮其疽,何哭为?"母曰:"非然也。往年吴公吮其父,其父战不旋踵,遂死于敌。吴公今又吮其子,妾不知其死所矣。是以哭之。"士兵父亲的已然行动就是士兵未来的未然行动,这个行动反映了士兵当时的心理活动变化,这既可以称为以行动来写心,又可以归入空白法写心的范畴。《淮阴侯列传》所写韩信的"俯出袴下"之行为,"特别突出了'孰视之'——盯住那个无赖打量了一番这个点睛的细节。有了这一笔,一下子就为韩信传了神,显出了韩信的深沉、气量,写出了是英雄受辱,如果缺了这一笔,韩信的受辱便成了胆怯鬼、窝囊废,就和武大郎的受辱没有什么区别了"。④ 说明韩信虽然是武士,但并非一鲁莽之士。韩信能够用心思考,能够权衡利弊,知晓孰轻孰重。如果选择与少年斗气,要么两败俱伤,要么一死一逃,要么身陷囹圄,而这都与韩信的远大志向相违背,小不忍则乱大谋,这里体现出的是韩信大丈夫能屈能伸的可贵品质。

当然,《史记》叙事以写心,并非完全按照时间先后顺序(即"正叙")而来,它还善于通过补叙照应来实现"写心"意旨。有些段落,并不直接交代人物心声,但当事人的心理活动会让人隔皮猜瓜,作者则注意通过补叙照应来满足读者对人物的心理猜测。如《李将军列传》写李广遭霸陵尉醉而呵止:"今将军尚不得夜行,何乃故也!"李广只能听从安排,夜宿亭下。对于当时李广"龙游浅滩遭虾戏,虎落平阳被犬欺"的心理活动,作者没有及时交代,而是留给读者猜测,随后才通过补叙确证读者的猜测。"居无何,匈奴入杀辽西

---

① 安平秋、张大可、俞樟华《史记教程》,北京:华文出版社,2002年,第233—236页。
② 张新科《史记概论》,西安:陕西师范大学出版社,2009年,第99—94页。
③ 可永雪《从关注"为人"到"心灵"大师——司马迁对人心人性的探究》,《渭南师范学院学报》2005年第3期。
④ 可永雪《史记研究集成·史记文学研究》,北京:华文出版社,2005年,第147页。

太守,败韩将军,后韩将军徙右北平。于是天子乃召拜广为右北平太守。广即请霸陵尉与俱,至军而斩之。"这里是补叙,是照应,更是空白法写心的妙用。无独有偶,《张释之冯唐列传》写汉景帝小肚鸡肠、睚眦必报之心,同样是用这种手法来完成的:"太子与梁王共车入朝,不下司马门,于是释之追止太子、梁王无得入殿门。遂劾不下公门不敬,奏之。薄太后闻之,文帝免冠谢曰:'教儿子不谨。'薄太后乃使使承诏赦太子、梁王,然后得入。"对当时太子、梁王、窦太后、文帝等人的心理活动变化,读者都有见仁见智的理解。但这种理解正确与否,却是靠后来汉景帝的所作所为的帮助完成的,"后文帝崩,景帝立,释之恐,称病。欲免去,惧大诛至;欲见谢,则未知何如。用王生计,卒见谢,景帝不过也。……张廷尉事景帝岁余,为淮南王相,犹尚以前过也。"这既是补叙照应的写心,也是空白法的运用,更是互见法的使用。

(二)善用复笔与空白法写历史人物之心

司马迁巧妙地运用了复笔手法,毫无疑问,复笔手法是文学艺术的手法。"所谓复笔,就是指反复使用完全重复或者基本相似的语句来描写同一件事情、同一个人物、同一种表情、同一个动作,从而加强表达的效果、抒情的成分和感染的力量。"①在《淮南衡山列传》中,关键词是"计""发",前边加了许多修饰限定语,如用了 5 次"欲发",与之相关的有"未发""弗敢发""不发""遂发兵反,计犹豫,十余日未定""欲因以发兵""欲杀而发兵""王犹豫,计未决""王以非时发,恐无功""计未决",等等,这是非常典型的复笔手法的运用。那么这里复笔的作用和意义是什么呢?几代人长期的处心积虑的准备,最后只背了个"反"名,家族没落,令人唏嘘,大丈夫当断则断,不断则乱,优柔寡断,难以成事,仔细研读这篇传记,我们竟然能感受到司马迁的深深感慨之意。

《孙子吴起列传》"吴宫教战"的故事带有鲜明的戏剧性,故事几乎都发生在两个相对固定的场景,极便于舞台搬演;故事人物不很复杂,但人物性格都较鲜明。故事的参与者主要有孙武、阖闾以及以二宠妃为首的一百八十名宫中美女,这实际上形成了微妙的三角关系。作者通过这个故事来为孙武作传,在这个故事中,我们能够清晰地感受到当时集体人物的存在及其内在心理的变化与发展。《司马相如列传》司马相如和卓文君的爱情故事更是用空白法写集体人物之心的经典案例。司马相如通过不正当的手段骗色成功,回到成都后家徒四壁。卓文君无法忍受如此困苦生活,于是建议回到临邛,这正中相如下怀,自然而然骗财成功。冈村繁认为:"相如与文君如果仅仅为了克服贫穷的话,为什么不是在繁华郡城的成都开'酒舍',而特别选择乡村的临邛呢?其目的显然是为使父亲卓王孙出丑。卓王孙假如不以此为耻,并且不宽恕女儿的放肆行径,那么相如与文君恐怕确实会沦落为乞食者而流浪于临邛街角的吧。"②因为众所周知的原因,酒馆生意自然非常火爆,"王孙果以为病"。③ 面对如此丢人现眼的不成体统之事,"卓王孙耻之,为杜门不出"。这个故事用上帝之眼传达出了集体人物的心理活动变化。再如关于世态炎凉主题的描写,主要集中在《郑世家》《苏秦列传》《孟尝君列传》《廉颇蔺相如列传》《张耳陈

---

① [日]冈村繁《周汉文学史考》,上海:上海古籍出版社,2002 年,第 152—153 页。
② 俞樟华《史记艺术论》,北京:华文出版社,2002 年,第 129—130 页。
③ 〔晋〕葛洪《西京杂记》,北京:中华书局,1985 年,第 11 页。

余列传》《袁盎晁错列传》《魏其武安侯列传》《卫将军骠骑列传》《平津侯主父列传》《汲郑列传》和《酷吏列传》等作品,这里边多是对集体世态的集中描写,通过这些描写又传达出了个人的独特感受。关于写心艺术的空白法问题,笔者已有专文论述,并指出:"在文学作品中,行为动作反映心,语言谈吐表现心,外貌肖像隐喻心,写心的成功与否往往决定着文学创作的成败和文学作品成就的高低。'空白法'的大量使用标志着《史记》的写心艺术已经取得了极高的成就。我们要大力提倡对《史记》写心艺术的研究,加强对中国传记文学的写心研究;小说戏曲更离不开写心,诗词曲赋大多是抒情文学,我们也要从写心学的角度对这些文体重新审视和研究。作为读者来说,我们阅读欣赏评价一篇、一部文学作品,往往就是要看作者为文之心,作者在作品中所表达的作者之心,作品中的人物之心,等等,总而言之,从某种意义上来说,写心就是写人,笔者期望能够在不远的将来建立起我们自己的《史记》写心学,传记写心学,乃至中国文学写心学。"①

(三) 善于借助叙述人物即景作歌来"写心"

司马迁有时让人物即兴作歌来表现人物的心理。易水饯别时荆轲的慷慨悲歌,表达的是荆轲将生死置之度外的大义凛然和悲壮气概;四面楚歌时的霸王别姬——《垓下歌》,反映出一代英豪项羽在穷途末路时的矛盾复杂的心理;刘邦在归家宴会上所歌咏的《大风歌》,抒发了刘邦统一天下后为保持国家长治久安的希望,还有着如何发现人才、如何利用人才和如何控制人才的矛盾性思考。《鸿鹄歌》反映的是国家命运前途和个人利益感情之间的矛盾复杂心理,表达了对身后之事的担忧和无奈之情。这一切都是通过人物即兴作歌来表现人物的微妙婉曲的心理变化的。赵王刘友的作歌真实而生动地反映了赵王刘友的心声,分析了当时的朝政,歌中有对自我遭遇的回顾,有对吕后的指责,有对吕后干政的痛斥,有对命运不能自主而被活活饿死的无奈和愤慨。

综上所述,《史记》既是一部以叙事见长的经典史书,又是一部以"写心"见长的文学名著。借助叙事、空白法、当事人作歌等等别出心裁的写心谋略,《史记》巧妙地传达出形形色色历史人物的心声,从而彰显出其突出的文学性。

三、以"写我意"而成一家之言

《史记》不仅善于传达作为"他者"的历史人物的心声,而且还善于在历史人物身上寄寓自我心意。可以说,没有为自己的写心,没有借助历史人物表达自己的主观思想评价,就不能"成一家之言",司马迁就不可能成为一位伟大的思想家。在《史记》写作中,作者常常通过写人以体现自己的褒贬意图,故而此"写心"便可称为"写意"。在中国古代文献中,"写意"堪称"写心"的孪生兄弟,"写意"出现得比较早也比较多。《战国策》卷十九《赵二》:"故寡人以子之知虑为辩足以道人,危足以持难,忠可以写意,信可以远期。"②忠诚可以表露心意,守信可以长久不变。这跟文学写作有些距离,但指的是内在心意的一种表达。陈后主《与詹事江总书》:"遗迹余文,触目增泫。绝弦投笔,恒有酸恨。以卿同志,聊

---

① 张学成《〈史记〉"空白法"写心艺术论》,《江淮论坛》2017 年第 3 期。
② 何建章《战国策注释》,北京:中华书局,1990 年,第 697 页。

复叙怀。涕之无从,言不写意。"①此处之"写意"与"写心"几无区别。虽然后来"写意"变成了中国画的一种技法,俗称"粗笔",与"工笔"相对,但它毕竟是一种通过简练放纵的笔致着重表现描绘对象的意态风神的画法,因此,我们将《史记》这种"写自己之心""传达自我心声"的笔法称之为"写意"。总体看,《史记》写历史人物之心和以互见法表现心理部分都有司马迁己心的或多或少、或直接或间接的表现。

(一)《史记》饱含着作者对天地敬畏和诘问杂糅之意

由于时代和职业的原因,司马迁不可能完全抛弃天人感应说,但是他却从人物传记的缜密分析中表现出了大胆的怀疑。他强调天人相分,认为天道与人事并不相感应。他在《伯夷列传》中对现实社会这种好人遭殃、坏人享福的不公平世道提出了愤怒的责问:"或曰:'天道无亲,常与善人。'若伯夷、叔齐,可谓善人者非邪?积仁洁行如此而饿死!且七十子之徒,仲尼独荐颜渊为好学。然回也屡空,糟糠不厌,而卒蚤夭。天之报施善人,其何如哉?盗跖日杀不辜,肝人之肉,暴戾恣睢,聚党数千人横行天下,竟以寿终。是遵何德哉?此其尤大彰明较著者也……余甚惑焉,倘所谓天道,是邪非邪?"②汉代近世,"操行不轨,专犯忌讳"之人能"终身逸乐,富厚累世不绝",而正直奋发之人"遇祸灾者,不可胜数"。在现实中,好人不一定有好报;坏人也不一定会有恶报。因此,司马迁发出了感慨,"余甚惑焉,倘所谓天道,是邪非邪?"司马迁对天道如此激愤、怀疑,不仅仅是因伯夷叔齐之遭遇而生发,更重要的还是借他人之酒杯浇自己内心之块垒,其实正是自己的遭遇使然。

在踏入政坛之初,司马迁认为自己应该做个奉公守法、鞠躬尽瘁、竭尽忠诚的臣子楷模,"仆以为戴盆何以望天,故绝宾客之知,忘室家之业,日夜思竭其不肖之材力,务壹心营职,以求亲媚于主上"。可就因为他为李陵说了几句公道话,竟遭受腐刑,蒙莫大耻辱。这种遭遇加深了他对天道的怀疑,因此就有了《伯夷列传》中的感慨。项羽英雄一世但自负自傲,刚愎自用,不自我省察,临死之前还一再说"此天之亡我,非战之罪也",司马迁对此是持严肃批判态度的,司马迁批评项羽之认识"岂不谬哉"!对汉武帝大肆挥霍搞封禅祭祀、祈求神仙的活动,司马迁也予以深刻地揭露,认为这种活动毒害了社会风气,"然其效可睹矣",通过冷峻客观的叙述表达了强烈的讽刺和批评。

司马迁在《伯夷列传》和《屈原列传》中,将自己介入历史人物和历史事件中,采取夹叙夹议的方法以表明自己的见解。伯夷叔齐是不折不扣的好人,却遭受了如此不公的命运,司马迁对此很有看法。姚苎田评论道:"宕过一笔,不觉畅发胸中之愤。此实借酒杯浇块垒,非传伯夷之本意矣。须分别思之。"③表面说伯夷叔齐,实则抒己之怀。屈原传记通过夹叙夹议的写法,既介绍了屈原的基本史实,又赞美了屈原的爱国精神,同时借屈原展示了自己的内心世界,对他的悲剧遭遇寄寓了深深的同情。故而李景星喟叹道:"通篇多用虚笔,以抑郁难遏之气,写怀才不遇之感,岂独屈贾两人合传,直作屈、贾、司马三人

---

① 〔清〕许梿选编,骆礼刚译《六朝文絜全译》,贵阳:贵州人民出版社,2005 年,第 186 页。
② 〔汉〕司马迁《史记》,北京:中华书局,2014 年,第 2571 页。
③ 〔清〕姚苎田《史记菁华录》,上海:上海古籍出版社,第 84 页。

合传读可也。"①干脆将这篇传记看成是三个人的传记,李景星的评价恰切而又深刻。这告诉我们在屈原传记里是作者的真实心理和思想感情的流露。

(二)《史记》兼含作者对权贵歌颂与揭露之意

皇帝自然是权贵中的权贵,司马迁用多种手法表达了自己对当代政治的看法。这无论是在当时还是在以后,都是需要极大勇气的,甚至会付出生命的代价。司马迁之所以敢于这样做,原因之一是史官述史的职业要求,要编著一部信史,自然要"不虚美,不隐恶",尽可能客观"实录"。通过互见法,我们可以清楚,司马迁对刘邦进行了真实全面的再现,既肯定了他能抓住机遇,凝聚团队,坚忍不拔,屡败屡战,最终成功的雄才大略,同时也把他的流氓地痞作风以及滥杀功臣的罪恶行径淋漓尽致地展现出来。而对汉文帝这个带有平民情怀的理想皇帝,司马迁则更多的是肯定、赞美和毫不吝啬的歌颂。当然他也没有忘记其身上的缺点,在《淮南衡山列传》《佞幸列传》等传中对此都有恰到的揭示。汉景帝和汉武帝在他们的本纪中到底如何,我们并不知晓,《三国志》中的一段记叙却为我们提供了一定的信息。

《三国志·魏书·王肃传》载:"帝(曹睿)又问:'司马迁以受刑之故,内怀隐切,著《史记》非贬孝武,令人切齿。'(王肃)对曰:'司马迁记事,不虚美,不隐恶。刘向、扬雄服其善叙事,有良史之才,谓之实录。汉武帝闻其述《史记》,取孝景及己本纪览之,于是大怒,削而投之。于今此两纪有录无书。后遭李陵事,遂下迁蚕室。此为隐切在孝武,而不在于史迁也。'"②隐切,有隐忍、激切、尖刻义。在曹睿看来,司马迁因直言而遭受宫刑,所以怀恨在心,于是在史书中"非贬孝武",说刘彻坏话。王肃回答却告诉我们,司马迁为刘启、刘彻父子作本纪在受宫刑之前,所以,事实不是司马"隐切","隐切"之人恰恰是当时的皇帝刘彻。"大怒,削而投之",所以后世读者再也看不到《孝景本纪》《今上本纪》的真正面目了。"不虚美,不隐恶"的客观实录并不一定能够做到,但如实为刘彻作本纪应该是不争事实,司马迁通过互见法把这父子俩的真实面目再现出来。通过《封禅书》《平准书》《外戚世家》《酷吏列传》《卫将军骠骑列传》《佞幸列传》等作品,我们看到了他们父子残忍、自私、冷酷、专断的真实一面。对其他权贵的态度同样是赞美与批判并存,这在吕后、曹参、萧何、田蚡、公孙弘、周勃、周亚夫、韩信等人身上都能体现出来。

互见法的使用往往由于两方面的原因,一是畏,最高统治者的叙述,对于其阴暗面、黑暗面的揭露是不得已而为之,如对刘邦、刘启、刘彻等人的处理;二是爱,人无完人,金无足赤,对一些做出伟大功绩的功勋人物,因为爱所以隐晦之,如廉颇、魏无忌、项羽、韩信、周勃等人。从文学的角度来看,这有利于文学性的增强、人物形象的塑造和人物性格的表现。这种做法当然也能够有效地避免不必要的重复。

(三)《史记》富含自己的感恩与愤懑之意

《太史公自序》非常特殊,绝非一普通序言,我们把这篇作品定性为司马家族的传记,它位于列传之中,是七十列传的最后一篇,也是全书一百三十篇的最后一篇,自然应该归

---

① 李景星《四史评议·史记评议》,长沙:岳麓书社,1986年,第77页。
② 〔晋〕陈寿《三国志》,北京:中华书局,1997年,第418页。

于列传之类，当然它还承担了后来的"序"或"后记"的功能。在这篇传记中，司马迁自叙家世，简介父亲和自己生平，重点写了自己创作《史记》的原因、过程和感受。这里体现出来的首先是自己的感恩、歌颂之情："汉兴以来，至明天子，获符瑞，封禅，改正朔，易服色，受命于穆清，泽流罔极，海外殊俗，重译款塞，请来献见者，不可胜道。臣下百官力诵圣德，犹不能宣尽其意。且士贤能而不用，有国者之耻；主上明圣而德不布闻，有司之过也。且余尝掌其官，废明圣盛德不载，灭功臣世家贤大夫之业不述，堕先人所言，罪莫大焉。"如果在《史记》中写心的话，这篇自然是最合适不过，但在我们仔细研读这篇作品之后就会发现，真正的写心主要体现在这一段，"七年而太史公遭李陵之祸，幽於缧绁。乃喟然而叹曰：'是余之罪也夫！是余之罪也夫！身毁不用矣。'退而深惟曰：'夫《诗》《书》隐约者，欲遂其志之思也。昔西伯拘羑里，演《周易》；孔子厄陈蔡，作《春秋》；屈原放逐，著《离骚》；左丘失明，厥有《国语》；孙子膑脚，而论兵法；不韦迁蜀，世传《吕览》；韩非囚秦，《说难》《孤愤》；《诗》三百篇，大抵贤圣发愤之所为作也。此人皆意有所郁结，不得通其道也，故述往事，思来者。'"

当然，真正做到痛快淋漓写心的作品应该是《报任安书》，但此篇非《史记》篇目，与本文主题不符，因此不作讨论。司马迁未遭遇李陵事件之前属于常态人生，在常态下司马迁跟很多人一样，欲为"循吏"，想做忠臣孝子。司马迁忙于工作，无暇交游，可能没有良好的人际关系，更可能的是因为得罪的是当朝皇帝，所以在灾难来临时无人敢出手相救，最后只能接受残忍耻辱的宫刑"苟活"于世。

在许多传记的"太史公曰"部分，司马迁从幕后走向台前，往往能够比较直接地表达自己的情感。《管晏列传》"太史公曰"，司马迁在为晏子作传时抒发的是对政治家的赞美，这正表现出对以晏子为代表的政治家识人、得人、重用人的美好素质的肯定。司马迁的为自己写心，当然不是直抒胸臆，而是借他人传记来曲折委婉地表达。《屈原贾生列传》表达的是对于屈原苏世独立、独立不迁、始终不改其志的虽九死其犹未悔的伟大思想和人格的由衷赞美。这与其说是赞美悲剧人物屈原、贾谊，毋宁说是借屈原、贾谊为自己正名定分。《魏公子列传》赞美礼贤下士如魏公子信陵君一样的理想政治家，对其悲剧命运感同身受。在这些历史人物身上，作者寄寓了更多的身世之感。

对传记人物理解深刻，与之相适应，作者之心表现得也更普遍，情感也更感人。又如，《伍子胥列传》"太史公曰"："向令伍子胥从奢俱死，何异蝼蚁。弃小义，雪大耻，名垂于后世，悲夫！方子胥窘于江上，道乞食，志岂尝须臾忘郢邪？故隐忍就功名，非烈丈夫孰能致此哉？"司马迁在此将自己对历史人事的评价不加掩饰地表露出来，从正面充分肯定了伍子胥的选择，唯其如此才可能"弃小义，雪大耻"，报杀父之仇，成就了一世英名；自己选择了耻辱的宫刑刑罚，与伍子胥一样也是为了扬名后世，光宗耀祖。再看，《绛侯周勃世家》"太史公曰"对绛侯周勃从才能中庸的平民做到身居将相之位，后来吕氏家族谋反作乱，周勃抓住机会挽救国家于危难之中，司马迁认为即使伊尹、周公这样的贤人，也无法超过。对周亚夫的用兵，司马迁的评价也非常高，他认为即使司马穰苴那样的名将也难以超过。但是二人最终以穷途困窘而告终，真令人悲伤啊！司马迁肯定了周勃、周亚夫的历史功绩，同时对于他们的悲剧结局也表达了深深的同情。

陈平绝对称得上是汉初政坛上的不倒翁,司马迁在《陈丞相世家》中的记载相对比较客观,但我们还是能读出作者的心意。姚苎田在将陈平本传与《淮阴侯列传》等传作了比较之后,得出了这样的结论:"《淮阴侯传》先载漂母及市中年少等琐事,后一一应之。此传亦先载伯兄之贤,张负之识,以后无一笔照顾,而独以阴祸绝世为一传之结。夫阴祸固与长厚背驰者也。削此存彼,史公之于平也岂不严哉!凡此须于文字处会之。"的确,史公书法非常注重前后照应,商鞅、吴起、李斯、韩信、周亚夫等人传记都能做到前后照应,在陈平传记中却"无一笔照顾",说明陈平之为人"以阴祸绝世",史公对这个人的评价自然不高,通过在韩信、周勃等人的传记中寄寓的赞美和同情,表达出的是对陈平为人的不屑态度,隐含了深深的批评之意。在司马迁看来,人要感恩,滴水之恩,涌泉相报,人要信实,说话算话,人要厚道,重情重义,但这些与精于谋划算计的陈平、刘邦等人是扯不上关系的。在《曹相国世家》中,姚苎田认为曹参是"因信之力而参独擅其名",在"及信已灭,而列侯成功,唯独参擅其名"后,姚氏点评道:"非薄参也,正痛惜淮阴耳。"在"太史公曰"的总评中说:"此《赞》言简而意甚长,不满平阳意最为显著。"

司马迁为了完成父亲的临终遗命,为了立身扬名,隐忍苟活而发愤著书。从文学的角度而言,"发愤"突显出《史记》一书的个人色彩,增强了其文学性。《史记》之写心,主要是为历史人物这些"他者"写心,形成与历史人物的一场场对话交心,同时这些"他者"身上,作者又几乎无不寄寓自己的心意。今天我们阅读《史记》,也仿佛在与司马迁这位古老的史学家对话交心,随时会聆听到回荡在文本天地里的作者心声。

[作者简介] 张学成,江苏护理职业学院教授

汉赋中的秦史书写*
——读司马相如《哀二世赋》

蒋晓光

[摘 要] 《哀二世赋》为劝谏武帝而作,但又建立在相应的礼制基础之上。汉初将祭祀二世皇帝上升为国家祀典,二世墓与祭祀地点分别在宜春苑与南山中,两者间有一段距离,因此赋的写作,包含了过墓致礼、望祀南山、作文以哀吊等因素。与西汉政论文中"过秦"聚焦始皇及其为政措施不同,《哀二世赋》尤其关注二世皇帝身后所遭礼遇,描述其坟墓的荒芜与祭祀的匮乏,既有批评,又兼同情,以警示武帝为目的。"南山"又称"终南山",在秦汉时期具有重要的政治地位和军事价值,《哀二世赋》以"望南山"为枢纽,将提倡"美政"、追求雄壮崇高容纳其中,落实于文学之上,成为后世纪实性行旅赋的开端。班固《终南山赋》在继承《哀二世赋》的写景之外,融入隐士文化,"望南山"逐渐进入经典化的轨道。

[关键词] 二世 南山 礼制 纪实 经典

一、创作《哀二世赋》的礼制因素

司马相如的《哀二世赋》见载于《史记》《汉书》,《艺文类聚》又作《吊秦二世赋》[①],从其标题上看,是哀吊秦二世皇帝胡亥的。如果往上追溯,以赋哀吊前人,还有贾谊的《吊屈原赋》。《文心雕龙·哀吊》云:"自贾谊浮湘,发愤吊屈,……盖首出之作也。及相如之吊二世,全为赋体,桓谭以为其言恻怆,读者叹息"[②],从文学发展史的角度来看,《哀二世赋》是对《吊屈原赋》的继承。屈原在历史上是人格高尚的人物,贾谊南迁途中,引为知己,借以抒情,但秦二世以昏聩著称,司马相如何以对其哀吊之呢?据载,"(相如)常从上至长杨猎,是时天子方好自击熊彘,驰逐野兽,相如上疏谏之。……上善之。还过宜春宫,相如奏赋以哀二世行失"[③],首先,这是"奏赋"的行为,将赋写就后献给武帝,与《上林赋》《大

---

* 本文系国家社科基金青年项目"汉代礼制与赋体文学关系研究"(项目批准号:15CZW032)的阶段性成果。
① 〔唐〕欧阳询撰,汪绍楹校《艺文类聚》,上海:上海古籍出版社,1985年,第728页。
② 范文澜《文心雕龙注》,北京:人民文学出版社,1958年,第241页。
③ 〔汉〕司马迁《史记》,北京:中华书局,1959年,第3053—3054页。

人赋》的创作相类,带有政治性质;其次,这次献赋是有前提背景的,武帝放纵于游猎,相如上疏劝诫,接着"奏赋"以哀二世皇帝的"行失"即行为失当,显然相如是以二世的例子来劝谏武帝要注意自己的行为。

《哀二世赋》篇幅短小,为论述方便,且将正文罗列于此:

> 登陂阤之长阪兮,坌入曾宫之嵯峨。临曲江之隑州兮,望南山之参差。岩岩深山之谾谾兮,通谷豁兮谽谺。汩淢噏习以永逝兮,注平皋之广衍。观众树之塕薆兮,览竹林之榛榛。东驰土山兮,北揭石濑。弥节容与兮,历吊二世。持身不谨兮,亡国失势。信谗不寤兮,宗庙灭绝。呜呼哀哉!操行之不得兮,坟墓芜秽而不修兮,魂无归而不食。夐邈绝而不齐兮,弥久远而愈休。精罔阆而飞扬兮,拾九天而永逝。呜呼哀哉!①

宜春宫是一处重要的建筑群,始建于秦,《上林赋》中还提到"下棠梨,息宜春"②,汉武帝经常赴宜春宫一带游憩。《秦始皇本纪》载,二世被杀后,"以黔首葬二世杜南宜春苑中"③,《史记正义》在《哀二世赋》中引唐人所编《括地志》云:"秦宜春宫在雍州万年县西南三十里。宜春苑在宫之东,杜之南","(相如)今宜春宫见二世陵,故作赋以哀也"④,宜春宫与宜春苑虽非一处,但也连为一体。经过秦末至汉武帝时一个时期,二世葬处依然有迹可循,故有《哀二世赋》的创作。项羽曾毁坏秦始皇陵,但刘邦的态度相对温和,晚年曾下诏:"秦始皇帝……绝无后,予守冢……二十家"⑤,那么对于宫苑之内的二世陵该如何对待呢?新近出土的楚简中有一篇叫作《昭王毁室》,楚昭王建造新的宫室,占据了一位"君子"父亲的墓地,楚王得知后就拆除了建筑⑥。此类故事还很多,《晏子春秋》中也有记载,表明古人有尊重他人墓地的传统。不仅如此,汉人还将祭祀二世列入了国家祭典,这一点值得玩味。

《史记·封禅书》载,在汉高祖六年,天下已定之后,刘邦命人建立起一套祠祭系统,其中就包括祭祀二世皇帝:

> 其河巫祠河于临晋,南山巫祠南山秦中。秦中者,二世皇帝。各有时日。⑦

这里的"秦中"并非地理名称,应读为"秦仲",表次序,"秦中祠"就是二世皇帝祠⑧。《史记集解》引张晏曰:"子产云匹夫匹妇强死者,魂魄能依人为厉也"⑨,颜师古注《汉书》

---

① 〔汉〕司马迁《史记》,第3055页。《汉书·司马相如传》所录文字,"宗庙灭绝"后作"乌乎!操行之不得,墓芜秽而不修兮,魂亡归而不食",全文至此结束,而《史记》中"夐邈绝而不齐兮"以下,《汉书》俱无。〔汉〕班固《汉书》,北京:中华书局,1962年,第2591页。
② 〔梁〕萧统编,〔唐〕李善注《文选》,北京:中华书局,1977年,第128页。
③④⑤⑦⑨ 〔汉〕司马迁《史记》,第275、3055、391、1379、1380页。
⑥ 黄国辉《重论上博简〈昭王毁室〉的文本与思想》,《历史研究》2017年第4期。
⑧ 辛德勇《西汉秦中祠疏说》,《中国历史地理论丛》2013年第1期。

引张晏曰:"以其强死,魂魄为厉,故祠之。成帝时匡衡奏罢之"①,二世属于非正常死亡,而且曾有着皇帝的身份,其危害性可能更大,因此汉朝将之列入祀典。但是祭祀的场所并不在墓旁,而在南山即终南山中,距离宜春苑还有一段距离。《哀二世赋》中"望南山之参差",周寿昌认为是相如眺望终南山中的二世祠,"相如时尚有祠在南山也"②,这一解释是有一定道理的。

当然,"望"在古代还是一种祭祀的种类。《尚书·舜典》云:"望于山川,遍于群神",《传》曰:"九州名山、大川、五岳、四渎之属,皆一时望祭之。群神谓丘陵坟衍,古之圣贤者皆祭之"③,"望祭"一般是针对不易到达的地方,如始皇曾"行至云梦,望祀虞舜于九疑山","上会稽,祭大禹,望于南海"④,但有些可能又带笼统之义,《楚世家》载,"共王有宠子五人,无适立,乃望祭群神,请神决之,使主社稷"⑤,这里的"望祭"将远近都包括其中。司马相如的"望南山",若如周寿昌所言,应有"望祭"之义。

《汉书·东方朔传》载:

初,建元三年,(武帝)微行始出,北至池阳,西至黄山,南猎长杨,东游宜春。……是后,南山下乃知微行数出也。……于是上以为道远劳苦,又为百姓所患,乃使太中大夫吾丘寿王与待诏能用算者二人,举籍阿城以南,盩厔以东,宜春以西,提封顷亩,及其贾直,欲除以为上林苑,属之南山。……吾丘寿王奏事,上大说称善。……然遂起上林苑,如寿王所奏云。⑥

武帝扩建上林苑,南界直至终南山,汉人惯称"南山",宜春宫、宜春苑均已囊括进了上林苑之中。秦汉时期,帝王陵、寝、庙有别,秦始皇墓位于郦山,其祭庙曰"极庙","焉作信宫渭南,已更命信宫为极庙,象天极。自极庙道通郦山"⑦,汉高祖正庙在长安城内,而长陵据《史记集解》引皇甫谧所言:"在渭水北,去长安城三十五里"⑧。无论秦始皇还是汉高祖,他们的陵、庙都不在一处,之间颇有一段距离,汉朝将二世祠建于南山,是否受此惯例影响还有待确证。

南山在秦代具有特殊的意义。《秦始皇本纪》载:

乃营作朝宫渭南上林苑中。……自殿下直抵南山。表南山之颠以为阙。⑨

"阙"即门阙,又称为"观",是门的标志物。《三辅旧事》云:"始皇表河以为秦东门,表汧以为秦西门"⑩,《秦始皇本纪》又云:"于是立石东海上朐界中,以为秦东门"⑪,东门有着从黄河、华山间向大海扩大的趋向。无论东门、西门还是南门,都超越了一般的城墙规划,超出了城市中心区,以自然界的标志物为之,是始皇夸耀帝国强大的表现。因此"南

---

①⑥ 〔汉〕班固《汉书》,第1211、2847页。
② 〔清〕周寿昌《汉书注校补》,《国学基本丛书》本,第684页。
③ 〔清〕阮元校刻《十三经注疏》,北京:中华书局,1980,第126页。
④⑤⑦⑧⑨⑩⑪ 〔汉〕司马迁《史记》,第260、1709、241、394、256、241、256页。

041

山"的高峰还充当了秦之南门阙,具备了当代学者所言的"纪念碑性"①,在秦之政治生活中有重要意义。司马相如"望南山",想必亦有对秦之政治的回想。

司马相如在二世墓前的哀吊,也是一种礼仪,有着久远的礼制传统做支撑。《礼记·檀弓下》载:

> 子路去鲁,谓颜渊曰:"何以赠我?"曰:"吾闻之也,去国,则哭于墓而后行。反其国,不哭,展墓而入。"谓子路曰:"何以处我?"子路曰:"吾闻之也,过墓则式,过祀则下。"②

"式"通"轼",车前横木。经过墓地则凭轼站立,遇到祭祀则下车致意,都是为了表示尊敬之意。不仅如此,自汉初至汉末,都有过而祭祀的习俗。《史记·魏公子列传》载:"高祖(刘邦)始微少时,数闻公子贤。及即天子位,每过大梁,常祠公子"③,大梁是魏国的故都,信陵君作为魏国贵族应是埋葬于此,因此才有刘邦的祭祀。《屈原贾生列传》载:"及渡湘水,为赋以吊屈原"④,屈原虽无坟墓存世,但贾谊认为此处是屈原的终焉之地,故作赋以吊之。及至汉末,这一传统依然留存。《后汉书·桥玄传》载,桥玄对曹操有知遇之恩,曹操在经过桥玄墓地时举行祭祀的活动,并亲撰祭文:

> ……操以幼年,逮升堂室,特以顽质,见纳君子。增荣益观,皆由奖助,犹仲尼称不如颜渊,李生厚叹贾复。士死知己,怀此无忘。又承从容约誓之言:"殂没之后,路有经由,不以斗酒只鸡过相沃酹,车过三步,腹痛勿怨。"虽临时戏笑之言,非至亲之笃好,胡肯为此辞哉?怀旧惟顾,念之凄怆。奉命东征,屯次乡里,北望贵土,乃心陵墓。裁致薄奠,公其享之!⑤

桥玄与曹操的相约之言,看似戏谑,实则也反映出古人的风俗:过故人之墓,应该致祭以行礼。总的来说,这些都是特殊意义的纪念性活动,需要相应的仪式来完成。贾谊作赋、曹操撰文,与司马相如作赋是一致的。因此,《哀二世赋》的创作还有传统因素在其中发挥作用。

二、《哀二世赋》的情感表达

《论语》中记录了子贡的一段话:"纣之不善,不如是之甚也。是以君子恶居下流,天下之恶皆归焉"⑥,对于历史上的"反面"人物,都要带着这样一份警惕来看待,于秦二世也应如此。关于秦二世形象的塑造,比较完整的当属《史记》。《秦始皇本纪》《李斯列传》等

---

① 巫鸿《中国古代艺术与建筑中的"纪念碑性"》,上海:上海人民出版社,2009年,第5页。
② 〔清〕阮元校刻《十三经注疏》,第1311页。
③④ 〔汉〕司马迁《史记》,第2385、2492页。
⑤ 〔南朝宋〕范晔《后汉书》,北京:中华书局,1965年,第1697页。
⑥ 〔清〕刘宝楠《论语正义》,北京:中华书局,1990年,第748页。

均有关于二世的记载,矫诏即位、车裂李斯、最终被杀等等,这些内容已为后人所熟知。赵高告诫二世说:"今陛下富于春秋,初即位,奈何与公卿廷决事?事即有误,示群臣短也。天子称朕,固不闻声","于是二世常居禁中,与高决诸事"①,二世即位之后,基本上处于深宫之中,至于屠杀兄弟、诛杀大臣,这些都是统治阶级在权力过渡之际常见的内部矛盾。因此关于二世的记录,总体来说是比较干瘪的。

一个值得关注的现象是,《史记》中对二世年龄的记载存在分歧。《秦始皇本纪》云:"二世皇帝元年,年二十一"②,而《本纪》根据《秦纪》所做的年表又称,"二世生十二年而立"③。《秦本纪》云:"始皇帝五十一年而崩,子胡亥立,是为二世皇帝",《索隐》在"二世皇帝"处注曰:"十二年立。《纪》云二十一"④,因此即位年龄存在十二岁、二十一岁两种说法。近来有学者通过分析认为,从二世作为最小儿子的事实、始皇卒年、二世种种愚昧的表现,"十二年立"更合乎情理⑤,并引贾谊《新书·春秋》为证:胡亥即位前一段时间,曾在一次宴会时先于群臣离开,"视群臣陈履状善者,因行残败而去"⑥,此类无聊的恶作剧,确实属于年幼无知者所为。笔者认为,二世在政治上的表现,应考虑他的实际年龄,或许是因年少不熟悉政务、不通达人情而造成的。

近年来,相关的出土文献中也有与二世有关的记载。湖南文物考古研究所于 2013 在湖南益阳兔子山 9 号井发掘出了一篇秦二世登基文告,其文曰:

> 天下失始皇帝,皆遽恐悲哀甚,朕奉遗诏。今宗庙吏(事)及箸(书)以明至治大功德者具矣,律令当除定者毕矣,以元年与黔首更始,尽为解除故罪,令皆已下矣。朕将自抚天下,【正面】吏、黔首其具(俱)行事,毋以繇(徭)赋扰黔首,毋以细物苛劾县吏。亟布。
>
> 以元年十月甲午下,十一月戊午到守府。【背面】⑦

二世诏书称"朕奉遗诏",则与《始皇本纪》中记载不符,可以将之理解为二世对自己的粉饰,或者说一种行文惯例的延续,证明即位的正当,强调自己的正统地位。但"北大简"中《赵正书》的记载更具有戏剧性:

> 赵正流涕而谓斯曰:"……其议所立。"丞相斯、御史臣去疾昧死顿首言曰:"今道远而诏期窘(群)臣,恐大臣之有谋,请立子胡亥为代后。"王曰:"可。"⑧

"赵正"又作"赵政"即秦始皇,这是带有贬义的称呼。始皇临终之际令李斯等人商议继承人的问题,他们以路途遥远为理由,认为胡亥就在身边,由他即位不会引起内乱。

---

① ② ③ ④ 〔汉〕司马迁《史记》,第 271、266、290、221 页。
⑤ 李宝通《秦二世十二岁即位说》,《西北师大学报》(社会科学版)2005 年第 6 期。
⑥ 阎振益、钟夏《新书校注》,北京:中华书局,2000 年,第 250 页。
⑦ 陈伟《〈秦二世元年十月甲午诏书〉通释》,《江汉考古》2017 年第 1 期。
⑧ 北京大学出土文献研究所编《北京大学藏西汉竹书》(三),上海:上海古籍出版社,2015 年,第 190 页。

《赵正书》的记载只是孤证,并不能断然否定《史记》的真实性。与此同时,如果"北大简"是可靠的,也反映出,在汉代可能还存在另外一种声音,那就是秦二世的即位是有其合法性的,为始皇所认可。况且,密谋之事,后人也只能在传闻、猜测的基础上来加以认识。司马相如的生年略早于司马迁,司马相如对二世的认识是否与《史记》一致尚不得而知,但从他在赋中对二世的批评来看,颇有同情之因素,兼具"讽谏"之意,反映出史书、政论文之外的另一种"秦史观"。

相如谓"持身不谨兮,亡国失势","持身"既是儒家的话题,也是道家的话题。《大学》讲,修身、齐家、治国、平天下,《论语》记载孔子的话,"其身正,不令而行;其身不正,虽令不从"(《论语·子路》),"修身"是一切事业的起点。在道家眼里,则是对身之本体的爱惜,《老子》《庄子》多次论及"身"之重要,兼及君主。从儒家的角度看,胡亥未能修身以持正;从道家的角度看,胡亥未能全身远害。双重因素造成了他的"亡国失势",与司马相如同时代的董仲舒曾言:"故为人君者,正心以正朝廷,正朝廷以正百官,正百官以正万民"①,天子又称"元首",有垂范天下的义务,在这一点上,二世皇帝与之相去甚远。

"信谗不寤",或以为是言李斯为赵高所害,这是有道理的。然则以当时形势论之,纵使李斯不死,又岂能使秦朝免于灭亡的命运?李斯生前为求自保,曾向二世献"督责之术",鼓励二世穷奢极欲,并对臣民愈加严苛(《李斯列传》),法家学者有过度尊君的传统,他们无法挺身强谏。实际上,"不信谗言"更是一个永恒的政治话题。《小雅·青蝇》:"营营青蝇,止于樊。岂弟君子,无信谗言。营营青蝇,止于棘。谗人罔极,交乱四国。营营青蝇,止于榛。谗人罔极,构我二人","谗人"如飞来飞去的青蝇,无处不在,"谗言"无处不有,关键在于君主取舍,这是一种政治能力。朱熹《诗集传》曰:"诗人以王好听谗言,故以青蝇飞声比之,而戒王以勿听也。"②君王处理政治往往通过听政、议政来实现。《左传·昭公元年》言:"君子有四时,朝以听政,昼以访问,夕以修令,夜以安身。"③《国语·周语上》载邵公劝谏厉王的话:"故天子听政,……而后王斟酌焉,是以事行而不悖。"④斟酌、辨明各种言论,是对君主执政能力的重要考验,相如称"信谗不寤兮,宗庙灭绝",说明二世缺乏相应的行政能力。

承上,赋言"坟墓芜秽而不修兮,魂无归而不食""复邈绝而不齐(斋)兮,弥久远而愈休",坟墓不修尚且可以理解,而汉初既然已有"秦中"之祀,赋中为何又说祭祀断绝呢?笔者推测,这里涉及对秦汉时代祭祀制度的理解,质言之,相如大概是针对天子所应享有的宗庙祭祀而言。贾谊《过秦论》中反复提到"宗庙":"一夫作难而七庙隳,身死人手""借使子婴有庸主之材,仅得中佐,山东虽乱,三秦之地可全而有,宗庙之祀宜未绝也"⑤,对于君主而言,宗庙既是祭祀祖先的地方,也是君主死后享受祭祀的地方,在当时是最为重要

---

① 〔汉〕班固《汉书》,2502—2503 页。
② 〔宋〕朱熹注,赵长征点校《诗集传》,北京:中华书局,2011 年,216—217 页。
③ 〔清〕阮元校刻《十三经注疏》,第 2024 页。
④ 上海师大古籍整理组校点《国语》,上海:上海古籍出版社,1978 年,第 9—10 页。
⑤ 阎振益、钟夏《新书校注》,第 3、16 页。

的祀典。秦朝的宗庙制度缺乏记载,但汉承秦制,汉朝制度能做作为参考,或者说是相如借以议论的标准。

汉朝建立后,朝廷缺乏礼仪规范,叔孙通建议说,"臣愿颇采古礼与秦仪杂就之"①,秦朝礼制是叔孙通制定汉礼的重要依据。又"高帝崩,孝惠即位,乃谓通曰:'先帝园陵寝庙,群臣莫习。'徙通为奉常,定宗庙仪法"②,汉初距秦不远,叔孙通所定宗庙礼制应与秦朝有相通之处。"高后时患臣下妄非议先帝宗庙寝园官,故定著令,敢有擅议者弃市"③,叔孙通所定制度一直沿袭到西汉末年。据《汉书·韦贤传》载:

> 京师自高祖下至宣帝,与太上皇、悼皇考各自居陵旁立庙,并为百七十六。又园中各有寝、便殿,日祭于寝,月祭于庙,时祭于便殿。寝,日四上食;庙,岁二十五祠;便殿,岁四祠。又月一游衣冠。④

"宗庙"只是一种泛称,对于西汉的皇家祭祀而言,陵上有寝(正殿)、便殿,陵旁立庙,以庙最为重要,"'寝'只作为侍奉墓主灵魂日常起居生活的处所,重要的祭祀祖先的典礼还必须在陵园以外的'庙'"⑤,在"寝"中,一天要供食四次;在"庙"中,一年二十五次,这是秉承了"事死如事生"的传统,是对现实生活的模拟。对于汉代人来说,秦朝灭亡,宗庙之祭也就停止了,因此无论始皇还是二世,都已无法享受如此丰富的祭祀,无疑对于汉武帝是一种警惧。关于汉初所立诸神的祭祀时间、次数,《史记·封禅书》载,"令丰谨治枌榆社,常以四时春以羊彘祠之",梁巫、晋巫、秦巫、荆巫、九天巫所掌,"皆以岁时祠宫中","岁时"即一岁四时,"其河巫祠河于临晋,而南山巫祠南山秦中。……各有时日",这里的"各有时日"未明言具体次数,但总数也不可能超过四时之祭,由此可以想见,其与天子宗庙之祭祀差异是十分巨大的! 桓谭评价这篇赋说,"其言恻怆,读者叹息",应是对赋中描写二世身后所遭礼遇的真切感受。

三、"望南山"的多重内涵

刘勰称此赋"全为赋体",就作品而言,是指对沿途所见景物的铺排描写,自"登陂陁之长阪兮,坌入曾宫之嵯峨"起,直至"弥节容与兮,历吊二世"。既然以"赋"名篇,本属赋体文学,刘勰又为何称其"全为赋体"呢? 这既是就"哀吊"文体而言,也是与《吊屈原赋》相比较的结果。赋的落脚点是抒发对历史的思考,但一篇之眼目在"望南山"。细绎全文,"望南山"呈现出多重内涵:

第一,在政治上,提倡"美政"。

"南山"作为方位词在各地均有出现,以《诗经》为例,《齐风》中"南山崔崔"(《南山》)、《曹风》中"南山朝隮"(《候人》)等,都是指当地的"南山"。但在关中地区,大多与终南山有关。《秦风·终南》明言之:"终南何有? 有条有梅。君子至止,锦衣狐裘。颜如渥丹,

---

①②③④ 〔汉〕班固《汉书》,第2126、2129、3125、3115—3116页。
⑤ 杨宽《中国古代陵寝制度史研究》,上海:上海古籍出版社,1985年,第33页。

其君也哉！终南何有？有纪有堂。君子至止，黻衣绣裳。佩玉将将，寿考不忘！"①这是歌颂君主的诗，并祝福其长寿。《小雅》中涉及"南山"最多，《天保》："如月之恒，如日之升。如南山之寿，不骞不崩"，《诗序》："下报上也。君能下下以成其政，臣能归美以报其上焉"；《南山有台》："南山有台……万寿无期"，《诗序》："乐得贤也。得贤则能为邦家立太平之基矣"；《斯干》："秩秩斯干，幽幽南山。如竹苞矣，如松茂矣。兄及弟矣，式相好矣，无相犹矣"，《诗序》："宣王考室也"；《节南山》："节彼南山，维石岩岩。赫赫师尹，民具尔瞻"，《诗序》："家父刺幽王也"；《蓼莪》"南山烈烈，飘风发发"，《诗序》："刺幽王也。民人劳苦，孝子不得终养尔"；《信南山》："信彼南山，维禹甸之。畇畇原隰，曾孙田之"，《诗序》："刺幽王也。不能修成王之业，疆理天下，以奉禹功，故君子思古焉"②。《天保》《南山有台》借"南山"表达长寿的愿望，又反映出君臣、上下协和的关系；《斯干》描绘山水之间有深竹、茂林，歌咏家庭关系的和谐；《节南山》仿佛是说，高耸峻拔的南山，应该成为师尹之类重臣的人格榜样；《蓼莪》两次提到"南山"，实则将之当作了呼救、倾诉的对象；《信南山》追溯历史，将南山之田与大禹联系起来。总之，借"南山"领起美好的政治意象，无疑指向政治清明的"美政"。

顾祖禹言，"《诗》谓之终南，亦谓之南山"，小注曰："《秦风》'终南何有'、《小雅》'南山有台'及'节彼南山'之类，皆指终南也。"③据此，这几首诗中所言"南山"都是终南山。古人对秦岭、终南山的认识有广义、狭义之分，随着历史的变迁，也有相应的变化，但总的来说，在秦汉时期，处于长安南面、今秦岭一线可泛称"南山"，是长安以南的重要屏障，所以东方朔称："夫南山，天下之阻也。"④结合秦始皇"表南山之巅以为阙"论之，长安南面一段"南山"具有丰富的政治、文化内涵。

第二，在精神上，追求雄壮崇高。

就文学书写言之，赋作对"望南山"所见之景描绘得极为细致。"岩岩深山之谾谾兮，通谷豁兮谽谺"，"谾谾"是深通貌，"谽"是大开貌，从以"谷"字旁居多的联边字的使用来看，南山的山谷给作者留下了极深的印象。值得关注的是，南山自古以来以山谷多而著名，清代毛凤枝撰《南山谷口考》称"南山谷口北向者，起潼关，抵宝鸡，凡得一百五十所"⑤，南山北向即朝着长安城那一面，东起潼关，西至宝鸡，有150多个谷口。位于长安正南方者称子午谷，是直通汉中的重要通道，又称子午道。当代考古研究表明，汉代长安城曾有一条南北向建筑基线，"这条基线通过西汉都城长安中轴线延伸，……南至秦岭山麓的子午谷口，总长度达74公里"⑥，《哀二世赋》对山谷的关注，并非无的放矢。"岩岩"是高峻貌，"谾谾"言空而深，"通谷豁兮谽谺"表明山谷空旷而无阻挡，给人以雄壮的境界；"汨淢"是水急流貌，终南山是长安诸多水系的源头，水自山谷中流出，注入关中平原，因此"汨淢噏习以永逝兮，注平皋之广衍"符合实际的情况，给人以开阔的意象。作者的

---

① 〔清〕阮元校刻《十三经注疏》，第 372—373 页。
② 〔清〕阮元校刻《十三经注疏》，第 412、419、436、440、459—460、470 页。
③ 〔清〕顾祖禹《读史方舆纪要》，北京：中华书局，2005 年，第 2459 页。
④ 〔汉〕班固《汉书》，第 2849 页。
⑤ 〔清〕毛凤枝撰《南山谷口考》，清同治七年刻本。
⑥ 秦建明、张在明、杨政《陕西发现以汉长安城为中心的西汉南北向超长建筑基线》，《文物》1995 年第 3 期。

视角是由远及近,此时逐渐收回视线:"观众树之壅蔓兮,览竹林之榛榛",周遭繁盛的树木与竹林透出勃勃生意,也激发作者的游兴。

自"望南山"之后的六句,都是静态的观望,蕴含着昂扬之气。之后才有"东驰土山兮,北揭石濑",从静态转入动态,这里的"东"与"北"可能也是泛指,显现出纵横驰骋、出左入右的恣肆意态。但"弭节容与兮,历吊二世"可谓戛然而止,并正色以对。全文是一个从雄壮而进入崇高的过程,在高山、大川的映衬下,人的壮美、崇高之情油然而生,产生肃穆之情,然后在历史的古迹上发幽古之思,复增一层厚重。

第三,在文学史上,成为写实性纪行赋的开端。

比较发现,以《离骚》为代表的骚体作品,特别擅长写路途、行程,将无可告诉的愤懑与主人公的四处奔走联系以来,以抒发心情。但骚体作品的"行旅"或者叫作"出走",多数是以主人公具备"神格"为前提的,因此得以神游九天。《离骚》之外,汉人所作的赋,如司马相如的《大人赋》、冯衍的《显志赋》、张衡的《思玄赋》等都是如此。即使如扬雄创作《甘泉赋》《河东赋》涉及现实中帝王祭祀天地的行程,也不注重实际的路线,基本按照楚辞模式描写,是将人间帝王赋予了神性。

值得关注的是,两汉之际刘歆的《遂初赋》、班彪的《北征赋》显得较为特别。《遂初赋》是作者由河内贬往五原时所写,贯穿整个山西,因此颇多晋国史事,一般将之作为第一篇纪实性的作品。但相较于《北征赋》,《遂初赋》的行程虽然真实、连贯,却仍有"神游"的影子,如开头部分:"跻三台而上征兮,入北辰之紫宫。备列宿于钩陈兮,拥大常之枢极"①,尚未完全摆脱楚辞的影响。稍后出现的《北征赋》则一改前人旧辙,叙写从长安出逃凉州的过程,不仅路线真实、有序,而且在修辞上也平实无华,摈弃了"神游"模式,追溯其源头,则当推《哀二世赋》。《哀二世赋》号称"全为赋体",自起首直至整个行程结束,均实写其路程,是真实性与现实性的反映,至少在骚体内部,开启了实写行旅的先河。

终南山坐落于都畿之内,在汉赋中多次被提及,一般较为简略。司马相如之后,班固曾作《终南山赋》,是《哀二世赋》后另一篇对终南山进行全面描写的作品,但流传至今的已是残篇,有两点值得注意:一是对终南山的景色进行描摹,应该说是对《哀二世赋》的继承和发展;二是融入了人文典故:"荣期绮季,此焉恬心"②,"荣期"是春秋时隐士荣启期,"绮季"即绮里季,代指秦末汉初隐士群体——东园公、角里先生、绮里季、夏黄公四人,"南山"被赋予了隐士文化。《哀二世赋》《终南山赋》之后,"望南山"成了文学创作中时常出现的意象,以陶渊明的《饮酒》(其五)影响最大。陶氏"采菊东篱下,悠然见南山"一语经苏轼揄扬,成为千古名句,尤其赞美"见南山"的精工。这里的"南山"究竟是庐山,还是关中的"南山",时常成为论争的焦点。此外,在诗歌版本上,除了"见南山"之"见",又有"望"作为异文与之并行。文学本身是有多义性的,它在继承中发展,在讨论陶诗时,如果回望司马相如"望南山"的多重内涵,以及汉魏之后的"望南山",或许亦有裨益。

[作者简介] 蒋晓光,华侨大学文学院教授

---

①② 费振刚等校注《全汉赋校注》,广州:广东教育出版社,2005年,第317、534页。

敦煌残卷《楚辞音》所代表的时代与楚辞音义文献的产生[*]

牟 歆

[摘 要] 关于敦煌残卷《楚辞音》抄写的时代虽存在争论,但从它显示出的内容、语音系统和异文、避讳等方面来看,其原书确当产生于魏晋南北朝时期,并在内容和体例上表现出摘字为释,既有注音释义,又包括异文校勘,且含有通过注音来区别字义和用法等特点。这与之前王逸《楚辞章句》和郭璞《楚辞注》均有不同,而这种不同正体现了楚辞音义文献由无到有、从零散注音到专书研究的产生和发展历程。

[关键词] 《楚辞音》 音义文献 内容 体例 产生

楚辞学著作中最早以"音义"或"音"命名的文献见载于《隋书·经籍志》,包括徐邈撰《楚辞音》一卷、宋处士诸葛氏撰《楚辞音》一卷、孟奥撰《楚辞音》一卷、未著录作者《楚辞音》一卷、释道骞《楚辞音》一卷,惜多已亡佚。有幸的是敦煌残卷《楚辞音》的出现,让我们终于可以一见魏晋南北朝时期楚辞音义文献的真容,因而自被发现以来它就备受学界关注。以往学界对敦煌残卷《楚辞音》的研究多集中在文献释读和作者考索等方面,却忽略了其与同时代或后世楚辞音义文献之间的联系,故而未能真正明确它在楚辞音义和整个楚辞学史上的地位。那么,作为现存最早的楚辞音义文献,敦煌残卷《楚辞音》原书究竟产生于何时?在内容和体例上有何特点?怎样表现了楚辞音义文献的产生?本文将对这些问题试作讨论,以求教于学界。

一、敦煌残卷《楚辞音》代表的时代

对敦煌残卷《楚辞音》的研究,学界已有了诸多成果。由于卷中"兹"字下有"骞案"字样,又不避隋唐讳,故王重民、闻一多二先生均认为其即《隋书·经籍志》所载之"释道骞《楚辞音》"[①]。

---

[*] 本文系国家社科基金青年项目"楚汉辞赋音义文献研究"(项目批准号:18CZW010)阶段性成果。
[①] 王重民《楚辞音残卷跋》,《敦煌古籍叙录》,北京:中华书局,1979年,第275页;闻一多《敦煌旧抄本楚辞音残卷跋》,《闻一多全集》,上海:开明书店,1948年,第二册第497页。

而周祖谟先生以为"道骞"应作"智骞"①,饶宗颐先生以为应作"道骞"②,神田喜一郎和姜亮夫先生则认为当作"智骞"③。他们对作者名字的看法虽然有异,但对该抄本的时代在隋唐之间则均无异议。李大明先生《道骞〈楚辞音〉论考》则认为:"残卷引《广雅》不避'广'字讳,引《世本》不避'世'字讳,则此写本当抄于五代或稍后,盖非唐写本也。"④

笔者认为,敦煌残卷《楚辞音》作为现存最早的楚辞音义文献专书,对于讨论楚辞音义文献的产生至关重要。该书的作者究竟是谁,抄写的时代又在何时?这些问题其实对研究楚辞音义文献的产生不会有太大影响,但该书真正产生的时代却非常关键。因为它代表了楚辞音义文献专书产生的最早形态,表现出楚辞音义文献的一般体例和内容。所以我们要讨论楚辞音义文献的产生,就必须先弄清敦煌残卷《楚辞音》原书产生的时代。

首先,判断《楚辞音》残卷年代的最直接依据就是卷中的避讳现象。卷中不避隋讳"广",亦不避唐讳"世",所以李大明先生认为该卷子必然抄于五代或稍后。其实这里应该有两种可能性,一种的确是在五代或稍后,另一种则是抄于隋文帝仁寿四年(604)即隋炀帝杨广即位以前。因为既然杨广尚未即位,所以"广"字自然也就不在避讳之列,而唐讳"世"字就更不用说了。

虽然黄耀堃先生曾作《道骞与〈楚辞音〉残卷的作者新考》一文,从避讳、楚音、按语、协韵、异文等五个方面论证了"P.2494写本似不是骞公的《楚辞音》"⑤,但关于《楚辞音》残卷的作者,目前学界普遍认为还是骞公。关于骞公的生活时代,黄耀堃先生则有较为详细的考察。其云:

> 按《隋书》以及与骞公相关的人物,大致可以推断骞公为隋人,或者卒于隋代。与骞公同时代而寿数确实可考的只有法侃,法侃卒于唐武德六年,年七十三(551—623);至于与骞公同属慧日道场的智果,在仁寿(601—604)之后进入慧日道场,那时骞公已在那里,因此骞公的活动年代大约始于隋代以前,而卒于隋代,因此他的作品被收入《隋书·经籍志》。另一方面,骞公在隋朝中期时年纪已不少,也因此被称作"骞公"。至于同附《续高僧传·智果传》末的玄应,他的著作不收入《隋书》,而见于《新唐书》,称作《大唐众经音义》,因此可以相信骞公的活动时间应该在隋代的中后期。⑥

所以《楚辞音》残卷原书的创作和抄写时间都完全可能是在隋仁寿四年以前,故而既不用避隋讳"广",也不用避唐讳"世"。

其次,敦煌残卷《楚辞音》中的注音也可体现其原书创作的时代。敦煌残卷《楚辞音》中有七处协韵,分别为:

---

① 周祖谟《骞公〈楚辞音〉之协韵说与楚音》,《辅仁学志》1940年第2期。
② 饶宗颐《楚辞书录》,香港:Tong Nam Printers & Publishers,1956年,第105页。
③ [日]神田喜一郎《缁流の二大小学家——智骞と玄应》,《支那学》第七卷第一号,1933年,第30页;姜亮夫《智骞〈楚辞音〉跋》,《中国社会科学》1980年第1期。
④ 李大明《楚辞文献学史论考》,成都:巴蜀书社,1997年,第141页。
⑤⑥ 黄耀堃、黄海卓《道骞与〈楚辞音〉残卷的作者新考》,《汉语史学报》,2003年。

属,协韵作章喻反。①
下,协韵作户音。②(共三处)
马,协韵作妈音,同亡古反。③
古,协韵作故音。④
行,协胡刚反。⑤

周祖谟先生曾根据唐钞本《文选集注·离骚》"周流乎天余乃下"句下所引《文选音决》"下,楚人音户"⑥,并对比敦煌残卷《楚辞音》关于"下"字的注音,认为残卷中的"协韵"正是骞公能为"楚声"的表现。⑦但姜亮夫先生通过考订后指出:"凡其协音,皆魏、晋、齐、梁以来旧音,且大体皆见于《毛诗》、《尚书》、《周易》之中,而非即为楚音。"⑧也就是说,敦煌残卷《楚辞音》中的七处协韵都是魏晋南北朝时期的音读。除此之外,姜先生还对残卷的所有音切进行了对比研究,得出了以下结论:

> 其注音之法,一本汉儒旧例,无所更革或新增。最重要者,此二百余反语及其直音,余一一照以汉儒旧音,皆无扞格。又以魏、晋以来字书、韵书,如李季节、夏侯咏、阳、吕、杜诸家及《经典释文》所载,郑玄、服虔、伪孔安国、徐邈、郭璞诸音及玄应《一切经音义》所引,皆有所本。偶有唇音轻重相左、牙音轻重相左之象,亦皆旧说之承用,而非新切之更订。余更照以隋、唐人韵书所载(以余《敦煌韵辑》为据),亦无一不在诸韵字中。即一字数反者,亦一一符合于旧音。⑨

也就是说,姜先生认为《楚辞音》残卷中的所有注音都与魏晋南北朝时的音读相同,而不仅仅是协音。笔者也将《楚辞音》残卷中的注音与《经典释文》所载徐邈等人的六朝旧音作了比对,发现确实如此。现举十例,如下表所示:

表1:《经典释文》所载六朝旧音与《楚辞音》残卷注音对照表

注音字	《经典释文》	敦煌残卷《楚辞音》
过	古卧反,罪过也,超过也	古卧反
知	音智	智音
相	息羊反	息羊反;息亮反
饮	于鸩反	于鸩反
严	鱼检反	鱼俭反(《文选音决》所引作"鱼检反")

---

①②③④⑤ 智骞《楚辞音》,黄永武主编《敦煌丛刊初集》,台北:新文丰出版公司,1985年,第13册第516,516、517、520、516、518、520页。
⑥ 周勋初纂辑《唐钞文选集注汇存》,上海:上海古籍出版社,2000年,第1册第873页。
⑦ 周祖谟《骞公〈楚辞音〉之协韵说与楚音》。
⑧⑨ 姜亮夫《智骞〈楚辞音〉跋》。

续　表

注音字	《经典释文》	敦煌残卷《楚辞音》
行	下孟反	遐盲反;遐孟反;下孟;协胡刚反
还	音全	旋音
揭	居谒反	丘桀反
和	胡卧反	胡戈反
椒	子料反	子遥反

从上表所列音切来看,存在以下几种情况。

第一,有二书注音完全相同者。这不仅包括直音和反切均相同者,如均把"知"注为"智"和均把"相"注为"息羊反"。也包括反切的上、下字用字不同,但实则切音相同的例子,如"行",《经典释文》的"下孟反"为匣纽更韵,敦煌残卷《楚辞音》的"遐孟反"亦是匣纽更韵。但在这当中又分为两种情况。一种是注音和字义均相同。如《经典释文》所注之"严"取自《尚书·皋陶谟》"日日严祗敬六德"之"严",孔颖达曰:"严则敬之壮也。"①敦煌残卷《楚辞音》所注之"严"为《离骚》"汤禹严而求合兮"之严,王逸《章句》亦曰:"严,敬也。"②故而二"严"字音义俱同,实即为"儼"字。另一种则只是注音相同,但注音字的字义却不同。如《经典释文》所注之"过"字取自《易·大过》之"过",意为罪过、超过;而敦煌残卷《楚辞音》所注之"过"为王逸《楚辞章句》"使不得过也"之"过",是经过之义。二者意义不同,但均注为"古卧反"。这些都说明敦煌残卷《楚辞音》的原作者在对前人学说广泛继承的同时,又注意区分鉴别。如果其作者真是骞公的话,那就正如道宣《续高僧传》卷三十《杂科·声律》附《隋东都内慧日道场释智果传》所称,智骞诚为"遍洞字源,精闲通俗"③者。

第二,有二者注音相似者。其中又有几种情况。一是声纽相同,韵部不同。如"还",《经典释文》音"全",为从纽元韵;《楚辞音》音"旋",为邪纽元韵。二字实则一声之转。二是声纽、韵部均相同,但声调不同。如"椒",《经典释文》音"子料反",为啸韵去声;《楚辞音》音"子遥反",为宵韵平声。《经典释文》在这里实际是引用徐邈《毛诗音》中的注音。蒋希文在研究以徐邈为代表的魏晋南北朝语音系统时曾说:"《广韵》的平声字和去声字在徐邈的读音里常有混切。"④看来确实如此,这也说明徐邈生活的时代尚未受到"四声八病说"的影响,平上去入四声虽然早已存在,但声调对于语音表达的作用和影响还未像后来一样重要。然则,《楚辞音》残卷的注音在声调上比徐邈更贴近于中古语音的实际,则说明其作者在对前代学者学说继承的同时,也注意将其与自身所处时代的语音特点相融合,使得其音注更为符合当时的实际情况,这也是一种建立在继承基础上的发展和推进。

---

① 孔颖达《尚书正义》,《十三经注疏》,北京:中华书局,1980年,第139页。
② 洪兴祖《楚辞补注》,北京:中华书局,1983年,第37页。
③ 道宣《续高僧传》,《大正新修大藏经》,石家庄:河北省佛教协会,2009年,第50册第704页。
④ 蒋希文《徐邈反切系统中特殊音切举例》,《中国语文》1994年第3期。

因而从敦煌残卷《楚辞音》注音的特点上看,已经可以充分说明其原书的创作年代应在魏晋南北朝时期。

再次,从《楚辞音》残卷引文与传世文献所产生的异文中亦可推测其年代。黄耀堃先生《道骞与〈楚辞音〉残卷的作者新考》一文末尾附有许建平教授的一条意见,颇有参考价值。其云:

> 残卷39行"佚"条引《尚书》曰:"无教佚欲有邦。"唐石经"佚"作"逸"。天宝三载卫包改隶古字本为今字本,开成时刻入唐石经。在政令之下全国通行今字本,则作逸之本应该看作天宝以前东西,至迟亦应是唐中期以前之本。今残卷所引者作"佚",是否从中透露出该写卷作于唐中期以前的咨讯?另,该卷字体优美,行款疏朗,略带隶意,就我的感觉,这种优美的写卷,大多是敦煌陷蕃前的写本。这个本子为六朝本的可能性较大。①

今检敦煌残卷《楚辞音》引《尚书》确实作"无教佚欲有邦"②,而今本《尚书》卷四《皋陶谟》正作"无教逸欲有邦"③。卫包受诏改《尚书》隶书为楷书是在唐玄宗天宝三载(744),开成石经刻成是在唐文宗开成二年(837),之后《尚书》定本均依照石经施行。而敦煌残卷《楚辞音》引《尚书》仍从古体,则其原书的写作至迟应在开成二年以前。再加上其又不避"广""世"二字,故可推知其书恐当为魏晋南北朝时期之作。

最后,洪兴祖《楚辞补注》中亦有旁证。《楚辞补注》"楚辞卷第一"五字后有洪兴祖题解,其云:

> 隋唐书《志》有皇甫遵训《参解楚辞》七卷、郭璞注十卷、宋处士诸葛《楚辞音》一卷、刘杳《草木虫鱼疏》二卷、孟奥音一卷、徐邈音一卷。……隋有僧道骞者善读之,能为楚声,音韵清切。至唐,传楚辞者,皆祖骞公之音。④

这里有两点值得注意:一是洪兴祖只说隋唐书《志》中记载有郭璞、孟奥、徐邈等人著作,但他本人极有可能从未见到过这些文献。二是洪兴祖引用《隋书·经籍志·楚辞类序》中的话时将"至今传《楚辞》者,皆祖骞公之音"⑤改作了"至唐,传楚辞者,皆祖骞公之音"。

洪兴祖提到的这些文献,学界多以为基本在宋初或更早的时代就已经亡佚,闻一多就曾说:"夫为楚辞学者,自汉王逸以下逮宋之洪、朱,约及千载,代有名家,而郭《注》、骞《音》之名,尤赫然在目耳。顾其书自唐中叶以还,似已荡然靡存,而史志所胪,空有其目,

---

① 黄耀堃、黄海卓《道骞与〈楚辞音〉残卷的作者新考》。
② 智骞《楚辞音》,《敦煌丛刊初集》,第13册第517页。
③ 孔颖达《尚书正义》,《十三经注疏》,第139页。
④ 洪兴祖《楚辞补注》,第1页。
⑤ 魏徵《隋书》,北京:中华书局,1973年,第1056页。

譬如丰碑载涂,徒足为欷嘘凭吊之资耳。"①所以洪兴祖在他的《楚辞补注》中就从未引用过上述文献。

至于洪兴祖引《隋志》改"至今"作"至唐",似乎也说明骞公的楚声之读并没有流传到洪兴祖的时代,他认为至多只传到唐代便已消亡。而在南宋初年或许也有人传播楚声,但洪兴祖本人却根本不知道楚声之读是什么样子,或者这种楚声的传播就根本不是在楚辞学中进行的。朱熹在《楚辞集注序》中也说道:"及隋、唐间为训解者尚五六家,又有僧道骞者,能为楚声之读,今亦漫不复存,无以考其说之得失。"②则似乎也表明《楚辞音》等文献在当时就散亡已久无从考释了。这也能为敦煌残卷《楚辞音》的原书写作时代在魏晋南北朝时期作一旁证。

总之,关于敦煌残卷《楚辞音》的作者到底是谁,确实很难考订清楚,它的抄写时间也存在着多种可能。不过,其原书产生的时代却可以得到确定。从它显示出的内容、语音系统、异文和避讳习惯等方面来看,其原书产生的时代应当在魏晋南北朝时期。确定了这个重要的前提,就为我们讨论楚辞音义文献的产生奠定了逻辑起点。

二、章句时代的楚辞与音义时代的楚辞

既然敦煌残卷《楚辞音》是现存最早的楚辞音义文献专书,又是唯一可见的魏晋南北朝楚辞音义文献,那么它在内容上有何特点呢?这就需要从《楚辞音》与《楚辞章句》的对比中来讨论。因为《楚辞章句》作为现存最早和最完整的楚辞学著作,在楚辞学史上占有重要地位,而将其与《楚辞音》残卷进行对比,便可以发现它们各自的特点、作用以及它们之间的区别。

第一,注释的形式不同。敦煌残卷《楚辞音》共注音305字,起自《离骚》"驷玉虬以乘鹥兮",终于"杂瑶象以为车",从《离骚》正文与王逸《章句》中依次摘字注音,其中正文194字,注文111字。③ 如《离骚》"驷玉虬以乘鹥兮,溘埃风余上征",《楚辞音》残卷就依次摘取了"乘""鹥""溘""埃""上"五字为释。又如"朝发轫于苍梧兮,夕余至乎县圃",依次摘取了"朝""轫""县""圃"四字注释。注音方法包括反切、直音和如字或依文读三种方式,如"上,时壤反"④,"结,计音"⑤,"上下,二字依文读"⑥等。经笔者统计,在三种注音方式中,反切注音运用最多达236次,直音37次,如字或依文读5次。这些注音还体现出区别字词意义和用法的特征。如卷中"好"字凡六见,其中一处注为"呼老反"⑦,五处注为"耗音"⑧。"呼老反"一音,当为《离骚》"鸩告余以不好"一句之"好"字注音。此句,王逸注云:"言我使鸩鸟为媒,以求简狄,其性逸贼,不可信用,还诈告我言不好也。"⑨五臣云:"忠贤,逸佞所疾,故云不好。"⑩洪兴祖云:"好,读如好人提提之好。"⑪则此好字当作好坏之

---

① 闻一多《敦煌旧抄本楚辞音残卷跋》,《闻一多全集》,第二册第497页。
② 朱熹撰,黄灵庚点校《楚辞集注》,上海:上海古籍出版社,2015年,第4页。
③ 案:此为李大明先生《楚辞文献学史论考》中的观点,其中包含了注文下谓"下同",可视为注文之重出者11字。
④⑤⑥⑦⑧ 智骞《楚辞音》,《敦煌丛刊初集》,第13册第515、515、519、518、516、518、518、519、520页。
⑨⑪ 洪兴祖《楚辞补注》,第33、33页。
⑩ 萧统编,李善等注《六臣注文选》,北京:中华书局,1987年,第612页。

好讲,故音"呼老反"。而其余五处分别为《离骚》"好蔽美而嫉妒""好蔽美而称恶""民好恶其不同兮""苟中情其好修兮"和"莫好修之害也"之"好"字的注音。关于此五"好"字,王逸分别注云"好蔽美德"①、"故群下好蔽忠正之士"②、"言天下万民之所好恶,其性不同"③、"言诚能中心常好善"④、"以上不好用忠正之人"⑤。不难看出,这五个"好"字都是爱好、好恶之好,故读为"耗音"。而《楚辞章句》则是以句为单位进行解释,基本上是每句有训诂,然后每两句串讲一次大意。如《离骚》"摄提贞于孟陬兮,惟庚寅吾以降",王逸于第一句下注:"太岁在寅曰摄提格。孟,始也。贞,正也。于,于也。正月为陬。"⑥在第二句后注曰:"庚寅,日也。降,下也。《孝经》曰:故亲生之膝下。寅为阳正,故男始生而立于寅。庚为阴正,故女始生而立于庚。言己以太岁在寅,正月始春,庚寅之日,下母体而生,得阴阳之正中也。"⑦其中,第一句和第二句"故女始生而立于庚"之前的内容都是字词的训诂,而"言己以太岁在寅"之后的内容为串讲这两句的大意。这是《楚辞章句》最常见的体例,但《天问》和《橘颂》中也有两句一训诂、四句串讲一次大意的情况。如《天问》"女歧无合,夫焉取九子?伯强何处,惠气安在"四句,王逸于前两句下注曰:"女歧,神女,无夫而生九子也。"⑧于后两句下注曰:"伯强,大厉,疫鬼也,所至伤人。惠气,和气也。言阴阳调和则惠气行,不和调则厉鬼兴,二者当何所在乎?"⑨是其证也。《橘颂》则通篇都是这种方式。

第二,注释的内容有异。除注音以外,敦煌残卷《楚辞音》也有对字词的训诂和文义的疏通。如"滥,苦阖反。王逸云:'滥,犹掩也。'案:掩,盖也。《埤苍》云'滥,依也'。"⑩又如"圃,布音。《广疋》曰:'昆仑虚有三山,阆风、板桐、县圃,其高万一千里百一十四步一尺六寸。'案:总曰昆仑,别则三山之殊,而县圃最在其上也。"⑪同时,对于各本之异同也有记录和订正。如"楮,注本作枝字。"⑫又如"须臾,本或作消摇二字,非也。"⑬但由于是摘字注释,所以并不包含文章大义的解读。而《楚辞章句》的注释内容则包括字词训诂和文义串讲,如上文谈到《楚辞章句》注释体例时所举例证皆是如此。当然还有每篇的题解,这个解题通常又称之为序,位于每篇的题目之后正文之前。还有一点值得注意,即《楚辞章句》中并没有一处涉及注音。

第三,注释的对象有别。《楚辞音》残卷除了注释《楚辞》诗句中的文字外,还对王逸《章句》中的文字进行注释。如残卷第二行的"离,力智反"⑭就是《离骚》"滥埃风余上征"一句下王逸《章句》"去离世俗"⑮中的"离"字。据统计,敦煌残卷《楚辞音》共注音305字,其中出于王逸《章句》者111字,占到了总数的三分之一,看得出其依据的底本就是《楚辞章句》。而《楚辞章句》注释的对象则是刘向所辑的十六卷《楚辞》以及王逸自作的《九思》一卷,只涉及《楚辞》文句,不包含前人的注释。王逸在《离骚叙》中虽曾提到过在他之前研究《楚辞》的刘安、刘向、班固、贾逵诸家,但纵观《楚辞章句》似乎对这些著作均未称引,更不用说对他们的观点进行解释了。

---

①②③④⑤⑥⑦⑧⑨⑩⑪⑮ 洪兴祖《楚辞补注》,第 30、34、36、38、40、3、3、89、89、515、515、26 页。
⑫⑬⑭ 智骞《楚辞音》,《敦煌丛刊初集》,第 13 册第 515、515—516、515 页。

上述这些存在于《楚辞章句》和《楚辞音》注释上的差异反映出的核心问题实际上是章句和音义文献在体例与作用上的区别，同时也表现出了楚辞音义从无到有的过程。

章句是一种注释儒家经典的文献，据说"始于子夏"①。颜师古说："章句谓离章辨句，委屈枝派。"②孙奭说："章句者，章，文之成也；句者，辞之绝也。"③其实都指出了章句的体例和作用，即首先明确经典的句读，然后再给经典划分章节并概括大意，进而阐述义理。刘师培在《国学发微》中又将"章句"与"故""传"等经典注释的体例作了对比，他说："故、传二体，乃疏通经文之字句者也；章句之体，乃分析经文之章节者也。"④也就是说分章解说应该是章句的一大内容特点和作用。

王逸的《楚辞章句》中虽然也有分章解说的地方，如《远游》"世莫知其所如"句下王逸《注》云："自此以上，皆美仙人超世离俗，免脱患难。屈原想慕其道，以自慰缓，愁思复至，志意怅然，自伤放逐，恐命不延，顾念年时，因复吟叹也。"⑤但这样的例子毕竟是太少了。更多的都是如前文所总结的以句为单位进行解释，每句有训诂，然后两句串讲一次大意，或者是两句一训诂，四句串讲一次大意的情形。

另外，在人们的普遍认识中，章句都是冗长而繁琐的。所谓"说五字之文，至于二三万言"⑥，甚至"一经说至百万余言"⑦者比比皆是。但从王逸《楚辞章句》的内容来看，训解却比较简括，而且详于前而略于后。这应当与《汉书·儒林传·丁宽》所载"训故举大谊而已"⑧的"小章句"更为接近。李大明先生甚至认为："从体例来看，《楚辞章句》更类于'传'。"⑨这当然代表着王逸对"章句"这种文献体例的认识，正是基于这种认识才使得他将刘安的《离骚传》也称为《离骚经章句》。

王逸对"章句"的这种认识与当时汉朝宫廷的导向不无关系。《后汉书·章帝纪》载："中元元年诏书，《五经》章句烦多，议欲减省。"⑩《后汉书·桓荣传》附《桓郁传》载："初，荣受朱普学章句四十万言，浮辞繁长，多过其实。及荣入授显宗，减为二十三万言。郁复删省定成十二万言。由是有《桓君大小太常章句》。"⑪这些记载都可看出当时汉朝宫廷对于减省章句的愿望和措施。同时，章句的繁琐冗长在一定程度上确实也会影响义理的阐发，夏侯胜就曾批评其侄夏侯建是"所谓章句小儒，破碎大道"⑫。所以就经学传播和章句本身来讲，也有由冗繁走向简括的需要。《楚辞章句》虽不是经学注本，但它却"依托《五经》以立义"⑬，即运用了经学的思想和方法来解说《楚辞》，在这个过程中也必然会受到当时大环境的影响。

那么，章句与音义文献又有何联系呢？《晋书》卷九十一《儒林传·徐邈》云："（邈）年四十四，始补中书舍人，在西省侍帝。虽不口传章句，然开释文义，标明指趣，撰正《五经》

---

① ⑩ ⑪　范晔《后汉书》，北京：中华书局，1965年，第1500、138、1256页。
② ⑥ ⑦ ⑧ ⑫　班固《汉书》，北京：中华书局，1962年，第955、1723、3620、3597—3598、3159页。
③　孙奭《孟子注疏》，《十三经注疏》，北京：中华书局，1980年，第2665页。
④　刘师培《国学发微》，《刘申叔先生遗书》，宁武南氏刊本，1934年，第13册第11页。
⑤ ⑬　洪兴祖《楚辞补注》，第165、49页。
⑨　李大明《汉楚辞学史（增订本）》，北京：中国社会科学出版社、华龄出版社，2004年，第378页。

音训,学者宗之。"①可以看出,徐邈正是通过"《五经》音训"这类音义文献来"开释文义,表明指趣",虽然"不口传章句",但最终还是起到了章句传授的效果,并且被学者所接受、所师法。因此,音义文献这种注音以明义且随文注释的特点,继承的就是汉代以来的经学师授传统,特别是章句这种口头传授的方式。

《汉书·儒林传》载:"孝文时,求能治《尚书》者,天下亡有,闻伏生治之,欲召。时伏生年九十余,老不能行,于是诏太常,使掌故朝错往受之。"②颜师古《注》引卫宏《定古文尚书序》云:"伏生年老,不能正言,言不可晓也,使其女传言教错。齐人语多与颍川异,错所不知者凡十二三,略以己意属读而已。"③这则记载颇能证实汉代的经学传授方式是经师口授,学生记录。不过也体现了这种口头传授的弊端,即如果接受者不能够充分清楚地理解传播者的语言,就容易出现晁错从伏生学《尚书》时的那种理解障碍。而音义文献中以注音来释义和区别字词用法的方式,显然就是为接受者充分理解传播者所要表达的意思服务的。这也可以解释为什么在音义文献盛行的魏晋南北朝时期,各种经典的传播变得更为广泛了,就是因为音义文献本身的作用即为帮助学者理解和诵读文献。

另外我们可以看到,王逸的《楚辞章句》和赵岐的《孟子章句》作为现存完整的两种汉人章句,在内容中均没有注音,汉人的其他经学著作如《毛传》《郑笺》等也几乎都不涉及注音。这与章句这种注释方式重在阐发义理密切相关。王逸在《楚辞章句》中就说:"今臣复以所识所知,稽之旧章,合之经传,作十六卷章句。虽未能究其微妙,然大指之趣,略可见矣。"④这体现的正是儒家经学思想的模式和规范,表现出的是以经学的方法解读《楚辞》,他关注的是"大指之趣",希望能够"究其微妙",所以其着眼点自然就在于《楚辞》的义理阐释,而非音义训诂了。但到了魏晋南北朝时期,文字、语音都发生了一定的变化,人们在阅读先秦两汉的文献时往往会出现困难。陆德明就曾说:"先儒旧音,多不音注。然注既释经,经由注显,若读注不晓,则经义难明。"⑤故而我们也可以把音义文献看作是对章句等经学文献的一种补充。《楚辞音》作为楚辞音义文献的代表即产生于这样的学术背景下,所以六朝人对音义的兴趣自然也表现在了对《楚辞》文本的研究中。

关于语音变化对阅读《楚辞》产生的影响,笔者另有专论,兹不赘言。但是在《楚辞音》与《楚辞章句》内容体例的比较中,对字词注音的从无到有最能表现出《楚辞音》作为楚辞音义文献的特殊性。无论敦煌残卷《楚辞音》中的字词注音采用了何种方式,它都是一种对楚辞研究的补充和推进。王逸在《楚辞章句》中解读《离骚》"驷玉虬以乘鹥兮,溘埃风余上征"两句时说:"鹥,凤凰别名也。《山海经》云:鹥身有五采,而文如凤。凤类也,以为车饰。……溘,犹掩也。埃,尘也。言我设往行游,将乘玉虬,驾凤车,掩尘埃而上征,去离世俗,远群小也。"⑥王逸在这里解释了"鹥""溘""埃"等字的意思,还讲解了这两句的大意。而《楚辞音》残卷却为他补充了"乘""鹥""溘""埃"等字的读音,这是对《楚辞

---

① 房玄龄《晋书》,北京:中华书局,1974 年,第 2356 页。
②③ 班固《汉书》,第 3603、3603 页。
④⑥ 洪兴祖《楚辞补注》,第 48、25、26 页。
⑤ 陆德明撰,黄焯断句《经典释文》,北京:中华书局,1983 年,第 1 页。

章句》所欠缺内容的补充。尤其是"上,时壤反;离,力智反;远,于愿反"①等为王逸注文中内容所作的注音,更是表现出敦煌残卷《楚辞音》为《楚辞章句》服务的特点。也就是说,《楚辞音》的出现顺应的是当时的人们更好地理解《楚辞章句》的需求。而有了《楚辞音》的辅助,就降低了原本生僻字较多、字音又多有变化的《楚辞》的阅读难度,因此这也对《楚辞》在当时的传播推广提供了便利。在当时这样一种章句与音读的交互作用中,楚辞音义研究也随之出现并逐步发展起来了。

三、从零散注音到专书研究

虽然现存最早的楚辞音义文献专书是敦煌残卷《楚辞音》,但现存最早关于楚辞的音义训释却出自郭璞的《楚辞注》。《楚辞音》与《楚辞注》中的注音相比又有什么不同?说明了什么问题呢?

郭璞《楚辞注》一书自宋代以来久佚,现在只能从后世学者的辑佚中窥见一二。饶宗颐先生《晋郭璞〈楚辞〉遗说撮佚》据郭注《尔雅》《方言》《山海经》《穆天子传》辑出 27 条,胡小石先生《〈楚辞〉郭注义征》又博参群书,益以为 244 条。但在这两百多条中,并非每条都可证实能用于注释《楚辞》。由于郭璞在为其他文献作注时或曾明确提到过《楚辞》,故而我们可以判断这些内容均可用于《楚辞》的注释。从中发现可用于《楚辞》的注释 32 条,其中明确涉及注音的大约 6 条。现据胡小石先生《〈楚辞〉郭注义征》罗列如下:

(1)《离骚》"望崦嵫而勿迫"

《西山经》"西南三百里曰崦嵫之山"注:"日没所入也。《离骚》奄兹两音。"②

(2)《离骚》"岂理美之能当"

敦煌本《楚辞音》"岂理美之能当"注:"郭本止作程,取同音。"③

(3)《九歌·湘夫人》"遗余褋兮醴浦"

《方言》"禅衣江淮南楚之间谓之褋"注:"《楚辞》曰:'遗余褋兮澧浦。'音筒牒。"④

(4)《大司命》"使涷雨兮洒尘"

《释天》"暴雨谓之涷"注:"今江东呼夏月暴雨谓涷雨。《离骚》云'令飘风兮先驱,使涷雨兮洒尘'是也。涷音东西之东。"⑤

---

① 智骞《楚辞音》,《敦煌丛刊初集》,第 13 册第 515 页。
②③④⑤ 胡小石《〈楚辞〉郭注义征》,《胡小石论文集》,上海:上海古籍出版社,1982 年,第 37、40、47、48 页。

(5)《九章·橘颂》"曾枝剡棘"

《方言》"凡草刺人,江浦之间谓之棘"注:"《楚辞》曰'曾枝剡棘',亦通语耳。音己力反。"①

(6)《九叹·思古》"纤阿不御"

《史记·司马相如传》《子虚赋》"纤阿为御",《索隐》引郭璞曰:"纤阿,古之善御者。"《文选》作纤阿。郭注:"纤阿,古御者。见《楚辞》。孅,音纤。"《汉书》作'孅',注引郭璞曰:"孅阿,古之善御者。孅,音纤。"②

首先可以看到,《楚辞注》中有注音的地方并不算多,更多的是诸如敦煌残卷《楚辞音》所引"郭云:'止日之行,勿近昧谷也'"③之类对于字词或诗句大意的解释,注音只是零散的存在于注解之中。而且有注音的字多为并不常见的生僻字,如"崦""珵""孅"等。而《楚辞音》却是几乎所有字都有注音,其中既有诸如"肶""繣""筳"之类的生僻字,也有如"上""下""少""女"等最一般的常见字。

一方面,二书的这种不同固然与它们的体例密切相关。关于"注"的含义,贾公彦解释道:"注者,于经之下自注己意,使经义可申,故云注也。"④邢昺又说:"注者,著也,解释经指使义理著明也。"⑤段玉裁亦云:"释经以明其义曰注。"⑥可知"注"也是一种解说经典的体例,其内容就是用自己对经典含义的理解来解读经典,使经典的义理得到充分明白的阐发。但对于具体如何解读,似乎并没有严格的要求。这就使得"注"这种体例的文献在内容上比较自由,只要是作者认为对理解经典义理有帮助的内容均可写入注中。所以,郭璞的《楚辞注》中既有对文章大意的讲解,也有字词的训诂,还出现了一些字词的注音,甚至是异文的校勘。这些内容全部都出现在了郭璞《楚辞注》之中,因为它们都是郭璞认为可以帮助阐发《楚辞》义理的内容。因此那些零散存在的对生僻字的注音就是郭璞注解《楚辞》的一种选择。与其不同的是,《楚辞音》作为魏晋南北朝时期音义文献的代表,它的主要关注点始终还是在于《楚辞》的读音问题。

另一方面,《楚辞注》和《楚辞音》所针对的读者群体不同,可能也是造成这种内容差异的原因。正是因为《楚辞》中有一些字不常见或者比较难识读,所以郭璞才要为它们注音。而郭璞用直音注音的方式,无疑也是方便当时的读者能够迅速识读。或许郭璞的这个《楚辞》注本正是面向学识一般的社会大众。这些人已经有了一定的学问基础,只是对个别生僻字以及一些高深的义理理解起来会比较困难,《楚辞注》可能就是在这种需求之

---

① ② 胡小石《〈楚辞〉郭注义征》,《胡小石论文集》,第 59、72 页。
③ 智骞《楚辞音》,《敦煌丛刊初集》,第 13 册第 515 页。
④ 贾公彦《周礼注疏》,《十三经注疏》,第 639 页。
⑤ 邢昺《孝经注疏》,《十三经注疏》,北京:中华书局,1980 年,第 2539 页。
⑥ 段玉裁《说文解字注》,上海:上海古籍出版社,1988 年,第 555 页。

下产生的。然而,"书音之用,本示童蒙"①,《楚辞音》与《楚辞注》相比,其读者的范围可能还要更广一些。既然本来就是儿童的启蒙读物,则《楚辞音》除了有帮助读者理解《楚辞》的作用以外,当然还肩负着教授儿童识字明义的职责。所以一些最一般的常见字也进入了《楚辞音》之中。

其次,还可以看出主要运用的注音方法不同。在上文所举《楚辞注》的6处注音中,直音有5例,反切只有1例,所以郭璞所用注音方法是以直音为主。这与《楚辞音》残卷305字就有236字用反切形成了显著的差异。可见,在郭璞的时代反切注音虽然已经产生,但直音的影响可能还是比较大。而到了敦煌残卷《楚辞音》的时代反切注音已经得到了极大的推广,故而也就逐步取代了直音的地位。

直音注音固然出现的时代更早,但在注音的效果和实际的运用中反切注音却明显更为进步,也更能反映一个时代语音的具体状况和特点。因为直音多是用一个同音字来为另一个字注音,虽然看上去直观,却很难让人看出当时的语音系统。反切注音虽然更为复杂一些,却能保留完整的语音系统,为古音研究提供便利。如郭璞提到了《离骚》"崦嵫"二字当读为"奄兹两音"②,但"奄兹两音"在当时究竟怎么读我们还是不知道。而敦煌残卷《楚辞音》恰好就有对"奄"字的反切注音,其云:"奄,宜作崦、嶂二字,同于炎反。"③这就清楚明白地告诉了读者"奄"字在当时的音切,只要熟悉反切规则的人,一看便知读音。由此也可以看出反切注音在古音学研究中的重要意义,即我们可以通过反切上字来确定该字的清浊、发音部位以及发音方式,通过反切下字可以明确其平上去入和开齐合撮。这就为汉魏六朝古音的全面研究提供了条件。

郭璞《楚辞注》与敦煌残卷《楚辞音》在注音等内容上的差异展现的是楚辞音义文献从零散注音向专门化研究的转变,而这一转变即标志着楚辞研究中"音义"这门学问的建立和完善。

综上所述,敦煌残卷《楚辞音》代表了魏晋南北朝时期楚辞音义文献的基本状态。在内容和体例上有着注音、释义,且通过注音来区别字义和用法以及异文校勘等方面的特点。在楚辞学中,从《楚辞章句》到《楚辞注》,再到《楚辞音》的过程表现出的正是楚辞音义文献从无到有、从细碎零散的注释再到专书研究的发展历史,注音方法也由直音这种简单的方式逐渐发展为了以反切为主的较为科学的注音。这一变化的意义是重大的,它标志着在语言、制度、学术等多种因素的共同作用下,楚辞的训解从单纯地追求义理逐步发展出以音义训诂辅助义理阐释的新形式。而对于《楚辞》读音的研究也从单纯的诵读需求开始逐步发展成为一项专门的知识系统,进而成为以语言文字为中心研究楚辞音韵的学问。

[作者简介] 牟歆,四川大学文学院讲师

---

① 陆德明《经典释文》,第2页。
② 胡小石《〈楚辞〉郭注义征》,《胡小石论文集》,第37页。
③ 智骞《楚辞音》,《敦煌丛刊初集》,第13册第515页。

写本·刻本·拓本*
——唐代墓志的生发、篆刻与流传

孟国栋

[摘　要]　20世纪初开始大规模出土的唐代墓志铭,最初都是以写本的形式生成的。先由丧者家属提供能够展现志主生平大节的文字,请人代为撰写行状,再持状请墓志铭的作者经过润色、改编和增补,形成墓志铭的初稿。最初由写本形式生成的文本,与石刻上的文字差异尚大,不仅没有撰、书、篆、刻者的题署,很多地方也处于留空待填状态。丧家需经过一系列加工,墓志铭才最终以刻本的形式制作完成。在下葬之前,部分墓志文本还会以钞本或拓本等形式在社会上流传,从而完成了墓志铭从生成到流传的整个过程。

[关键词]　墓志　写本　刻本　拓本　流传

　　墓志的起源很早,初起之时文字都较简略,目的也很简单——只是为了标识墓地,防止陵谷迁变。随着时代的推移,从魏晋时期开始,墓志被附加上了越来越多的"附属功能",它也由最初的饰终礼典逐渐演变为表彰逝者生前德行和展示其死后哀荣的工具。作为一种文体,墓志铭也渐趋独立且日益兴盛。随着书写载体的变化,特别是纸简替代[①]和质地优良的青石被大量地应用于墓志铭的制作,墓志铭的文字也有日益增多的迹象。南北朝时期,生成已久的墓志文体渐趋成熟和稳定,墓志铭也越来越多地出现在骚人墨客的笔下,并产生了庾信为代表的一大批以创作墓志铭而闻名的作家。

　　日益复杂的墓志文体,对逝者家属和墓志铭的撰、书、篆、刻者们都提出了更高的要求。加之在丧葬过程中还不时会有一些突发情况出现,如从丧亡到入葬的时间紧迫、亡者临终之前特意指定墓志铭的作者[②]等,都给墓志铭的写作造成了不小的挑战。因为时间紧迫,新出土的唐代墓志中甚至出现过将丧者家属提供的墓志初稿不作改动,直接冠

　　＊　本文为国家社科基金后期资助项目(16FZW015)阶段性研究成果。
　　①　关于纸简替代对文学发展的影响,查屏球教授曾概括为:"纸本广阔的写作空间与低廉的制作成本,改变了简册写作的思维方式,缩短了简册写作的构思过程,扩大了文本的容量,使得抒情达意更为直接与自由。"参查屏球《纸简替代与汉魏晋初文学新变》,《中国社会科学》2005年第5期,第153页。
　　②　如韩愈在为张季友所撰的墓志铭中,不仅对志主临终前指定韩愈为其撰铭一事有所提及,对其形象的刻画也颇为生动:"前事,涂进韩氏门,伏哭庭曰:'叔父且死,几于不能言矣,张目而言曰:"吾不可无告韩君!藏而不得韩君记,犹不葬也。涂为书致吾意。"'已而自署其末与封,敢告以请。"《虞部员外郎张府君(季友)墓志铭》。见韩愈著,刘真伦、岳珍校注《韩愈文集汇校笺注》,北京:中华书局,2010年,第2082页。

以作者的名义交还丧家的实例。① 因此，之前已经存在的文体——行状在唐代得到了迅速的发展。在创作墓志铭之前，先由丧者亲属或友人大致勾勒亡者一生行事之大节，撰成行状，作为撰写墓志铭的蓝本。墓志铭的作者根据丧者家属提供的行状，经过一系列的润色、改编和增补，最终形成墓志铭的文本。然而对于整个墓志的制作而言，这仅仅是完成了第一步，使得墓志铭具备了由写本到刻本（刻石）转化的可能性。这时的文本与最后呈现在石板上的文字尚有较大的差异，不仅缺少撰、书、篆、刻者的题署，志主的姓名、字号、去世和入葬时间等往往也要留空待填，需要丧家进一步补充和完善。此外，丧家还需要经过选石、书丹、检校等环节，才能将纸本的文字模勒上石，最终完成墓志的制作。墓志制作完成以后，也并非像习惯上所认为的那样，一旦作为随葬品下葬以后，社会上即难以见到其文本。不少墓志在下葬之前，也会拓印一部分以广流传，不少墓志铭甚至会作为创作的范本在较为广泛的时空范围内得到传播，完成了从刻本到印本（拓印）的转化。最初以写本形式生成的墓志文本，经过刻石、拓印之后，最终又以印本的形式得以传布，然而此时的文字已与刻石之前的文本有了较大的不同。

一

唐人在请他人代撰墓志铭时，往往会事先勾勒亡者生平的大节，作为创作的蓝本。如新出土《崔璘墓志铭》的作者崔阅对撰文的缘起交代甚详："公将绝之时，告其孤鉥曰：'尔与右司御纠清河崔君，胤同叔乙，官接京曹，咸欲脱卑栖，聚盛事。况切磋之道，独厚于他人，崔君又于七姓之中，究其善恶，必能扬我祖宗之德行也，欲志吾之墓，无出于崔君。'于是其孤鉥叙公之道，执公之言，恳请撰述，至于三四。"② 韩愈在为张季友所撰的墓志铭中也提到志主之侄张涂"自署其末与封，敢告以请"③。无论是崔鉥的"叙公之道"还是张涂的"自署其末与封"，都不会仅仅是口述，必定会有一书写的文本提供给崔阅和韩愈，供他们创作墓志铭时参考。所以在唐代墓志铭中经常记载丧者家属"状其往行""赍状请铭""持状请铭"等活动。

行状乃"盖具死者世系、名字、爵里、行治、寿年之详，或牒考功太常使议谥，或牒史馆请编录，或上作者乞墓志碑表之类皆用之。而其文多出于门生故吏亲旧之手，以谓非此辈不能知也"④。根据行状的文体特征，它本来有察举选士、为亡者请谥等功能，⑤但同时

---

① 署名郭行余撰、刘禹锡书丹的《崔邈墓志》即是如此。该志虽然名义上为郭行余所撰，但文中叙事却多用第一人称，与郭行余身份不合。业师胡可先教授认为："唐代墓志很多为墓主家人提供行状等材料，再请当时文士撰著，这篇墓志，则是由崔邈次子撰写好墓志的初稿，然后请郭行余撰文，刘禹锡书丹。但对于崔邈次子已经提供的初稿，郭行余并没有加以改动，就署上撰著者姓名和官职，致使出现墓志行文语气与撰文者身份完全不相合的现象。而刘禹锡又完全按照原文书写，随后由主家上石。"胡可先《新出土刘禹锡书〈崔邈墓志〉考论》，《刘禹锡研究》（第一辑），广州：暨南大学出版社，2017年，第277页。
② 周绍良主编《唐代墓志汇编》，上海：上海古籍出版社，1992年，第2475页。
③ 韩愈著，刘真伦、岳珍校注《韩愈文集汇校笺注》，第2082页。
④ 徐师曾《文体明辨序说》，北京：人民文学出版社，1962年，第148页。吴讷也说："行状者，门生故旧状死者行业上于史官，或求铭志于作者之辞也。"见吴讷《文章辨体序说》，第50页。
⑤ 行状有察举选士、议谥等方面的功能，详见俞樟华、盖翠杰《行状职能考辨》，《浙江师范大学学报》（社会科学版）2003年第2期。日本学者中村裕一也在《唐代官文书研究》一书中辟专节，从制度化层面论述了行状的样式和功能，参中村裕一《唐代官文书研究》，中文出版社，1991年，第350—368页。

也兼具墓志蓝本的作用,这在传世典籍和新出石刻中都有清楚的反映。多数情况下,作者只需按照墓志铭的文体形式对其蓝本,亦即行状略作增删即可,欧阳修在《与杜䜣论祁公墓志书》中即将此点阐述得非常清楚:"如葬期逼,乞且令韩舍人将行状添改作志文。修虽迟缓,当自作文一篇纪述……若葬期未有日,可待,即尤好也,然亦只月十日可了。若以愚见,志文不若且用韩公行状为便。"①欧阳修再三强调可径直将韩绛为杜衍所撰之行状改作他的墓志铭,可见在当时,行状作为墓志铭创作蓝本的观念已深入人心。

唐代的情形亦是如此,唐高宗时期的名臣薛元超去世后,杨炯曾撰《中书令汾阴公薛振行状》,文末云:"垂拱元年四月四日,故中书令汾阴公府功曹姓名谨状。文昌台考功:窃闻生为贵臣,车服昭其令德;死而不朽,谥号光其大名。"②可知《行状》作于垂拱元年(685)四月,其主要目的则是向朝廷请谥。薛元超墓志铭的出土,为我们研究行状与墓志铭的关系提供了可信的实物依据。崔融所撰《大唐故中书令兼检校太子左庶子户部尚书汾阴男赠光禄大夫使持节都督秦成武渭四州诸军事秦州刺史薛公(震)墓志铭》③于 20 世纪 70 年代在乾陵附近出土,据墓志铭记载,薛元超卒于光宅元年(684)十一月二日,垂拱元年四月廿二日陪葬乾陵。将其与《行状》对比之后不难看出,自杨炯撰写《行状》到薛元超入葬,仅间隔了十余日,即使选石工作可以预先完成,但书丹、篆刻、检校等诸多环节却只能在墓志铭撰作完成之后才能进行。因此,为确保薛元超能够在四月廿二日按时下葬,墓志必须要在此之前镌刻完毕,而崔融撰写完墓志的文本以后还要为书丹、篆刻等环节预留出一定的时间,他能够利用的时间是非常有限的,他的辑纂工作也变得极为紧张。从《薛元超墓志铭》的题署中也能够看出当时为赶工期而尽量节省时间的情形:"崔融纂,曜、骆、缜书序,毅、俊书铭,万三奴镌、万元抗镌。"不仅书丹和刻字者都要分工协作,崔融更是用了"纂"而非"撰""作"一类的字眼,不仅体现出了时间的紧张,而且透露出了《墓志铭》是有所本的。

对比之后,我们可以发现《薛元超墓志铭》志文的主体部分完全源自杨炯的《行状》,特别是其中有关人物言论的部分,《墓志铭》几乎是完全照搬了《行状》中的内容④,只不过

---

① 欧阳修著,洪本健校笺《欧阳修诗文集校笺·外集》卷一九,上海:上海古籍出版社,2009 年,第 1842 页。
② 杨炯《杨炯集》,北京:中华书局,1980 年,第 163 页。
③ 薛震,字元超,传世典籍中均以薛元超称之,本文亦按惯例称其为薛元超。据《新中国出土墓志·陕西[壹]》记载,《薛元超墓志铭》:"志、盖均长八八、宽八八厘米;志厚一五厘米,盖厚一三厘米,四杀宽一三厘米。盖文五行,满行四字。篆书。盖顶及周边、四杀均为蔓草及草叶纹。志文五七行,满行五七字。正书。"(北京:文物出版社,2000 年版,第 83 页)录文见周绍良、赵超主编《唐代墓志汇编续集》,上海:上海古籍出版社,2001 年,第 278—281 页。又见吴钢主编《全唐文补遗》第一辑,西安:三秦出版社,1994 年,第 69—72 页。
④ 杨炯所撰《行状》云:<u>公袭封之年也,受《左传》于同郡韩公汪,至天王狩河阳,乃废书而叹曰:"周朝岂无良相,何得以臣召君?"汪异焉。</u>神尧皇帝婕好河东郡夫人,公之姑也,每侍高宗词翰,高宗尝顾曰:"不见婕妤任经数日,便谓社稷不安。"其见重如此。上幸温泉,射猛兽,公奏疏极谏,上纳焉。后因闲居,谓公曰:"<u>我昔在春宫,与卿俱少壮,光阴倏忽,已三十年。往日贤臣良将,索然俱尽。我与卿白首相见,卿历观书传,君臣共终白首者几人? 我观群大怜我,我亦记卿深。</u>"公呜咽稽首谢曰:"<u>先臣早参鹰盖,文皇委之以心膂;臣又多幸,天皇任之以股肱。誓期杀身报国,致一人于尧、舜。伏愿天皇遵黄老之术,养生卫寿,则天下幸甚。</u>"……每读孝子忠臣传,未尝不慷慨流涕……客有讥之者,公曰:"宁有扬君父之过,而称忠孝哉!"大夫人薨,每哭呕血,杖而后起。上见公柴影,泣曰:"朕遂不识卿,卿事朕,君父一致,遂至于灭性,可谓孝子"……上初览万机,公上疏论社稷安危,君臣得失,上大惊,即日召见,不觉膝之前席,叹曰:"览卿疏,若暗室而照天光,临明镜而睹万象。"此后宠遇日隆,每军国大事,必参谋帷幄,在中书独掌机务者五年,出纳帝命,口占数首,上曰:"<u>使卿长在中书,一夔足矣。</u>"大驾东巡,诏公骖乘,上曰:"朕之留卿,若去一目,<u>若断一臂,关西事重,一以委卿。</u>"(杨炯《杨炯集》,第 160—162 页。)而崔融所撰《墓志铭》之相关部分则云:(转下页)

《行状》先将薛元超的仕历迁转作了整体的介绍,然后又详细记载传主的言行,而《墓志铭》则将薛元超的言论系于相关年份之下,显得更加条理而已。崔融与杨炯均为薛元超晚年擢拔的崇文学士,两人不仅年辈相当,崔融的文名亦不在杨炯之下,但在创作《墓志铭》时却几乎完全照搬杨炯《行状》中的相关部分,正体现出了行状作为墓志铭前身的重要作用。

撰写墓志铭之前先写行状,几乎成为唐代墓志创作的通例。李弘庆在《大慈恩寺大法师基公(尉迟基)塔铭》中交代撰文的缘起:"又明年十月,赍行状请弘庆撰其铭。予熟闻师之本末,不能牢让。"① 新出土《大唐故张君(威)贾夫人墓志铭》中也说张威:"以总章二年四月三日卒于□,行状□已详之。"② 尉迟基乃方外之人、张威亦非朝中重臣,他们的行状自然并非为"牒考功太常使议谥,或牒史馆请编录"所作,而主要是为撰写墓志铭提供依据的。由此不仅可以看出行状在撰写墓志铭中的重要性,亦可看到这一现象在唐代的普及情况。因此吴曾才说:"自唐以来,未为墓志铭,必先有行状。"③

除了行状以外,家状也同样具有为撰写墓碑和墓志铭提供原始资料的实用功能,这可从白居易撰写的相关文章中得到集中体现。白居易曾为其祖父白锽、父亲白季庚撰写《太原白氏家状二道》,并于题下加小注云:"元和六年,兵部郎中、知制诰李建按此二状修撰铭志。"④ 可知白锽、白季庚的墓志铭乃是李建根据白居易提供的家状撰作而成。而据此二道家状可知,白锽、白季庚分别卒于大历八年(773)、贞元十年(794)。而白居易之文撰于元和六年(811),距他们去世的时间已久,撰文的目的自然并非为二人请谥。且白锽、白季庚官终巩县令和襄州别驾,官阶亦远未达到可以请谥的级别。⑤ 据记载,此文乃是白居易在迁护二人灵柩回归祖茔时所撰,可见主要是为给其祖、父撰写墓志铭作准备。家状的这一功能也可以从白居易所撰的《唐故通议大夫和州刺史吴郡张公(无择)神道碑铭》中得到印证。白居易此文也是以无择之孙张平叔所提供的家状为蓝本的,碑文末句云:"长庆二年某月某日,平叔奉祖德碣之,居易据家状序而铭之。"⑥ 而据碑文记载,张无择早在天宝十

(接上页) 六岁,袭汾阴男。受《左传》于同郡韩文汪,便质大义。闻天王狩于河阳,乃叹曰:"周朝岂无良相,何得以臣召君!"文汪异焉。宰辅之器,基于此矣……公之姑河东夫人,神尧之婕好也,博学知礼,常侍帝翰墨。帝每谓曰:"不见婕好姪一日,即疑社径不安。"……卅二,丁太夫人忧,哭辄欧血。有敕慰谕,起为黄门侍郎,累表后拜。帝见公过礼,泣而言曰:"朕殆不识卿。"遂至毁灭,曾是为孝……五十四,拜守中书侍郎,寻同中书门下三品。此后独知国政者五年,诏敕日占数百。帝曰:"得卿一人足矣。"……帝尝机务余,语及人间盛衰事,不觉凄然,顾谓公曰:"忆昔我在春宫,髭犹未出;卿初事我,须尔未长。倏忽光阴卅余载,畴日良臣名将,并成灰土,唯我与卿白首相见。卿历观书记,君臣偕老者几人?我看卿事我大忠赤,我托卿亦甚厚。"公感咽稽首谢曰:"先臣攀附,文帝委之心膂;微臣多幸,天皇任以股肱。父子承恩,荣被幽显。誓期煞身奉国,致一人于尧舜。窃观天仪贬损,良以旰食宵衣。唯愿遵黄老之术,养生卫寿,则天下幸甚。"……五十九,加正议大夫、守中书令,余如故。驾幸洛阳,诏公兼户部尚书,留侍太子居守。清警后丹凤门外,倾都拜辞,特诏公骖乘,谓公曰:"朕留卿,若去一日,断一臂,关西之事,悉以委卿。"

① ② 周绍良主编《唐代墓志汇编》,第2187、580页。
③ 吴曾《能改斋漫录》卷二,上海:上海古籍出版社,1979年,第22页。
④ 白居易著,朱金城笺校《白居易集笺校》卷四六,上海:上海古籍出版社,1988年,第2832页。
⑤ 据《唐六典》记载,"诸职事官三品已上、散官二品已上身亡者",方有资格请谥。见李林甫等《唐六典》卷二,北京:中华书局,1992年,第44页。由白居易祖、父的终官来看,显然不能享受此等殊荣。
⑥ 白居易著,朱金城笺校《白居易集笺校》卷四一,第2684页。

三载(754)即已去世并安葬,故张平叔写作家状的主要目的也是为撰写墓碑提供资料的。

相对于整方墓志的制作,据行状或家状改写而成的墓志文本,还仅仅是完成了第一步。就载体而言,还停留在纸质阶段;就形态而言,还呈现出写本状态,要想真正模勒上石,中间还有诸多环节。

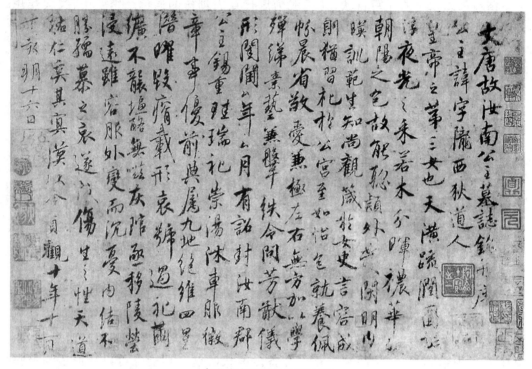

虞世南书汝南公主墓志铭

二

写本状态的墓志文本定稿以后,大致即可进入刻石阶段。根据唐代墓志铭中提供的信息,我们发现刻石的工序相当复杂,在真正篆刻之前,尚有选石、书丹(应该还包括撰文、书丹、篆额、刻字甚至排文检校者的题署),篆刻完成之后也还有填讳、检校等多个环节。需要在石上完成的程序,最为重要者莫过于书丹和篆刻。多数书丹者和刻工均会严格按照作者提供的文字进行书写和篆刻,墓志铭的内容会得到较为忠实地呈现,上文所述刘禹锡书《崔迢墓志》即是其显例。这两点前人关注和讨论的较多,因此本文不拟做过多讨论。除了写、刻之外,还有几个对墓志文本流传的广度和效度影响较大的环节,如选石和检校,往往为世人所忽略。而选石是其中最为重要的一环,是石刻赖以不朽的前提和基础。

王芑孙云他曾"骑行燕赵间,睹道旁碑漫漶无字,疑其古碑。下马视之,乃乾隆间刻耳。遇有摩挲积久,光泽如镜而笔画仍在者,必唐以前物。若《摄山明僧绍碑》《虎丘经幢》是也。唐人亦重其事,故鲁公至载石以行,今则其传绝矣。虽精择撰人、书人,匪久旋灭,所赖独其人文集流行天地间耳"①。正如王芑孙所言,颜真卿的不少文章均靠刻石得以广为流传,而清代的石刻纵然是名家撰书者,很快即湮灭无存,其中一个重要原因就在于汉唐时代和宋代以后石刻的材质有着很大的差异。

古人设置石刻的目的之一就是要使石刻上的文字能够传诸久远,以示将来。在印刷术尚未普及的时代,人们似乎更加重视石刻的这一记事功能。众所周知,许多石刻特别是碑文大多要立于地面之上,不仅要经历风吹雨淋,还不断地被人摹勒、拓印,大大加重了碑石的磨损。故而石材质地的优劣,不仅直接关系到文字书、刻的效果,还对碑石的生命力有着较大的关联,进而影响到了文章的保存和流传。因此,汉唐时期人们尤其注重石材的选择,王芑孙曾指出"古人重选石,故石能久存"。并举例云汉代的武梁祠堂碑虽"累经桑海而所刻至今可辨"②。而唐宋时期的儒家经典刻石有的至今仍保存得较为完整,亦与所选石材的质地精良有关。

宋代以后的情况则不容乐观,印刷术的发明和版刻技术的发展,使得文学作品的传播有了更为便捷、高效的媒介。而别集、总集的大量刊行,也令文章更加易于保存和流传。要想使文章和先人事迹流传千古的目的不一定非要通过刻石才能实现,碑志文中出现"勒诸金石,用彰不朽""刻石记事,永将不易"的频率也大为降低。因此刻石传播的重要性已经不像唐代那样紧迫,故在选石、刻工方面均不及前代考究。叶昌炽曾将唐代及唐代以后石材的优劣做过一个很有意思的对比:"余奉命度陇,道出西安,诣郡学碑林。见唐初刻石如庙堂、圣教诸碑,皆黝然作淡碧色,光如点漆,可鉴毫发,扣之清越作磬声,真良材也。吴越间古碑绝少,唐以后碑虽有存者,亦多浅蚀。若无屋覆,露处田野,其久也驯至漫漶无一字。燕赵间辽金幢多黄沙石,坳突不平。揭出之后,疪瘖徧体。石质尤脆者,历年稍久,字面一层划然蛇蜕,拂而去之,片片落如拉朽。"③明清时期,文章流布的途径则更为多样和简便,部分碑刻在石料的选择方面更加随意甚至率尔从事,以致有的石刻树立不久即残泐严重。笔者在调查杭州遗留古代碑刻时发现,清代的碑石砂质者居多,较易风化泐蚀,因此即使有碑亭覆盖,也多已剥落严重。如位于六和塔附近的龚佳育碑,大多数字迹已经难以辨认,虽未到达"片片落如拉朽"的程度,但亦丝毫没有"光如点漆,可鉴毫发"的风神。

汉唐时期和宋代以后人们对于石刻材质的重视程度之所以会有如此明显的差异,主要是由传播媒介的革新造成的。印刷术的盛行使得后世的碑石纵然漫漶、残泐,上面的文字亦能赖"其人文集流行天地间"。汉唐时期则不然,石材的优劣对文字的释读和文章的流布有着重要的影响,甚至可以说直接决定了文章流传的广度和效度。况且唐代以后,拓印风气非常流行,本身即会给碑石带来一定的磨损,若其材质较为低劣,则设置石刻以彰不朽的目的就更加难以实现。

除了模勒上石以前需要对石材进行甄别以外,刊刻过程中还有一个环节——检校,也极易为研究者忽视,如毛远明在《碑刻文献学通论》中虽专列"碑碣的制作"一节,对刻

---

① ② 王芑孙《碑版文广例》卷三。见朱记荣辑《金石全例》下册,北京:国家图书馆出版社,2008年,第191页。
③ 叶昌炽撰,柯昌泗评《语石·语石异同评》卷六,北京:中华书局,1994年,第418页。

石过程中石料的凿制、书丹和镌刻等程序进行了详细论述,但对检校程序的讨论则仅用寥寥数行带过。① 实际上,检校乃是唐人极为重视的刻石环节,这可以从他们的一些言论中得到确认。如初唐名相狄仁杰在为虞世南校写的《老子道德经》作跋语时云:

> 大周神功元年五月初五日,我天圣神皇帝,出内府所藏秘书少监虞世南书老子道德经一卷……命仁杰等钩摹勒石,以公天下。具此以嘉惠文生,意至渥也。告义之日,并墨迹石刻,上归天府。臣等幸此校勘,获睹琳琅,谨拜手稽首,排署于后……臣等亦庶几永附宝刻,昭垂不朽欤。总理,纳言娄师德。校对,凤阁侍郎同凤阁鸾台平章事王方庆。复校,凤阁舍人薛稷。监刻,地官侍郎鸾台平章事狄仁杰。刻字,太常工人安金藏。②

狄仁杰、王方庆、薛稷等人之所以不厌其烦地校勘、校对、复校等,一方面固然是由于该石乃是受武则天之命而立,故须慎重再三,另一方面也与石刻自身较易产生讹误有关。

狄仁杰等人对于钩摹勒石的谨慎态度正体现出了唐人对校对或检校工作的重视。由新出石刻的情况来看,即使是普通的墓志铭,刻石完毕之后也要进行校勘,只是不像奉敕撰书者那样复杂和严谨。如新出土《唐故邓州司户参军何府君(昌浩)墓志铭》中云:"无何,二京覆没,遂潜迹江表。"③在刻字过程中"江"字脱漏。再如,《唐故潞州潞城县申屠君(行)墓志铭》志文中云:"桂轮宵魄,仙娥之影不追。"④其中的"桂轮霄魄"四字却仅以双行小字的形式挤占两字的位置。因石刻较诸写本有一特殊的优势:若刻字过程中发现漏刻和误刻现象,可随时将误字铲除或磨平,再将正确的文字刻入,可以使石刻更为简洁和美观。然而上述两例的情况,显系刻石完毕进行校对时方发现有漏刻和误刻,为了方便起见而在原石上作出的增补和修正。类似的实例还有很多,不仅体现了检校工作的普遍性,也凸显了检校在墓志铭文字的匡谬正讹方面的重要性。

唐人对于志石极为重视,有些较为讲究的家庭,在刻石完毕后均会专门请人校字,这还可以从当事人的题署中得到直观的认识。如作于咸亨四年(673)的《唐故仪同三司董君(仁)墓志铭》即有两位"专检校人",该文文末题署:"东都留守御史兼敕勾大使弘农杨再思撰文。故西台侍郎息前岐州岐阳县令孙儆书。专检校人隋户部尚书孙逸士、京兆杨元珣。"⑤《唐工部尚书赠太子太师郭公(虚己)墓志铭》亦于文末署:"剑南节度孔目官征仕郎行太仆寺典厩署丞张庭训检校。"⑥即使是一些名家撰书的文章亦需经

---

① 毛远明《碑刻文献学通论》,北京:中华书局,2009年,第32—39页。
② 丁巍《老学文献又一重要发现——路工先生访得唐虞世南校写〈老子道德经〉石刻拓本》,《中州学刊》1994年第6期,第67页。又见陈尚君校辑《全唐文补编》卷二〇,北京:中华书局,2005年,第246页。按:因武周新字"人"作"ᄆ",与"生"形近,故二文中的"凤阁舍生"均应改作"凤阁舍人"。
③ 录文、拓片均见周剑曙、赵振华、王竹林《偃师新出土唐代墓志跋五题》。洛阳历史文物考古研究所编《河洛文化论丛》第三辑,郑州:中州古籍出版社,2006年,第323页。
④ 录文、拓片分别见毛汉光《唐代墓志铭汇编附考》第15册,"中研院"历史语言研究所,1992年版,第419、422页。
⑤ 周绍良主编《唐代墓志汇编》,第579页。
⑥ 吴钢主编《全唐文补遗》第八辑,西安:三秦出版社,2005年,第57—58页。

过他人的"鉴定",以减少错误的出现,如颜真卿撰文并书丹的《汉太中大夫东方先生墓碑》文末题署:"朝散大夫检校尚书都官郎中东海徐浩鉴定。"①其所谓"鉴定",自然包括对文字内容和形式方面的检校。这些情况都反映了唐人对篆刻过程中检校环节的重视。

虽然刻石工作的核心是书丹和篆刻,但书丹之前的选石和刻字完毕之后的检校也是必不可少的环节,可以说这两道工序是决定石刻是否能够传诸久远的保障。只有检校完成以后,整个刻石工作才算结束,墓志铭也完成了从写本到刻本的转变,而可以进入流传程序。

需要指出的是,经过选石、书丹、篆刻、检校等一系列环节而完成的墓志刻本,已与最初的写本形态有了很大的不同。特别是在文本形式方面,多出了最初的写本尚不具备的撰、书、篆、刻甚至排文、检校者的题署。这些题署在补充史传缺失、订正史传讹误和考订题署者事迹等方面都有很高的价值。

三

终唐之世,印刷术尚未普及,文学作品的传播主要靠手抄,敦煌藏经洞发现了不少唐代墓碑和墓志的写本,都是墓志铭通过抄本传播的明证。敦煌藏经洞出土的唐代碑志写本多数为伯希和劫走,现藏法国巴黎国家图书馆,其中不仅包括曾在西州、沙州等地任职的地方官员的墓志,一些远在中原任职的官员的墓碑和墓志抄本②也在敦煌被发现。虽然这些抄本"俗写文字纷乱杂陈,盈纸满目"③,鲁鱼亥豕、乌焉成马之处亦比比皆是,对墓志铭的流传和接受均造成了一定的负面影响。但这是由书手的文化层次不高造成的,中原地区士人的墓碑或墓志以抄本的形式流传到西域,不能说没有作为创作典范或样本的意义。除了敦煌写本以外,民间还流传着不少其他墓志铭创作的模板④,应该也都是以抄本的形式传存的。

而在抄本盛行的同时,另外一种传播形式——拓印,也正变得日益成熟,为墓志铭的流布提供了新的途径。欧阳修在《再与杜䜣论祁公墓志书》中说:"或择一真楷书而字画不怪者书之,亦所以传世易晓之意也。刻石了,多乞数本,为人来求者多。"⑤所谓"刻石了,多乞数本",乃求志石之拓片也。可见唐宋时代,墓志铭在刻石完毕、入葬之前即需制作拓片,以广流传。

欧阳修不仅对自己撰文的石刻拓片较为关注,如《再与杜䜣论祁公墓志书》中所言:

---

① 吴钢主编《全唐文补遗》第六辑,西安:三秦出版社,1999年,第13页。
② 其中最为著名者为《常何墓碑》,详参邓文宽《〈常何墓碑〉校诠》,《敦煌吐鲁番研究》第11卷,上海:上海古籍出版社,2008年,第369—389页。荣新江《石碑的力量——从敦煌写本看碑志的抄写与流传》一文也对《常何墓碑》的写本形态和抄写目的作了说明。荣新江主编《唐研究》第23卷,北京:北京大学出版社,2017年,第308—309页。
③ 张涌泉《试论敦煌俗字研究的意义(下)》,张涌泉《张涌泉敦煌文献论丛》,上海:上海古籍出版社,2011年,第380页。
④ 关于唐代墓志铭创作的程式化模式,可参拙文《唐代墓志铭创作的程式化模式及其文学意义》,《浙江大学学报》2015年第5期,第31—43页。
⑤ 欧阳修著,洪本健校笺《欧阳修诗文集校笺·外集》卷一九,第1844页。

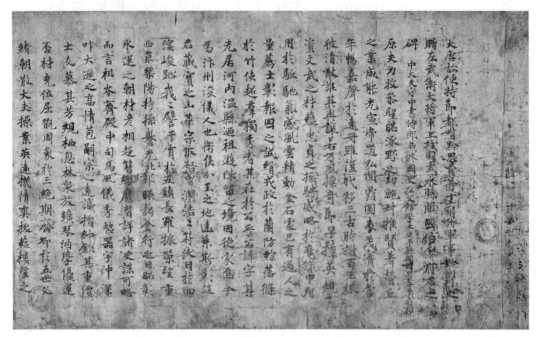

P.2640 常何墓碑

他还极为注意收集前代遗留下来的石刻拓本,且所获亦多,其中又以唐代的石刻为主。他曾称其家集录前人文章千卷,而其中"唐贤之文十居七八"①。仅以韩愈为例,《集古录跋尾》中即列举了其所撰的《黄陵庙碑》《盘谷诗序》《南海神庙碑》《田弘正家庙碑》等多篇石刻的拓本。

北宋时期,印刷术逐渐开始推广,欧阳修也屡称《昌黎集》已经大行于世,因此世人已经较少关注其刻石的情况,他本人则不然。欧阳修认为虽然"集本世已大行",但"刻石乃当时物",其拓片不仅可以"存之以为佳玩"②,还可以纠正集本的讹误③。因此,他对搜集石刻拓本的工作可谓是乐此不疲④,纵然是一些残石也较为注意辑集⑤,而且有时候为了获得某些石刻拓本,往往要经过十多年的等待。如他在《唐窦叔蒙海涛志》的跋语中云:"余向在扬州得此志,甚爱之,张于座右之壁,冀于朝夕见也。已而夜为风雨所坏,其后求之凡十五年,而复得斯本。以示京师好事者,皆云未尝见也。"⑥在跋《唐郑澣阴符经序二》中云:"余自皇祐中得公权所书《阴符经序》,遂求其经,云石已亡矣。常意必有藏于人间

---

①② 欧阳修著,邓宝剑、王怡琳注释《集古录跋尾》卷八,北京:人民美术出版社,2010年,第184、181页。

③ 欧阳修在为《唐韩愈黄陵庙碑》所作的跋尾中云:"《昌黎集》今大行于世,而患本不真。余家所藏,最号善本,世多取以为正,然时时得刻石校之,尤不胜其舛缪。"欧阳修著,邓宝剑、王怡琳注释《集古录跋尾》卷八,第187页。

④ 欧阳修经常自诩"集录古文,其求之既勤且博",如他在跋《唐裴大智碑》时云:"右《裴大智碑》,李邕撰,萧诚书。诚以书知名当时,今碑刻传于世者颇少,余集录所得才数本尔。以余之博采而得者止此,故知其不多也。"欧阳修著,邓宝剑、王怡琳注释《集古录跋尾》卷六,第144页。

⑤ 欧阳修跋《唐干禄字样》云:"右《干禄字样》,别有摹本,文注完全,可备检用。此本刻石残缺处多,直以鲁公所书真本而录之尔……世俗多传摹本,此以残缺不传,独余家藏之。"欧阳修著,邓宝剑、王怡琳注释《集古录跋尾》卷七,第165页。

⑥ 欧阳修著,邓宝剑、王怡琳注释《集古录跋尾》卷六,第163页。

者,求之十余年,莫可得。治平三年,有镌工张景儒忽以此遗余家小吏,遽录之。"①由此可见,他对自己因勤于收集而罗致繁富的行为颇为自负,偶获他人未见或自己心仪已久的拓本时的那种自得和喜悦之情也跃然纸上。而欧阳修之所以能够搜集到如此多的唐代的碑文和墓志铭,皆因石刻文献具有可依靠拓本流传的优势。

虽然制作拓本的方法起源于何时已不可确考,但由现存的实物来看,北魏初期已有拓本流行,唐初修《隋书》时,对前代石刻的拓本参考已多。②唐人对石刻拓印更加重视,各项技术均已较为成熟。唐太宗、玄宗时,朝廷均曾设官员专门负责石刻的拓印工作,据《唐六典》记载,贞观二十三年,崇文馆即设拓书手三人③,《旧唐书·职官二》则云开元六年,集贤殿书院置"拓书六人"④。唐中叶以后,拓印之风大为盛行,一些著名的碑刻为人竞相拓印,如元结所撰的《大唐中兴颂》因石奇、文奇和字奇而被称为"摩崖三绝"。故其碑虽僻处永州,又"摩崖石而刻之",但仍然没能逃过"摹多而速损"的厄运。因此,欧阳修才慨叹说:"模打既多,石亦残缺,今世人所传字画完好者,多是传模补足,非其真者。此本……盖四十年前崖石真本也,尤为难得尔。"⑤不仅如此,唐朝中后期甚至出现了专门以制作拓片为生的人员,欧阳修跋《唐干禄字样摹本》云:"右《干禄字样》摹本,颜真卿书,杨汉公摹。真卿所书乃大历九年刻石,至开成中遽已讹缺。汉公以谓一二工人用为衣食之业,故摹多而速损者,非也。"⑥至于其速损的真正原因姑且不论,但杨汉公所言"一二工人用为衣食之业"却透露出了当时拓印风气盛行的社会现实。

拓印技术的发展,使得石刻文字的传播有了新的途径,大大推动了唐文,特别是一些名家撰文和书丹的文章的流布,欧阳询书丹的《化度寺塔铭》、柳公权书丹的《金刚经》石刻拓本都在敦煌藏经洞中发现。欧阳修也说颜真卿所书"《干禄字》《放生池碑》尚多见于人家","今世所行《昌黎集》类多讹舛,惟《南海碑》不舛者,以此刻石人家多有故也"⑦。可见,至北宋初期,石刻拓本也在更为广泛的空间内得到了传播,也是石刻依靠拓本流传的明证。

石刻拓本相对于抄本的优势也是显而易见的。抄本在流传过程中往往存在着辗转抄写的弊病,抄写者的文化程度和抄写态度对所抄内容的质量有着直接的影响。由于主观、客观两方面的原因,行文之中更是容易产生各种讹误。拓印过程中虽然也存在着"摹多速损"等缺陷,拓印时间的先后会影响到文字的清晰度。但因拓印的对象具有唯一性,故而受到拓书手主观因素影响而致误的概率远低于抄本。因此即使是不同的拓工在不同时间内所拓的石刻,其文字内容也都是相同的(不排除有个别文字漏拓)。加之像欧阳修那样,在刻石完毕之后立即制作拓片的情况也不在少数。这些都有效地保证了墓志铭

---

① 欧阳修著,邓宝剑、王怡琳注释《集古录跋尾》卷九,第205页。
② 参王国维《魏石经考四》,王国维《观堂集林》卷二〇,北京:中华书局,1959年,第970—971页。
③ 李林甫等《唐六典》卷八,第255页。
④ 刘昫等《旧唐书》卷四三,北京:中华书局,1975年,第1852页。《新唐书·百官二》也有相同的记载,见欧阳修、宋祁《新唐书》卷四七,北京:中华书局,1975年,第1213页。
⑤⑥ 欧阳修著,邓宝剑、王怡琳注释《集古录跋尾》卷七,第161、165页。
⑦ 欧阳修著,邓宝剑、王怡琳注释《集古录跋尾》卷八,第186页。

流布的效度,体现出了拓本所独有的学术价值。

  无论是敦煌写本、民间流行的创作模板还是石刻拓本,都使得墓志铭最终完成了从刻本到纸本的飞跃,原本具有唯一性且作为随葬品的墓志铭也化身千百,持续发挥着它的影响力。杜甫之所以能将墓志铭铭文中习见的对句"看花落泪,听鸟惊心",点化成名句"感时花溅泪,恨别鸟惊心",与墓志铭可以通过抄本或拓本流传有着莫大的关联。在考察唐人文集的结集情况的基础上,结合唐代墓志铭通过抄本和拓本传播的分析,我们也可以对石本、集本中大量存在的异文和作者的本意作出合理的判断。

[作者简介] 孟国栋,浙江师范大学江南文化研究中心

空间、身份与关系：唐代小说中的盒子*

杨为刚

[摘　要] 盒子是唐人日常生活中最常用的物品之一，也是唐代小说叙事中经常出现的物象。作为日常用具，盒子具有标识空间与显示身份的功能；作为小说物象，盒子具有构建叙事空间、表达人物身份与组织故事情节的作用。通过小说文本与实物遗存、图绘材料中的相互印证，可以从物质文化的角度来观照唐人小说创作意识的自觉与创作观念的进步。

[关键词] 盒子　器具　饰物　叙事

盒子是唐人日常生活中常见的物品，与函、匣、箱、奁等器具的功用类似，具有收藏与展示功能。大件盒子的功能接近于家俱中的箱、柜，作为室内摆设，不轻易搬动，如法门寺地宫发现的盛放食器的漆盒就是一件类似食柜的家俱。① 中等大小的盒子可以双手捧持，一般盛放食品、服饰，可以任意搬动，随用随设，何家村遗宝中的孔雀纹银方盒以及唐墓壁画中侍女捧持的盒子属于此类。小件盒子可以单手把握，一般盛放药物、妆饰品等私房用品，可以秘不示人，也可以随身携带。唐代是盒子制作的兴盛期，自上到下，各种盒子的使用颇为流行。何家村出土的窖藏器具中，有二十八只金银盒，在器皿类用品中，数量最多。在《窦乂》（出《干馔子》）中，窦乂靠卖盒子、执带、头尾等杂项而致富，可见社会对于盒的需求量很大。

作为室内陈设，密闭的盒子构成了一个自足的系统，是空间中的空间。与其他室内器具一样，既能表达房室的功能，又可以营造住居的品格。五代王处直墓体现唐后期的墓葬风格，在东耳室西壁与西耳室东壁分别绘制一条长案，案上除了绘制帽架与官帽、镜架与镜子等器物外，各种大小的盒子数量最多，共计十一只。② 这种壁画盒子的空间功能可以通过出土的实物进行印证。1984年，河南偃师杏园李景由墓出土一银箔平脱漆方盒。方盒分两层，上层为木屉，装木梳、金钗等饰物。下层除镜、碗各一件外，有圆漆盒三只、鎏金银盒两只、抛光银盒两只。此墓为合葬墓，李景由官职终于蒲州猗氏县令，其妻

---

* 本文为国家社科基金一般项目"唐代住居与文学研究"（项目编号17BZW184）阶段性成果。
① 聂菲《法门寺地宫出土内置秘色瓷漆盒应为家俱考》，《文物》2014年第4期。
② 河北文物研究所《五代王处直墓》，北京：文物出版社，1998年，第23—29页。

范阳卢氏为梓州司户卢诩之女。① 王处直的地位远高于李景由,由此可以推知,壁画盒子的种类与功用是墓主私密生活空间的表达,而盒子的数量与品质则是住居空间品质的象征。唐代墓室按照现实住宅的空间功能来设计建造,与其他器具一样,盒子作为墓主的日常用品绘入壁画或者随葬入墓;其"实用价值"可以界定墓室作为"阴宅"的住居功能,进而表达家庭秩序与伦理关系;其"价值"则可以制造墓志的空间品质,从而标识墓主生前甚至是死后的身份地位。

　　作为容器,盒子所盛物品的用途决定盒子的空间功能。盛放食品的盒子作为宴饮空间的器具,一般出现在厅堂。盛放私密用品的盒子往往置于隐秘之处。在《唐晅》中,妻子告诉唐晅:"往日常弄一金镂合子,藏于堂屋西北斗栱中,无有人知处。"在《红线》(出《甘泽谣》)中,实力强大的魏博节度使田承嗣觊觎潞州节度使薛嵩的地盘,薛嵩一筹莫展之际,红线女自告奋勇,凭借法术,进入田承嗣住宅,拿走寝帐枕边的金盒。寝室是住宅防护性最严密的场所,寝帐之内非至亲不可入内,存放个人私密物件的金盒放在床头最安全。但是,即便如此,盒子都可以被轻易地拿走,说明最私密的空间已经失去防护性。田承嗣发觉后,立即服软言和。

　　唐代文学书写中的盒子多是小盒,而且是金银玉等贵重材质制作。作为高贵身份的标志,这种小盒经常出现在皇帝赏赐臣僚的物件中,而且往往与药物、香料或化妆品一起出现。如王建《宫词一百首》曰:"黄金合里盛红雪,重结香罗四出花。一一傍边书敕字,中官送与大臣家。"②在唐人答谢皇帝赏赐的谢状中,经常提到此类盒子以及所盛物品。如苑咸《为李林甫谢腊日赐药等状》提到赐品中有"通中散驻颜面脂及钿合"。还提到:"伏以嘉平旧节,炼药良辰,锡灵仙之秘方,均雨露之殊泽。金膏玉散,驻齿发于衰容。"③这种钿盒盛放的物品与长生保健有关的药物。同人《谢赐药金盏等状》提到的赏赐物是"药金盏一匙并参花密、余甘煎及平脱合二"④。参花密与余甘煎盛放在平脱盒中,余甘煎在玄宗赏赐安禄山的物品中也有记载,是一种与服食药散有关的药物。⑤ 何家村二十八只金银盒中,有八只盛放物品,所盛物品除了显示身份的玉块外,朱砂、乳石、琥珀、金粉、麸金等都是炼制丹药的贵重药物。

　　唐代上流社会普遍存在崇道倾向,在唐人的信仰中,金银玉以及制作的器物具有长生或延寿的功效。体现在小说叙事中,金银玉等珍贵材质的器具不但是制造贵族生活品质的材料,也是构造神仙生活世界的要素。盒子可启可闭,易收便藏,是盛放药物的首选器皿,道教外丹派认为金银玉器盛放药物可以提高药效。贵重盒子盛放秘药,在标志身份高贵的同时,又增添了神秘色彩。小说中,这种盒子成为问道求仙者的身份标志。《采药民》(出《原仙记》)记采药者得道成仙后,他的孙子在其故居"得一玉合,有金丹在焉。即吞之,而心中明瞭"⑥。在《元柳二公》(出《续仙传》)中,黄衣少年所持"金合子"里面是

---

① 中国社会科学院考古研究所河南第二工作队:《河南偃师杏园村的六座纪年唐墓》,《考古》1986年第5期。
② 彭定求《全唐诗》卷三〇二,北京:中华书局,1961年,第3443页。
③④ 董诰《全唐文》卷三三三,上海:上海古籍出版社,1990年,第1491页。
⑤ 沈睿文《安禄山服散考》,上海:上海古籍出版社,2015年,第142—150页。
⑥ 李昉等《太平广记》卷二五,北京:中华书局,1960年,第166页。

还魂膏。作为叙事线索来组织叙事的是《张无颇》(出《传奇》)中的盒子。

女道袁大娘送给书生张无颇一种还魂起死的药物,叫玉龙膏。药物盛放的盒子叫"暖金合","寒时但出此合。则一室暄热,不假炉炭矣"。① 不久,南海神广利王请张无颇为女儿医病。在他第二次入宫时,盒子被王后认出。"后遂白王曰：'爱女非疾,私其无颇矣。不然者,何以宫中暖金合,得在斯人处耶?'王愀然良久曰：'复为贾充女耶。吾亦当继其事而成之,无使久苦也。'"事情真相最后得以揭示,"暖金合"并非袁大娘之物,而是王女的私人物品。作为叙事线索,盒子表达了多层含义,从袁大娘到张无颇,盒子的神奇功用制造了主人公的道术身份,由此得以进入王宫为王女治病。作为宫中物品,盒子又是王女高贵身份的象征。作为王女私物,又是私密空间的表达,所以广利王首先想到的是儿女私情的发生。作为女性物品的盒子在小说中经常出现,其叙事功能需要从制作、材质与功用来分析。

唐代金银器制作吸收了西方金银制作工艺中的锤揲和焊接等技法,不但促进了金银盒的使用与普及,也促进了金银盒制作的本土化。金银盒的表面可以缕出花纹或者镶嵌金银丝,制作出表达寓意的图案,提高了盒子的实用效果与观赏价值。何家村出土的金银盒中,十五只有图案。其中鎏金鸳鸯纹银盒、鎏金双雁纹银盒、线刻鸳鸯纹银盒上图案都是具有本土风格的制作,表达了夫妻和美、家庭合顺的意涵。这种象征男女、家庭关系的小盒一般是女性用品,携带在身边或者珍藏在内室。② 类似盒子在唐代墓葬中多有发现,除李景由墓外,西安洪庆村墓出土一只鎏金小银盒,大小如掌心,盒盖装饰卷草纹和伎乐人,盒底用阴刻线条刻绘出一对并立的男女,上方有"二人同心"四字。③ 1985 年,西安东郊国棉五厂 65 号墓、28 号韦美美墓分别出土一件以鸳鸯为主题图案的蛤型银盒。④ 其中韦美美墓出土的蛤型银盒、鎏金錾花银盒与盛放化妆品的金、银、铜质小器皿同置于一个圆漆盒内,紧挨尸骨头部的地方。⑤

作为女性物品,小盒一般盛放脂膏一类的妆饰品,直接与身体容貌有关。个人拥有物(possessions)是自我的延伸,可以以礼物的形式使拥有者的身份延伸到接受者身上。⑥ 唐代的"合"通"盒",具有"结合""和合"等谐义,因此,盒子作为礼物更适合表达男女之间的私密情感。⑦ 韩偓《玉合》诗有"罗囊绣两凤凰,玉合双雕澓鹕,中有兰膏渍红豆,每回拈着长相忆"句。⑧《安禄山事迹》记天宝十一载,安禄山生日,唐玄宗与杨贵妃分别赠送礼品。玄宗礼品基本是杯、盏、盘、碗等饮食器。杨贵妃的礼物包含"金平脱装一具,内漆半花镜一,玉合子二,玳瑁刮舌篦、耳篦各一,铜镊子各一,犀角梳篦刷子一,骨胐合

---

① 李昉等《太平广记》卷三一〇,第 2451 页。
② 申秦雁《从何家村窖藏看唐式金银盒的形成》,《西部考古》第 1 辑,北京:科学出版社,2006 年,第 473—480 页。
③ 阎磊《西安出土的唐代金银器》,《文物》1959 年第 8 期,图六。
④ 齐东方《唐代的蛤形银盒》,《故宫博物院院刊》1998 年第 4 期。
⑤ 呼林贵等《西安东郊唐韦美美墓发掘记》,《考古与文物》1992 年第 5 期。
⑥ Russell W. Belk *Possessions and the Extended Self*, Journal of Consumer Research, Vol.15, No.2 (1988), pp.139 - 168.
⑦ 扬之水《每回拈着长相忆》,扬之水《古诗文名物新证合编》,天津:天津教育出版社,2012 年,第 100—107 页。
⑧ 彭定求《全唐诗》卷六八三,第 7835 页。

子三,金镀银盒子二,金平脱盒子四,碧罗帕子一,红罗绣帕子二,紫罗枕一,毡一,金平脱铁面枕一……"①礼品中,各种盒子多达十一只,几乎占所送礼品数量的一半。这些盒子与梳子、篦子、枕头与罗帕等私房用品,构成了一所高级内室的住居所需,由此显示了两人的特殊关系。

具有标志身份与情感表达功能的盒子甚至可以穿越阴阳、仙凡,出现在人与鬼神的婚恋故事中。如《长孙绍祖》(出《志怪录》)中,男主公投宿民宅,与室中女子发生私情,次日分手时,女子送他一枚"金缕小合子"。出门后绍祖发现所宿民宅是坟墓,女子"其所赠合子,尘埃积中,非生人所用物也"。②《唐晅》中,妻子临走前送给唐晅罗帛子,唐晅则回送一只"金钿合子"。《崔书生》中,女主人公是西王母三女儿玉卮娘子,她与男主人公分手时,"遂出白玉盒子遗崔生……,自恸哭归家。常见玉盒子,郁郁不乐"。③由此可见,作为信物的高级小盒是塑造理想化男女关系的常见器物,由此可以分析《长恨歌传》中出现的钿盒。

在《长恨歌传》中,杨玉环进宫后,备受宠幸。"定情之夕,授金钗钿合以固之。"安禄山叛乱,杨贵妃赐死于马嵬坡。玄宗回到长安后,思念不已。使者寻访仙山,见到已经成仙的杨贵妃:

俄见一人,冠金莲,披紫绡,佩红玉,曳凤舄,左右侍者七八人。揖方士,问皇帝安否。次问天宝十四载已还事,言讫悯然。指碧衣女,取金钗、钿合,各拆其半,授使者曰:"为谢太上皇,谨献是物,寻旧好也。"④

定情物被死后的贵妃带到仙界,然而,使者接受信物之后,"色有不足",认为"恐钿合金钗,负新垣平之诈也"。作为帝妃之间的定情物,完全可以选择更为珍稀的物品,但是从夫妻关系表达的角度看,金钗与钿盒更具普遍意义。从使者立场上看,金钗与钿盒无法构成体现帝妃身份的空间设置,由此无法证明他见过杨贵妃,于是贵妃才会补充两人的一段私密经历——"七月七日长生殿,夜半无人私语时"。《长恨歌(传)》的创作距离李杨离世已有五十余年,故事情节多来自民间传闻,经陈鸿与白居易的加工润色而流行。金钗、钿盒的设置体现了唐后期宫廷生活的世俗化倾向,符合世俗社会对于李杨情事的想象与接受。

制作精美、材质贵重的小盒不但可以作为表达身份与关系的器物,还可以作为彰显身体与容貌的饰物。西安唐宫城遗址出土一只青玉小盒,大小如掌心,盒面剔地雕牡丹图案,盒上端凸起一对镂空鸳鸯,镂空处可以系配。显然,这种小盒不但可以房内珍藏,还可以随身佩戴。⑤小说叙事中,这种盒子多见。如《曾季衡》(出《传奇》)中,女鬼分手时

---

① 姚汝能《安禄山事迹》,北京:中华书局,2006年,第82页。
② 李昉等《太平广记》卷三二六,第2587页。
③ 牛僧孺《玄怪录》卷二,《唐代笔记小说大观》,上海:上海古籍出版社,2000年,第367页。
④ 李昉等《太平广记》卷四八六,第3999页。
⑤ 李久芳《中国玉器全集》第5册,石家庄:河北美术出版社,1993年,图35。

给他的礼物,除一只翠玉双凤翘外,又"于襦带解蹙金结花合子"。① 许尧佐《柳氏传》中,柳氏被沙咤利占有后,与韩翃路上相遇,柳氏告诉他:"'请诘旦幸相待于道政里门。'及期而往,以轻素结玉合,实以香膏,自车中授之,曰:'当遂永诀,原置诚念。'乃回车,以手挥之,轻袖摇摇,香车辚辚,目断意迷,失于惊尘。翃大不胜情。"②

越是私密的物品,与身体的关系越紧密,作为自我象征物的色彩越强烈,如首饰、服饰以及随身使用的器物,最适合作为男女之间表达私密情感的信物。柳氏送韩翃的这种轻素联结的小盒既可以盛放化妆品,又是可以系挂身上作为妆饰。③ 本是闺房之物,因为主人珍爱,随身佩戴,兼具器物与饰物两种功能。散发着女主人芳泽的小盒送给不能厮守的情人,随时相伴左右,最能表达缠绵悱恻、割舍不断的情感。

作为饰物的小盒除了金银玉质地的外,还有更稀有的材质。如《元柳二公》中,南海神仙衣襟上解下一只"琥珀合子",这只盒子里的神物居然能降妖伏怪。唐代的琥珀多来自西域,质料的珍稀增加盒子的神秘,犀角盒也属此类盒子的一种,多次出现在小说叙事中。李公佐《南柯太守传》中,男主人公淳于棼被国王召为驸马,成婚之夜,公主与他回忆一次相遇经历:

> 又七月十六日,吾于孝感寺侍上真子,听契玄法师讲观音经。吾于讲下舍金凤钗两只,上真子舍水犀合子一枚。时君亦讲筵中,于师处请钗、合视之,赏叹再三,嗟异良久。顾余辈曰:"人之与物,皆非世间所有。"或问吾民,或访吾里,吾亦不答。情意恋恋,瞩盼不舍,君岂不思念之乎?"生曰:"中心藏之,何日忘之。"群女曰:"不意今日与君为眷属。"④

也是常见的金钗加盒子的组合,不过盒子的材质是犀角。唐代的犀角与象牙、玛瑙、琥珀、琉璃一样,都具有异域色彩,制作成器物后,除了标志尊贵身份外,还能制造仙道色彩。⑤ 叙事中,公主奉侍的上真子属于道教人物,其施舍的水犀合子符合其身份,由此也暗示了公主的仙道化身份。本是南柯一梦,但是梦境与现实是关联的,金钗与犀盒成为贯通梦境与现实的线索。

犀牛在古代被视为异兽,唐人认为犀角不但能解百毒,还具有辟邪与通灵功能,⑥因此,作为信物的犀盒更适合表达"心有灵犀一点通"的情愫。同样是发生在梦境中的故事,沈亚之《秦梦记》中,沈亚之被公主弄玉召为驸马,"公主七月七日生,亚之当无祝寿。内史廖会为秦以女乐遗西戎,戎主与之水犀小合。亚之从廖得以献公主,主悦赏爱重,结裙带上"。⑦ 沈亚之送给公主的水犀盒子与淳于棼所见犀盒相同,扮演的叙事功能也相

---

① 李昉等《太平广记》卷三四七,第2748页。
② 李昉等《太平广记》卷四八五,第3996页。
③ 左骏《轻素结玉盒:元代范文虎墓玉贯耳壶的考古学观察》,《东南文化》2016年第6期。
④ 李昉等《太平广记》卷四七五,第3911页。
⑤ [美]薛爱华《撒马尔罕的金桃:唐代舶来品研究》,北京:社会科学文献出版社,2016年,第589—592页。
⑥ 冉万里《略论唐代遗物中所见的犀牛题材及相关问题》,《西部考古》2007年第2辑,第218—230页。
⑦ 李昉等《太平广记》卷二八二,第2249页。

似。其珍稀的品质可以标识公主的高贵出身;其异域色彩与神奇的功用又符合公主的神仙身份;同时,作为空间关系的表达,又暗喻了男女主人公穿越生死、仙凡的爱情感通。

犀盒既是象征私密与神秘的容器,又是表达身份与身体的饰物,由此把隐匿与彰显的矛盾巧妙地统一于一物,《霍小玉传》出现了这种盒子:

> 后旬日,生复自外归,卢氏方鼓琴于床,忽见自门抛一斑犀钿花合子,方圆一寸余,中有轻绢,作同心结,坠于卢氏怀中。生开而视之,见相思子二,叩头虫一,发杀觜一,驴驹媚少许。生当时愤怒叫吼,声如豺虎,引琴撞击其妻,诘令实告。卢氏亦终不自明。尔后往往暴加捶楚,备诸毒虐,竟讼于公庭而遣之。①

斑犀是犀牛角的一种,斑犀盒是上流社会才能使用的奢侈品。据扬之水考证,这只犀盒是文献记载中最早的可以系配的"穿心合",②与之类似的实物为日本大和文华馆藏的"鸿雁纹环形银盒"。③ 可见,这也是一只可以佩戴的盒子,但是品质比《柳氏传》中玉盒还要珍稀。更为特殊的是,柳氏玉盒里只是脂膏,而犀盒里面都是与男女性爱有关的用品,④属于秘不示人的床笫私物,其中的隐秘只有夫妻或者情人关系才能分享。一件小盒,把私密空间、神秘身份与暧昧关系集于一身,因此,当它出现在李益的内室,而且是坐在床上的卢氏怀中的时候,难怪李益会暴跳咆哮不已,最终闹到夫妻离绝的地步。

[作者简介] 杨为刚,汕头大学文学院副教授

---

① 李昉等《太平广记》卷四八七,第 4006—4007 页。
② 扬之水《穿心合》,《紫禁城》2010 年第 3 期。
③ 韩伟《海内外唐代金银器萃编》,西安:三秦出版社,1989 年,图 243。
④ 周绍良《霍小玉传校笺》,北京:人民文学出版社,2000 年,第 175—177 页。

明初君臣唱和与台阁体*

余来明　周思明

[摘　要] 作为明代前期重要的文学动向,台阁体的兴起不仅缘于永、宣年间的清明政治,也是对洪武初年君臣唱和"祖风"的重新发现。明初君臣以诗唱和包括特定时令、场合以诗应制,君臣间以诗唱酬、联句,君王赐诗而臣下以诗应和等不同情形。这一风气的形成,与朱元璋本人喜好作诗有很大关系,又与上位者引导文坛风气走向、塑造符合王朝建构的士人精神的诉求密不可分。由此展开的明代前期关于台阁文学的论述,一定程度上影响了明代前期文学的走向。明初君臣唱和创作的诗歌虽是职之所在的职务写作,却是台阁文人进行台阁体文学创作重要的思想资源。

[关键词]　明初　君臣唱和　职务写作　祖风　台阁体

台阁体的兴起是明代前期重要的文学思潮。其中关于诗歌一体,王世贞称:"台阁之体,东里(杨士奇,1366—1444)辟源,长沙(李东阳,1447—1516)导流。"①源、流之间,大体为明代台阁体盛行的一段时期。沈德潜的看法是:"永乐以还,尚台阁体,诸大老倡之,众人靡然和之,相习成风,而真诗渐亡也。"所指的诗人群体,范围大致为"解大绅(解缙,1369—1415)以下,李宾之(李东阳)以前"②,主要活跃于永乐、洪熙、宣德、正统、景泰、天顺等朝。至于沈氏"真诗渐亡"的判断,一方面是基于对明前期诗坛风尚由上层文人主导状况的不满,尽管"台阁体"诗对"诸大老"来说或许也是他们眼中的"真诗";另一方面可能来自李梦阳"真诗乃在民间"③的论说,以李梦阳、何景明为代表的"前七子"复古运动的兴起,通常被认为是"台阁体"退出主流诗坛的标志。台阁体的兴起是否如沈德潜所说意味着"真诗渐亡",自是见仁见智;然而对这一诗坛风尚在明前期所产生的影响,以及由此展现的诗坛主流特征和一般体态,明清以来论者基本已形成共识。后世研究者探究其渊源,在文学上多追溯其与元末明初闽中、江西等派之间的关系,政治方面则将其与永乐、

---

* 本文系国家社科基金重点项目"《钟惺全集》整理与研究"(项目批准号:18AZW015)的阶段性成果。
① 王世贞《艺苑卮言》卷五,丁福保辑《历代诗话续编》,北京:中华书局,1983年,第1025页。又见其所作《答王贡士文禄》,《弇州山人四部稿》卷一二七,文渊阁《四库全书》本。
② 沈德潜、周准《明诗别裁集》卷三,上海:上海古籍出版社,1979年,第59页。
③ 李梦阳《诗集自序》,《明文海》卷二六二,文渊阁《四库全书》本。

宣德年间政治清明、士风淳厚的气象相联系。①

文学与政治的相互关涉，在明前期的台阁体兴起过程中体现得尤其明显。而这种关涉的起始，从时间上可以追溯到洪武初年，明太祖与馆阁近臣之间的唱和活动，从外在表现看已略具台阁体型态。尽管从内在本质来说，明初馆阁近臣多将这种唱和行为看成"职务写作"，是他们的身份和地位所赋予的职责，与自主抒情的私人化写作在内容、格调上存在明显区别；然而由于诗歌唱和发生在帝王与大臣之间，相互又都有意识营造一种上下谐和、君臣一体的景象，建构一种盛世文学风貌，遂为后继当政者所争相效仿。在明代台阁体兴起过程中，"三杨"等人的言说即主要指向两个方面：其一，永乐、宣德等朝的太平景象，使置身其时的台阁近臣形成了自觉的颂世意识，并将其视为群体自具的天然本职；其二，将台阁文人彼此间、台阁近臣与皇帝间的唱酬、应和之举，视作是对本朝"祖风"的追慕。在此义下，考察明初君臣唱和的具体情形，探究类似写作背后的诗学和文化意义，发掘其与台阁体之间的渊源及其差异，有助于深入理解明代前期文学走向所呈现的多种可能与多重面相。

一、明初君臣唱和的一般情形

君臣间以诗唱和的情形，在中国古代诸多时期都曾出现，而其受人注意，又往往多在新朝建立初年。一方面，中国古时朝代的更替通常都经历由混乱向安定的过渡，因而更易激起士人对来之不易安定环境的珍视，由此表现出更高的颂世热情，而那些与王朝权力中心接近的士人表现尤为突出；另一方面，王朝初建时往往需要有与之匹配相行的文化风尚，而当政者之间围绕某一活动进行诗歌唱酬，则被视作是盛世气象的表现之一。其中唐初太宗与文臣之间的互动与唱和，常被后世作为可供效仿的先则。明初君臣之间的诗歌唱和活动，即在这样一种氛围和心态中展开。

明初君臣间以诗唱和呈现多种不同的形式，诸如在特定时令、场合以诗应制，君臣间以诗唱酬、联句，君王赐诗而臣下以诗应和，等等。其中在特定时令、场合以诗应制，是明初君臣唱和颇为常见的一种形式。明末陈继儒就将其作为国初的盛事予以表彰："洪武初，建大本堂，命（魏）观侍皇太子说书，及授秦、晋诸王经。十一月，冬暖如春，上召偕危素、詹同、吴琳、宋濂游观内苑燕紫阁，御制赐之曰：'卿等各赋一诗，以述今日之乐。'观奏诗云……上览之大喜。"②洪武初，魏观先后担任起居注、太常寺卿、翰林侍读学士、国子监祭酒等职；詹同为虞集侄女婿，元末曾在陈友谅幕府任职，入明后由起居注、翰林待制一直做到翰林学士承旨、吏部尚书，《明史》称他"以文章结主知，应制占对，靡弗敏赡"③；危

---

① 相关论述，参见左东岭《论台阁体与仁、宣士风之关系》(《湖南社会科学》2002年第2期)，陈广宏《明初闽诗派与台阁文学》(《文学遗产》2007年第5期)，陈文新、郭皓政《从状元文风看明代台阁体的兴衰演变》(《文学遗产》2010年第6期)，李圣华《台阁体派新论》(《文学与文化》2012年第1期)，郭万金《台阁体新论》(《文学遗产》2008年第5期)，何诗海《明代庶吉士与台阁体》(《文学评论》2012年第4期)，饶龙隼《明初台阁体的生成及泛衍》(《苏州大学学报》2012年第1期)等。20世纪关于明代台阁体研究的总体情形，可参看史小军、张红花《20世纪以来明代台阁体研究述评》(《南阳师范学院学报》2006年第2期)。
② 陈继儒《佘山诗话》卷下，周维德集校《全明诗话》第4册，济南：齐鲁书社，2005年，第2845页。
③ 张廷玉等《明史》卷一三六《詹同传》，北京：中华书局，1974年，第3929页。

素在元末文名很盛,官至翰林学士承旨,入明后以前朝旧臣担任翰林侍讲学士;吴琳曾出任起居注、国子博士、吏部尚书等职;宋濂被称为"开国文臣之首",历任起居注、国子司业、翰林学士承旨。诸人在当时均为近侍文臣,常出现在皇帝召集的各种场合,时时要以诗文应制。如魏观,今存多首长题诗作《二年十一月,和暖如春,上游观上苑,召侍臣危素、宋濂、詹同、吴琳及观等,锡宴于奉天门东紫阁。御制一序赐之,曰:卿等各赋一诗,以述今日之乐》《九月五日,奉命偕詹同、宋濂赐归田里,垂十日启行,出水西门,复走使召还,锡燕奉天门。上喜谕观等曰:前日逐卿去,今日与卿饮,亦可乐也。已而各赋一诗以记其事》①等,可见其时君臣相与游乐、宴聚赋诗之一斑。

　　类似的应制之事及其相关制作,也屡见于明初文人集中。如汪广洋《凤池吟稿》有《答西域班右丞诗韵应制》《题日本画扇应制》《题钟山胜景应制》等诗。孙蕡曾作《车驾游天界寺应制》《钟山应制》《新春从幸天界寺次詹冢宰钟山应制》《驾游钟山应制》等诗。僧宗泐也有多首应制之作。又如在吴伯宗《荣进集》中,有《奉御题咏五言诗三首》《奉御题咏七言诗二十六首》等多首应制诗,又有《钟山诗十二韵应制》《长江潦水诗十二韵应制》《南亩耕农诗应制》《喜雨诗应制》等诗。詹同、邓雅、朱同、王彝、高启、杨基、张羽、林鸿等人,也都有在不同场合的应制作品存世。刘基文集中也存有一首题为《侍宴钟山应制》的作品。而同题诗作,也有不少出现在了明太祖的文集当中。从诗歌内容和所用韵脚来看,二者大多属于直接相关的创作。又如张筹,在翰林院任职期间,"日侍左右,或讲说经史,或应制赋古今诗,未尝不再三称善"②。洪武五年九月,天降膏露,群臣均应诏赋诗。③ 对于明初诗事之盛,正如孙蕡在一首应制诗中所感叹的:"敕赐御前催应制,侍臣簪笔思如泉。"④上位者屡次相招所显示出来的"殷勤",与近臣时时承侍所获得的荣耀,二者相互映照,构成了一幅和谐融洽的画面,而诗在其中充当了一种重要的话语媒介。

　　明初近臣的以诗应制行为,不仅体现为一种由下(近臣)向上(帝王)的应景式的单向书写,而常表现为一种上下联动式的互动唱和。在此类活动中,我们可以清楚看到,以诗唱和的活动多数时候是从近臣作诗应制开始,而后皇帝亦受其感发,作诗应和,进而引来其他近臣的属和,从而形成君臣之间联动式的唱和行为。洪武七年(1374)明太祖与傅同虚等道士之间的唱和活动,即是其中具有代表性的一例。该年十一月二十三日,明太祖召集朝天宫道士提点宋真宗、傅同虚等人撰修道教斋醮仪式范本(即后来成书的《大明玄教立成斋醮仪范》)。在听取了宋真宗等人关于编纂情况的介绍后,为了表示朝廷对此事的重视,明太祖赐筵以示优宠。酒兴浓时,明太祖命诸人赋《严冬如春暖诗》。在看到傅同虚、郑仲修二人上呈的诗后,明太祖"亲御翰墨,成长句一首"。虽然傅、郑二人所作之诗今已不得其详,但从朱元璋"龙颜大悦"并且亲自撰写长句的反应来看,其中定然包含了许多歌颂的成分。皇帝赐诗,对于参与其事的人来说是无上的荣耀。在其感召之下,傅同虚等人又对明太祖的诗进行属和:"同虚自念岩穴微臣,上承天日照临,光辉赫赩,诚

---

① 全明诗编纂委员会编《全明诗》第1册,上海:上海古籍出版社,1990年,第535、537页。
② 宋濂《送张礼部兼晋相府录事序》,《宋濂全集》第2册,北京:人民文学出版社,2014年,第498页。
③ 宋濂《大明故中顺大夫礼部侍郎曾公神道碑有序》,《宋濂全集》第3册,第1250页。
④ 孙蕡《新春从幸天界寺次詹冢宰钟山应制韵》,《西庵集》卷五,文渊阁《四库全书》本。

千载之奇逢。乃自撰古律二十韵,以纪感遇之盛。才华之士歆艳弗置,从而属和之。"参与和诗的共有邓次宇、傅同虚等十三人。① 此类情形的出现,既是躬逢其事的臣下内心荣耀感的真实表达,也与其时朝廷上下致力建构、表现盛世气象的努力与追求一致。

而即便在上位的君主没有参与诗歌创作,也常会以品鉴、赏赐等行为显示在唱和活动中的存在感和影响力。洪武六年(1373)正月,明太祖在武楼便阁中召见陈宁、宋濂,相与谈论"嘉祥之应",并赐予二人甘露,以示恩宠。二人"跪饮"之后,宋濂自述其间的感受是:"其味甘如饴而弗腻,其气清于兰而不艳,一入口间,神观殊觉爽越,飘飘然欲御风而行。"受到这种气氛的感召,陈宁向宋濂提出了"发为声诗,以彰君之赐"的倡议,于是宋濂就"造诗一章,以侈上之赐"。又有其他近臣若干人,虽然当时并未参与其事,出于钦羡,也"从而属和"。于是宋濂将这些作品"录成一卷",目的是要将这种君臣之间相谐融洽的精义"传示万世子孙",同时表达自己对"荷天之休,至于无疆"长久盛世的期待。② 明初的近侍文人通过对类似具有象征意义的事件进行铺排、敷衍,目的是传达一种君臣相谐、政治清明的盛世气象。

有时虽不是臣下应制作诗,却因为特定情由引来皇帝属和,由此显示一种上下相谐、君臣相得的太平气象。如宋濂《恭题御和诗后》所记洪武六年发生于纂修《大明日历》期间的一件逸事,颇能见出其时君臣之间融洽的关系。无论这种关系的营造是出于何种目的,都足以使当时的近臣为之称颂。其中记载詹同作诗、明太祖属和一段,尤显亲切、生动:

> 十一月十五日,前御史中丞诚意伯刘基偕臣与同,侍上燕乾清宫之便阁。同被酒而还,爱昶(即黄昶,黄溍从曾孙)有俊才,挥毫赋一诗赠之,字大如斝。少选,奉御传宣召臣等赴右顺门,会上适乘步辇而至,同余醒犹未解,上谓同曰:"卿醉未醒耶?"同对曰:"臣虽醉,犹能赋诗赠黄秀才。"秀才谓昶也。上曰:"诗何在?"同对曰:"在史馆中。"上曰:"濂宜亟取之。"臣既上奏,且笑谓臣曰:"朕即和同诗,卿当为朕书之。"臣书讫,归与昶言。昶自草莱贱士,一旦遭逢盛际,奎璧之光,下照幽隐。于是粉黄金为泥,写上赐和之章,饰以黄绫玉轴,而以同诗附其后。③

黄昶虽然为黄溍从曾孙,但在明初却无多少文名,在《日历》编纂中也只是担任誊录工作。他之所以获得詹同、宋濂等人的青睐,与宋濂曾从黄溍受学有直接关系。对黄昶来说,他作为一介"草莱贱士",不但得到詹同赠诗,更有皇帝赐予和作,无疑是绝无仅有的荣耀,值得大书特书;而对普遍的士人来说,这样的事例同样会具有象征意义,显示出皇帝乐于养育人才的用心。有感于此,宋濂也表达了自己对治平盛世的期许:"其俯和侍臣之诗,岂非乐育菁莪,以开万世太平之基者欤?"类似情志也见于他作于洪武十二年的《恭题赐和文学傅藻纪行诗后》:"上之待藻,与藻之事上,交尽其道也。视夫导君以谀说,及与臣

---

① 宋濂《傅同虚感遇诗序》,《宋濂全集》第 2 册,第 642 页。
② 宋濂《御赐甘露浆诗序》,《宋濂全集》第 2 册,第 576 页。
③ 宋濂《宋濂全集》第 2 册,第 813—814 页。

下争名者,相去不亦远哉!"①以诗唱和所显示的君臣关系,符合士人对明君的期待。

在洪武初年诸次应制、唱和活动中,洪武八年(1375)有着不同一般的意义。该年八月,明太祖登望远渚,心生感慨,因为不满尹程所作的《观秋水赋》"言不契道",提笔另作赋一篇,让近臣观览,并命各作一篇应制。各人写成之后,就到东皇阁去进献。明太祖每一篇都亲自过目,还逐一加以品评。结束以后,又命赐筵。斟满酒后,明太祖奇怪宋濂为什么不"尽饮",宋濂就推以"臣年衰迈,恐不甚杯酌",生怕自己"愆于礼度"。后来在明太祖的督促下,一而再地饮尽杯中之酒,显得略有醉意。用宋濂自己的话说,就是"颜面变颓,顿觉精神遐漂,若行浮云中"。见此情形,明太祖便笑着对宋濂说:"卿宜自述一诗,朕亦为卿赋醉歌。"又让朱善、孙蕡等人应制作《醉学士歌》。对一个臣子来说,这样的遭遇无疑算是无上的恩荣。宋濂事后的感慨,也有意回应明太祖这种恩宠的示范效应:"洪惟皇上尊贤下士,讲求黄虞治道,度越于唐宋远甚。虽以臣之至愚,亦昭被非常之殊渥。六合之广,其有抱艺怀才者,孰不思踊跃奋厉以扬于王庭哉?"②希望通过颁赐恩荣收容人心,吸引更多的野逸贤才为我所用,以此显示盛世气象,也是明太祖组织此类活动的主要期待之一。然而由其间宋濂"举觞至口端,又复瑟缩者三""勉强一吸至尽""天威咫尺间,不敢重有所渎"的畏缩形态,又似乎能体会出明太祖营造君臣和睦情形背后或许另有真容。

如果我们走进历史,便能看到这一切背后别有通幽曲径。就在该年五月,明朝开国的重要文臣刘基因病去世。在他死前,曾服用过胡惟庸送来的汤药。因而关于其死因,后世有种种不同猜测,其中也不乏认为是出自明太祖授意的看法。而在一年多以前,被称为明代诗人第一的高启,因为一篇上梁文而被腰斩于市。至于其中因果原委,后人也有各种说辞。而从今存的《御制大诰》及其续编、三编等史料文献中,我们更可以看到明太祖动辄将文臣、官吏处死、流放的处罚。在此背景下,明太祖以赐筵、应制、唱和显示恩宠,也就多了一层吊诡、反讽的意味。朱元璋殷勤与近臣以诗唱和的真实用意,因此也不免引人猜疑。

正是有了洪武时期过于严紧的政治气候作为对照,步入永、宣以后的台阁近臣才得以在"民气渐舒,蒸然有治平之象"③的时代氛围中体沐皇恩。其表现于诗歌唱和,亦前后有别。从总体来看,洪武前期君臣之间的唱和,皇帝的参与度高,引导意味强,而对参与唱和的文人来说,其创作多带有应制色彩,往往与其所居职位直接相关,属于职务写作,创作的作品风格上趋于同一,而其私人化的写作则别是一调,仍以表现个人情感为主。而至永乐以后台阁体兴盛时期,虽然皇帝也会与近臣以诗唱和,但多数时候是台阁文臣相互之间进行唱和,表现出比较明显的台阁意识,即便是那些抒发个人情感的诗作,也仍然带有比较浓郁的台阁气息(即《四库提要》所称的"雍容平易")。二者相互对照,可以更清晰看出明初君臣唱和的特征与实质。

---

① 宋濂《宋濂全集》第 2 册,第 868 页。
② 见宋濂《恭跋御赐诗后》,《宋濂全集》第 2 册,第 951—952 页。
③ 张廷玉等《明史》卷九《宣宗本纪》,第 125—126 页。

二、朱元璋的诗学趣味与明初君臣唱和的文化意义

明初君臣间以诗唱和风气的形成，与朱元璋本人喜好作诗有很大关系。在今存明太祖文集中，有多首赐宋濂、宋璲、陶安、张以宁、刘基等人的诗作，还有与吴源、杜斅、龚斅、李祜等人游东苑时的联句，以及赓和刘仲质、王釐、戴安、答禄与权、吴沉等人的诗。① 宋濂曾记其和释文康所作《托钵歌》之情形："至夜二鼓，上命两黄门跪张于前，且读且和，运笔如飞，终食之间而章已成矣。"②其作诗之用心，于此可见一斑。而对明太祖好与近臣以诗唱和的现象，朱国祯也曾予以关注："高皇帝诗发乎天籁，自然成音，当日赓歌扬言，匪仅詹、吴、乐、宋四学士而已。若答禄与权、吴伯宗、刘仲质、张翼、宋璲、朱芾、桂慎、戴安、王釐、周衡、吴喆、马从、马懿、易毅、卢均、裴植、李睿、韩文辉、曹文寿、单仲右诸臣进诗，咸赓其韵。今诸臣之作，十九无闻，而圣藻长垂宇宙，高矣美矣。"③属和诸臣，多为当时居于近侍的官员。朱彝尊论及彼时风气，也曾历数其所为诗事说："孝陵不以马上治天下，云雨贤才，天地大文，形诸篇翰。七年而御制成集，八年而《正韵》成书，题诗不惹之庵，置酒滕王之阁，赏心胡闰苍龙之咏，击节王佐黄马之谣。《日历》成编，和黄秀才有作；大官设宴，醉宋学士有歌。顾天禄经进诗篇，披之便殿；桂彦良临池联句，媲于扬言。韵事特多，更仆难数。"④从中可以看出明太祖与近臣之间进行诗歌唱和活动的大致情况。在明初政治文化生活中，以诗唱和成了一种具有象征意义的行为。

将明太祖与近臣之间开展的诗歌活动，与下文解缙《顾太常谨中诗集序》的记述进行对读，可以对其时君臣游乐唱和的一般情形能有大致了解：

> 臣缙少侍高皇帝，早暮载笔墨楮以侍，圣情尤喜为诗歌。睿思英发，神文勃兴，雷轰电逐，顷刻间御制沛然数千百言，一息无滞。臣缙辄草书连幅，笔不及成点画，即速上进，稍定句韵，间或不易一字。上惟喜诵古人铿鍧炳烺之作，凡遇咿嗳鄙陋，以为衰世之制不足观。故天下之士为诗，鲜有能得上意者。有诗僧宗泐，尝进所精思而刻苦以为最得意之作百余篇，高皇一览不竟日，尽和其韵，雄深阔伟，下视泐韵，大明之于爝火也。⑤

解缙于洪武二十一年(1388)登进士第，授庶吉士，同年授翰林学士，曾侍于朱元璋之侧，也时常承命应制赋诗。虽然文中提到朱元璋作诗泉思喷涌、出口成篇未必尽是实情，"神文勃兴，雷轰电逐"也不无奉承、夸饰之嫌，但他对朱元璋"尤喜为诗歌"的观察，应当是他切身经历之事。而由序中所谓"上惟喜诵古人铿鍧炳烺之作，凡遇咿嗳鄙陋，以为衰世之制不足观"可以看出，诗歌在明太祖视界中的分野是"盛世之制"与"衰

---

① 诸作见《全明诗》第 1 册，第 49—56、29 页。
② 宋濂《恭题赐和托钵歌后》，《宋濂全集》第 2 册，第 808 页。
③ 朱彝尊《明诗综》卷一引，康熙间白莲泾刻本。
④ 朱彝尊《静志居诗话》卷一《明太祖》，北京：人民文学出版社，1990 年，第 1 页。
⑤ 解缙《文毅集》卷七，文渊阁《四库全书》本。

世之制"的二元模式,而台阁文学显然更符合"盛世之制"的基本要求。作为对比,序中提到的僧宗泐(1318—1391),为元末明初著名诗僧,其所作诗可说是山林诗的典型代表。解缙将其诗与朱元璋诗歌进行对比,给出了"大明之于爝火"的判断,加上他对朱元璋诗"雄深阔伟"的总体评价,可以看出朱元璋在诗歌风貌上试图表现一种与山林诗气象不同的追求。

解缙眼中的朱元璋好作诗歌,在其留存至今的作品中也有所反映,他曾撰写过近二十首以"钟山"为主题的诗作:《春日钟山》《钟山二首》《钟山赓吴沉韵》《又赓戴安韵》《又赓答禄与权韵》《春日钟山行》《望钟山》《钟山云》《钟山云雨》《钟山》《望钟山白云二首》《秋日钟山赓裴植韵》《钟山僧寺赓单仲右韵三首》《游钟山》。汪广洋所作《奉旨讲宾之初筵序》,也为我们提供了明太祖喜爱诗歌的一般情形:

> 臣广洋忝在谏垣。初,上锐意于图治,搜武余暇,延访遗老,从容赐坐,讨论古今,鉴观兴废,兢兢业业,惟恐有弗迨。与夏禹惜寸阴,殷汤日新其德,周文望道未见之意,实同符而合辙也。顷者博士臣梁贞用古诗三百十一篇,辑成巨帙,进供睿览。原之秦先生、良卿周先生侍坐,上躬亲检阅,以《宾之初筵》一诗,命臣广洋直言讲解。顾念学问迂疏,曷足发扬古作者之微旨,据经引注,敬为演绎。上亦为之兴感,乃曰:"卫武公一诸侯也,九十衰耋,尚能令人作诗自儆。"复令人朝夕讽咏,期于不忘。矧今以可为之年,当有为之日,何不激昂亶勉耶?①

《宾之初筵》为《诗经·小雅》之一,意主讽刺酒后失德、失言与失礼之举,以此劝诫饮酒必节之以礼。朱元璋因为有感于卫武公九十岁仍"令人作诗自儆",就命人经常吟诵,以磨砺自身,其对诗歌内涵的关注,于此可见一斑。循此,无论是他自己作诗,或是对臣下所作诗歌的期许,都有类似蕴意方面的追求。

在与近臣进行同题唱和时,明太祖的诗在格调上常表现阔大的气象。如他和吴伯宗所作的五言排律《长江潦水诗》:

> 炎蒸和气淳,化水亦无浑。出峡飞轻雪,湍山润厚坤。螯蛟从此出,浮鹭亦斯奔。旋转如深井,轰流泻巨盆。连云龙气跃,振木虎情蹲。浩荡弥千里,鸿蒙印万村。影摇咸浪合,光射集云屯。尾尾穿波鲤,扬扬透雾鲲。逶迤洪海口,委曲大龙门。汗漫无知已,汪洋实的存。沛然清宇宙,廓尔岂晨昏。汩汩凉隆暑,人间潦水尊。②

吴伯宗为明朝首科(洪武四年)状元,该科会试由陶凯、宋濂、詹同、鲍恂等人担任考官。其所作《长江潦水诗十二韵》为一首应制作品,其诗云:

---

① 汪广洋《凤池吟稿》卷一,文渊阁《四库全书》本。
② 《全明诗》第1册,第23—24页。

> 巴蜀已消雪,长江潦水浑。洪涛涵日月,巨浪浴乾坤。回拥三山出,雄驱万马奔。大声如拔木,远势泻倾盆。浩荡川原混,微茫岛屿蹲。漫漫连两岸,渺渺接千村。觳转盘涡急,云蒸湿气屯。浮游多浴鹭,变化有溟鲲。已足沾畴陇,还应赴海门。朝宗长不息,灌溉意常存。惠泽流今古,阴阳顺晓昏。滔滔南国纪,永护九重尊。①

二人相与唱和的情境虽不可知,但从直观的用语来看,朱元璋诗中出现的"蛰蛟""巨盆""龙气""虎情""千里""万村""云屯""龙门""宇宙"等词,在境界上更显阔大。而这一点,又可与朱元璋"喜诵古人铿鍧炳烺之作"互为呼应。

诗酒唱酬作为中国古代文人惯常的聚会方式,在历史上曾留下许多令人称羡的故事,明初君臣唱和的双方对此应当不会陌生。然而其情形又不同于一般文人之间的唱和。明初君臣唱和经常是以皇帝赐饮的方式展开,其用意部分是要从形式上消除君臣间因等级差异而造成的压迫感,通过营造一种君臣一家、上下一体的和谐氛围,使居于下位的创作者能获得一种相对自由的心态,从而写出满意的诗歌。然而同时也应该看到,在这种君臣之间的诗歌唱和活动中,居于下位的近臣多数时候只是处于被动的从属地位,不仅赋诗的命题出于君主指定,诗歌的内容与风格也要顺从君主的意愿和喜好。发生于洪武二年岁末冬至的一次唱和活动,颇能反映明初君臣唱和的特点。据宋濂《应制冬日诗序》记载:

> 洪武二年冬十一月二十有二日,上御外朝,遣中贵人召翰林学士臣濂、侍讲学士臣素、侍讲学士臣同、直学士臣经、待制臣祎、起居注臣观、臣琳列坐左右。既而命大官进馔,赐黄封酒饮之,上屡命尽觞。内官承上旨,监劝甚力。臣濂数以弗胜栖杓固辞,上笑曰:"卿但饮,虽醉无伤也。"酒终,上亲御翰墨,赋诗一章,复系小序于首,命各以诗进。臣濂最先,臣祎次之,臣观、臣琳、臣经、臣同又次之。上览之大悦。臣素最后,诗以民瘼为言,上曰:"素终老成,其有轸念苍生之意乎?"于是各沾醉而退。明日,臣素以遭逢盛际,光膺圣眷如此,不可无以示后来,乃集其诗为卷,而以题辞为属。

文中提到的翰林院诸臣宋濂、危素、詹同、王祎和起居注魏观、吴琳等人,经常出现在明初君臣唱和的诗人群体当中,均为明初重要文人。若非聚会的召集人是凌驾于诸人之上的皇帝,地点是在皇宫内廷,此次聚会与一般的文人燕集并无不同。然而不论是饮酒还是作诗,又在在体现了这种发生在君臣之间的唱和活动的与众不同,处处透着一种拘谨的意味,参加者很难像日常朋友燕聚时一样肆意表露真实性情。赐饮时"屡命尽觞","内官承上旨,监劝甚力",宋濂"数以弗胜栖杓固辞",朱元璋便以"卿但饮,虽醉无伤也"予以宽解,都显示出上位者试图消解因身份差异所带来的不谐因素,以便使聚会更接近文人

---

① 吴伯宗《荣进集》卷二,文渊阁《四库全书》本。

雅集,而不只是一种仪式感十足的宫廷宴会。

文人燕聚,不可无酒,亦不可无诗。明太祖作为这场诗酒唱和活动的主导者,于是"亲御翰墨,赋诗一章,复系小序于首,命各以诗进",希望通过与近臣之间唱和作诗,营造和融氛围,为明初的盛世气象做注脚。宋濂、王祎、魏观、吴琳、詹同、陈经(桱)等人依次献诗,所写内容虽已不得而知,但从明太祖读后"大悦"的反映可以看出,应与称颂新朝新政有关。这一点,也是近侍文臣在此场合下应有的表现,即宋濂序中所谓的"文学法从之臣,职在献替"。而危素"以民瘼为言"的诗作,显然并未按明太祖预期的方向进行构思,因此才会有"素终老成,其有轸念苍生之意乎"的评语。新朝初立,百废待兴,危素作为前朝旧臣,关注民生疾苦也在情理之中。然而这样的措意,显然并非是明太祖让诸臣献诗的初衷。而若是联系到《列朝诗集》的记述:"(危素)入国朝,甚见礼重。上一日闻履声,问为谁,对曰:'老臣危素。'上不怿曰:'我道是文天祥来。'遂谪佃和州"①,便可以看出明太祖"老成""轸念苍生之意"评语背后的微言大义。尽管危素诗作的内容已不得其详,然而在彼时"遭逢盛际"又"光膺圣眷"的背景下,危素敬献"以民瘼为言"的诗显然并不合时宜。而通过这种君臣间的互动式唱和,上位者很轻易地就能传达所要表达的意图。危素主动将各人所作诗编辑成卷,并请宋濂为之作序,从某种程度来说即是对明太祖批评的回应,对自己误读上意的补救,而这正是明太祖所乐见的效果。

事实上,以帝王身份创作诗歌,其目的不一定是要与文人争胜,也并非是要在诗艺上刻意追求,而是试图通过诗歌应制、唱和等方式引导近臣自觉书写盛世景象。即如朱元璋对宋濂所说的,"非惟见朕宠爱卿,亦可见一时君臣道合,共乐太平之盛也"②。而解缙序中所谓"天下之士为诗,鲜有能得上意者",一则反映出明初诗坛风气的一般状况,同时也可以从中看出朱元璋试图通过与近臣唱和主导明代诗歌走向的意志。这一点,由王世贞的评价也能见其一斑:"高皇帝神武天授,生目不知书,既下集庆,始厌马上。长歌短篇,操笔辄韵,有魏武乐府风。制词质古,一洗骈偶之习。"③其最终目的,显然不只是局限于文学层面,而是希望借此规约士人的行为,引导士人风气朝自己预设的方向发展。

在此用意下,由君臣唱和而制作的诗歌文本,艺术、技法等并非主要追求,而是有着超越一般意义文学创作之外的内涵。从士人的角度来说,至少可传达两方面的含义:一方面,经由此类作品,可以表达王朝更替之初的喜悦之情。在元末明初文人的集子中,随处可见对元末战乱造成破坏的描述。在此背景下,身处明初安定平和的环境,表达欢喜之情也在情理之中。另一方面,也不乏期待之意。王朝建立之初,士人不免会心存疑虑,时有谨小慎微之心。在此心理下,通过书写具有盛世意味的诗歌,既是有所期待,同时也可能含有推促帝王做明君的意图。从帝王的角度来看,与臣下以诗歌唱和,在特定的场合让臣下作诗应制,或者因为某事而赐予臣下诗歌,同样可以显示至少两方面的含义:其一,对君王来说,王朝建立之后,如何做好士人社会的主导者,向臣下传达恩泽乃是普遍做法,赐诗、唱和、应制即是其体现的方式之一;其二,通过唱和、应制、赐诗等活动,以及

---

① 钱谦益《列朝诗集》甲集第十三,北京:中华书局,2007年,第1467页。
② 宋濂《恭跋御制诗后》,《宋濂全集》第2册,第951页。
③ 王世贞《艺苑卮言》卷五,《历代诗话续编》本,第1023页。

一些相关的表述,影响居于上位的文人,进而引导文坛风气的走向,塑造符合国家建构的士人精神。经由近臣士大夫的阐扬,君臣之间简单的诗歌唱和活动就有了不同一般的政治、文化意义。

三、明初的台阁文学论述与明前期文学走向

对盛世气象的期待,是王朝兴盛之初文人的普遍心态。徐一夔谈论朝代更替后具有普遍性的文章观念,曾提示说:"国家之兴,必有魁人硕士乘维新之运,以雄辞巨笔,出而敷张神藻,润饰洪业,铿乎有声,炳乎有光,耸世德于汉唐之上。使郡国闻之,知朝廷之大;四夷闻之,知中国之尊;后世闻之,知今日之盛。然后见文章之用,为非末技也。"①这样的看法,可与曹丕视"文章"为"经国之大业"的论述互为呼应。而颂世风气的出现,是王朝建立初始的普遍现象:"国家当兴王之运,其人才必超出常伦。吁谟定命,足以创业而垂统;奉将天罚,足以威加乎海内。至于文学侍从之臣,亦皆博习经艺,彰露文彩,足以备顾问,资政化,所以竭其弥纶辅翼之责,作其发扬蹈厉之勇,摅其献替赞襄之益,致其黼黻藻绘之盛。此皆天也。"②居于近侍的文臣与帝王之间相互以诗唱和,以此表达对新朝新政的赞美之情。而之所以能够成此潮流,又往往是上导下宣,有意为之。徐一夔《陶尚书文集序》曾说:"方是时天下大定,朝廷务导宣恩意,称扬功德,推序勋阀,以照明文物。"③在宋濂看来,这样的情形古已有之,为盛世常态:"自古人君有盛德大业者,其积虑深长,而诒谋悠久,必日与文学法从之臣,论道而经邦,当情意洽乎之时,或相与赓歌,或襃以诗章,或燕之内殿,君臣之间,实同鱼水,非直以为观美,所以礼贤俊,示宠恩,而昭四方也。"④通过唱和展现君臣相谐的图景,不过只是表现之一。而由此引出的台阁文学论述,则显示出彼时文人在建构盛世文学风尚方面的自觉追求。

以台阁、山林类分诗文,是台阁文学论述常见的方式,其传统由来甚久,至晚在宋朝已有其说。较近的论述,也可追溯到元代虞集、黄溍、邹奕等人,其中尤以黄溍的论述最可注意。他为迺贤《金台集》作序说:"今之言诗者,大氐祖玉溪而宗杨、刘,殊不思杨、刘诸公,皆侍从近臣,凡所以铺张太平之盛者,直写其所见云尔。江湖之士,置身风月寂寥之乡,而欲于暗中摸索以追逐之,用心亦良苦矣。"⑤又在《贡侍郎文集序》中说:"昔之论文者,盖曰文之体有二,有山林草野之文,有朝廷台阁之文。夫立言者,或据理,或指事,或缘情,无非发于本实。有是实,斯有是文。其所处之地不同,则其为言不得不异,乌有一定之体乎?"⑥言下之意,无论是庙堂台阁之诗,还是江湖行吟之作,都是其情感的真实表达,题材、风格的差异,只是出于各人身处情境的不同。对比不同身份诗人的创作,其说可以为理解台阁文学提供更深刻的视角。

宋濂作为元末明初最重要的金华文人之一,曾师事黄溍、柳贯、吴莱、许谦等人,其思

---

① 徐一夔《陶尚书文集序》,《始丰稿》卷五,文渊阁《四库全书》本。
② 宋濂《郭考功文集序》,《宋濂全集》第2册,第614页。
③ 徐一夔《始丰稿》卷五,文渊阁《四库全书》本。
④ 宋濂《恭跋御制诗后》,《宋濂全集》第2册,第951页。
⑤ 纳新(迺贤)《金台集》卷首,文渊阁《四库全书》本。
⑥ 黄溍《金华黄先生文集》卷十九,《四部丛刊》初编本。

想观念亦一脉相承。他关于山林、台阁文学的看法，尤以《汪右丞诗集序》中的论说为人所熟知：

> 昔人之论文者曰：有山林之文，有台阁之文。山林之文其气枯以槁，台阁之文其气丽以雄，岂非天之降才尔殊也，亦以所居之地不同，故其发于言辞之或异耳。濂尝以此而求诸家之诗，其见于山林者，无非风云月露之形、花木虫鱼之玩、山川原隰之胜而已。然其情也曲以畅，故其音也玄以幽。若夫处台阁则不然：览乎城观宫阙之壮，典章文物之懿，甲兵卒乘之雄，华夷会同之盛，所以恢廓其心胸，踔厉其志气者，无不厚也，无不硕也。故不发则已，发则其音淳庞而雍容，铿鏓而镗鞳。甚矣哉，所居之移人乎！①

按照宋濂的看法，山林、台阁之文的产生，与不同诗人"所居之地"的差别直接相关，各人所处环境不同，诗歌表现的内容、情韵自然就会有所差异。他这种环境决定论的看法，虽然未必适用于每一个置身不同环境的诗人，但若是从一般性的表现上来说，仍有一定的道理。反观其说，循此理解那些应制、台阁作品，不一味批判和贬斥，多作"同情之了解"，或能更好地理解潜藏于这类作品写作背后的深层含义。

在此背景下，刘仔肩洪武三年编纂《雅颂正音》，其象征意义就显得更加突出。刘氏搜集明初五十余人的诗作，编成五卷，并请宋濂、张孟兼二人作序。其中所收各人诗作，大多只是略举数首。而其择选的标准，正如宋濂序中所言，所取为雅、颂之作，"雅者，燕飨朝会之乐歌；颂，则美盛德、告成功于神明者也"②。目的是通过编选作品展现盛平气象。时值明朝初立，士人由乱世而入新朝，写作颂美的作品是意料中事。即如宋濂在预测温迪罕诗歌写作上的变化时所说的："他日拜舞龙墀之下，殊恩异渥，必将便蕃而至。退而与亲朋胥会，以叙离合之情，庶几重睹天日，以享承平之福。当此时，发于性情，无非雅颂正音，以歌咏朝廷之盛德。其视向日忧深思远之作，霄壤不侔矣。"③这样的转变，促成了《雅颂正音》的诞生。四库馆臣即肯定其对明初风尚的标示意义："其时武功初定，文治方兴，仔肩拟之雅颂，固未免溢美。要其春容谐婉，雍雍乎开国之音，存之亦足以见明初之风气也。"④

宋濂在明初时代背景中对"昔人之论文者"的言说予以重申，并在此基础上更作阐发，与明初宫廷唱和互为呼应，从某种程度来说启示了永乐以后台阁文学的兴盛。杨士奇等人便以一种称慕的心态去追忆（也是有意建构）明初君臣相得之盛。其所作《胡延平诗序》云：

> 洪惟我太祖高皇帝神圣文武，膺受天命，有天下。当时魁伟豪杰贤智才望之士，

---

① 宋濂《宋濂全集》第 2 册，第 459 页。
② 宋濂《皇明雅颂序》，《宋濂全集》第 2 册，第 494 页。
③ 宋濂《寄和右丞温迪罕诗卷序》，《宋濂全集》第 2 册，第 575 页。
④ 永瑢等《四库全书总目》卷一八九《雅颂正音》提要，北京：中华书局，1965 年，第 1713 页。

云附景从,各效其用,以建混一之功。暨天下大定,茂兴文治,广德教,征用儒术,以复隆古帝王之世。天下之怀抱道德、蕴蓄器能、方闻博雅之士,欣幸遭遇,林林而至者,盖比于《书》之"野无遗贤",《大雅》"棫朴"之咏也。①

杨士奇曾身历洪武朝,尽管当时他并非居于近侍,对太祖与近臣之间的游处、唱和情事也知之不多,然而其事作为本朝先达轶闻,必定会有所耳闻。兼且他在永乐以后入为近臣,不仅可以通过阅读文献、观览文物、登临其地想象先朝盛迹;还能以与前朝近臣相同的方式,与当朝皇帝以诗唱酬,从而获得更深切的体悟。由此,杨士奇等居于近侍的文臣倡行"台阁体",也就成了顺势而然之事。

在今存杨士奇、杨荣、胡广、王直、梁潜等人的文集中,多有篇章记录与宫廷生活(如赐游、赐宴、应制等等)相关的诗歌活动,其中也不乏与皇帝进行唱和的作品。王直《立春日分韵诗序》记述了永乐十二年内阁近臣的一次诗歌唱和活动:

> 永乐十二年,车驾在北京。是年十二月二十三日,为明年之春,应天尹于潜诣行在进春如故事。宴毕,翰林侍讲曾君子棨等七人者退坐秘阁,相与嘉叹,以谓国家当太平无事之时,而修典礼弥文之盛,岂特为一时美观哉!②

立春行"籍田"之礼,劝农耕桑,乃是国之大事。王直、曾棨作为台阁、翰林文臣,参与这一具有象征意味的活动,以分韵赋诗纪述其盛,带有明显颂歌盛世的意味,是彼时文臣自觉建构/描述国家太平气象的直接表现。杨士奇文集中,也多有记载其时馆阁近臣相与唱和的事迹。③ 个中情形,一如他在序中所说的:"因时纪事,以歌咏盛美而垂之后世者,本儒臣职也。"可以窥见台阁、翰林文臣集体撰写颂诗的自觉意识。

由已有对"台阁体"的理解来看,论者聚焦的重心多在诗歌的内容和风格,而对诗歌创作的场景(多发生于宫廷、馆阁)及其生产方式(如分韵赋诗、诗赋应制、以诗倡和等)则相对关注较少。君臣之间以及翰林、台阁近臣相互之间以诗歌进行的唱和活动,是明前期"台阁体"兴起的重要推动力。胡俨曾在《元宵唱和诗序》中阐发唱诗活动的意义:

> 诚以圣天子在上,天下康宁,吾徒窃禄于朝,虽无裨于治化,然幸以文字为职业,乃得优游于侍从之间者,皆上之所赐也。今兹休暇,抚时燕乐,而觞咏劝酬,奇藻递发,岂不可以叙朋游之好,鸣国家之盛矣乎?④

胡俨的这番表白,典型反映了永乐、宣德年间台阁近臣的一般心态。他们大多未经历易代的悲痛,对洪武时期严苛的政治环境也体会不深。因此在彼时国家隆盛、政治相对宽

---

① 杨士奇《东里文集》卷四,北京:中华书局,1998年,第46页。
② 王直《立春日分韵诗序》,《抑庵文集》卷四,文渊阁《四库全书》本。
③ 如《东里文集》所载《对雨诗序》(卷五)、《听琴诗序》(卷六)等篇。
④ 胡俨《颐庵文选》卷上,文渊阁《四库全书》本。

和的背景下,近侍文臣们自觉地将自己定位为盛世气象的叙述者和传播者,以诗唱和不过是其表达的方式之一。此义之下,"台阁体"的兴起也就成了翰林、台阁近臣情志的自然表达。

"台阁体"在永、宣年间的兴起,不仅是由彼时的清明政治所促成,同时也是洪武以来上层文人唱和风尚的重新发现。二者之间的演变逻辑,既由君臣关系的变化(宣德时期的台阁文臣与皇帝之间存在辅命关系)所引起,也与洪武到永乐、宣德政治环境由严苛转而平稳有直接关系。近侍文人与帝王之间以诗唱和的风气,在洪武时期因为参与人数不多、文人遭际严苛等原因,并不引人注意,也未成为文坛主导,文人应制唱和也多属职责所在,私人化写作的诗歌仍以抒情纪事为主;而至永乐、宣德以后,经由"三杨"等人倡导、推阐,以"雍容平易"为特点的"台阁体"写作遂成为一时风尚。其中既有作为近臣的杨士奇、杨溥、杨荣、黄淮等人的极力鼓吹,也与在上位的仁宗、宣宗等人追慕祖风喜作诗歌有很大关系。① 王世贞《艺苑卮言》称:"仁宗皇帝在东宫时,独好欧阳氏之文,以故杨文贞宠契非浅。又喜王赞善汝玉诗,圣学最为渊博。宣宗天纵神敏,长歌短章,下笔即就。"② 仁宗、宣宗对诗、文产生浓厚兴趣,一方面与他们做储君时受教于杨士奇等人有直接关系;同时也与他们离明初开国未远,在行事上仍处处以能接武"祖风"为尚密不可分。宣宗自己就曾作《祖德诗九章》,追慕太祖以来的政德懿行。又如《列朝诗集》收录明宣宗所撰《喜雪歌》,下注记载作诗缘起说:"宣德六年十二月辛巳敕曰:'腊后五日之夜,大雪,迨旦而霁,盖丰年之祥也。'因作《喜雪》之歌,与群臣同乐之。已命光禄赐宴,其悉醉而归。"③ 如此做法,与明太祖赐宴赋诗如出一辙。

黄佐《翰林记》记载明宣宗"尤喜为诗",所举事例有三则,均与当时名臣有关:其一是刚即位时,起用文渊阁学士李时勉,"一日,幸文渊阁,赐诸学士饮,呼时勉谓曰:'卿非朕,安得饮此酒?'时勉顿首谢。他日,侍游东苑,上赐时勉酒,酌以上所御金瓯,时勉顿首辞曰:'臣可与陛下同饮,不敢与陛下同器。'上悦,命易以银爵。既醉,上出御制诗,俾赓之。"其做派、语调,竟与明太祖颇为相近。其二,宣德六年万寿节,"上御制诗一章,赐尚书胡濙、蹇义、大学士杨士奇、杨荣,且曰:'朕茂膺天命,惟尔四人赞翼之功。'赐宴尽欢而罢。明日,士奇、荣各奉和睿制以献。"其三,"与大学士黄淮燕饮于万岁山,淮献诗。他日陛辞,复燕饮于太液池。御制长歌以赠焉。"④ 钱谦益编《列朝诗集》,收录明宣宗诗42首,在明代诸帝中收诗最多。也正是出于对上层文人与皇帝之间以诗赓和的欣羡,黄佐曾不无感慨地说:"嗟乎!虞廷喜起,卷阿游歌,其响不闻久矣,至我朝而续。夫燕所以示慈惠也,诗所以道性情也。燕饮赓和之际,而至情蔼然,迥出千古。祖宗盛时,上下之交,有如是哉!"无论是当时与逢其会的近臣,还是后世通过征诸文献而向慕其风的文人,从类似事件中看到的都不只是诗歌文本,重要的是能从中读出时代风尚的走向,以及与此相关

---

① 仁宗、宣宗喜好作诗,曾屡赐诗臣下,杨士奇《东里文集》卷九《恭题仁庙御制诗后》)、王直《抑庵文集》卷十二《恭题少师蹇公所藏仁宗皇帝御制诗后》)、吴宽《家藏集》卷四十八《恭题杨文贞公所书宣宗御制诗后》)等曾为其诗作撰写题跋。
② 王世贞《艺苑卮言》卷五,《历代诗话续编》本,第1023页。
③ 钱谦益《列朝诗集》乾集之上,第16页。
④ 黄佐《翰林记》卷六《宴饮赓和》,文渊阁《四库全书》本。

的文人精神风貌。从此义上来说,洪武初年君臣唱和之于明代文学史演进的意义,需放在明前期"台阁体"文学兴起的历史脉络中进行考察方能得以凸显。

四、余　论

洪武初年,朱元璋颇注意对文学的引导和干预,与近臣之间的诗歌唱和只是其中之一,对文章写作规范、风格、情感表达、功能定位等都曾做论述。① 目的之一,是希望通过规约处于权力上层文人的作诗、作文风尚,由此改变、引导文风、士风走向,进而建构与国家兴盛相一致的文学风气和士人面貌。其论说又与部分近臣的思想互为呼应,如桂彦良,"上屡命词臣赋诗,先生(即桂彦良)应制,辄先进,含讽谏其中。一日与论诗之工巧,因从容奏曰:'帝王之学,具载于经,若《书》之典谟、训诰,皆治世安人之道,诗词非所急也。'"②他的这种看法,得到了朱元璋的肯定与赞赏。类似看法及出台的相关政策,自然也不是明初才有的特例,乃是诸朝立国之初都曾采用的策略。在此义下,君臣间以"非所急"的诗进行唱和,其用意自然不会仅仅停留在艺术技巧的锻炼上。

明初君臣唱和进行的创作,因为与权力、政治的联系过于紧密,缺少具有高超艺术水平的作品,在后世的文学史书写中往往很少获得正面评价。而若是将其放在反映时代文学、文化风气走向的大格局中进行观照,或许能从中读出更丰富的意蕴和内涵。具体又可以从创作者和作品两个层面加以理解。

从创作者的角度来说,台阁之作的创作群体,因为其身份的特殊性,以及身份所赋予的职责和对外表达的意愿和要求,与所谓"山林诗人"会有较明显的分野。③ 宋人吴处厚曾提示说:"文章虽皆出于心术,而实有两等,有山林草野之文,有朝廷台阁之文。山林草野之文,则其气枯槁憔悴,乃道不得行、著书立言者之所尚也;朝廷台阁之文,则其气温润丰缛,乃得位于时,演纶视草者之所尚也。"④宋濂亦曾指出:"予闻昔人论文,有山林、台阁之异。山林之文,其气瑟缩而枯槁;台阁之文,其体绚丽而丰腴。此无他,所处之地不同,而所托之兴有异也。"⑤不同的诗人所处境地不同,在形诸歌咏时,兴象、情感也不免会有所差异,由此产生了不同体类的作品。也有论者认为,无论身处何位,都可以承载表现盛世风尚的文学功能:"士之达而在上者,莫不咏歌帝载,肆为瑰奇盛丽之词,以鸣国家之盛;其居山林间者,亦皆讴吟王化,有忧深思远之风,不徒留连光景而已。"⑥然而即便如此,其所作诗歌的艺术境界也会呈现不同面貌。

从作为作品的"诗"的角度来说,不同类型的创作有着不同的要求。明末一位诗法作者曾概括作诗在风格方面的一般性要求说:"大抵作诗,随其所宜。台阁之作,气象要光明正大;山林之作,要古淡闲雅;江湖之作,要豪放沉着;风月之作,要蕴藉秀丽;方外之作,要夷旷清楚;征戍之作,要奋迅凄凉;怀古之作,要慷慨悲惋;宫壸闺房之作,要不淫不

---

① 相关论述,参见余继登《典故纪闻》卷二、卷三,《丛书集成》初编本。
② 乌斯道《清节先生传》,《春草斋集》卷二,文渊阁《四库全书》本。
③ 如陈谟在《次萧子所至日怀京国》诗中曾说:"璧水育材须妙选,钟山应制岂凡流。"(《海桑集》卷二)
④ 吴处厚《青箱杂记》卷五,文渊阁《四库全书》本。
⑤ 宋濂《蒋录事诗集后》,《宋濂全集》第 2 册,第 827 页。
⑥ 王祎《张仲简诗序》,《王忠文公文集》卷五,《北京图书馆古籍珍本丛刊》本。

怨；民族歌谣之作，要切而不怒，微而婉。"①此即明人常予强调的"得体"。虽非绝对标准，却体现了评论者的一般认识。台阁作品与山林作品在格调上又常表现出明显分野。宋人吴龙翰就曾说过："台阁之文温润，山林之文枯槁。"②而之所以出现这样的区别，也不过只是"各鸣其所以而已"，即与创作者各自不同的身份有关。

由君臣唱和而制作的诗歌，在艺术上固然缺少可以称道之处，所写内容也常缺少丰富内涵与深刻蕴意；然而对于这类创作的认识与理解，显然不能仅拘泥于纯文学审美一隅的限制，至少可在以下两点上作"同情之理解"：其一，这类作品的产生，与作者所处地位、创作发生的情境等密不可分，是一种合乎情理的创作；其二，对于此类创作，更应看到其艺术、审美之外的价值，尤其是其对政治、社会、文化走向的标示意义。况且，所谓的审美标准，也只是近代西学输入形成的"后设的理论"，在中国传统观念体系中，诗歌一直都承担着"颂世"的功能。明代前期台阁文学创作的兴起，亦当作如是观。

[作者简介]　余来明，武汉大学中国传统文化研究中心教授，博士生导师
　　　　　　周思明，武汉大学中国传统文化研究中心博士研究生

---

① 王槺《诗法指南·总论》，《全明诗话》第 3 册，济南：齐鲁书社，2005 年，第 2457—2458 页。
② 吴龙翰《上刘后村书》，《古梅遗稿》卷六，文渊阁《四库全书》本。

台北故宫博物院藏《金瓶梅词话》的版本形态及其文献价值*
——兼与梅节本和人文本比较

杨 彬

[摘 要] 台北故宫博物院藏本《金瓶梅词话》，是目前仅存于世的三部"词话本"之中版本最善、最为完整的一个本子。尤其值得重视的是，它留存了许多删改和批评的墨迹，不仅为另外二本所无，至今为止的各种排印本、影印本也都付之阙如。由于目前学界所使用的诸多影印、排印本《金瓶梅词话》都不同程度地存在着文本多有错讹、个别文意难通等问题，这些墨迹有望帮助我们还原小说文本的原貌，整理出一个更准确可靠的小说版本，这在与梅节先生校本和人民文学出版社戴鸿森校点本的比较中有所体现。而故宫本的删改、批点者的身份，也隐隐成为解读这部名著版本、成书过程等的一把钥匙，其潜在的文献价值将会引导"金学"研究突破瓶颈，走向深入。

[关键词] 故宫本 金瓶梅词话 梅节本 人文本

在整个中国古代小说中，《金瓶梅词话》（为简省计，以下常以《词话》代之）的版本问题虽不是最为复杂，但对它的考索的难度却并不比其他小说如《水浒传》等简单。其中最主要的一个原因，就是被大多数研究者认为是最早刊刻成书的"词话本"系统，目前存世者仅有三部半，[①]而且由于其珍贵，极难为人所见。研究者们所赖以引用的，只能是根据这些稀世罕物再造的影印本或排印本。但正如黄霖先生在他的《关于〈金瓶梅〉词话本的几个问题》[②]一文中所论，最具有代表性的供一般研究所用的三种版本——古佚本、大安本和联经本，都各自存在着不小的问题，或多或少地给研究者带来一些误解，不利于"金学"研究的深入。对比之下，故宫本被湮没已久的研究价值就此呈现出来：它不仅是现存明刊本中"品相最佳"者，可以有效弥补日本所藏二种明刊本（包括以此二本补苴罅漏、自

---

* 本文受中央高校基本科研业务费专项基金资助。
① 它们分别是现收藏于台北故宫博物院的故宫本（因其最初是1931年于山西介休被发现并收藏于原北平图书馆，故研究者或称其为北图本、中土本、介休本或台藏本等。本文简称其为故宫本）、现藏于日本日光山轮王寺慈眼堂的慈眼堂本（或日光本），以及被称为"毛利本"（也常被称作"栖息堂本"）的日本德山藩主毛利氏家藏本。另外所谓"半部"藏于京都大学附属图书馆，残存仅二十三回。
② 载《文学遗产》2015年第3期。

称最为精良的"大安本"——日本大安株式会社于20世纪五六十年代的影印本)的缺叶、漫漶、字句错讹等问题,更因书写其上的朱、墨笔删改、批评的墨迹而平添一份独特的价值。黄霖先生对于现存《词话》各重要版本的严谨比勘及其精审判断,无疑起到了在"金学"界廓清迷雾,让人重识"真金"的作用。也正是在这样的启迪之下,笔者亦步亦趋,与上海交通大学许建平老师、姚大勇老师先后两赴台湾,对珍藏于台北故宫博物院的此一版本作了尽可能完整和全面的检视,抄录了其中千余处删改、批评(包含眉批和夹批)的墨迹,并做了初步的整理工作。在这一过程中,我们注意到这些墨迹的某些内容及形式上都有些并不寻常的特点,在我们试图还原《词话》的原始文本,重新整理一个更接近原貌的版本,甚至对探索它的成书、刊刻过程,以及它与《水浒传》之间的关系等论题的时候,或许能给我们提供一些别样的视角。鉴于包括黄霖先生的大文在内的诸多相关文章并未详细描述故宫本的版本形态,本文遂不揣鄙陋,将所抄见及待解之处,呈请方家审正。

一、故宫藏本《金瓶梅词话》的版本形态及其特征

故宫博物院藏本《金瓶梅词话》,凡二十册,一百回,无插图。版芯半框高约22.9厘米,宽约14.3厘米,白口,单鱼尾。首册先后排列了欣欣子序、东吴弄珠客序以及廿公跋、《四贪词》、目录。目录有卷数,十回一卷,凡十卷。每卷首题"新刻金瓶梅词话第×卷"字样,但卷数有阙误,详下。正文半叶十一行,行二十四字。第五十二回第六叶后有二叶空白,这也是大安本在其影印时诟病故宫本之处。① 目录与正文回目多有错讹之处。如目录第五回"郓哥帮捉骂王婆 淫妇鸩杀武大郎",正文回目中则把"鸩杀"改为"药酖";第八回,目录作"潘金莲永夜盼门庆 烧夫灵和尚听淫声","西门庆"竟被省称为"门庆",而正文回目则使用全称;与此相似的还有第十一回。但也有像第三十一回那样,目录用"西门庆"全称,而正文回目则省称为"门庆"的例子。第六十三回差异较大,目录作"亲朋宿伴玉箫记 西门庆观戏感李瓶",正文回目上半则作"亲朋祭奠开筵宴";第一百回"韩爱姐湖州寻父 普静师荐拔群冤",目录或许是为了上下联字数相等,居然是"韩爱姐湖寻父母 普静师荐拔群冤"。类似目录与正文回目有异的错讹达50处之多。另有卷数不合之处。如"新刻金瓶梅词话卷四"在正文中出现两次,卷五误刻为卷四,卷三则阙失。然就整体而言,故宫本大气精美,字迹整秀,亲见过它及日本两种版本的黄霖老师早就作出了它"品相最佳"的结论,已如前述,甚至也更胜后出的崇祯本(包括再后来的张竹坡评本),就笔者所目验之现存六种崇祯本与之相比,完全不可同日而语。② 因为下文将要论述到的眉批位置的问题,我们特地测量了其外版口(即页面)的高度和宽度,分别是28.3厘米和18.5厘米,开本都较现存的数种崇祯本更为阔大。

正如前述,故宫本最大的特点,是由不知名的删改、批评者校订了书中错讹字句,凡

---

① 日本大安株式会社影印《〈金瓶梅词话〉·例言》:"北京古佚小说刊行会影印本,以北京图书馆所藏本为据,不但随处见墨改补整,而有缺叶。"北京图书馆所藏本,即本文所指的故宫本。

② 崇祯本现存的六种本子,如北大本、上图甲、乙本、天津本等的开本较大,但仍略小于故宫本。详见拙著《崇祯本金瓶梅研究》,北京:文物出版社,2011年。

一千余处。删改方式大致为点、删、补、订,即对重出或错出的字、词、句在其上加点删去,个别也有在旁边以"×"号删去;对于所缺字、词、句,则于旁增补,订正的方式,大多数情况下是先将错字点去,再于旁边注以正确的字;或在错讹字上径改,如在"(呼奴使)俾"上径加笔画描改为"婢"(第七十四回,10a,3)。这样的删改工作进行过应该不止一次,因为大部分的墨迹为朱笔手写,但也有不少的墨笔删改处,或者二者同时对某一字进行过删改的痕迹。朱、墨二种笔迹除颜色不同,字迹也有差异,应非出于同一人手笔。除以上二种墨迹外,还偶有字色及笔迹都不相同的第三种甚至更多种的删改和批语,不过为数不多,有些也或者就是朱笔或墨笔褪色之后的相貌,且与朱笔并无明显冲突。经过这样的删改,极大地避免了原书讹字连篇,甚至影响句意的粗陋之病。① 其后的崇祯本以及当代种类繁多的各种影印或排印本中相沿成讹的字词——如我们下节将要谈到的梅节先生校注本等——如果对照这些删改,可以得到很大程度的完善。

在整理这些删改文字的时候,给我们留下深刻印象的是,删改者对于叙述文字有着近乎"洁癖"的严格要求。几个很明显的例子:一个是对诸如"里""动旦"等俗体字的改订,这几个字贯串整部小说,无虑有几十处之多,有时甚至相邻数行内同时出现数处,朱笔都一一改订为"裡""动弹";另一方面,对刻工(或抄手)习惯性的别字,如"僱"误为"顧"、"候"误为"矦"、"籍""藉"混用之类,删改者也绝不放过一个,逐一改正。其细心、认真如此。有些人名由于刊刻的差讹,致使前后并不一致,删改者也同样不厌其烦地一一更正。如改订"胡九"为"何九"(第六回,1a,7)、"何九"改为其弟"何十"(第七十六回,16a,2)以及"先考西门通"订正为"西门达"(第三十九回,6b,9)之类,特别是西门庆"十兄弟"之一的"谢子纯"被误为"谢子张",小说原文竟从第四十回一直到第六十回,几乎提及这个帮闲姓名的时候,都出现了这样的错误,批评者逐一加以改订,显示出他对于文本的熟悉及对文本准确性的严肃要求。

除这些删改的字句之外,书中还有以朱笔为主的120余条眉批、夹批。虽然是手写,类似于读书时随手而记的涂鸦,但由此显示出来批评者与刊刻者特殊的关系,特别是这些批语(尤其是眉批)出现的位置以及其存在的形态,还是引起了我们的注意。由于是手写,所以出现在故宫本上的眉批不像崇祯本眉批的二行、三行或四行的整齐排列,显得比较随意,好像批点者的读书笔记。而大多数的眉批中,其首行的第一个字往往不能辨识,其原因是字形/字迹的不完整,而之所以不完整,则是由于原批语应是在超过了现存的页面高度书写,后来书页显然经过了裁边剪切,致使每行最上面文字就被裁切了一部分,仅剩部分笔画。比如,第十二回,12a,5行上有眉批:"□言媚语□得不使□人爱",本为三行,行四字。但第一字仅剩下明显被裁剪过的下半部分的残缺笔画。前二行的首字已无法辨认,末行首字"人"字因笔画简单,故据左撇右捺的残留痕迹,约略可辨。第十三回,

---

① 如黄霖先生曾举出一个例子:现行各影印本《金瓶梅词话》第八回,写武松往东京公干,"街上各处闭门了几日"(9a,6),人多不解。故宫本将"闭门"改为"闲行",文意即通。像这样的例子甚多。第四十二回(2b,8)"先在卷棚内摆床",也是无解,朱笔改"床"为"茶",文意因而得以疏通。原文更有些阙字、衍字造成行文滞碍,如第六十七回应伯爵说西门庆,"他自来有些快伤叔人家。"(11a,8)虽似勉强可通,但批评者删去"叔"和"家",与下文"快屍口伤人"相应,就更通行无碍了。此类例子极多,不胜枚举。

8a,1行上眉批:"□个不顾朋友妻□个那存夫子面□之坏人如此"同样如此。此眉批亦为三行,行首第一字截去。疑前二字即"一",末一字据残留笔画,或为"色"字。这并非个例,数量最多的显为同一人所为的朱笔眉批,几乎每条都难逃此厄。

因为前述此书开本已属阔大,推测这些遭到裁切的眉批的原因之一,是批评者先在已刊刻成书的散页上完成了批评之后,其后因装订成书的需要,对书页进行裁剪,而因批语离版线太过高远,故无意间或不得不被裁削掉每行首字(或一部分)。因为据黄霖老师介绍,故宫本与同版的日本所藏两种本子的版框高度、宽度乃至外版口(即书页面)的高度、宽度完全一致,所以不存在装订成书之后再加眉批,此后再有为整饬版面等原因裁剪书页的情况。① 如果是这样,是谁才有可能在小说刚刚刊刻出来,尚未来得及装订成册的时候,就能在第一时间拿到散页,并且加以翔实的删改、批语?他的目的又何在?这或许涉及《词话》刊刻成书的过程、刊刻者和批评者之间的关系等问题,有待专文另行研究。但仅此一点,足以表明故宫本批评者绝非有些研究者所怀疑的那样,竟是近代的人物。

二、与梅节本及人文本的比较:以前十回为例

粗略地说,对于《金瓶梅》研究的热潮,是随着进入到20世纪之后,在文学研究崇俗尚俚的转型过程中,经由鲁迅、郑振铎等先生的大力推崇而形成的。而20世纪30年代在山西介休发现的、在本文中被称为故宫本的《金瓶梅词话》可算是"金学"研究热潮一个比较精确的起点。包括鲁迅先生等一批小说研究者在内的古佚小说刊行会集资众筹,影印了104部该词话本,可谓是"金学"史上的一次盛举。但正如学界所周知的那样,这个最初的影印本是有着很大缺憾的,不仅在于受大安本《例言》中诟病的影印时的逞臆墨改,受限于当时的影印条件或者可能还有意识上的未加重视,故宫本今天仍存的大量朱、墨删订、批评的文字,在此影印本上几乎无一保留。虽然后世陆续有影印及刊印本行世,但都缺乏对于上述墨迹的保留或还原。目前被认为最忠实于原貌的日本大安本,因其底本上并无上述朱、墨笔迹,因此也未有所表现。

由于词话本的难得以至难睹,研究者不得不寄望于二手的影印或刊行本,而即使大安本、台湾的联经本等,虽然都算是较为可靠的影印本,但卷帙繁杂,又出版于海外,于目前的研究环境中,仍属难得,加之盗版又多,使得即使费尽心思辗转入手,其可信度也不免令人生疑。倒是一些校勘精审的整理排印本,因其易得和校勘校订者的权威性,成为研究者案头必备之书。这其中最具影响的印本可举梅节先生穷数十年之力校注的梦梅馆梅节校本(金城陈少卿钞阅,台北:里仁书局,2007年),以及人民文学出版社戴鸿森校点的《金瓶梅词话》为代表。梅节先生的校注本及其《〈金瓶梅词话〉校读记》(北京:北京图书馆出版社,2004年)代表着梅节先生(及"金学"界)"金学"基础研

---

① 在2017年11月举行的"第十三届(大理)国际《金瓶梅》学术研讨会"上,承蒙与会代表张青松先生指教:在对破损古籍书页进行修复完成后,会统一裁边,眉批往往会受损,也会造成文中所说的现象。如果是这样,那故宫本的开本一定较现在及日本的二种本子还要阔大,如此,则天头就会宽阔得不成比例,不像是正常古籍的刊行状态了。而且,能费尽心力一叶一叶细加修复,而又漫不在意地对原书上的眉批不加完整保留,也从常理上说不过去。

究的辉煌成果;戴鸿森先生1985年的校本则是中国内地第一次公开发行的排印本,虽删节达近二万字,但因其校对精审,刊行较早又比较易得,故其影响较大。一般来说,校注整理者对于原文的增删改订,除了对于手民之误的订正、疏通文义之外,还要能忠实地呈现原书文本的原貌,或者作者的原意,以利于研究者的引据。鉴于上述校订整理刊印本的精审、专业及影响,本文择取此二本,将之与故宫本删改者的订正工作作一对比,列成一表,冀可见出三者删订之处的异同,尤其对其相异之处正可作一比较,以见其合理性所在。

　　需要先做说明的是,下表所列的校例,集中在《词话》前十回,固然是限于篇幅,而更重要的,是这十回(第七回除外;第十回也仅有半回相同)与《水浒传》最精彩的"武十回"(主要是包含武松打虎、杀嫂事迹的第二十三至二十六回)部分大面积重合,这也是历来研究者把《金瓶梅》当作"抄袭"《水浒传》的重要证据,对这两部小说的研究历来有着莫大的关系,人文本、梅节本也都把容本《水浒传》作为其参校本。故下表所列,在备注部分时常有容与堂本《水浒传》——即容与堂刊刻《李卓吾先生批评忠义水浒传》——的相关文字说明。众所周知,这个本子是《水浒传》繁本系统中现存刊刻最早,也堪称最精致的本子,其刊刻时间应是万历三十八年(1610),与刊刻于万历四十五年(1617)、而创作则早于万历二十四年(1592)的《词话》几乎是同时完成,其间的联系应该最为紧密。①

回数	原文及叶数、行数	梅节本	人文本	故宫本	备　注
第一回	1a,10,须而丈夫只手把吴钩	词见丈夫,只手把吴钩	一节须知,只手把吴钩	"而"朱改"眉"	
第一回	2b,8,高祖崩世吕后酒酖杀赵王如意。			"世"朱笔点删之	
第一回	14b,9,何不去间壁请王干娘来安排便了只是这般不见使	"使"改"便"		"使"朱笔改"便"	《水浒传》作"便"。梅节本从改
第一回	19a,6,这妇人见拘搭武松不动反被他抢白了一场好的			"好的"点去	《水浒传》无"好的"
第二回	3b,10,却来屋里动旦	"旦"改"弹"		"旦"朱笔改"弹"	
第二回	5b,6,那人见了,先自酥了半边那怒气早已钻入爪睛目去了	"睛目"改"哇国"	"睛目"改"洼国"	"睛目"朱笔改"哇国"	第十二回有"爪哇园",朱笔径改"园"为"国"
第三回	3b,4,他不肯与你同卓吃去了回去了	"去了"改"走了"		"去"朱改"丢"	容本为"走了回去"

---

①　袁宏道于万历二十四年(1592)写给董其昌的一封信中,透露出了《金瓶梅词话》至少已经完成一部分的信息,说明它的创作年代的下限不晚于是年。见袁宏道《锦帆集之四——尺牍·董思白》,钱伯城《袁宏道集笺校》卷六,上海:上海古籍出版社,2008年,第289页。

续 表

回数	原文及叶数、行数	梅节本	人文本	故宫本	备 注
第五回	4a,11,这西门庆便仆入床下去躲			"仆"朱笔改"爬"	《水浒传》"仆"改"钻"
第五回	4b,7,武大矮短,正踢中心窝拨地望后便倒了武大打闹一直走了	(便倒了)西门庆见踢倒了武大,打闹里一直走了	西门庆打闹里一直走了	删去"武大打闹"	梅节本改动与《水浒传》同
第六回	1a,(入回诗)一朝祸起萧墙内亏杀王婆先做牙			"一"朱笔改"有"	
第六回	2a,4,只见西门庆白袖子里摸出一锭雪花银子	"白"改"自"	"白"改"向"	"白"朱笔改"自"	《水浒传》改"白"为"去"
第六回	3a,1,说不得的苦我夫心疼症候			"我"朱笔改"拙"	《水浒传》同故宫本
第六回	3b,8,(琉璃灯)里面贴些金旛钱币金银锭之类	"金旛"改"经旛"	"钱币"改"钱纸"	"金旛"朱笔改"经旛"	《水浒传》同故宫本、梅节本
第八回	4b,11,自吃你卖粪团的撞见了敲板儿蛮子叫冤屈麻饭肷胆的帐			"饭"朱笔改"犯"	
第八回	7b,9,他离城四十里见蜜蜂儿捌屎出门交獭象拌了一交原来觑远不觑近		"獭"改"癞"	"獭"朱笔改"癞"	"獭"音tǎ,与"癞"音、义全无干,是个典型的错字
第八回	8b,3,知你有此一段聪慧少有	"知"前加"那"	"知"前加"怎"	"知"前朱笔加"那"	人文本注云据崇祯本加
第八回	8b,10,群星与皓月争辉绿水共青天闲碧	"闲碧"改"斗碧"	"闲碧"改"斗碧"	末字"闲"改"映"	容本第三十七回有此诗,作"斗碧"
第八回	9a,6,(武松)街上各处闭门了几日讨了回书	"闭门"改"闲行"	"闭门"改"闲行"	"闭门"朱笔改"闲行"	《水浒传》第二十六回为"闲行"
第八回	10a,7,大娘子请上几位众僧来抱这灵牌子烧了	"抱"改"把"		"抱"朱笔改"把"	
第八回	11a,5,武大郎念为大父			"父"朱笔改"武"	
第九回	3a,5,第二个李娇儿……生的肥肤丰肥	前一"肥"改"肌"	前一"肥"改"肌"	前一"肥"朱笔改"肌"	人文本校注云据崇本改
第九回	7b,11,原来知县县丞主簿吏田上下,多是与西门庆有首尾的	"田"改"典"	"田"改"典"	"田"朱笔改"典"	人文本校注云下文有"吏典",从之改
第九回	8a,11,谁想这官人贪图贿赂问下状子来,说道……	"问"改为"回"	"问"改为"阁"	"问"朱笔改"发"	容本此处为"谁想这官人贪图贿赂,回出骨殖并银子来"

续　表

回数	原文及叶数、行数	梅节本	人文本	故宫本	备　注
第十回	1a,5,经咒本无心冤结如何究			"究"朱笔改"救"	
	2a,3,两边闪三四个皂隶狱卒抱许多刑具	"闪"下加"出"		"闪"下朱笔加"出"	
	2b,1,唤该当吏典并件作甲邻人等	断句为"甲邻人等"	断为"件作、甲、邻人等"	"甲"上朱笔加"保"	
	4a,11,陈宅心腹并家人来报星夜来往东京	"来报"改"来保"	"来报"改"来旺"	"报"朱笔改"保"	人文本校注云据崇本改

注：
1. 梅节本：台山梅节挺秀校订，金城陈少卿钞阅《金瓶梅词话》，台北：里仁书局，2007年；人文本：戴鸿森校点《金瓶梅词话》，北京：人民文学出版社，1985年；故宫本：台北故宫博物院藏明万历刊本《金瓶梅词话》。备注中出现若干次的"崇本"，则指现今学界通的"崇祯本"或者"说散本""绣像本"，多数人意见是据《词话》本改订后出的本子；《水浒传》或容本，指明容与堂本《李卓吾先生批评忠义水浒传》(百回繁本)。
2. 原文及回数、叶数，概以故宫本为据。
3. 本表格所列，并非各本对词话本原文校正的全部，而是以故宫本对原文的重要删改(如正讹补漏，疏通文义)为主。故宫本未改，而梅节、人文本改订者本表暂不列入。一些简单的错字讹谬(有时或许不过是刻工之失)，也不列入上表。如故宫本第八回，10a,7，"如今可自大即百日来到"，"大即"显为"大郎"之误，各本均改为"郎"；第九回，6a,8，"在卓子土"，"土"亦显然是"上"之误，各本均径改。此表不收。
4. 行格内留白，表示该本此处不作改动。

三、故宫本改订、批评的整理价值和文献价值

上表所列诸本校改的差异，大致可以反映出故宫本对小说文本所作删改的价值。①

故宫本与梅节、人文二本的删改之处互有参差，总体上少于后二本之改动。但在其改动中，颇有为其他二本所忽略的删订。像表中所列第八回(4b,11)"麻饭肬胆的帐"，故宫本删改者就把"饭"改为"犯"。考下文西门庆回答王婆嘲戏时说："紧自他麻犯人，你又自作耍。"②至少两处词语的用法统一了起来(梅节本此处改为"烦"，亦与前不应)。同回11a,5，小说写一班禅心不定的和尚心不在焉，把"武大"念成了"大父"。此处梅节本和人文本均不作改动，而故宫本删改者则将"父"改成"武"。固然出之于夸张和谐谑，"大父""大武"效果几无差，对于一部文字错讹在在皆是的小说，也似乎不存在绝对是非，但自其情景想来，推原删改者的理由，和尚们将二字顺序颠倒念出，较还多改一字更为合理些吧。

像上举删订字句考虑到前后文的例子，还有对第二回"爪睛目"的改订。显然"爪睛目"应为"爪哇国"之刊误。人文本则据崇祯本订正为"爪洼国"。两处写法略异的称呼都是古代中国对于一个遥远的东南亚国家(梵文名 Yavadvipa)的音译，它于今天印度尼西亚爪哇岛一带建国，元军曾征伐其地，它后来也一度为明朝藩属，《元史》(列传第四十九)、《明史》(列传二百一十三《外国六》)、清顾祖禹《读史方舆纪要》(卷一百一十二《广西

---

① 为省减计，下文"故宫本"常指经过对小说原文删改之后的样貌，其用法一同梅节本、人文本。
② 《金瓶梅词话》第八回。

七》)等,都将之写作"爪哇国"。文学作品中,与《词话》大约同时的冯梦龙《醒世恒言》第二十三卷《金海陵纵欲亡身》也是同样的写法。更重要的是,这个词在《词话》第十二回中,又出现一次,这次正确地写作了"爪哇国"。因此,即使"爪洼国"也因见于载籍,并不算错,但考虑到使用的普遍性,尤其是同一小说文本中前后文字统一的要求,故宫本的改订还是更值得同意。

当然,由于删订字数数量少于其他二本,有些明显的错字讹句,故宫本或有疏于改正之嫌,如第二回9b,6—7,介绍王婆的一大段韵文部分的末两句"这婆子端的惯调风月巧排常在公门遭斗殴",故宫本不改如旧;梅节本加一字改为"巧安排",文意较胜;人文本则据容本《水浒传》及崇本将此句径删去。而就整篇韵语来看,尚有二处改动,"解使三里门内女,遮么九皈殿中仙",梅节本与人文本都据容与堂本《水浒传》(人文本还参校了崇祯本)将"三里"改为"三重","九皈"改为"九级"。在这些地方故宫本删改者反倒无动于衷,似乎对《水浒传》的"武十回"故事和崇祯本并不熟悉(详下)。

不过有时改动太多,反倒并不妥当。如第九回中关于"李外传"的一段介绍,小说写他"专一在县在府绰揽些公事,往来听气儿撰钱使。……或是官吏打点,他便两下里打背又。因此县中起了他个诨名,叫作'李外传'。"故宫本此段无改动;人文本也仅改"背又"为"背工",是;而梅节本则把"撰钱"改为了"赚钱"、"背又"改为"背公",①县中为李外传所起的诨名"李外传",则直接改为词意明显的"里外赚"。这就有改得太多之嫌。美国哥伦比亚大学商伟教授在最近的一篇文章中,根据"传"字的两个读音,对这诨名有一段精彩的析论,提示出"这个诨名也可以有几个不同的读法,或暗示这一人物的行为方式,或揭示小说叙述的形式特征和修辞手段:一是'里外传'奔走于衙门内外,通风报信,也因此承担了传递消息、制造事端、聚集人物和勾连情节等小说叙述的多重功能……二是'里外赚',身为衙役,他吃了原告吃被告,上下其手,里外通吃。……其三,除了谐音之外,'传'字也可读成'传记'的'传',因此又衍生出另外一个双关语,即'里外传',也就是一个文体的命名,与《词话》的自我定义密不可分"。②单独着眼于其里外"赚钱",坐实了名字的寓意,却无意中取消了这个"诨名"蕴蓄的语义的丰富性,梅节本的此处改动,似乎有些得不偿失。

在这个例子中,故宫本未作改动当然并不意味着删改者对于上述三重含意的体知,但就上表所列删订处看,故宫本的每一处改订都有着较充足的理由,在文意疏通和恢复字句的完整性上,相较于梅节本与人文本,大都更令人信服。如上表第三回中"不肯与你同桌吃去了回去了"一句,是王婆在向西门庆介绍她的"十光计",说到第八分光的时候,设计安排西门庆与潘金莲一桌吃酒,以便他们进一步发展暧昧关系。故宫本朱笔改"去"

---

① 这个词在小说中出现数次。第三十五回中也作"背又",故宫本均未改。第33回有"打了三十两背工"之语,人文本即以此为据改"又"为"工"。梅节先生则对此词作了翔实的考证,认为"背公"是习见之说法。参梅节《〈金瓶梅词话〉校读记》,北京:北京图书馆出版社,2004年,第50—51页。

② [美]商伟《复式小说的构成:从〈水浒传〉到〈金瓶梅词话〉》,载《复旦学报》(社会科学版)2016年第5期,第33页。

为"丢",可理解为"(潘金莲)丢下(手上活计/你),回去了",意似较胜。而梅节本据《水浒传》改为"走了,回去了"①其实与不作改动的人文本差别不大。

还有第十回的"并忤作甲邻人等",故宫本经改订成为"忤作、保甲、邻人等",足见删改者对当时的社会结构、制度的熟悉:《金瓶梅》借宋喻明,也常会保留宋代的官制、习俗等,甚至多有不伦不类之处。保甲制度起于宋代王安石变法,明代虽沿袭之,但"其初曰里甲,继称为乡甲,终之又称曰保甲"②,明中前期"里设老人"③以为里长;嘉、万年间才实行"保甲制","里甲""保甲"实同而名异,正足以显示时代的差别。不管《金瓶梅》写作、刊刻的时代,还是小说故事发生所假托的宋代,都是保甲制盛行之际,故宫本删改者在文本此处添字成为"保甲",恰合小说内外的社会现实。下文清河县的申文上,就明说武松"被地方保甲捉获",④正可见其所处时代。梅节本不改,断句为"忤作、甲邻人等",后半即不能解;⑤人文本断为"忤作、甲、邻人等",虽不错但不足表现时代特征。结合上节末我们自其眉批的特殊形态所作的推测,多少可以打消"批评者或为近现代人"的怀疑。

当然,由于《词话》叙事的矛盾非止一处,错讹也比比皆是,所以故宫本在校订时难免也有疏失。如上表所列第十回"家人来报星夜来往东京"一句,故宫本就把"来报"改为西门庆的大家人"来保"。因为来旺、来保都可受西门庆派遣到东京干事,而来保去东京的次数似乎更多,并且当二人一同去东京办事的时候,处处以来保为主,回目也仅作"来保上东京干事"(第十八回)。同时,"报"与"保"的音讹,在校改时也的确会让人望文生义,梅节本就作了同故宫本的改订。然而根据小说第二十五回,来旺酒后"醉谤西门庆",亲口说出旧时潘金莲因武松告状报仇,亏了他去东京打点才得救。⑥后面来兴儿向金莲学舌,以及金莲向西门庆构陷来旺,都提到这一情节。因有明确的叙事,崇祯本以及根据崇本改订的人文本此处作"来旺",应该是正确的。

除此之外,还有研究者指出,故宫本删改的有些文字是错误的,如杨琳从语言学角度指出,词话本中的一些方言习惯,被"介休本"(按即本文所谓"故宫本")因不懂原本为方言而误改,如第一回中写武大"所过"使用的动词性"所"字结构;第六十五回"不止"位于句末"义为说不定,表示估计"等,⑦所论坚实可信。但说"少顿"都被故宫本删改者改为"少顷"(梅节本和人文本也作了同样的修改),也是误改,恐怕还需要再加详考。即使《本草纲目》及清郑重光《素圃医案》卷二中,都有以"少顿"表示时间短暂的例证,⑧我们仍很怀疑这些"少顿"不过是刻工(许多刻工并不识字)照猫画虎地摹刻时的错误而致。因为"少顷"在小说中的使用并不罕见,并且这个字也经常被错刻为他字,如第十七回中此字

---

① 梅节《〈金瓶梅词话〉校读记》,第26页。容与堂本《水浒传》的"走了回去",也较可通。梅先生的改动与《水浒传》也有差异。
② 闻钧天《中国保甲制度》,上海:商务印书馆,1933年,第233、206页。
③ 《钦定续文献通考》卷十三,《四库全书》本。
④ 《金瓶梅词话》第十回。
⑤ 梅节本断句方式不为我们同意,但是他把明显是别字的"忏"改为"忤",是正确的。
⑥ 《词话》第二十五回:"潘家那淫妇,想他在家摆死了他头汉子武大,他小叔武松因告状,多亏了谁替他上东京打点,把武松垫发充军去了?"
⑦ 杨琳《〈金瓶梅词话〉中的三种语言指纹》,载《中国典籍与文化》2016年第2期,第70页。
⑧ 参考杨琳《〈金瓶梅词话〉中的三种语言指纹》,载《中国典籍与文化》2016年第2期。

(6b,11),既非"顿",也非"顷",而是一个与二者都似是而非的错字("顷");第七十八回有两处刻为了"少倾"(10a,1 和 29b,4),这些也都为删改者正确地改为了"少顷"。因此,"少顿"改为"少顷"是否一定是故宫本的错改,可能还有讨论的余地。

还有一些改订值得细细商量。第七回中首次介绍西门庆的药铺合伙人傅二叔,说他姓傅,名铭,字自新。故宫本批改者把"自"改为"日",成为"傅日新"。第六十五回还有一处同样的改动。其实究竟是"傅自新"还是"傅日新",不是很容易判断的,故宫本并未全部统一订正,似乎也是犹豫不决。人文本据崇祯本都统一成了"自新",而从古人名、字统一的原则来看,"日新"似更与"铭"相应。《大学》中有言:"汤之《盘铭》曰:'苟日新,日日新,又日新'。"①盘上所刻"铭文",正是"日新"。乐工李铭也字"日新",正与此呼应。不过在朱熹的注释中,"新"即"自新",所谓"自新新民,皆欲止于至善也"②,似乎也说得通。而像傅铭一样,小说文本中对李铭也常"日新""自新"混称一气,而就连温秀才温必古,也不约而同地字"日新"。所以,"自新"和"日新"的用意以及孰是孰非,还难以遽断。或许正是由于这样复杂的重复情况,使得故宫本批改者也显得有些踌躇吧。

正如前述,相较于对字词的订正,故宫本删改的价值更体现在它对于文意的疏通也常有帮助,在梅节本与人文本中读来难解之处,故宫本的删改往往有得。如第三十五回中,贲四讲了一个因音误而产生的笑话,说县官审一起"奸情"案,男方交代他们行房时,女方的姿势是头朝东脚也朝东。县官斥道:"那里有个缺(曲)着行房的道理!"③是质疑这样曲折着身体无法行房,而他的一个手下把"曲着行房"误听成了"缺着刑房",因此向县令求此"刑房"的职位,闹了个大笑话。但在小说刊刻时径把县官质疑的话刻成了"缺着行房",就使这句话并不合理,而这个笑话也因此失去了主要的笑点。故宫本删改者据意改"缺"为"曲";梅节本、人文本则均未改此字,就没有弥补文意上的这层缺憾。

综上,尽管故宫本的上述批改未必全都正确,但其批改意见仍然值得我们特别重视。这首先是因其距离刊本的时间最近,其同时代的典章制度、风俗人情乃至语言习惯等等(如前述"保甲"一例),都比几百年后的我们更加熟悉,也更具权威性;再据其删改错讹的认真严谨程度来看,不排除其有计划"新刻"一部精刻本的可能。特别是几乎在小说甫经刊印、尚未装订之时,删订者就拿来做了校正、删改,表现出与刊刻者非同寻常的密切关系,甚至让人怀疑其有确凿的文本依据(比如《金瓶梅》的原始稿本)。果真如此,故宫本所作删订的依据也就更为可信。而从对于小说文本的文意分析,以及错讹字、句的订正上,故宫本的删订墨迹也给我们提供了更为准确的意见。上文的对比即可大体呈现出来这一特点及其价值。因此可以设想的是,如果能依据故宫本的增删改订重新校理《金瓶梅词话》,我们得到的应该是一个更接近于原貌和更符合小说作者本意的文本。

补注:在刚结束不久的第十四届(开封)《金瓶梅》国际学术研讨会上,新加坡南洋出

---

① ② 〔宋〕朱熹撰《四书章句集注·大学章句》,北京:中华书局,2012 年,第 5 页。
③ 《金瓶梅词话》第三十五回。

版社的董玉振先生做大会发言,也提出在详细考察故宫本的基础上,忠实影印、还原包括大量眉批、夹批在内的故宫本的想法,并在会后与许建平老师和我进行了简单的沟通,讨论合作的可能。故宫本的价值正在日益彰显,研究者的需求也正显迫切。对未来可期的是:对于故宫本的全面整理、研究,将会使"金学"向前大大推进一步。

[作者简介]　杨彬,东华大学人文学院教授

清代孙濩孙对赋的三位一体功能认知与赋史建构*

何易展

[摘 要] 清代孙濩孙著有《华国编文选》与《华国编赋选》等，其选文选赋极为精审，其谓"赋之自诗而文者，复约文而近于诗"是极为通达研炼的赋史观，其既巧妙地揭示了赋、诗、文三者的关系及赋所承担的三位一体功能，又精辟地建构了中国赋史发展的全貌和大致历程。而且其以阔大的赋学视野，重新审视赋学传统的"正变"之说，对古赋与律赋关系及赋学审美批评提出极其有价值的见解。

[关键词] 三位一体 正变 自诗而文 古律融契 以意逆志

孙濩孙为清代赋学史上一位重要的赋选家和赋论家，其所著《华国编》（含《华国编赋选》《华国编文选》两部分）较全面地体现了其赋学思想，其先欲著"诗、赋、文三集以问世"①，然因其他原因仅以赋、文选集存世。而其赋集实又有古赋与唐赋两集，文选部分则基本以非赋名篇的韵文为主。其中深刻地体现了他对赋、诗、文关系的辩证思考。《华国编》所体现的赋学思想集中表现在赋体功能认知与赋史建构，本文拟从三个方面略加申论：其一，他认为"赋之自诗而文者，复约文而近于诗"②，揭橥了赋史发展之迹，同时又深刻地包蕴了"赋"与"诗""文"之历时性关系思考，在这种关系认知中赋又巧妙地承担着三位一体的文学功能；其二，着眼于大文学史观及诗、文因素在赋体中的表现性质和时代性，从而进一步深发古、律融契之说以申赋学"正变"传统之论；其三，其"以意逆志"的赋学美学评点不但呼应"赋诗言志"的赋史传统，也使"赋"发乎"应制"而又脱离"应制"从而成为纯文学的典范，这与清代欲重塑赋体的文学经典地位相融契的。

一、诗文互融：赋的三位一体功能阐释

孙氏于赋史之历程考辩，以其《赋选序》所言"赋之自诗而文者，复约文而近于诗"③来概括极为精审，此历时性进程描述也十分准确形象地反映了孙氏对"赋"与"诗"

---

* 本文系国家社会科学基金重大项目"辞赋艺术文献整理与研究"（17ZDA249）系列成果。
① 〔清〕孙濩孙《华国编文选》，乾隆二十四年刻本。
②③ 〔清〕孙濩孙《华国编赋选·序》，清雍正十一年刻本。

及"文"的关系体悟。他认为赋的形成不仅与古诗有关,而且在赋史发展中有着"自诗而文"和"约文而近于诗"的过程,他对赋史的精辟认识,也启发我们对赋与古诗、古文的本质关系的深入探讨。

比较而言,孙濩孙在"赋"与"文"的关系体认上算是颇有创见的。清初几部带有总集性质的赋集几乎均未明确论及赋、文的关系问题,如陆葇在《历朝赋格》"文赋格"和"骚赋格"中就不选《吊屈原文》(又作《吊屈原赋》)、《七发》之类似文而实赋之作,清初王修玉、赵维烈、费经虞、陈元龙等也基本上将楚辞和七、九之类赋体及非赋名篇的作品排除在赋选之外。这从中也反映了他们对待赋与文的态度和持见。不过,陆氏等人受汉人赋、骚同体观念的影响因而认为楚辞体乃实为赋体的,这在《赋格·凡例》中有详细论述①。但陆氏认为赋与文还是有差别的②,在对待赋与文的观念方面,陆氏并不持同宋元人将赋归入"文"的做法,不过又未能提出象孙濩孙一样的赋、文观念论。

孙氏赋学视野与选文实践充满了矛盾与统一的辩证性。在选文实践方面孙氏有区分诗、赋、文的趋势;而在理论视野上他又具有合诗、赋入"文"的锐见。孙氏虽然在一定程度上受萧统《文选》及宋元人文集纳赋入"文"的编选义例的影响,但却将赋、诗、文分类编选,于《华国编文选》中仅选非赋名篇的作品及一些骚、七、设论等文体,这又是与《昭明文选》《文苑英华》编排体例之不同。然而在理论阐述中孙氏却正是要回溯和彰显诗赋的"文"性质和特征,其《华国编文选》本身最大的特点也正是体现"文"的特征,即所谓"诗赋体"的文学性特征。孙氏将其《文选》中所选概称为"诗赋体",认为都是"偶体与韵语者"③。显然这是对"文"本义的彰显与追述,但同时又带有对"文"的现代性概念的思考。孙氏的文体观视野不仅蕴蓄了一种大概念文体观意识,也内敛了"文"的历史性与现代性的辩证思考。

从其"赋自诗而文"的史观阐释,已经透射出他对赋、诗、文的三位一体的哲学思考,这不但为其在选赋实践中强调和彰显"文"的诗赋性特征预埋下伏笔,也为他对诗与文的关系、赋与文的关系,以及"文"的历史演变与思想史变迁的思考预置下了潜在的空间和场域。而且文学历程本身内蕴了文学与哲思的互鉴,其中更充满了文质、天人、性灵等互相鉴照的机趣④。孙氏的赋学观不但与赋本源思考相贯通,也与"文"的思想史演变息息相关。首先看,赋是来源于"诗"呢还是来源于"文"? 这是一个很难以一句话回答清楚的问题,如果不能辩证地看待三者之间历史演变,那么也很难深入理解孙氏的阐释。我们不能粗率而简单地将"赋自诗而文"理解为孙氏对班氏"赋源于诗"⑤说的继承,他所揭示

---

① 陆葇云:"夫子删《诗》,而楚无《风》,后数百年屈子乃作《离骚》。《骚》者,诗之变,赋之祖也。后人尊之曰《经》,而效其体者,又未尝不以为赋,更有不名赋而体相合者,说详祝氏《外录》。余谓枚生《七发》,乃赋之最佳者,后人仿枚,辄名曰"七",无稽之言,每为捧腹。"

② 陆氏认为:"敷陈之辞,命之曰赋,学者祖焉,其体闳衍纡徐,极诸讽颂,虽句栉字比,依音馨俦藻缋,而疏古之气一往而深,近乎文矣。"(《历朝赋格·文赋格小引》)此"文"已具有散文体概念,"赋"与之相别,但又有一定关系。而且陆氏选赋多出宋元文人文集,即宋元人是将"赋"编撰于"文"集之列的,如《历朝赋格·序》云:"孝廉曹民表又出秋岳先生所聚宋元人文集贻余,入选乃洋洋大观矣。"此从一个侧面可见宋元人对待赋与文的观念和态度。

③ 〔清〕孙濩孙《华国编文选·例言》,乾隆二十四年刻本。

④ 参何易展《哲思与文学的互鉴——古代文学中的天人观与性灵诉求》,《文学评论丛刊》第15卷第1期。

⑤ 参班固《两都赋序》云:"赋者,古诗之流也。"此或视为赋的诗源说之据。文见费振刚、仇仲谦等校注《全汉赋校注》,广州:广东教育出版社,2005年,第464页。

的似乎只是赋由韵而散,复由散而近韵的发展历程,但其选文中所透射的"文"的诗赋本质性特征思考,又使我们不得不穿透"文"的当下语境而进驰到历史性与现代性纵深维度的思考。因此要透彻地理解孙氏赋学思想体系,就必须明确他对"诗与文"及"赋与文"关系的辩证性揭示。

"文"从最初的人文思想来看,其富含天文与人文之道合,如《易·贲卦·象传》云:"(刚柔交错),天文也;文明以止,人文也。观乎'天文',以察时变;观乎'人文',以化成天下。"①而作为文学或文章的书写功能,不过是对天文、人文之理与道的反映与阐释,这实际也正是"文明"的过程,也即将"文思""文德""文教"等进行阐释告解而明,并将个人与自然的世界转换"文—化"的世界,从而达到人文与天人之间的通达与和谐②。

孙氏对诗、赋、文的三位一体的思考不仅是对三者历史性和现代性的展开,也是对"文"的文体学与经学意义的"唤醒"。从孙氏的"赋之自诗而文,复约文而近于诗"的理性判断来看,它昭示了三者的历时性衍变。就"文"来看,在文体学意义上应经历了几次重要的衍变。孔子之前"文"的状况或许可以通过《周易》等先秦古籍得到初步的印象和判断。如《易》等对"文"的定义谓"刚柔交错",而司马相如论赋之迹谓"经纬相生",这里面不仅包含了天地、阴阳、经纬相协而为"文",也包含了万物相杂而为"文"的涵义。故《易·系辞》云:"物相杂,故曰文。"③《国语·郑语》曰:"声一无听,物一无文。"④这些都内含了"物相杂"而成"文"的概念。因此作为最初的书写功能的"文章"并不特指韵文或散文⑤,而不过是言"性与天道"⑥之具。至孔子《文言》说,"文"乃更彰错画、修饰之义,于是"文"成为韵和偶语文体的象征,渐渐诗和赋乃成为"文"的代表,如先秦两汉所谓"善属文"者实际都是一些善于咏诗作赋的文学创作者。不过这种衍变和"文"范畴的异化却经历了一个漫长地历史性展开⑦。至南北朝为又一个变新的时代,如梁刘勰《文心雕龙·总术》称"无韵者笔也,有韵者文也。"⑧然萧统又将"文""笔"之属归入《文选》,因此这一时代不但在反复重申"文"的韵文特征和地位,但也同时开启了"文"的韵文指向性意义的没落和逐渐被抛弃,而这一历史性任务同样经历了唐宋至明清的漫长过程。唐宋科举试"杂文",虽一方面内涵了"文"的纯文学与美文性质,但另一方面其以非文学性质的论、策、

---

① 〔唐〕孔颖达疏《周易正义》,北京:北京大学出版社,2000 年,第 124 页。按:今本《周易正义》无"刚柔交错"四字,然宋胡瑗《周易口义》卷四云:"经但云'天文也',上下相应,不成义理,当上有'刚柔交错'四字,盖遗脱故也。言刚柔交相错,杂以成天文,是天之文也。若寒暑相推而成四时,日月相代而成昼夜,阴阳相荡而成风雨雷霆,此皆刚柔交错,天之文也。"
② 参陈赟《"文"的思想及其在中国文化中的位置》,《中国文化研究》2006 年第 4 期。
③ 〔唐〕孔颖达疏《周易正义》,第 375 页。
④ 徐元诰《国语集解》,北京:中华书局,2002 年,第 472 页。
⑤ 此种文体特征的推测,实可从简帛所记先秦诗文状况得到某种印证。即便先秦古韵已不完全可考,但向被视为(韵)"文"特征的旧"诗"或逸诗先秦亦不全然为偶语与韵体。此可参拙著《清代汉赋学理论与批评》第七章第二节《从〈诗〉本看"古诗"形态》,北京:人民出版社,2018 年。
⑥ 程树德《论语集释》,北京:中华书局,1990 年,第 318 页。按:胡震《周易衍义》卷六云:"夫子之言性与天道,不可得而闻也,其所以为文章者,是亦性与天道之发尔。"
⑦ 如称战国诸子"文章",其主要亦包含当时言、说、辞、论等与口说密切相关的文体,"文章"一词虽或许为后起文献对前代文事状况的追记,但却暗示了这一时期"文"的内涵与范畴的混杂性,这正是"文"变革时代的历史痕迹。
⑧ 〔梁〕刘勰著,范文澜注《文心雕龙注》,北京:人民文学出版社,1962 年,第 655 页。

赞、表等文体的羼入却加剧了"文"的概念和范畴的异化，这也与唐宋古文运动相砥砺①。唐宋"文"向散体的倾重，至明清则几乎完全变衍为无韵者为"文"，如清代王之绩论赋之"非诗非文"说②，正是指称"文"趋近于散体和句式非整的当下性特征，当然这与孔子《文言》修辞旨趣和许慎解"文"之本义可能是大相径庭的③。显然，在三者的衍变中历史性与现代性始终是纠缠在一起的。从孙氏《赋选》《文选》的选篇情况以及赋序、凡例等理论陈述来看，赋、诗、文三位一体思考既带有当下的视野，又有深邃的历史眼光，也从而清晰地透辟出赋与文的体例和内质之异同。

在"文"的思想发展径路中，考察"赋"的衍变之迹，"赋"又具有总"诗""文"的特征，正是如此，孙氏将赋史发展才置于赋、诗、文的三维空间予以阐释。而且"赋"也将"诗""文"的特征契融于一体，以致人们在消解"赋"的历史性和现代性衍生中才产生赋的"非诗非文"和"亦诗亦文"的模棱和非定性陈说④。孙濩孙尤重赋学，其于拟选的赋、诗、文三集中首刊"赋"选，一方面既有承绪萧梁开肇的"首赋""宗赋"的选文传统，另一方面也折射出他对"赋"体功能以及"赋"在历时性和现代性语境中的"综文"传统的认同，也即赋对文学与经学的统合驾驭。其选篇虽以应制为宗，然究其本质却同样不能离弃赋体的"文学性"功能。若体察"赋之自诗而文"的奥义，其中所必然内蕴了古代学人"赋诗言志"及列士大夫交游列国而"称《诗》以谕其志"⑤的内涵，那么其时"诗"自是文学的，又是经济世用的；而"文"更是彰显天人、人文之理，胡震谓："其所以为文章者，是亦性与天道之发尔。"⑥故文学与经术的关系之密切可谓未始有隙，这也使历代应制考试不可能取偏就一，而往往融文学与经术的考察。赋包轹文学与经术，历来为学者所道。汉代实行"罢黜百家，独尊儒术"，使赋家与经学家身份开始合同，大部分赋家兼有经学家的身份，经学家往往也以赋体来表现经术之才，如司马相如、扬雄、班固、张衡等皆以赋与经术而显。司马相如有"赋圣"之尊，然其《封禅文》已足彰其经术治用之能。孙濩孙正是基于赋史中所呈现的赋体对诗、文的包容性，因此他认为通过赋可以巧妙地考察文学与经术之才，因此他的选篇虽以应制为宗，但却同样落脚于赋体文学性的考察。清刘熙载曰："赋兼才学。"⑦又称"才弱者往往能为诗，不能为赋。积学以广才，可不豫乎？"⑧"才学"涉及到经学与文学的根本问题，这并不是一个简单的"二维"关系，它包含了孔门四科中玄、儒、史、文等多层域空间⑨。而赋兼诗、文的特征也印合赋融经学与文学的功能，清曹三才《历朝赋格序》云："经术之内，词赋出焉；词赋之内，经术存焉。"⑩这从楚骚、汉赋、唐赋等作品所涉经史典故

---

① 何易展《试赋取士肇始新辨》，《西南大学学报（社会科学版）》2009年第4期。
② 〔清〕王之绩《铁立文起》，见《续修四库全书》第1714册，上海：上海古籍出版社，2002年，第319页。
③ 〔汉〕许慎《说文解字》云："文，错画也，象交文。"见《说文解字》，北京：中华书局，1963年，第185页上。
④ 分别参王之绩《铁立文起》，《续修四库全书》第1714册，第319页；陶秋英《汉赋之史的研究》之《序一》，上海：中华书局，1939年，第1页。
⑤ 〔汉〕班固《汉书》，北京：中华书局，1962年，第1755—1756页。
⑥ 〔宋〕胡震《周易衍义》卷六，见《景印文渊阁四库全书》第23册，台北：台湾商务印书馆，1986年，第579页下。
⑦⑧ 〔清〕刘熙载《艺概》卷三，上海：上海古籍出版社，1978年，第101页。
⑨ 按："经学"又不能完全以"儒学"而指称，这体现在经学含"玄学"，但"玄学"又并不等于"哲学"。参章太炎《国学概论》，上海：上海古籍出版社，1997年，第30页。
⑩ 〔清〕陆葇《历朝赋格》，见《四库全书存目丛书》集部399册，济南：齐鲁社，1997年，第272—273页。

之多、经学奥义之广、文学体例修辞之富,已足证赋在容受文学与经术方面的博综。如果以孙氏的赋史陈述和文学的"赋化"现象来看,宋代以来的策论或明清的制举,不过是将赋的体制、语法等换个名称,并不能完全摆脱赋体的影响。

具体来看,孙氏"文""赋"关系的辩证性也表现在他对文体归类的方法上,他采用寻溯本源、化繁就简的文体归类方法又契合了"赋复由文而近于诗"的特征把握。孙氏选文虽以应制为宗,以事用为驭,但对其《华国编文选》中所涉符命、策文、诏、制、玺书等49种体式却综理其迹,而得出"近于诗"的规律性认识,即他认为这类"文"或"杂文"类的49种体式都具有"赋"的某些因子,即孙氏认为《封禅文》《赵充国颂》《吊屈原文》《为人与蜀城父老书》《答客难》《解嘲》等都是"诗赋体"①。至如《答客难》《解嘲》等,近人也多视为赋体②,郭维森及许结先生著《中国辞赋发展史》称:"东方朔《答客难》及一系列模仿之作,《文心雕龙》归入'杂文'一类,而其形式与赋亦无大差别,也可看作是赋化的文章。至于颂、箴、铭、诔、哀吊、论说等等,在古代文体分类中,本来各有特点,各有要求,然而在辞赋的影响下,也每有脱离规范接近赋体之作。"③赵逵夫先生说"就《楚辞》中有关篇章而言,虽无'赋'之名而实具赋之基本特征。"④他认为《对楚王问》《赋篇》《成相》《橘颂》《遗春申君书》等都属赋体。孙氏对某些文体的归类判例不但与近代学者不谋同称,而且无疑也进一步启发了明清以后人认为赋"既诗既文"的理论追溯。孙氏虽似乎未直接对汉代赋颂同体的文学史况予以釐陈,但从其"赋之自诗而文"的理论判断却可以合理解释汉代以来文体普遍赋化的状况。

就孙氏选赋选文实践来看,其在"赋""诗""文"三位一体的考察中,他显然也意识到了"文"在历时性变衍中所呈现的复杂性和矛盾性。因此他虽分赋、诗、文三集,然其于文集中又同收赋体,这就是基于"文"的大概念范畴。如清代刘师培就称"古人诗赋,俱谓之文。"⑤此就是回溯"文"曾包蕴"诗赋"韵文特征及本义的历史性考察。因此从孙氏选赋选文的编选《凡例》来看,"文"并不排斥散体之文,只不过他所采选为应制目的,故独选偶体与韵语者罢了。在《华国编文选》中主要选择《华国编赋选》中未能选及的"非赋名篇"而实乃赋体的作品,此实可视之为对《赋选》的一种补充。因此要深刻地理解孙氏"赋之自诗而文,复约文而近于诗"的赋史阐述,又必须弄清"文"及"赋""诗"三者的历史性与现代性异同。在诗、赋、文辩证的现代性阐释中,孙氏认为赋与文二者名异而质同,体同而用异。二者的内质相同主要在于文学性的表现方法相同,其因赋与文都有趋近于"诗"之因素,故其称"赋之自诗而文者,复约文而近于诗"⑥,三者本身相互为倚系的关系。梁元帝《金楼子·立言篇》云:"屈原、宋玉、枚乘、长卿之徒,止于辞赋,则谓之文。……至如不便为诗如阎纂,善为章奏如伯松,若此之流,泛谓之笔。咏咏风谣,流连哀思者,谓之

---

① 《华国编文选·例言十七则》:"此《华国编文选》之独登偶体与韵语者,为应制而作也。……且制之体,诗赋为先,诗赋无不用韵,无不用骈,故此选亦谓之诗赋体,非是二者概不登入。"此可见其选例规范和依据。
② 马积高《赋史》,上海:上海古籍出版社,1987年,第79,91—97页。
③ 郭维森,许结《中国辞赋发展史》,南京:江苏教育出版社,1996年,第116页。
④ 赵逵夫《赋体溯源与先秦赋述论》(上),《辽东学院学报(社会科学版)》2008年第3期。
⑤ 刘师培《论文杂记》,北京:人民文学出版社,1984年,第126页。
⑥ 〔清〕孙濩孙《华国编赋选·序》,清雍正十一年刻本。

文。……至如文者,维须绮縠纷披,宫徵靡曼,唇吻遒会,情灵摇荡。"①显然"文"有近诗近韵近情的一面,这乃"文"之原始本义。孙濩孙既看到了魏晋至隋唐以来"文"观念中的诗赋性质,又不能漠视宋明以来以"文"趋指散体的现代性转型,故其以"诗"(偶语与韵语)为桥介并以此形象地揭示三者趋于文学性与经学容受的本质共性。孙氏对赋史发展的体悟,也巧妙地揭示了古、律赋体互生互融的内在逻辑。其谓"赋之自诗而文者,复约文而近于诗"昭揭赋体发展的两个大的历史时段,"赋之自诗而文者"正是赋由"古诗之流"变而为"文",即为古赋的时代;而"复约文而近于诗"则为由古赋变为律赋的时代,此以唐宋为界。这不仅揭示了赋史发展的规律,也形象地展现赋与诗、文三者在音韵与句式方面的外在要求及赋的三位一体功能的深刻意义。

二、古律融契:赋体"正变"审视与赋史构建

自汉唐以来,赋学传统颇有"祖骚宗汉"②的倾向,这也导致了以元代祝尧为代表的"体下说"③的流行,他们大致认为楚骚汉赋是赋体发展最繁荣和最高的境界,而至魏晋齐梁以迄唐宋,则赋体发展愈卑,体势愈下。不过清代也有学者如王芑孙则颇推尊唐赋,其认为唐赋"总魏、晋、宋、齐、梁、周、陈、隋八朝之众轨,启宋、元、明三代之支流,踵武姬汉,蔚然翔跃,百艳争开,昌其盈矣。"④但究其实质,王芑孙并不是对唐代律赋的推崇,而是对有唐一代赋学整体状况及赋史发展的概括。因此他尚不能构成对清代赋学批评中对赋史的有效建构。

如果放眼这种赋学批评的语境,我们来审视孙濩孙"赋之自诗而文,复约文而近于诗"⑤的赋史观,则其又蕴含着极其丰厚的理性和逻辑思考。这一赋史观念不仅揭橥了赋体发展的千年历程,而且从价值评判和传统学术视野来看它又涉及到赋体"正变"之迹。"正变"的评判价值同样始乎诗学的评论,如《毛诗序》云:"至于王道衰,礼义废,政教失,国异政,家殊俗,而变风变雅作矣。"⑥显然"变风""变雅"与"正风""正雅"相对,《晋书·庾峻传》:"中庶子何劭论《风》《雅》正变之义。"⑦明代杨慎《升庵诗话》云:"然正变云扰,而剽袭雷同;比兴渐微,而风骚稍远。"⑧而赋体"正变"又涉及到赋体中"诗""文"变量与融合程度,即"韵"与"散体"因子在赋体中表现的密度与结合程度。

那么何谓"正"呢?这关乎古赋源流与状态,虽然赋一般被视为有韵的文体,但赋体始由"古诗"演变而来,"古诗"的形态最早恐怕并非如今本《诗经》状态,而可能是一种句式丰富灵动、韵散结合的形态,这些在一定程度上可以据清华简《周公之琴舞》等古诗篇

---

① 〔梁〕萧绎《金楼子》卷四,清知不足斋丛书本。
② 分别参拙文《论李白辞赋的"祖骚宗汉"倾向》,《社会科学》2015年第5期;《论初唐四杰赋之"祖骚"》,《四川师范大学学报(社会科学版)》2011年第3期。
③ 〔元〕祝尧《古赋辩体》卷五,《景印文渊阁四库全书》第1366册,台北:台湾商务印书馆,1986年,第778页。
④ 〔清〕王芑孙《读赋卮言》,《续修四库全书》第1481册,上海:上海古籍出版社,2002年,第376页。
⑤ 〔清〕孙濩孙《华国编赋选·序》,清雍正十一年刻本。
⑥ 〔唐〕孔颖达疏《毛诗正义》卷一,第16页。
⑦ 〔唐〕房玄龄《晋书》,北京:中华书局,2000年,第921页。
⑧ 王仲镛笺证《升庵诗话笺证》,上海:上海古籍出版社,1987年,第127页。

得到印证。这些"古诗"与"古赋"体相近,故班固称:"赋者,古诗之流也。"①恐怕正含有此种奥义。赋体"正变"自然也涉及到诗、骚关系问题。骚可以视为"古赋"的一种形态,骚为诗之"变"而为赋之"正",故清代陆葇云:"后数百年,屈子乃作《离骚》,《骚》者,诗之变,赋之祖也。后人尊之曰'经',而效其体者,又未尝不以为赋。"②而清代王修玉《历朝赋楷》曰:"楚辞源自《离骚》,汉魏同符古体,此为赋家正格。"③简单的说,骚体等汉魏古赋都属于赋之"正"体,而其后之"律"体乃为"变体"。故赋之"正变"与古、律问题又有密切的关系。

　　清代赋论受"诗学"的影响颇深,论赋与论诗一样亦讲"正变",其中自魏晋以后的赋体"体变"说即是诗学"正变"论的化衍。不过,赋体"正变"论的审视却是与赋史评价与建构密切相关的。汉人论《诗》有"变风""变雅"之作,这一"诗变"论由汉唐人发挥,至明清尤为光大。于是赋论家言赋亦讲"正变"。"正变"与"流变"尚有不同,汉代班固所谓"赋者古诗之流"④虽暗寓了"诗"正而"赋"变(流),但其本身所暗寓的"古诗"形态与本质何如则尚未深入辨析,这也使后世关于"诗正"还是"赋正"的辨源问题成为悬而难决之疑。不过班氏之说已然蕴涵了赋的体变问题,无论何如这都涉及到早期赋史的状貌评判,因此赋体"正变"论本质是关乎赋史的认知。其次,后世关于诗赋"正变"说也大有定尊之势,即有"宗经"思想的内涵,这也与各个时代诗赋经典地位树立有关。无论是元代祝氏基于"宗汉"而发的魏晋以下赋之"体愈下"⑤说,还是明清的"唐无赋"⑥论,实质最主要地方面在于推崇经典,但在实际赋学批评中又暗寓了赋体"正变"的评判。当然这种带有"前见"或预设目的性的赋史梳理只是对赋学发展表征的评判,自然难免会带有明显的偏见,因此在这种理念中对赋史的认知并不是全面的,甚至可能表现为某种残缺。"正变"论中所蕴含的赋史问题最根本地包括赋源问题探讨,这也使"正变"观与古、律关系认识至为密切,如清代王之绩"扬屈抑马"⑦和王修玉率倡汉魏古体为"赋家正格"⑧既内蕴了"正变"的褒贬评判,又涉及古、律关系及其价值判断。反过来对古、律关系认知也能体现其"正变"论及其思想内涵。孙氏古、律融契的观念可以说又是其赋史"正变"观的极好注脚,孙氏虽在选赋实践中分选古赋和唐赋,但其强调二者都是以合乎"应制"为目的,而"应制"与律体又是密切相关的,因此孙氏是以文学的现实性功能和作用将古赋和律赋融契起来,他认为古赋和律赋实际"异流同源,其揆则一"⑨,因此孙濩孙谓"赋之自诗而文者,复约文而近于诗"的赋史评判十分符合唯物史观的理念和方法论,其对赋体"正变"及古、律关系认识堪为警策。

----

① ④　费振刚《全汉赋校注》(上册),第464页。
② 〔清〕陆葇《历朝赋格·凡例十三则》,见《四库全书存目丛书》集部第399册,第274页。
③ ⑧　〔清〕王修玉《历朝赋楷·选例九则》,见《四库全书存目丛书》集部第404册,济南:齐鲁书社,1997年,第3页。
⑤ 〔元〕祝尧《古赋辩体》,《景印文渊阁四库全书》第1366册,第778页下。
⑥ 〔明〕李梦阳《空同集·潜虬山人记》,《景印文渊阁四库全书》第1262册,台北:台湾商务印书馆,1986年,第446页。
⑦ 王之绩《铁立文起》引《文体明辨》语后评曰:"我以屈原为赋之圣,或以推司马长卿,谬矣。"参王之绩《铁立文起》,见《续修四库全书》1714册,第322页。
⑨ 〔清〕孙濩孙《华国编赋选·序》,清雍正十一年刻本。

古、律之争是清代赋学中关注度较高的赋学理论热点,清初赋选家主要通过其选篇实践与凡例、序跋等来凸显其赋体古、律观念。清初康熙时期有私修之《历代赋钞》《历朝赋楷》《历朝赋格》等总集性质的赋集,其刊辑基本上在同一年(1686),其中虽并未严格地区分古、律赋体,但选篇中却已暗潜古、律竞胜意识,此期甚至出现专选律体的钱陆灿《文苑英华律赋选》等赋选集。之后大量同名的《同馆赋钞》《馆阁赋钞》《唐律赋钞》等不断出现,在选赋实践中的古、律区分意识更为明显。清代官方意识形态官修的《历代赋汇》(1706)虽为一部集大成的赋总集,也表现出古、律兼收的态势,但却未将所谓非赋名篇或似文而实赋的作品纳入其中。总体上看,清代赋学基本上力主复古,然因科举应试的缘由使他们又有意无意中将古、律区分甚至对立起来。

古、律分契的观念或被认为始于唐代,①然事实上在梁代江淹的《学梁王菟园赋序》中就已用"古赋体"②称名。此"古赋体"当与南朝所谓"今体"对立,其时"今体"与唐代试赋"新体"相类。不过"新体"由于对声病、句式、章段的约束似乎愈益与"古赋体"俨然区别。另一方面在古、律对垒中,由于受秦汉经学"尊古"和中唐古文运动所掀起的"复古"思潮影响,人们开始以诗学的"正变"传统来思考赋学的变衍,如唐人论赋便多"以'赋'附《诗》"③,从而又形成诗、赋交互的批评。

崇古者一方面在于对诗学"正变"传统的布道和"宗经"的心理诉求,另一方面则在于反对"浮艳声病之文"④和"科场利弊"的形势所趋。从形式来看,古、律的差别主要体现在章段、句式、音韵的异同,如无名氏《赋谱》云:"凡赋体分段,各有所归。但古赋段或多或少……至今新体,分为四段。"⑤而"新体"的分段是与闱场试赋时限密切相关的,它并不是区划文体本质差别的因素。至于后世赋论所考察的句式、音韵和容纳经义,如果从考赋宗旨与文本文学性考察,古、律又确实可以相融相契的,故孙氏云"应制未尝无散行,而骈俪为多"⑥"且应制之体,诗赋为先,诗赋无不用韵,无不用骈"⑦"古赋不用韵处仍用排体"⑧"古赋体虽不整齐处仍有整齐"⑨等。从孙濩孙论赋和选赋实践来看,其论古、律融契正是从考赋宗旨和文本文学性角度的视察,其实结合其赋体"正变"及古、律融契观念来看也正能彰显其赋史观的内涵,这可以说表现在以下几个方面:

首先,孙氏发覆古体在应制中的作用和地位,从而摆脱"应制必律"的选赋倾向和窠臼。这为清代晚期融古入律的赋学思想和创作风气开肇了理论基础,并在选赋实践中推行古、律融契的理念。清初几部赋集,如赵维烈《历代赋钞》、王修玉《历朝赋楷》和陆葇

---

① 陆葇《历朝赋格·凡例》云:"古赋之名始于唐,所以别乎律也。"(陆葇《历朝赋格》,见《四库全书存目丛书》集部第 399 册,第 275 页。)
② 〔唐〕欧阳询《艺文类聚》,上海:上海古籍出版社,1982 年,第 1162 页。
③ 许结《论唐代帝国图式中的赋学思想》,《南京大学学报(哲学·人文科学·社会科学)》2017 年第 1 期。
④ 〔清〕董诰《全唐文》,北京:中华书局,1983 年,第 7020 页。
⑤ 转引自许结《论唐代帝国图式中的赋学思想》,《南京大学学报(哲学·人文科学·社会科学)》2017 年第 1 期。
⑥⑦ 〔清〕孙濩孙《华国编文选》,乾隆二十四年刻本。
⑧⑨ 〔清〕孙濩孙《华国编赋选》,清雍正十一年刻本。

《历朝赋格》都主要以收律体较多,如赵维烈《历代赋钞》录赋约 248 篇(共 32 卷),唐及唐以后赋作达 174 篇,《历朝赋楷》收 174 篇,其中唐及唐以后赋作达 141 篇,都表现出明显的律体偏盛的倾向。陆葇《历朝赋格》打破时代分界,以体格分类,将赋分为三格:文赋格、骚赋格、骈赋格。其所选文赋与骚赋虽主要属于古赋体,但陆氏却是极重唐律的宗范意义,陆氏谓"是集之初,仅拟选唐赋百篇,后乃推而及于历朝,广而合于各体。"①可见陆氏初衷是以选唐律为主的,其与孙氏初选古赋、上法汉魏的初衷异趣,虽然这些选家大多本着以"应制"为宗旨,然其古律正变或偏胜之观念却是互异的。从赋史观来看,"古"为"正"而"律"为"变",但从现实功利及应制目的出发,他们又往往将古律赋体的价值颠倒。但孙濩孙从赋史发展观其赋体与其它文体之间密切交融的视野来看,他认为古赋未尝无韵、未尝无整齐、应制律体也未尝不可有散体,因此古、律本质契同使他消弥了古、律形式的偏见。《华国编赋选·序》及孙乔年跋语称孙氏晚年"解组无事,惟选古自娱"②,其检骈丽之体五十篇,实多汉魏古体,由此可见其古律融契的观念和对古赋体的崇尚。孙氏对古赋编辑是最早的,其称《华国编》"古赋卷"的编辑早在与其子孙中设馆天长时就已肇萌,可以想见其早期讲学当多以古赋为法例。孙氏窥奥极深,深明古、律不是合乎应制与否的本质区别,古、律二体都有合于应制者。他认为"应制未尝无散行,而骈俪为多"③,故其所选唐律与古赋之比例基本上为四六开,表现其以古偏胜而犹有融古入律的赋学倾向,这为晚清赋学以古入律的思想风气开其端绪。

其次,在"应制"与"文学"的关系认识上,孙氏也表现出作为经学家的理论思致。综观历代,"应制"的目的本以考察"文学"为任,当然此所谓"文学"包含文章与学术,但就文学发展史观来看"文学"却正是统驭赋体之古、律本质及经儒思想的缰辔。王修玉等选赋古少律多,实多出于功利目的,这从其《赋选序》和《选例九则》即可看出。王修玉虽称汉魏古体为"赋家正格",但却将《九歌》《九辩》《大招》、荀子《成相》等楚辞类和非赋名篇作品,以及贾谊《鹏鸟赋》、孙樵《大明宫赋》、苏轼《赤壁赋》、张衡《二京赋》、左思《三都赋》、王延寿《灵光殿赋》《景福殿赋》等诸多名篇弃而不选。王氏选赋宗旨貌似与孙氏"应制为宗"相契,然在文体观上却与孙氏迥异。孙濩孙虽讲文学的应制功用,但在他看来应制功用又必然合乎经史的视野和大文学史观。古赋经儒思想的阐发又何不合乎经世致用?这与律体的经义阐发有什么本质区别呢?若从赋史发展来验证,正可从前述古律赋体"近文近诗"的演变之迹全然窥之。因此他认为古、律文体之变本根既未离弃"纯"文学性也未抛舍经学要义,他将文学与经学可谓极好地加以统驭,这也与其深厚的经学背景颇相关系的。相较而言,王修玉《历朝赋楷》等则更多地从现实功利出发,其谓"遍观历朝,惟唐人应制之赋为合,……作者欲为唐制,似宜取为准绳。"④甚至王氏于书首即录御制赋,这种功利性堪称露骨,这在一定程度上也影响了王氏选赋的文学性取向。在理论层面上,王修玉对"赋"与"文"的关系也未曾深入探讨,选本中既未收录任何非赋名篇的赋

---

① 陆葇《历朝赋格·凡例十三则》,见《四库全书存目丛书》集部第 399 册,第 275 页。
② 〔清〕孙濩孙《华国编文选·跋》,乾隆二十四年刻本。
③ 〔清〕孙濩孙《华国编文选·例言十七则》,乾隆二十四年刻本。
④ 〔清〕王修玉《历朝赋楷》,见《四库全书存目丛书》集部第 404 册,第 3—4 页。

体作品,而那些抒情壮彩之作也廖廖可陈。由此可见,清初赋选家中在处理以"应制"为宗的选赋目的和对待应制与古律关系问题上,孙氏确可谓见识高远。

再者,孙濩孙《华国编赋选》虽在形制上分编古赋卷与唐赋卷,然从其《序》和选篇情况看,其赋学思想实际完全持守古律融契的观念。其分古、律各卷编辑的形式,一方面主要与康雍时期博学宏词之选渐重骈丽之体颇相关系,另一方面主要因分体编选便于评选讲辑,这在其赋序中也略有说明。孙氏择选体近于诗赋者,而且认为从赋体源流看赋有"赋之自诗而文者,复约文而近于诗"的兼诗兼文的文体特点,此与王之绩所谓赋"非诗非文"①之说可谓相对立。孙氏的赋"既诗既文"的观点明显更符合赋体源流正变的文学史观,也较简明地揭示了赋与诗与文的源流关系,这可以说为清代赋源诸说开其法门。孙氏赋体"兼诗兼文"与王之绩的"非诗非文"说成为近人对赋体最为常见的界说②。"兼诗兼文"的理论认知与古、律融契观在理论逻辑上是完全一致的,故孙濩孙认为"后人妄分古赋、律赋,不知异流同源,其揆则一。"③近诗或近文的程度决定了古、律的显性和倾向性,故孙氏古律观念与他对赋的诗、文关系认识有莫大关系。显然在孙氏看来古赋与律赋的分派并非以时代为界,从楚汉至清代依旧保存的各种"古赋体"创作情况来看,这正好印证了孙氏观念的正确性。正是基于此,孙氏进认为古、律二者有着同源共因的性质。

古律如何达致融契呢? 古、律赋体的形态差异和内质统一性都突出地表现在用韵与句式的异同。孙氏一方面从文体自身审美和文学发展的历时性视野出发,突破以时代为基的"正变"之说,消弥古、律差异;另一方面他从文体内质特征来看,显然这些特征并不因时变而变,因此他对古今赋体句式与用韵进行了比较。《华国编古赋选》中具体古赋用韵标注已不可知,但于《华国编赋选·凡例》可窥一斑:

> 韵之通叶,皆遵邵子湘《古今韵略》,其未备者,则兼采毛西河先生《古今通韵》。又古赋间有数行不用韵者,窃尝疑之,及阅《通韵》有云"不必强叶者,如赋颂本歌文,然犹有《子虚》《两京》多散行处"。余由此类推,如唐人李华之《含元殿赋》亦多有此。又按古赋不用韵处仍用排体,如班固《东都》"且夫建武之初"一段,三联用"也"字煞脚,二联用"焉"字煞脚,又或每段束一单句不用韵,而其句法亦必相对,如《闻随侯西岳望幸赋》"此圣人之文教也"、"此圣人之武功也"等类可见,古赋体虽不整齐处仍有整齐。④

孙氏认为所选"诗赋体"皆有韵,那些古赋似乎不用韵处实际上也多采用"叶韵",他称:"古人用韵最宽,每见读古赋者,苦于韵不相叶,由于未娴通转之例故耳。"⑤孙氏《华国编赋选》为破古、律之固执,于古赋亦标明用韵⑥,这不同于一般选本仅标注律赋用韵。

---

① 〔清〕王之绩《铁立文起》,见《续修四库全书》第1714册,第319页。
② 陶秋英《汉赋之史的研究》云:"赋之为体,非诗非文,亦诗亦文。"王力、褚斌杰、高光复、曹道衡等先生也都认为赋是"介于诗和散文之间的文体"(曹道衡《汉魏六朝辞赋》)。
③ 〔清〕孙濩孙《华国编赋选·序》,清雍正十一年刻本。
④⑤ 〔清〕孙濩孙《华国编赋选·凡例》,清雍正十一年刻本。
⑥ 参孙濩孙《华国编赋选·凡例》说明。

孙氏采用叶韵的标注评点法,一在明古赋亦合于应制,非不能见气质、文才、声韵之美;二在明古、律有用韵之共性,以印证其古律契合之见。显然古、律所呈现的审美特征就是"诗"与"文"各因子在赋中的比例呈现,而这种呈现又外化和契合于"韵"与"句式"。其古赋用韵与"赋者古诗之流"说或有因契。孙氏兼采清代音韵学成就,认为古、律皆有用韵之共性,对宋人"一片之文"①的文赋颇有微词。此外,他认为古、律都存在句式通转,他认为古赋不用韵处仍用排体,且"古赋体虽不整齐处仍有整齐",批评宋人文赋"通篇句法长短参差,读者一目数行,竟似散文,都无骈偶,但押以一二韵脚","不但乖唐人律令,并失汉魏以来古赋之体"②。他强调古、律都有法度,而且古赋并非全篇皆散行,这正是"赋者古诗之流"③和"诗赋之学,亦出于行人之官"④的诗、文孑遗。从用韵和句式上的细致发覆,孙氏可以说确立了他的古、律融契的理论论说。

三、以意逆志:以赋史征道的美学批评新视阈

孙濩孙《华国编赋选·凡例》云:"读赋者必以意逆志,相题论文,务使我之精神与作者性情相遇,是为得之。"⑤显然"以意逆志"既是孙氏主张的读赋方法,也是其赋学评点中的一条最主要原则。综观赋史之发展,无论是较早的"赋诗言志"⑥说,还是由此衍生的"劝百讽一"⑦说或者"体国经野"⑧论,其中"言志"既是一切文学的目的,也是赋体的基本要义。但是"言志"的表现又是具有多样性和丰富性的,正如司马相如所谓赋"苞括宇宙,总览人物。斯乃得之于内,不可得而传"⑨。其所谓不可传者绝不仅仅是赋法,更应该是"赋志",其所谓不可传乃在于要心会于内,即"以意逆志"的方法求之。因此,"以意逆志"成为赋学史传统的美学批评方法。

首先,"以意逆志"作为文学诠释方法语出《孟子》,但其始也是作为诗学的诠释。《孟子·万章上》云:"故说诗者,不以文害辞,不以辞害志。以意逆志,是为得之。"⑩其后赵岐、朱熹、焦循等对孟子"以意逆志"论作了各自注释,进一步丰富了"以意逆志"的诗学诠释学内涵。孙濩孙"以意逆志"的赋学批评明显受孟子"以意逆志"论的影响,虽然我们可以将赋学视为大诗学的范畴,但由于赋与诗、文之间的复杂性关系,而且赋所具有觇示才学的功能,往往较诗又更为丰富⑪,因此"以意逆志"过程实际较诗的解读更为复杂。孙濩孙将"以意逆志"移花接木于赋阈的诠释和评论,亦是基于他对赋史表现出的"三位一体"

---

① 〔元〕祝尧《古赋辩体》卷八,见《景印文渊阁四库全书》第1366册,第818页。
②⑤ 〔清〕孙濩孙《华国编赋选·凡例》,清雍正十一年刻本。
③ 费振刚《全汉赋校注》(上册),第464页。
④ 刘师培《论文杂记》,第126页。
⑥ 《春秋左传正义》卷十八载"卫宁武子来聘,公与之宴,为赋《湛露》及《彤弓》"《正义》曰:"诸自赋诗以表己志者。"
⑦ 〔汉〕班固《汉书》卷五十七下《司马相如传》云:"扬雄以为靡丽之赋,劝百而讽一。"
⑧ 〔梁〕刘勰著,范文澜注《文心雕龙注》卷二,第135页。
⑨ 〔晋〕葛洪撰《西京杂记》卷二,四部丛刊景明嘉靖本。
⑩ 〔清〕焦循《孟子正义》,北京:中华书局,1987年,第638页。
⑪ 刘熙载《艺概》云:"才弱才往往能为诗,不能为赋。"见《艺概》卷三,第101页。

功能与"赋兼六义"①的认知,这是与其赋史观相合的。

既然读赋解赋过程较诗更为复杂,那么如何才能正确理解赋文本呢?显然"逆志"的过程是最为重要的解读环节,"逆"不但暗示了作者与读者心理距离的存在,但同样也寓示着二者心理的一种"期遇"。如果是"期遇"必然有所选择和目标,这种选择和目标在作者和读者都是存在的,这才能造成读者之"意"与作者之"志"的期遇和相合,《说文解字》云:"志,意也。"②意和志在本质上是相同的,它们都是一种精神指向,在一定程度上寄附于文字和语言表达,因此孙氏认为读赋必须"相题论文",这实际正是弥合和减少读者与作者的心理距离。然而由于语言功能本身的局限,往往造成"言有尽而意无穷",这也为"意"的追问留下无尽的空间。对于这种复杂性,孙氏云:

> 言者心之声也,形为歌咏,其于性情尤切,故同赋一事,而时地不同,则旨趣各异。③

既然对于文意和作者之"志"的理解如此复杂,那么自然作文之贵亦在"立意",唯有如此才能准确地将作者的精神指向和情感传达给读者。因此孙氏又云:

> 意立而文生,文成而法立,故凡作者,意之所注,则波澜起伏,行乎其所不得不行,止乎其所不得不止。长篇累牍,无患叠屋架床,只句单文,皆有草蛇灰线。是在读者于规矩准绳之中,得其神明变化之妙,则触类旁通,以一该百。④

显然作者"立意"又是读赋者"以意逆志"的赋学阐释基础。而且"以意逆志"强调了读赋感悟之法的重要性。这种阅读感悟不仅是鳌清"草蛇灰线"之迹,更要明"神明变化之妙"。因此"逆志"的过程不仅仅是"期遇",也是"证隐"的过程。所谓"隐"实际就是蒙而未发者,"证隐"就是我们对习以为常的现象和认知通过他者的再现突然得到强化的印记和深层的思考,从而引起"共鸣"。天与性道是无所不在的至理,但人们又却常常熟视无睹,一旦深悟其道,反而有"证隐"的快感。如《论语》载:"子贡曰:'夫子之文章,可得而闻也;夫子之言性与天道,不可得而闻也。'"⑤显然一方面在于孔子认为性与天道没有言说的必要⑥,因为天地之象已昭然若揭;另一方面则在于人们对天地之象的熟视无睹以及人文活动参与下的物象所传达的"不再是物理、生理、生物性的信息,而是转换成为文化

---

① 〔清〕王敬禧云:"赋缘六义,而实兼之。"(王敬禧《复小斋赋话跋》,浦铣著,何新文校证《历代赋话校证》附《复小斋赋话》,上海:上海古籍出版社,2007年,第409页。)清代张惠言、刘熙载、章太炎等皆主张"赋兼六义"之说,如刘熙载谓"可知六义不备,非诗即非赋也"(《艺概》卷三,第86页)张惠言云:"六者之体,主于一而用其五,故《风》有雅颂焉,《七月》是也。《雅》有颂焉、有风焉,《烝民》《崧高》是也。"(《七十家赋钞目录序》)
② 〔汉〕许慎撰,〔清〕段玉裁注《说文解字注》,上海:上海古籍出版社,1981年,第502页上。
③④ 〔清〕孙濩孙《华国编赋选·凡例》,清雍正十一年刻本。
⑤ 程树德《论语集释》,第318页。
⑥ 《论语》云:"子曰:'予欲无言。'子贡曰:'子如不言,则小子何述焉?'子曰:'天何言哉!四时行焉,百物生焉,天何言哉!'"(见《述而》篇)

消息的传达,正是进入身体中的这种文化消息赋予了生命以某种具体的情调、气象与氛围。"①因此在"规矩准绳之中"找到隐藏的至理,这既是文章的"立意"之妙,也是读者与作者"性情相遇"的期遇之处。

其次,孙氏认为读赋不仅仅是文字的训诂,更是情志意趣的生发与阐释。这也进一步强调了"赋"的文学性特征。因此在其赋学评点中,孙氏亦以"情"字来勘破文本之妙,如其评点王勃《寒梧栖凤赋》云:"威凤之德辉,高梧之清韵,一栖之中尽可雕绘,使之尽态极妍。高手却吐弃一切,单就择木之情,以况择主之意,竟将圣贤胸坎中物,曲曲传出,言简而旨远,味淡而神腴,的是初唐手笔。"②简练数笔,便将王勃此赋涵蕴之义揭发无遗,与其评此赋"'情'字,一篇之眼"③前呼后应。又如其评贾谊《吊屈原文》曰:"(天心阁评)感今叹昔,是《吊屈原》,又似自吊,一种缠绵之意、低徊之情,萦绕迷离,纯是楚骚声调,真令千古放臣逐子一齐恸哭。吊与祭文不同,祭则专主其人,吊则就其人与事而推广言之,须有手挥目送之妙。"④此评极重赋体情辞之妙,而且分析了吊文与祭文之不同,辨析入理,如"手挥目送"之妙就暗陈似隐而实见,似见而又实隐的似离未离之感,即巧妙地揭橥"吊文"在处理"专其人"与"推广言之"之间的微妙处,这也正是"心悟"的境界。与孙氏以"情"为线的赋学评点手法相呼应的是其以传统的"赋、比、兴"为基础的情志观阐释。当然对于这种情志理论孙氏依旧是建立在"体悟"式的文本阅读中的,因此尤见颖卓处:

> 诗赋若无比、兴,则据事直书,体嫌记序;昌言指斥,义类箴铭,既鲜旁引曲喻之微,自失温柔敦厚之意。又或事属荒唐,语多媟亵,虽寓谲谏微权,终失对君正体,且使读者不善取法,是讽一而劝百也。
> 赋虽六义之一,其体裁既兼比兴,其音节又兼风雅颂,如赋祥瑞、郊祀、朝会、巡幸,则庙堂雅颂之音,朱子所谓'其语和而庄,其义宽而密'者也。⑤

孙氏不但阐述了赋用比、兴的必要性,特别是认为对"情志"和"温柔敦厚"的诗教意义表达尤为重要,而且也巧妙地陈述了赋与其它杂文体的区别和赋兼六义的功用,这与前述其对赋史认识是一贯的。刘熙载云:"《风》诗中赋事,往往兼寓比兴之意。钟嵘《诗品》所由竟以'寓言写物'为赋也。赋兼比兴,则以言内之实事,写言外之重旨。故古之君子,上下交际,不必有言也,以赋相示而已。不然,赋物必此物,其为用也几何?"⑥可见正是赋之比兴,才使赋成为生发意志情趣的美学文体,也为"以意逆志"的文学诠释创造了文学想象的场域和空间,而非完全的仁义道德说辞。孙氏在赋学评点中的"读赋"与"作

---

① 陈赟《"文"的思想及其在中国文化中的位置》,《中国文化研究》2006年第4期。
②③ 〔清〕孙濩孙《华国编赋选》,清雍正十一年刻本。
④ 〔清〕孙濩孙《华国编文选》卷七。按:在《华国编文选》中有不下23篇附有"天心阁评"语,"天心阁评"当为孙濩孙评论。在《华国编文选·例言十七则》中有明确交待,其云:"今除《文选》所载诸篇,家有其书,无烦赘注外,凡有词故艰深者,附考于后。他若释韵便读者也,然一见了然者则从略;辑评尊前贤也,然妙于语言者始载登。凡先君子所论识者,则加'天心阁评'字以别焉。"
⑤ 〔清〕孙濩孙《华国编赋选·凡例十则》,清雍正十一年刻本。
⑥ 〔清〕刘熙载《艺概》卷三,第98页。

赋"等不同维度地批评,完全与西方美学批评中审美主体、客体和文本关系论阐释视野相契融。他认为赋学审美中的审美客体与审美感受首倡性情与立意,赋因地因人因时不同,旨趣各异,因而同一题材的赋或"同赋一事",其"逆志"的结果也可能不同。这与后来刘熙载所谓"赋因人异"①同是从读者与作者两个不同角度的赋学阐释学诠发。而且孙氏"体悟"式的"逆志"方法也蕴含了"移情说"的义理,这与后来张惠言、刘熙载等主张赋重情志的观点极相契合。张惠言《七十家赋钞序》:"论曰:赋,乌乎统?曰:统乎志。志,乌乎归?曰:归乎正。夫民有感于心,有概于事,有达于性,有郁于情,故有不得已者,而假于言。言,象也,象必有所寓。"②刘熙载《赋概》谓:"赋与谱录不同。谱录惟取志物,而无情可言,无采可发,则如数他家之宝,无关已事。"③"在外者物色,在我者生意,二者相摩相荡,而赋出焉。若与自家生意无相入处,则物色只成闲事,志士遑何及乎?"④显然,"体悟"不仅是"以意逆志"的手段,也是理解文本情志、语言、结构的最佳途径。

再者,孙氏对"以意逆志"的赋学批评的展开,是建立在必须"相题论文"的基础上的。而"相题论文"则必须对赋文本语言、章法、结构、意旨乃至气局等全面把握。由此来看孙氏赋学评点的特征也表现出博杂的多维视野。如其《唐赋选》于天头、地脚、篇末或行间之评点圈注可以说从点题、布局、警醒、赋法、用韵、总括等多维视角进行阐释和评析,许多赋篇天头批注极多极密,如杨炯《浑天赋》天头亦不下 10 余条评注,其末评亦从结构、文气、赋法等角度探讨,并进一步提出与前人如《历朝赋格》所评析结论不一样的解悟。李白《大猎赋》天头有 18 条评注,其赋末评析亦从命题之意、脱胎之源、鉴借之法、裁汰之由等角度启微著知。

从孙氏对具体赋篇的评点,我们或许可以参鉴他对赋篇的具体"相题论文"之法。如其评刘允济《天赋》曰:"天之大,从何处赋起,观开口用'臣闻'二字,便知其意,乃对扬休命也。前幅赋天,层次分晰,而语意简括;后幅乃极铺张扬厉之致,然所云'察文明而降祥瑞''载光道德'诸句,已暗为后半伏脉,真有草蛇灰线之妙。至于人事之理乱昏明,与天命之成败兴亡,相感应处,俱在泛论处并说。及归功有唐,则专就'休祥'上敷陈,又得对君之体,巨识宏裁,冠冕今古。"⑤这些评点对结构、体制、章法、内容等皆有涉及。

此外,"以意逆志"毕竟只是赋文本的主旨觅求之法,而具体的赋学评点却是丰富而复杂的,虽然这些评点和对孙氏"以意逆志"的理论评析难免可能留下主观"强制阐释"⑥的阴影,但通过其赋学评点,我们毕竟还是能觇见其赋学理论视野和文学史观与识见的。如其评司马相如《封禅文》曰:"《文心雕龙》曰:相如《封禅》,蔚为唱首。尔其表权与,序皇王,炳元符,镜鸿业。驱前古于当今之下;腾休明于列圣之上。歌之以祯瑞,赞之以介丘。绝笔兹文,固惟新之作也。"⑦此处以刘勰《文心雕龙·封禅》篇论相如《封禅文》

---

① 〔清〕刘熙载《艺概》卷三:"赋因人异。如荀卿《云赋》,言云者如彼,而屈子《云中君》,亦云也。乃至宋玉《高唐赋》,亦云也。晋杨乂、陆机俱有《云赋》,其旨又各不同。以赋观人者,当于此着眼。"(《艺概》,第 104 页)
② 〔清〕张惠言《七十家赋钞》,光绪二十三年江苏书局刻本。
③④ 〔清〕刘熙载《艺概》卷三,第 98 页。
⑤ 〔清〕孙濩孙《华国编赋选》卷一,清雍正十一年刻本。
⑥ 张江《"强制阐释"论》,《文学评论》2014 年第 6 期。
⑦ 〔清〕孙濩孙《华国编文选》,乾隆二十四年刻本。

以附,足见其对此文"唱首"之功和"绝笔""惟新"的赞叹,其不仅在于肯定《封禅文》的价值,还在于梳理其文学批评传统,因此他进一步引明清之际著名学者钱陆灿评云:"(钱湘灵曰):规模自《仲虺诰》《伊训》诸篇来,中间铺叙处仿佛如赋,为后世颂圣之祖,是天地间有数文字。"①这些评骘虽非出己语,然其引注已彰显其赋史观,实际对于《封禅文》之源流及其对于探讨此文与赋之关系颇有启迪。后代学者就有明确将《封禅文》归入赋体,也即孙氏《凡例》所谓的"诗赋体"。孙氏评《封禅文》云:"告成功于天、地、神,勒之金石,以垂不朽。符命之作,自此而始,缛采惊人,鸿声厉响,高文典册,用相如,真不可无一,不能有二者也。登弁斯集,用标华国嘉名。"②这些评论既揭示了赋与封禅文、符命、颂赞之间微妙的关系与肯綮,其与前述赋史观也是相吻合的,同时也从侧面鉴证了他对汉代古文古赋的褒赏。孙氏虽选赋以应制为宗,但对没有应制之拘的汉赋的衷情却明显表现出"崇古"情结,如其评东方朔《答客难》先引钱陆灿评:"有形容,有咏叹,意味隽永,波澜壮阔,行文在骚、赋、论说之间。"而末评又云:"规橅宋玉《对问》,而加以铺肆之功,雄辞劲气,的是西汉文字。"③他们的评论具体和深化了清代"赋兼六义"的陈说,孙氏所谓"的是西汉文字"既觇视其对汉赋评价之高,亦见其对"文气"之重视。如其评扬雄《解嘲》引钱陆灿语云:"(钱湘灵曰)仿《客难》体,而气苍劲,词精腴,姿态更横溢,可谓青出于蓝。"其实亦是从"文气"说的角度给予《解嘲》以较高评价,不过孙氏的评论则极富特点,似滑稽但却内涵苍劲,其云:"文之华艳极矣,而质实处自在,故异于后世之肥皮厚肉、柔筋脆骨以为文者。"④孙氏显然别出心裁而从不同的视角审视,并以皮肉、筋骨之比而暗寓批判深义。他认为《解嘲》文质并具,文极华艳而又不失质实,比后世胩文者倍胜。其所谓"肥皮厚肉""柔筋脆骨"则明显亦落脚于从文辞之华美与辞气之苍劲两个视角的对比,这亦是其"文气"说的内涵。

从孙氏以应制为宗的选赋选文标准来看,他虽然对汉赋评价极高,但同样对唐赋亦特为重视,这从今本《华国编赋选》所遗唐赋60篇可见。如其评杨炯《老人星赋》曰:"赋'星'苦于泛,粘定老人,近于纤文,以'化平主昌,天下多士'二语作骨,前后从大处发论,不仅以刻画雕琢为工,乃应制正体。此唐赋之胜于六朝者也。"⑤其中所谓"纤文"正是针对"汉赋气象"而言,不过对唐赋中融铸经义而合应制的特点,以及在一文之中以"立意"之"骨"而勾连"言有物"与"言有序"⑥方面给予唐赋系存赋史正面和积极的评价。

当然,从理论角度来看,"文气"说亦不能脱离对文章整体思致和全篇结构的把握,因此同样必须以"相题论文"为基础,而且也暗示着这种"以意逆志"的理解不能是"断章取义"⑦。孙氏不仅以诗法论赋,亦以赋法论诗,有时互融无间,形成诗赋交互的批评。如孙濩孙评扬雄《赵充国颂》云:

---

① 〔清〕孙濩孙《华国编文选》,乾隆二十四年刻本。
② 〔清〕孙濩孙《华国编文选》卷一,乾隆二十四年刻本。
③④ 〔清〕孙濩孙《华国编文选》卷六,乾隆二十四年刻本。
⑤ 〔清〕孙濩孙《华国编赋选》,清雍正十一年刻本。
⑥ 〔清〕方苞《又书〈货殖传〉后》,《方苞集》,上海:上海古籍出版社,1983年,第58页。
⑦ 尚永亮,王蕾《论"以意逆志"说之内涵、价值及其对接受主体的遮蔽》,《文艺研究》2004年第6期。

（天心阁评）引周宣比汉宣，方召比充国，功业适当，而兹颂亦不减《车攻》《吉日》，雄文好奇，惟此正大和平，所谓"易奇而法，诗正而葩"者，殆两得之。
　　天子思将帅之臣，追美充国，原因平西戎之功而然，扬雄奉命，对画图而作颂，亦宜专就征西戎一事而言，不比作充国论赞，有抑有扬，亦不比碑铭墓誌，当隐括生平也，兹颂最为得体。①

孙氏对《赵充国颂》一文特点可以说充分地运用了比较文学的方法对赋法、文法、结构，甚至风格等给予了深刻揭示和评析，在心悟与比对之法中俱见作者与读者的器识与功力。

孙氏赋选评点之法在《凡例》中有较详细地说明：

　　兹编凡于点题及每段，以一二字为纲领。又如地里、山川、宫殿名目，凡须标出者用尖圈；其通篇注意、结穴、关锁、照应处，用连圈钩连；映带、描写、刻画处，用连点；段落界画处，用横勒。总期阅者豁然心目，不敢滥觞，庶免濛混。至于节奏之铿锵，气度之冲融，与夫坚光厚响，异彩奇英，是在读者流连讽咏而得，并非评注所能详，又岂丹铅所能尽哉。②

显然评点毕竟不同于专论，因而就单篇文章的评点来看，评价并不一定全面，确如孙氏所谓"非评注所能详"，但结合其赋序、凡例等来看，《华国编》涉及到多维度的赋学理论及其评点，他从赋学审美学的角度对赋体鉴赏提出了一系列独到的见解，如论赋体、赋源、立意、篇法、用韵、句法以及赋比兴等，皆为"以意逆志"的赋学美学批评提供了"相题论文"的具体参考。

综而观之，孙氏《华国编赋选》和《华国编文选》从选赋实践和其理论掘发来看，其选本和评点不但是清初较优秀的著作，而且其对赋体的三位一体功能认知和赋史的新建构与评价，对清代赋学影响堪为深远并具发覆之功。

[作者简介]　何易展，重庆师范大学文学院教授

---

① 〔清〕孙濩孙《华国编文选》卷三，乾隆二十四年刻本。
② 〔清〕孙濩孙《华国编赋选》，清雍正十一年刻本。

胡濬源《离骚》"求确"探赜[*]

周建忠　徐瑛子

[摘　要]　清人胡濬源《楚辞新注求确》在楚辞学史上是一部具有特色的《楚辞》注本，书中诸多观点可成一家之言。《楚辞新注求确》在前人基础上进行考辨亦自立新说，该书对《离骚》的解读独辟蹊径，重视前后照应，在脉络章法、主旨大意、内在结构等方面的探究特色鲜明。胡濬源着眼于通篇顺畅流贯、略于逐字寻照，在文意阐发、文理寻绎上多有可取之处。

[关键词]　胡濬源　《楚辞新注求确》　《离骚》

《离骚》"奇文郁起"，描绘了屈原的人生轨迹和去留矛盾，展现了屈原独立不迁的人格操守。历来学者都十分重视研究《离骚》，诸多楚辞注本从训释字词、援引史事、疏通文句、概括章义、归纳旨要、解说文法、点评文艺等方面解读这一奇文。

胡濬源，字甫渊，号乙灯，武乡带溪(今江西铜鼓)人，生于乾隆十三年(1748)，卒于道光四年(1824)。胡濬源主要生活在乾嘉时期，生平与著述散见于《光绪江西通志》《同治义宁州志》《同治南昌府志》《铜鼓县志》等，据记载：胡濬源幼时聪慧特异、十三经成诵，后中举人并为会试荐元，历任商水、考城等地知县，为官清正廉明、深受百姓爱戴，胡氏晚年告病回乡，在家乡培植后辈、修葺祠墓、订正家乘。胡濬源一生著有《斗酒篇》《随遇草》《尚友集》《雾海随笔》《饮墨时艺》《义宁州志稿》《楚辞新注求确》《韩集五百家注旁参辟谬》等，其中《楚辞新注求确》是胡濬源的重要学术著作。

《楚辞新注求确·自序》言道，胡濬源晚年辞官归乡，在后辈处见到王萌、王远所著《楚辞评注》十卷，于是随阅随批而后进行整理，《楚辞新注求确》成书于嘉庆二十一年(1816)。《楚辞新注求确》全书共十卷，针对王萌《楚辞评注》而作，在楚辞学史上是一部具有特色的《楚辞》注本。王萌《楚辞评注》在朱熹《楚辞集注》基础上批点而成，全书体例明晰，颇重比附之意及章句文法。《楚辞新注求确》基于《楚辞评注》，在篇目次第、笺注编纂等方面自成特色。

王逸以降，历代注本为《楚辞》研究提供范式、奠定基础，然后世学者往往囿于旧注，

---

[*]　本文系国家社科基金重大项目"东亚楚辞文献的发掘、整理与研究"(项目批准号：13&ZD112)的阶段性成果。

泥古不前，陈陈相因。胡濬源参阅历代旧注，肯定前人注疏详赅精微、各有所长，批驳《楚辞灯》等书"专疏其辞""浑括其指""牵于古而曲为之说"，未能言明楚辞真义而使千古奇文成怪文。《楚辞新注求确》序言开宗明义，提出"求楚辞于注家不若求之于史传，求之于史传不若求之于本辞为确也"[①]的治骚门径。《楚辞》文句疑难问题言人人殊，在旧注、史籍、文本三者中，胡濬源属意文本，发微探隐，认为求之于旧注、史籍均不及求之于文本最为确切，将审视考察《楚辞》文本作为治骚的基础。

胡濬源盛赞楚辞独创一格、瑰奇古奥，他注疏楚辞颇具一家之见，尤其注重文脉贯通，在解读具体篇目时又各有特色：《离骚》想象奇丽，往复驰骤，胡氏疏通脉络、层次井然；《九歌》浪漫隽永，胡氏结合史籍，考定为女巫媚神之词；《天问》古奥幽微，胡氏不泥旧说，批驳不经之言；《九章》风格各异，胡氏以意逆志，辨别伪作。其中，《楚辞新注求确》对《离骚》的解读独辟蹊径，重视前后照应，着眼于通篇顺畅流贯、略于逐字寻照，在疏通文脉、阐释章法上多有可取之处。

一、文本：内外兼证，理性评判

明清时期楚辞学兴盛，出现了诸多流传甚广的注本，故注疏《楚辞》不可避免会受到其他注家影响。胡濬源承袭前人见解亦进行考辨，不囿于成说，在广采前贤之说的基础上作综合概括，发抒己见，从旧注、史籍、文本几个方面解读《离骚》，把握《离骚》文本的内在联系，并致力于《楚辞》作品与史传典籍之间的交互参证。

（一）辨正旧注

《楚辞新注求确》基于王萌《楚辞评注》而作，总体体例安排为：作者自序、目录、旧目录序（即王萌《楚辞评注》序言）、凡例、正文十卷。胡濬源解读《离骚》时随文释义，奉求"通脉络伦次"的宗旨，一般先列正文四句然后评注，反对仅明音韵、详字义、达章句，所以对重视疏通文义的《楚辞灯》颇有微词。《楚辞评注》是在朱熹《楚辞集注》基础上批点而成，王氏注重字词考音，认为"古人以方音为诗，非如后世按谱而求也"[②]，并据此质疑、驳斥沿袭数百年的"叶音"之说。《楚辞新注求确》训释《楚辞》受王萌、王远影响较大，胡濬源着眼于脉络旨节、疏于训诂考证，王氏《楚辞评注》依傍朱熹《楚辞集注》又在考音释义、章法结构方面有所补说发明，故胡氏注明字音、解释词义多录王氏叔侄旧注（《楚辞新注求确》中"旧注"指王萌、王远之批注，"濬按"指胡濬源之批注）。

胡濬源作《楚辞新注求确》参阅了汉代以来各家注本，他在承袭前人见解时不盲目臧否，能辨正补说、理性分析。例如胡氏注《离骚》"曰黄昏以为期兮，羌中道而改路"云：

> 旧注："黄昏"，古人亲迎，以昏为期。"羌"，楚人发语端之词。一无此二句。洪以王逸不注此二句，后章始释"羌"义，疑此后人所增。然详其文气，当有此二语。此下定脱二语。晦翁谓："安知非逸以前已脱二语耶？"得之。

---

① 〔清〕胡濬源《楚辞新注求确》，《楚辞文献丛刊》第 58 册，北京：国家图书馆出版社，2014 年，第 342 页。
② 〔清〕王萌《楚辞评注》，《楚辞文献丛刊》第 43 册，第 305 页。

  濬按：二句从王逸本及《文选注》节去更爽。又《九章·抽思》篇本有此二句，只"改路"为"回畔"二字不同，疑是错简。①

  由于《楚辞》成书的年代距今已远，在流传过程中不可避免地会出现疏漏讹误、倒文错简，从而历代注家对同一文句、词语的推断释解往往多有差距。关于"曰黄昏以为期兮，羌中道而改路"一句，"羌"为《楚辞》中独特的发语词，王逸未注此句，在后文中才解释"羌"字的意思；洪兴祖因王逸本无"黄昏"句亦未注，怀疑此句是后世所增，亦提及《九章·抽思》中与之类似的文句；朱熹所注则有"黄昏"句，并猜测在王逸注之前，《离骚》文本此二句已经脱落；王萌沿袭朱熹之说，以文气推断《离骚》当有"黄昏"句。胡濬源不傍《章句》《集注》，提出"曰黄昏以为期兮，羌中道而改路"删去后全诗更为爽快利落，又将《抽思》与之相似的文句"曰黄昏以为期兮，羌中道而回畔"进行比较，最后从文献的角度推测错简是导致"黄昏"句各家注本不一的原因。

（二）内外兼证

  胡濬源虽然不主张盲目乞灵注家、附会史传，然其治学并非无所依傍、凌空虚蹈，在解读《离骚》的过程中体现了胡濬源严谨求实的学术态度。关于屈原作品的创作时地及写作背景，古今学者的说法一直存在着分歧。例如王逸等汉代学者认为《离骚》作于楚怀王十六年，后代学者又有《离骚》作于怀王二十五年、怀王二十八年至三十年之间等观点。②

  《楚辞新注求确》考察了《离骚》的创作时地，胡濬源援引史传典籍进行考证，同时结合《楚辞》文本，以骚证骚。胡濬源在注疏《楚辞》时十分注重材料的出处，汉代距离屈原所处的时代较近，对于研读《楚辞》而言两汉保存的史料典籍相对更为可信，故胡氏在探究《离骚》创作时地时引用《史记》尤其多。胡濬源首先根据《史记·太史公自序》《报任安书》《汉书·艺文志》中关于屈原遭谗被放逐的文句推断《离骚》作于流放后；在批注"宁溘死以流亡兮，余不忍为此态也"一句时，胡氏云："溘死流亡便既放流。在怀王三十年王放原后乃入秦。"③

  胡濬源依据史传记载提出《离骚》作于楚怀王三十年屈原被流放后，又联系《离骚》及《楚辞》其他篇目，罗举相关例证，佐证《离骚》作于被怀王流放之后到被顷襄王流放之前。如"余虽好修姱以鞿羁兮，謇朝谇而夕替"句，胡濬源批注"鞿羁疏而未绁，则謇怒而疏且绁矣"④，认为屈原此时已被革职，不复在位；"宁溘死以流亡兮，余不忍为此态也"句，胡氏联系《惜往日》中"远迁臣而弗思"分析屈原遭奸佞谗言被放逐；"依彭咸遗则""从彭咸所居"两句胡氏推测为屈原已被流放江南，欲效法前贤申生投水；又"说操筑于傅岩兮，武丁用而不疑"句，胡氏批注"不得于怀且须求之于襄"⑤，屈原在怀王处不得志、对顷襄王尚抱有期望。综合以上史传记载和《楚辞》文句，胡濬源考定《离骚》作于屈原被楚怀王流放之后到被顷襄王流放之前的时期。

---

①③④⑤〔清〕胡濬源《楚辞新注求确》，《楚辞文献丛刊》第58册，第364—365、374、371、401页。
② 戴锡琦、钟兴永《屈原学集成》，北京：中央编译出版社，2007年，第774页。

二、义理：挈提纲领，洞悉脉络

对于屈原作品内涵的解读，从汉代开始论著络绎不绝至于今日，众多评述者或赞扬屈子忠君爱国、独立不迁，或批判屈原露才扬己、心怀怨怼，或感慨时世混浊、奸佞当道，或发抒愤郁、怨君昏庸。胡濬源解读《离骚》以意逆志，"冀君之一悟，俗之一改"，将君、俗作为全文大义，并批驳"怨君"之说，申述屈原求贤、悟君、改俗的创作意旨。

（一）批驳"怨君说"

《离骚》作为《楚辞》的代表性篇章，展示了屈原忧国忧民、上下求索的历程，历代学者赞扬屈子高尚品格、批判混浊时世，其中便有不少学者认为屈原被疏遭放后对君王心怀怨愤。汉代文人作拟骚作品追悯屈原，例如东方朔《七谏》"怨灵修之浩荡兮，夫何执操之不固"①、刘向《九叹》"灵怀曾不吾与兮，即听夫人之谀辞"②感慨君王昏聩不明、听信谗臣阿谀之词。王逸《楚辞章句》和朱熹《楚辞集注》是楚辞学史上里程碑式的著作，二人也认为《离骚》有怨君之情，如"言己所以怨恨于怀王者"③、"三闾大夫岂至是始叹君恩之薄乎"④。王夫之《楚辞通释》在赞扬屈原之忠时，亦有"君之不慧，喜佞曲而恶忠直，……则我遭时不幸，非徒邪佞之与居，而实君心之先迷也"⑤的批注。

可见，"怨君"之说并不罕见，而胡濬源则辨析"君"与"俗"，批驳"怨君"说，提出"怨君实怨俗"。注家常根据"怨灵修之浩荡兮"推测屈原确实有怨君之情，胡氏批注"怨灵修之浩荡兮，终不察夫民心。众女嫉余之蛾眉兮，谣诼谓余以善淫"云：

> 此句，一篇眼目。坤，地道、臣道、妻道，断无以女人比君之理。史迁谓"《骚》自怨生"，篇中只此一"怨"字，实怨俗处多。故处处指出"俗"字、"世"字来；然"俗"又不足以当此一"怨"，故加之"灵修"，随即接以"众女""时俗"也。到此时乃怨，明知祸结。⑥

前人往往认为国君昏庸、世俗污浊，将君、俗都作为屈子怨愤的对象，遂推想屈子虽思君念国，但对国君尤其是怀王确有怨怼之情。《楚辞新注求确》解读《离骚》中的"怨"跳出窠臼，观点鲜明地否定前人的"怨君"说，胡濬源认为"怨灵修之浩荡兮，终不察夫民心"一句为全篇义理关键之处，屈原所怨是"俗"而非"君"。胡濬源注意到了常被注家所忽略的以楚国大臣为代表的"俗"，《楚辞新注求确》反复申述悟君必求贤改俗，将君、俗二者作为贯穿全诗的内在线索，并以《史记·屈原贾生列传》"冀幸君之一悟，俗之一改也"⑦概括

---

① ② ③ 〔宋〕洪兴祖《楚辞补注》，北京：中华书局，1983年，第252、285、14页。
④ 〔宋〕朱熹《楚辞集注》，上海：上海古籍出版社，2015年，第57页。
⑤ 〔明〕王夫之《楚辞通释》，《楚辞文献丛刊》第45册，北京：国家图书馆出版社，2014年，第32—33页。
⑥ 〔清〕胡濬源《楚辞新注求确》，第373页。
⑦ 〔汉〕司马迁《史记》，北京：中华书局，2014年，第3013页。

《离骚》的大义。《离骚》中处处可见屈子忧国忧民之思,悟君必改俗、改俗必求贤,屈子遭谗言被疏远流放,身边又众人改节、同气者渐稀,于是上征自述心志并周游求贤,以期贤臣使俗改、君悟,实现美政的理想。

明清两代出现过多种有关《楚辞》注释和研究的文本,"怨君"思想在明清各段时期有所不同:明清易代之际,以黄文焕、王夫之为代表的士人目睹党人祸国、内忧外患,通过注骚寄托心志,直斥昏君佞臣;清初社会安定,文人态度有所改变,如林云铭《楚辞灯》、方苞《离骚正义》、李光地《离骚经九歌解义》已转为多谈人伦之理、忠君爱国。乾嘉时期文网森严,文人动辄因文得祸,胡濬源治学受前贤和时风影响,故胡氏治骚慎言时事,而侧重感颂屈原坚守节操。同前人相比,胡濬源较少家国之痛、身世之慨,胡氏自身又是典型的醇儒良吏,为官清正、尊奉伦理,他认为"以女比君"之说尚且无理,更不会直接指斥君王。因此,胡濬源批驳"怨君"说既有时代因素,也有学术风气的影响,同时还与他的治学理念、自身经历相关。

(二)悟君改俗

《离骚》体量宏大、想象奇丽,学者们对《离骚》行文线索的探索各有不同,甚至有的学者认为《离骚》类似于幻雾迷阵难以理解。如陈继儒云"古今文章无首尾者,惟《庄》《骚》两家,盖屈原、庄周皆乐床过人者也,哀者毗于阴,故《离骚》孤沉而深往;乐者毗于阳,故《南华》奔放而飘飞,哀乐之极,笑啼无端,笑啼之极,言语无端。"①胡濬源解读《离骚》善于提纲挈领,以统摄的眼光探求文篇旨意,将屈原一生行迹和楚国国运紧密结合,营造出一个不随俗附众、独标高节的求索者形象。

《离骚》开篇谈家世姓名,屈原自述德才兼备,且在汲汲自修中不断完善能力品行,期待明君贤臣共振楚国。在内图变革、外抗强秦的过程中屈原离不开楚王的支持,一旦君王被奸佞蒙蔽,屈原自然明节申志、抨击群小,期望君王明辨。《楚辞新注求确》把"君""俗"二者作为《离骚》的骨架、将"怨君实怨俗"作为《离骚》义理的关键之处,展现屈原怀才不遇、上征求帝求女、设想去国而终不忍离去的历程。胡濬源依照"悟君改俗"的思路一线到底,在解读《离骚》时注重区分君与俗、强调屈子忠怨之情、展示屈子悟君改俗的初衷。

《楚辞新注求确》对待君俗态度分明,胡氏抨击楚国群小竞进贪婪、兴心嫉妒使得国君被蒙蔽、国内贤者改节、屈子不变节被弃。《楚辞新注求确》不少释语均发之于"悟君改俗""存君兴国"之义,胡濬源统摄全篇,在阐释"君""俗"时抽丝剥茧、循序渐进,步步体现其用意所在。

胡氏的君俗之论在"惟夫党人之偷乐兮,路幽昧以险隘"的批注中已露端倪,小人结党误国祸乱朝政,国君应当"悟而黜之",濬按首次出现"俗"并将党人作为后文"俗"的伏笔。次而胡濬源结合"忽奔走以先后兮"评点"忽驰骛以追逐兮",明确将"君""俗"置于对立面,"奔走先后"针对明悟楚王而言,"驰骛追逐"指屈原与群小争邪正。再往下有"伏清白以死直兮",屈原曾着力培养人才期待实现美政理想,然为君、国尽心尽力

---

① 〔明〕沈云翔《楚辞评林》,《四库全书存目丛书》集部 2,济南:齐鲁书社,1997 年,第 16 页。

却终究不得于君,在"俗"的影响下,不止屈原自身被弃,昔日人才、同气贤人也先后改节,时风所移以至兰蕙不芳。屈原品行高洁、矢志不移,但宵小窥伺、谗人交搆,君主反复无常以至屈子高寒无友最终因不变节被弃,至此胡氏道明"怨"之祸结,将屈原被弃的责任归于世俗。

屈原守正竭忠却招谗被放,但为国为民之心丝毫不减,并通过历陈法度、求贤相助试图改俗悟君。《离骚》历陈法度悟君有正反两方面,正面罗列前代尧舜等明君贤臣遵循正道使国运昌盛,反面则列举启、羿、桀耽于游乐、不恤民事导致国家衰落,通过正反比照表现屈原对国君的期望与要求。论议道德、陈法悟君未能收到效果,屈原满腔怀才不遇之情于是转而上征求索。悟君必先改俗,改俗必需同志者相助,然楚国大臣结党营私,屈原孤立无援只得周游四方求贤改俗。

据上所述,胡濬源以"悟君改俗"为主线结构《离骚》全篇:国君被俗所蔽,屈原为悟君而劝诫,劝诫无果则求贤臣襄助改俗,贤臣不可求故俗不改,小人蔽君、君终不可得悟。屈原独标高节、不得于君亦不得于世,在远游自疏和眷恋家国之间冲突,最终与君国社稷共存亡。

三、抽象:"求女"探源,自出机杼

王邦采《离骚汇订·序》云:"洋洋焉,洒洒焉,其最难读者,莫如《离骚》一篇。而《离骚》之尤难读者,在中间见帝、求女两段,必得其解,方不失之背谬侮亵,不流于奇幻,不入于淫靡。"①正如王邦采所说,《离骚》中的几次上征之旅想象瑰奇、涉及大量神话传说,历代学者都试图通过解读见帝、求女探索屈原的精神探索历程。胡濬源解读《离骚》自出机杼,对求索之路中上诉天帝、三次求女的理解别具一格。

(一)《离骚》中的"女"

《离骚》中出现了众多各有寓意的女性形象,有美人、蛾眉、女媭、下女、宓妃、二姚、有娀佚女等等,其中胡濬源对"美人"的理解颇有新意,甚裨于对楚辞作品的理解。关于"美人"的寓意,多数学者认为"美人"是一种代称,在具体指代什么人物的问题上,则又曲解丛生、异说纷起。《离骚》中直接出现"美人"一词的只有一处——"惟草木之零落兮,恐美人之迟暮","美人"寄予着屈原的殷切期望和政治寓意,"美人"一词虽只出现一处,但屈原对"美人"的追求可以说是贯穿全篇。学界对《离骚》中"求女"的指代对象有指君、指臣、指屈原、指贤人、指贤妃等不同看法,其中"以女比君"之说由王逸首创,后世学者如朱熹、鲁笔、蒋骥、陈本礼多加以发扬继承,大致分为指楚怀王、顷襄王两种。朱熹《楚辞集注》云:"美人,谓美好之妇人,盖托词而寄意于君也……美人,美好之人,以男悦女之号也。"②朱熹之说是"以女比君"的代表,他认为"美人"是屈原借男女相悦之意以"美好之妇人"为托词,实际上代指国君。

胡濬源注疏"惟草木之零落兮,恐美人之迟暮"云:

---

① 〔清〕王邦采《离骚汇订》,《四库未收书辑刊》第16册,北京:北京出版社,2000年,第99—100页。
② 〔宋〕朱熹《楚辞集注》,第11页。

>"美人"句,领起君,言又为君惜时也。"美人",指君,亦不专指君,凡贤皆是。篇中"内美""保美""信美""蔽美""两美""求美""珵美",又"委美",终以"美政","美"字公用也。《诗》之"西方美人",亦非定是美女,惟"美人"误作"女"解,遂致后"求女"俱误解矣。不知臣道、妇道同属坤体,君自属乾。屈子以妇道拟君,岂非不伦乎?①

胡濬源解读《离骚》时善于理清脉络、注重行文的前后呼应,在"美人"句的评注中就体现了这一特点。胡氏解读"美人"不局限于一句一段,他联系《离骚》中提及的各种与美有关的词句或美好的事物解释"美"的寓意,除此之外,胡氏自述在《思美人》的评注中对"美人"论述更为详尽,本文此处不赘述。从胡濬源"美人"句的注疏中,笔者归纳出如下观点:

第一,胡濬源认为"美人"指君亦不专指君。《离骚》中处处可见屈原时不我待、不断探索的紧迫感,日月变换、春秋代序,"美人迟暮"指国君应当珍惜时日,趁年富力强之际专心政事、体察民情以巩国祚延绵。

第二,"美人"指君亦指贤。屈原汲汲自修、献身君国,为国富民强须打压反面势力,因此势必要有同志者帮助。基于此,胡濬源将此处"美人"理解为贤人,并把《离骚》后文出现的求宓妃、佚女、二姚均看作是求贤臣襄助国君。

第三,《离骚》中出现的"美"字词句以及美好事物属于一个"美"的系列,"美人"是这一系列的代表之一,"美人"是屈子不断探索追寻、寄托美好希望的人和事物。"内美""信美""保美"这一"美"的系列最终指向屈原付出全部心力的政治理想——"美政",即"美政美字公用也"。

第四,"美人"没有明确的性别指向,"美人"不一定是女性。胡濬源从伦理道德方面谈到君属乾、至刚至大,臣属坤、随天而转,屈子断然不至于不伦不类、不敬楚王而用妇道比拟君主。

第五,屈原一生为实现"美政"理想奔走,最初屈原对楚怀王寄予厚望,逐渐发现怀王并非明察秋毫之"哲王";后转而寄望顷襄王,亦不得于君、抱负难申。屈子由早期寄望君王无果再到寄望诸贤悟君,故"贤"的含义有变化的过程——从包括君到不包括君。胡濬源《楚辞新注求确》以王萌《楚辞评注》为底本,《楚辞评注》则直承朱熹《楚辞集注》,三人读骚具体方式虽各异,但王萌、胡濬源等学者对朱熹"体会圣人之心"的治学方法均有所承继。例如,胡濬源认为《远游》不及《离骚》文意深厚真实,进而从创作心理分析《远游》为汉人伪作,这一论断即是胡濬源沿袭"以意逆志"说、运用心理领悟法之证。故胡濬源"指君亦不专指君"乍看似乎自我矛盾、有龃龉之瑕,然从屈原的心态变化之角度来理解则顺理成章。

《楚辞新注求确》综合前说,将《离骚》中"女"多数看作"贤",胡濬源释"恐美人之迟暮"句直斥以坤体、妇道拟君为不伦,后文中胡氏的评注同样对影响极大的"以女比君"说

---

① 〔清〕胡濬源《楚辞新注求确》,第 359—360 页。

多次批驳。兹举几例："曰黄昏以为期兮",胡氏承王萌旧注以黄昏为亲迎之期,又言道屈原以婿比君、以女自比;"众女嫉余之蛾眉兮",胡氏云屈原以蛾眉自居、以女自比,众人、众女均为谣诼群小;"哀高丘之无女",胡氏注"高丘无女"代指无贤人,凡是女字均指贤不指君;"恐高辛之先我",胡氏言道此句益见"以女比君"之非,若"女"所指为"君",那么屈原三次求女岂非三次易君而事?以上几例,"女"所代指均非国君,或指屈原,或指贤臣,或指楚国群小。

当代学者金开诚或是继承胡濬源的观点,明确提出"美人"泛指一切贤人,"美人,泛指有德才和有作为的人"①,"'求女'是比喻寻求志同道合的人,是寻求君主以外的贤人的了解和支持"②。

又苏雪林《楚骚新诂》探讨"美人"云:"这个美人性别并不明白,说女子可,说男子也未尝不可。"③《楚辞新注求确》的观点与苏雪林类似,然细读濬按后,笔者认为胡濬源对"美人"和其他"女"这两者的性别指向及内在蕴涵的界定有所不同:胡氏认为"美人"句中美人指君亦指贤,他本人否定"以女比君",故"美人"一词不是女性形象;除"美人"句外,《离骚》中其他的"女"或是指贤人,或是屈原自比,或是实指女子,无明确性别特征。

总体说来,胡濬源对《离骚》中"女"的解读略显驳杂不纯,初始立论后,下文注析又有所反复,结论不够精练,并非尽善尽美。然胡氏深寻细绎、探奥文本,对前人观点进行了补充综合,对后世学者也有点悟之功,可备一说。

(二) 三次求女

《离骚》后半部分记录了屈原在现实受挫,借神话世界倾诉衷肠、寻求出路的过程,屈原周游四方先后面见重华自陈心志,接着求见天帝,又分别求女宓妃、有娀佚女、有虞二姚。关于《离骚》"求女"的寓意学者们各执一说,《楚辞新注求确》明确提出《离骚》三次求女皆是求贤,此外胡濬源对屈原所求"贤人"具体指代对象的解说又有别于前代旧注。

屈原面见重华,历数启、羿、浇、桀不恤民事、贪图游逸使国家败亡,汤、禹等三代之贤敬天爱民、举贤授能遵循正道,随之表明自己不得于国君依旧不改初衷、从未后悔为楚国付出心力。

求见天帝则不甚顺利,屈原朝发于苍梧,傍晚已至县圃。既登神明之山,屈原又号令望舒、飞廉、鸾皇、凤鸟昼夜兼程赶路,一路声势浩大抵达天门,司阍者却"倚阊阖而望"将其拒之门外。"阊阖"恰似君门多重、谏言难进,上诉于天不得通、求索而不遇,屈原身心俱疲,遂感慨"高丘无女"。

胡濬源在"高丘无女"处再次申述悟君必先改俗、求女即是求贤,《楚辞新注求确》释"溘吾游此春宫兮,折琼枝以继佩。及荣华之未落兮,相下女之可诒"曰:"春宫"为东宫,"下女"指顷襄之臣黄歇、昭睢辈,楚大臣无贤能,同气者渐稀,故求之于太子舍人之官。学界对"下女"的解释有神女侍女或宓妃侍女、下文所指宓妃等女、贤臣在下者、楚君庶

---

① 金开诚《楚辞选注》,北京:北京出版社,1985年,第4页。
② 金开诚《屈原辞研究》,南京:江苏古籍出版社,1992年,第131页。
③ 苏雪林《楚骚新诂》,武汉:武汉大学出版社,2007年,第17页。

子、亲近重臣等,胡濬源将"春宫"看作东宫、"下女"看作嗣君顷襄王之臣的观点较为独特,此后王树枏、王闿运、沈祖緜也提出了类似之论,主张青宫为东宫、寓指顷襄王。

沈祖緜之说与胡氏尤为相似,沈氏将屈原的情感转折阐释得甚是明白,"屈子以怀王非楚之令主,心属太子,冀重振楚国,故下文云'折琼枝以继佩'。继佩犹继业,希襄王能继楚国先王之业也"①,故"春宫""继佩""下女"意指怀王难振楚国、屈原期待嗣君承继楚先王之业。

在"武丁用而不疑"句的释语中,胡濬源明确提出屈子不得于怀,且求之于襄。胡氏解读《离骚》时注意到了屈原的心态变化——由期冀怀王到寄望顷襄王,并将屈原的三次上征作为其转事嗣君的节点。屈原求索之路提及的"阊阖""春宫""瑶台"三处建筑内涵各不相同,其中"春宫"有明显的政治色彩,屈原在春宫折取的琼枝象征"美政"的政治理想,游春宫、折琼枝、赠下女一系列行动寓意屈原对理想不悔不弃、矢志忠贞于楚国。胡濬源云面陈重华、求见天帝是屈原"求告诉之所",下文三次求女则是屈原为顷襄王求贤的三种构想。

屈原首先求女宓妃,胡濬源注穷石、洧盘地处西北,求女宓妃即求敌国之贤臣相助楚国。太子官署无贤臣所以屈原试求贤敌国,然秦人张仪之徒兼相秦楚两国,宓妃骄傲淫游意指敌国张仪等虽属有才之人但本性奸诈,不能辅助楚王。

求宓妃未果,屈原于瑶台见到有娀佚女,于是以鸩鸟为媒再次求女。胡濬源释求有娀佚女为求列国之贤,敌国之贤各事有主,不可求亦不可信,且屈原所托非人,以鸩鸟为媒,鸩指楚国谗臣,宵小进谗言使得列国之贤也难以求得。另,雄鸠恶毒佻巧不能引贤臣来楚,意指辱骂齐王令齐楚断交的宋遗。

而后屈原第三次求贤有虞二姚,胡濬源云列国之贤各有其主,有虞二姚指本国未仕在野之贤。激浊扬清之名士遁迹于江湖,必定要遇到贤明君王方出仕,理弱媒拙暗指楚国君王不贤,楚国隐逸高士不肯为楚王出仕。

至此,求贤改俗的尝试全部失败,美政理想付诸东流,不被君主信任、不被众人理解,屈原设想去国远逝但依然不忍离去。回想上下求索、三次求女之艰辛,胡濬源将屈原的不遇之悲、不悔之志阐释得淋漓尽致。

四、诠释:解说文法,井然不紊

《楚辞》独创一格,向来被誉为诗之变赋之祖,既含蓄典雅又风华流丽、顿挫抑扬。胡濬源认为《离骚》的段落承转、字法句法自有其妙处,整体语诞情真、词复义别。《楚辞新注求确》解读《离骚》时,更多地将《离骚》看作"文"而非"诗",解说行文之法条分缕析、层次井然。胡濬源治骚的这一特点已被部分学者注意到,如姜亮夫认为《楚辞新注求确》"指陈文章脉络者多"②;曾枣庄在论清人诗文评著中的赋体论时,亦征引了《楚辞新注求确》,谈及胡氏"《离骚》与散文无殊"的观点③。

---

① 崔富章,李大明《楚辞集校集释》,武汉:湖北教育出版社,2002年,第471页。
② 姜亮夫《楚辞书目五种》,北京:中华书局,1961年,第235页。
③ 曾枣庄《中国古代文体学史》,上海:上海人民出版社,2012年,第886页。

(一) 条分缕析,由平入奇

胡濬源以解读散文的方式解说《离骚》,整体平顺畅达又常有奇峰突起。具体说来,胡濬源指出了《离骚》的一篇眼目——"怨灵修之浩荡兮",三次顿挫——"悔相道不察""女媭""灵氛"。

其一,《楚辞新注求确》将"怨灵修之浩荡兮"作为一篇眼目,胡濬源以悟君改俗作为主线结构全篇,在君、俗的主线之外,又有两条线索引人注意。

首先是屈子的一生境遇。《楚辞新注求确》结合《史记·楚世家》《史记·屈原贾生列传》以及《九章》旁推互证,总结屈原由谗而怒、由怒而疏、由疏而绌、由绌而放、由放而不忘的境遇变化。屈原一生行迹贯穿《离骚》首尾,劝谏君王无果反而被疏远流放,历经坎坷却初衷不改,胡氏以意逆志,体会解读屈子饱受挫折依然未忘忧国的忠悃,在归纳篇章旨意时感颂屈子专任孤操、不斤斤自哀,将屈原的情感变化作为《离骚》的内在线索。

次之是屈子的"求女"过程。胡濬源主张"求女为求贤",屈原先后求女宓妃、有虞二姚、有娀佚女,胡氏总结求贤过程为:由本国而他国、由高位及下位、由已仕及未仕。楚怀王被张仪所诈已滞留秦国,屈原转而辅佐嗣君顷襄王,楚国朝堂、太子东宫无贤,屈原欲求秦国以及列国之将相;屈原最初设想寻求张仪苏秦一类位高权重之臣,未果又寻求职位较低的贤能;除已出仕处于朝堂之上的能臣,屈原也试图寻求隐逸山林的草泽之贤。屈子所求包括了各种类型的贤臣,三次探求都以失败告终,美政理想随之付诸流水。

其二,在整体文气连贯的基础上,胡濬源解读《离骚》注意篇章的情节起伏跌宕、顿挫曲折。

胡濬源善于揣摩屈原创作心理细微之处,《离骚》贯穿忧国忧民之情,然屈原并非时刻都毫不犹豫,胡氏解读《离骚》注意到了屈原坚定又常迟疑的心态。例如屈原初遭中伤被怀王疏远,申说即使不容于世依然九死不悔,随后篇中就出现"悔相道不察"——回想未出仕时的高洁芳郁、独好修洁,屈原后悔选择道路不当。胡濬源注"悔相道不察"为一顿挫波澜,此处"悔"字展示了屈原困境中的矛盾心理。

女媭为第二大顿挫,女媭责备屈原不能随俗附众、必招祸患,胡濬源云贤姊女媭虽詈实为誉,即女媭之责恰是对屈原不同流俗的隐性赞誉。胡氏所注"女媭"一句注意到了行文时叙事角度的改变,《离骚》借女媭侧面表现屈原独标高节,以及世俗对屈原的诘难,女媭之言实则为作者改变叙述角度后自陈心迹。

上诉天帝无果、三次求女失败,屈原请灵氛占卜、巫咸降神决定行止去留,《楚辞新注求确》注灵氛为行文又一波澜。历来研究者对灵氛、巫咸一段的解说多有分歧,已经占卜为何又要降神?灵氛、巫咸均劝屈原远逝,二者之劝又有何区别?胡濬源释为"灵氛主求女,巫咸主求君"[①],学者金开诚也秉持此说,灵氛之言总结上文求女之事,巫咸所言则是对屈原求君臣遇合之回答,即灵氛承前、巫咸启后。灵氛、巫咸是为行文特意设置之人物,借问答形式表现去留矛盾,屈原与二者对答即是路断途穷之际屈原与自我对话。

---

① 〔清〕胡濬源《楚辞新注求确》,《楚辞文献丛刊》第58册,第400页。

（二）前后照应，揭橥特色

朱冀《离骚辩》云："盖《楚辞》中最难读懂者莫如《离骚》一篇。"[1]《离骚》篇章宏富，极尽开阖抑扬之妙，乍读之下千头万绪难以梳理，反复涵泳方能窥见一二真义。《离骚》全诗复沓有致，篇中常有相同或相似的语词、句式、情节重复出现，屈原反复咏叹"存君兴国"之念，一唱三叹使人愈见其缠绵悱恻之真情。《楚辞新注求确》解读《离骚》重视行文呼应，以屈子之志与时代背景探求其情怀，以屈子之特定情怀阐发其义理文脉、艺术特点。

其一，胡濬源将《离骚》中反复出现的字词集中考察，揭示内在联系，较为突出者有两处言"彭咸"、四处言"死"、七处言"忽"、十三处言"美"。

有关"彭咸"的两处分别为"愿依彭咸之遗则""吾将从彭咸之所居"，胡氏联系《悲回风》《悲申徒之抗迹》注"愿依彭咸之遗则"，申徒、彭咸均为古代介士，因劝谏君王不从而死，"彭咸遗则"句即屈原以前贤为法、立志谏诤。联系彭咸因投水而亡，胡氏注"吾将从彭咸之所居"云屈原死志方定、已矢志汨罗，因此胡濬源综合"彭咸"两句并依据《史记·屈原贾生列传》考定《离骚》作于屈原被流放后。

"九死未悔"时屈原初遭谗言被疏远，尚在忧虑君王不遵正道；"溘死流亡"时屈原被奸佞中伤"善淫"，宁可魂魄离散也绝不媚俗取巧；"伏清白以死直"时屈原与世俗小人决裂，宁可以死来保持节操；"贴余身危死"时屈原在楚国已无路可走，只能上诉于天求告诉之所。"九死""溘死""死直""危死"四露"死"字，屈原处境越发艰难，行文中之感情表达也愈加激烈甚至偏执。

从"忽奔走以先后兮"到"忽临睨夫旧乡"共有七处"忽"字，各有层次脉络，七个"忽"字由奔忙国事开始直到决意去国远逝为终。胡濬源注"忽临睨"中"忽"字已到尽结处，屈原临行之际看见故国绝非偶然，而是时刻心心念念、从未忘怀，"忽"字深藏无限悲愤。

十三处"美"词复而义别，构成一个"美"的系列。屈原汲汲自修、献身君国，"内美""信美""保美"这一"美"的系列最终指向其付出全部心力的政治理想——"美政"，即"美政"之"美"字公用。

其二，胡濬源评注《离骚》重视前后勾连，点出作品中伏笔、对比等手法，探究《离骚》之内在结构与深蕴意旨。

《离骚》怨愤之情丰富深沉，胡濬源点出篇中伏笔、层层析理，将看似是闲笔的内容作为下文的预示。如胡氏注"哀众芳之芜秽"为下文缤纷变易几节之伏笔：篇中以栽兰树蕙、种植香草喻培养人才，前文言道不为草木枯萎而悲，忧心只在于"众芳芜秽"；后文则直斥兰芷不芳、荃蕙为茅，昔日芳草已成荒蒿野艾，原因即是随波逐流、不知保持节操，篇章中前后两处人才变节、世俗逐利遥相呼应。又如胡氏以"九死未悔"为"相道不察"之悔的伏笔："相道不察"是屈原初遭打击欲独善其身，"九死未悔"为屈原心忧君国而不斤斤自哀。《离骚》辞句哀痛而气魄宏壮，胡濬源从本辞出发抉发屈子的微意，"九死未悔"与"悔相道不察"的呼应即展示了屈原虽偶有迟疑、然始终以家国社稷为念。

---

[1]〔清〕朱冀《离骚辩》，《楚辞汇编》第9册，台北：新文丰出版股份有限公司，1986年，第24页。

《楚辞新注求确》总结《离骚》行文中的对比亦时有创见：

> 前之谗，是王甚任时，上官之谗；后之谣诼，是既疏后，靳尚子兰辈之妒。前之依彭咸，是法谏诤；后之从彭咸，方定死志。前之求女，是真令媒理；后之求女，是聊借消遣。前之委美，是责诸贤自弃其美；后之委美，是言君弃己之美。前之伤灵修，伤君之变其初约；后之怨灵修，怨君不察夫众人。前之往观四荒，是求表白申诉之处；后之远逝周流，聊作浮游自遣之娱。前党人之偷乐，是入于幽昧；后己之娱乐，则陟于光明。①

上文揭橥了《离骚》回环往复的内在结构，罗列了《离骚》的多处对比并指出各处含义的变化、深化，如胡濬源释"委美"：前之委美——"委厥美以从俗兮，苟得列乎众芳"，兰草华而不实虚有其表，勉强入众芳之列，兰蕙不芳即指贤人抛弃美质追随世俗；后之委美——"惟兹佩之可贵兮，委厥美而历兹"，香椒兰草尚且热心钻营，更无其他芳草能重吐芳馨，同样无人爱好修洁。众贤改节，自己专任孤操却被君所弃，前后文对比之下由诸贤自弃到君弃己，可见屈原自怜自伤之情。

胡濬源以解说散文的方式来解读《离骚》，显得层次井然、条理清晰。当然，胡氏的解析存在着理性有余而缺乏艺术性的弊病，某些理解也有穿凿附会之嫌，但总体看来，胡氏的辩说可成一家之言。

综上，胡濬源《楚辞新注求确》属意文本，发微探隐，认为求之于旧注、史籍均不及求之于文本最为确切，注重通过原典文献抉发屈子微意。《楚辞新注求确》解读《离骚》重视行文呼应，结合屈子之志与时代背景探求其情怀，以屈子之特定情怀阐发其义理文脉、艺术特点，颇能得骚人之旨，甚裨于对楚辞作品的理解，不乏可资今人借鉴参考之处。

[作者简介] 周建忠，南通大学楚辞研究中心教授，博士生导师
徐瑛子，南通大学楚辞研究中心硕士研究生

---

① 〔清〕胡濬源《楚辞新注求确》，第416—417页。

晚清幕府中的域外诗歌创作*
——以吴长庆幕府为中心

侯 冬

[摘 要] 吴长庆为晚清名臣,他军功卓著,又以爱才好士著称,其幕府广纳贤才,集一时之才俊。光绪壬午(1882),朝鲜发生兵变,吴长庆率部援护朝鲜,幕僚张謇、周家禄、朱铭盘、林葵等随军前往。在朝鲜两年间,吴长庆幕僚创作了大量的诗歌,这些域外诗歌记录了他们在朝期间的所见所闻、所思所感,既反映了当时风起云涌的国际局势,又体现了艰危时局下的士人心态,因而具有独特的文献价值、认识价值、审美价值和诗史意义。

[关键词] 吴长庆 幕府 域外诗 朝鲜"壬午兵变"

吴长庆(1829—1884),字家善,号筱轩,安徽庐江人。父廷香,咸丰四年(1854)死庐江之难,有旨赐恤,赏云骑尉世职。五年(1855),吴长庆率庐江团练参与镇压太平军。十一年(1861),奉两江总督曾国藩之命,攻克三河,所部列为"庆字营"。同治元年(1862),庆军隶属李鸿章部,后因军功超擢副将。光绪元年(1875),授河北正定镇总兵,六年(1880)正月授浙江提督,十月,调广东水师提督。八年(1882)六月,率领庆军六营援护朝鲜,平定"壬午兵变",赏三等轻车都尉。十年(1884)四月,移防奉天金州,闰五月病逝,赐祭葬,谥"武壮"。

吴长庆为淮军著名将领,作战勇猛,军功卓著,曾国藩说他"忠孝坚定,不可挠折"①,他又是一位儒将,深于《易》理,治戎鲜暇,不废韦编,且以爱才好士著称,李鸿章称其"平日训练余闲,惟以经史自娱,淡泊寡营,雅歌不辍。拟之儒将,庶几无愧"②。他的幕府中人才荟萃,郑孝胥在《寿恺堂集序》中称:"吾舅侯官林怡庵先生葵,以诸生游沈文肃公幕府,文肃薨,吴武壮公长庆延为上客。时武壮军中宾客有通州张季直、泰兴朱曼君、扬州束畏皇、海门周彦生等,号一时才俊。"③其幕宾中,既有中国近代史上赫赫有名的政治家袁世凯,也有民族教育家、实业家张謇,亦有著名的诗人幕僚林葵、周家禄、朱铭盘等。张

---

* 本文系中国博士后科学基金第 61 批面上资助项目"清代幕府与诗学演进研究"(2017M613243)的阶段性成果。

①② 王钟翰点校《清史列传》卷五十六,北京:中华书局,1987 年,第 4398、4402 页。
③ 郑孝胥《寿恺堂集序》,《寿恺堂集》卷首,《清代诗文集汇编》762 册,上海:上海古籍出版社,2010 年,第 1 页。

謇曾言:"回顾光绪年间,唯张树声、吴长庆能'以采纳忠谠、敬礼士大夫著重于海内外者'。其时张、吴两幕中,集一时豪俊之士。"①张氏此言虽有自抬身价之嫌,却也反映出吴长庆幕府于其时之影响。幕宾们在襄助戎事之余,诗文创作亦很丰富,如郑肇经所言,其幕府"海内知名之士,聚处一军,以文章义理相切劘,辩难纵横,意气激发,极朋友之乐,而未尝有厌薄之志"②。

一、"壬午兵变"与吴长庆援护朝鲜

历史上,朝鲜是中国最重要的藩属国,尤其是其与东北三省接壤,因而历来被看做中国之屏藩。周灭商之后,商王后裔箕子流亡朝鲜,建立了"箕子朝鲜",周武王曾分封箕子。西汉初年,燕国将军卫满攻灭"箕子朝鲜",建立了"卫满朝鲜",后被汉武帝所灭,设立了乐浪、玄菟、真番、临屯四郡。唐高宗时期,唐朝联合新罗消灭了高句丽和百济,并在高句丽设置安东都护府进行管辖,之后的高丽政权分别成为了北宋、辽国和金国的藩属国。元朝成立后,在高丽设立了征东行省,其军政均被元朝控制。朱元璋建立明朝后,李成桂建立的李朝朝鲜尊奉明朝为宗主国,其地位与明朝各省的地位相当,其文化亦深受中华文化浸染熏陶,视明王朝为正统,且颇以"小中华"自居:"我国素以礼义闻天下,称之以小中华,而列圣相承,事大一心,恪且勤矣。"③

明清易代之际,李朝君臣拒不承认清王朝,坚持视明朝为正朔,"认为长期交往的明朝变为清这一异民族王朝是'夷狄之变',而应该继承中国本土消失的'中华'传统"④,正是在这样的正统观的影响下,朝鲜"服属有明,近在肘腋,屡抗王师"⑤,因而皇太极先后两次以武力对其征服,最终于崇德二年(1637)迫使朝鲜归顺,使其成为清王朝最早也是最重要的藩属国。此后的清代帝王都很重视与朝鲜的宗藩关系,在"抚藩字小"的政策下,清朝对其厚施恩典,辅以威压,使两国的宗藩关系维持了两百多年,朝鲜因此成为清王朝内附最早、脱离最晚的藩属国。1863 年朝鲜李朝哲宗病逝,其无子嗣,选立宗室兴宣君李昰应之次子载晃继承大统,是为高宗李熙,由清政府遣使册封。由于李熙年仅 12 岁,李昰应被封为大院君辅政。朝鲜李朝高宗十年(1873)李熙亲政,大院君被迫下野,但李熙懦弱无能,其后闵妃精明强干,实际上掌握了政权。闵妃集团执掌朝鲜国政后,任用外戚,吏治败坏,虽进行了一系列的政策调整,但其内忧外患也积重难返,终于在 1882 年爆发了"壬午兵变"。此次兵变,既是闵妃集团的腐败统治丧失民心、激起民愤所致,也是朝鲜民众对日本意图侵略朝鲜的一次激烈回应。朝鲜"壬午兵变"的导火索是朝鲜的军制改革,日本在与朝鲜签订条约后,以各种手段增强对朝鲜政治的影响力,邀请朝鲜士绅访日,笼络朝廷政要,培植了亲日势力,并且派遣教官训练朝鲜军队。原本在闵妃集团的横征暴敛和挥霍无度之下,国库亏空,以至于无俸禄养百官,无饷米养军队,朝鲜军人生

---

① 庄正安《张謇先生年谱》,长春:吉林人民出版社,2002 年,第 75 页。
② 郑肇经《曼君先生纪年录》,《桂之华轩遗集》卷首附,《清代诗文集汇编》775 册,第 338 页。
③ 吴晗《朝鲜李朝实录中的中国史料》,北京:中华书局,1980 年,第 3547 页。
④ [日]菊池秀明著,马晓娟译《末代王朝与近代中国》,《讲谈社·中国的历史》第 10 册,桂林:广西师范大学出版社,2014 年,第 73 页。
⑤ 赵尔巽等撰《清史稿》卷五百二十六,北京:中华书局,1977 年,第 14575 页。

活极为困窘,日本公使花房义质又借机向朝鲜政府进行"劝告",由日本陆军工兵少尉掘本礼造任教官,培训新式军队,招入大量两班子弟入伍,装备精良,待遇优厚。1881年12月,朝鲜旧军队缩编为武卫、壮御两营,部分军人面临失业,1882年阴历五月,两营士兵终因十三月未领到饷米而暴动。失势的大院君即利用军人暴动,"指挥暴徒犯宫阙,袭闵氏,杀总理机务衙门之官吏",朝鲜官吏之守旧一派亦蜂拥而起,"其锋遂一转而为排日"①,暴动的军民杀死日本教官后,又围攻日本使馆,日使花房义质自焚官舍出逃至长崎,预备兴师问罪。清朝得知消息后,感觉事态严重,派丁汝昌、马建忠率军舰三艘于二十七日抵达仁川港,而日本兵舰已停泊在港,清廷当机立断派吴长庆带领所部六营驰赴朝鲜。七月七日,庆军在朝鲜南阳湾登陆,先于日兵直进汉城,日军见无机可乘,乃悻悻而归。此时大院君"尚距王宫,造兵聚党",吴长庆"诱之来,笔谈及暮,遽挥队拥赴南海口,纳于登瀛洲船,致之天津"②,清军又拘禁了握有兵权的训练大将李载冕,流放了武卫、壮御二营主将李景夏和申正熙,叛逆的大院君政权被颠覆。随后清军迎复闵妃,并在城郊往十里、梨泰院等村落搜捕参加暴动的军士,斩杀十余人,"壬午兵变"被平定。清朝派兵平定朝鲜"壬午兵变",是中国近代史上出兵海外,并且取得了胜利的军事行动,不仅维系了中朝的宗藩关系,巩固了清朝在东亚的重要门户,也暂时遏制了日本以武力扩张的势头,确是一次值得纪念的胜利,郭则沄《十朝诗乘》追怀此事件云:"光绪壬午朝鲜之乱,叛党攻日本使馆,复围攻王宫。日本人籍辞'戡乱',将发兵。赖吴武壮率师三千,兼程驰赴,先日兵抵韩。擒叛党百余人,执李昰应,槛送天津。昰应者,国王李熙父,实祸首也。是役部勒严整,机牙赖以潜戢。"③

二、吴长庆幕僚在朝鲜的创作

兵变平定后,朝鲜国王咨文要求清朝军队"不可暂离",吴长庆即率庆军驻扎汉城,直到光绪十年(1884)夏中法战事又起,吴长庆才率三营清军返回国内。在此两年间,吴长庆"修途道,治舆梁,救灾恤丧"④,以示恩信,也帮助朝鲜改革政治,朝鲜政府对其倚若长城。随吴长庆赴朝的幕僚也积极参与援朝事务,广泛接触朝鲜官员、民众,留下了众多诗篇以咏其见闻,其大端则有如下几个方面:

一是忧患意识与爱国之情的流露。吴长庆率部援护朝鲜虽及时戡乱,也暂时挫败了日本以武力入侵朝鲜的阴谋,维护了中朝的宗藩关系,但此时宗主国中国和藩属国朝鲜的处境皆令人堪忧:第二次鸦片战争之后,东西方列强逐步蚕食侵吞清王朝的藩属国,并对以中国为中心的传统华夷秩序体系造成巨大冲击。法国分别于1862年和1874年逼迫安南签订不平等条约,逐步将整个越南置于自己的保护之下。而日本1874年借口"琉球难民事件"悍然出兵中国台湾岛,1879年强行吞并琉球,设立冲绳县。随后日本又将矛头指向了朝鲜,1876年日本派遣以炮舰作为后盾的的外交使团闯入釜山港,强迫朝鲜开

---

① [日]稻叶君山著,但焘译订《清朝全史》(下册),上海:上海社会科学院出版社,2006年,第107页。
②④ 王钟翰点校《清史列传》卷五十六,第4401页。
③ 郭则沄《十朝诗乘》,福州:福建人民出版社,2000年,第887页。

放门户,最终朝日在江华岛签订了《江华条约》,开放了元山、仁川港。① 然而日本并不满足于此,其野心是使朝鲜脱离清朝的羁縻,成为日本的殖民地,在此情形之下,吴长庆僚属深感担忧,如朱铭盘②《朝鲜九日作》:

> 殊方九日萧条极,欲问黄花无一枝。世事苦谈有何益,清尊相对不须持。
> 珠崖已见非吾土,都护空闻老汉师。却道江山好秋色,为谁扶病更题诗。③

诗中"珠崖已见非吾土,都护空闻老汉师"句,对清王朝失地丧师,逐步失去了过去对"天下"的掌控做出了最好的注解:"珠崖",在海南琼山东南,汉武帝元鼎六年(公元前111)定越地,以为南海、苍梧、郁林、合浦、交趾、九真、日南、珠崖、儋耳等郡,后珠崖等郡数反叛,贾捐之上书请弃珠崖以恤关东,元帝从之,乃罢珠崖郡。④ 这里指越南,此前法国已经逼迫越南阮氏王朝事实上承认了法国的保护权,就在朝鲜"壬午兵变"之时,法国再次占领河内,刘永福率领黑旗军与越南军一道反抗,周家禄⑤《朝鲜闻越南战事》中"独怜黑山众,犹隶越南军"⑥,朱铭盘"恭闻主将筹兵策,属国烽烟逼桂林"⑦、"闻道安南境,新开汉将坛"⑧皆指此事。"都护",指汉宣帝神爵二年(公元前60)设立西域都护府,将天山南北乃至中亚诸国第一次纳入到中央王朝的统治体系内,本是国势强盛的象征,但句中"空闻"二字却给我们传达了了一种截然相反的基调,在国势日衰、虎狼环伺的时局之下,不惟东南海疆成多事之秋,西北边境亦夷氛日炽。同治元年(1862)西北回民起事反清,波及新疆,清王朝疲于镇压天平军,对西北之事无力应对。借此机会,先是英国暗中支持的浩罕汗国武将阿古柏入侵新疆,以喀什为中心,统治了天山南路,随后沙俄也不甘示弱,蚕食中国领土,把浩罕等三个汗国置于统治之下,并于同治九年(1871)突然出兵伊犁,宣布军事占领。光绪三年(1877),阿古柏去世,陕甘总督左宗棠才收复了除伊犁以外的新疆领土。清王朝直到光绪七年(1881),与沙俄签署《彼得堡条约》,在赔付沙俄巨额赔款,且承认向其开放新疆国土之后才收复伊犁。诗人指出西北的战事在军事上有凯旋之名,于外交上却无胜利之实,恰如《新疆图志》所云:"自中俄分界以来,西北山川蹙削数千余里,而格登以碑故仅存。所谓能让千乘之国,而见色于豆羹箪食者也。"⑨在作者看来,"汉师"已"老",回天乏力,虽收回伊犁,却是因为格登山有乾隆平定准噶尔时所勒铭之碑,昔日辉煌的"汉师"此时却仅仅能保住大清王朝的些许颜面而已。林葵⑩《幕中不寐起视残

---

① 白新良主编《中朝关系史——明清时期》,北京:世界知识出版社,2000年,第404页。
② 朱铭盘(1852—1893),原字日新,改字俶侗,号曼君,江苏泰兴人。
③ 朱铭盘《桂之华轩诗集》卷三,《清代诗文集汇编》第775册,上海:上海古籍出版社,2010年,第364页。
④ 事见《汉书·武帝纪》及《贾捐之传》。
⑤ 周家禄(1846—1910),字彦升,一字惠修,号奥簃,江苏海门人。
⑥ 周家禄《寿恺堂集》卷十,《清代诗文集汇编》第762册,第89页。
⑦ 朱铭盘《燕台作》,《桂之华轩诗集》卷三,《清代诗文集汇编》第775册,第364页。
⑧ 朱铭盘《喜林怡庵至军因闻官军已临越南》,《桂之华轩诗集》卷三,《清代诗文集汇编》第775册,第367页。
⑨ 转引自葛兆光、汪荣祖等著《殊方未远——古代中国的疆域、民族与认同》,北京:中华书局,2016年,第402页。
⑩ 林葵,字怡庵,福建闽县人,郑孝胥之舅。

月敛影西下怅然有感》于此表达了愤慨与无奈:"军桥声沉海月收,片城斗绝注横流。神区古号筹边地,圣代今防下濑秋。坐甲久深姑米计,鸣髇争洗格登羞。柳浑惭愧知何事,只为平凉抱切忧。"①此诗颈联分别有注为"琉球为姑米""伊犁为格登",可见爱国志士对东南琉球为日所夺、西北以军事胜利却失地千里的悲愤,"坐甲""鸣髇"展现了作者希望清政府能够一雪前耻的心情,但面对着清王朝外交上的妥协与失败,诗人深感无力,尾联用唐代柳浑的典故,发出了书生"知何事"的感慨。当此时局,远赴异国投身戎马间,身历其事的诗人深感忧虑,故而在他们笔下草木摇落的秋景,亦成国事日非的写照:"徼外山川存古道,眼中薪火叹危机。"②"一对林生好图画,欲忘寒色满江湖。"③"天寒草木边声急,风过鱼龙海气腥。"④"寒柝秋笳递恶声,山营蹋壁卧纵横。五更剑气催人起,看得长庚出海明。"⑤"平壤春山空寂寂,汉城秋草何离离。"⑥皆赋山水不胜悲之感。

二是反映与朝鲜各阶层的文化交流。随军援护朝鲜期间,吴长庆幕僚广泛接触了朝鲜各阶层文士,双方的交流频繁且深入,结下了深厚的友谊,也留下了大量的诗歌作品。首先,记录与朝鲜官员的交谊。张謇⑦在前往朝鲜的"威远"兵舰上结识了朝鲜吏部参判金允植(字洵卿,号云养),两人惺惺相惜,引为同调,时隔四十年后得知金允植的死讯时,张謇仍悲痛不已,其"公胡遽化九京尘,淬患缠忧八十春。回忆南坛驻军日,肠断花开洞里人(花开洞,居士昔居处)"⑧之句读之令人恻然。又如金昌熙(字寿敬,号石菱),庆军东渡援朝时,他是伴接使,为庆军在朝鲜之决策,提供了重要的帮助。金昌熙有中国血统,为政颇有见识,张謇说他乃"金匮之华裔,而鸡林之故家也",并盛赞其对于本国史地之用心:"故都廿代,能说其替兴;道洽八区,从咨夫险易。多闻识要,瞻智用愚。朝鲜多材,亦其楚矣。"⑨周家禄《赠朝鲜伴接使礼曹参判金昌熙》也赞其诗书传家云:"辈行十科唐进士,勋华七叶汉通侯。"⑩他与吴长庆幕中诸文士交往密切,众人多有赠诗。其时朝鲜政局不稳,勋戚当道、民不聊生,金昌熙遂渐有归隐之意,乃筑三思亭以明其志,张謇作《招隐三首赠金石菱》赠之,诗有注云:"石菱筑三思亭,期十载后归隐,索诗为券,感而赋之",诗中感叹朝鲜"大道日榛芜,仁义委刍狗。混茫睇八极,隆闭洄阴黝"的混乱局面,对金昌熙不愿同流合污"功利岂云恶,所贵孚我真"的高洁志向表示赞赏。⑪周家禄亦作《朝鲜金参判昌熙三思亭,曰不才思隐退,老病思养身,多忧思闻道,辄用其语各为诗以广之》相赠其。与张謇之作不同的是,周家禄奉劝金昌熙在万方多难之际,能够勇于担当,不计个人之得失。金昌熙还曾为自己任顺安令的弟弟向朱铭盘索诗,朱铭盘赠诗云:"石菱小宰前

---

① 陈衍编《近代诗钞》,上海:商务印书馆,1923年,第661页。
② 朱铭盘《出朝鲜王城雨中作》,《桂之华轩诗集》卷三,《清代诗文集汇编》第775册,第368页。
③ 朱铭盘《题林秀才画》,《桂之华轩诗集》卷三,《清代诗文集汇编》第775册,第364页。
④ 朱铭盘《与履平》,《桂之华轩诗集》卷三,《清代诗文集汇编》第775册,第364页。
⑤ 林葵《五更》,陈衍编《近代诗钞》,第660页。
⑥ 周家禄《朝鲜王京送沈主事莹庆内渡》,《寿恺堂集》卷十,《清代诗文集汇编》第762册,第82页。
⑦ 张謇(1853—1926),字季直,一字处默,晚号啬庵,江苏南通人,光绪二十年(1894)恩科状元。近代杰出的实业家、教育家和社会活动家,与王闿运、缪荃孙、赵尔巽并称为清末民初"四大才子"。
⑧ 张謇《朝鲜金居士讣至年八十七哀而歌之》,《张謇全集》第七卷,上海:上海辞书出版社,2012年,第278页。
⑨ 张謇《朝鲜金石菱参判谭屑序》,《张謇全集》第六卷,第48页。
⑩ 周家禄《寿恺堂集》卷十,《清代诗文集汇编》第762册,第82页。
⑪ 张謇《张謇全集》第七卷,第64页。

致词,有弟今为顺安令。书来苦索贱子诗,愿得箴言药从政。我来此国百余日,眼见闾阎苦与疾。牧民所贵用书生,要使春风去萧瑟。海隅飒飒西风来,千山万木秋声催。呜呼天意常仁恻,今何不为众物哀。迩来旅病聊亦可,薄醉吟怀暂掀簸。卧思好句赠远人,却恐江山笑魂磈。顺安贤宰廉且慈,平生亦有风人诗。烦君细说龚黄传,为政风流今在兹。"①此诗虽为酬赠之作,却并未泛泛而论,诗人对朝鲜"千山万木秋声催"的艰危时局表示忧虑,"眼见闾阎苦与疾",对生活在水深火热之中的朝鲜百姓给予了极大的同情。因此,他希望这位顺安令能够启用贤才,同时勉励其能执政为民,像《汉书》中的循吏龚遂、黄霸一样流芳千古。周家禄集中还存有《吴都督内渡,朝鲜奏使卞元圭金明均偕行,时有酬倡》《酬卞奏使元圭见和蓬莱阁韵》《金副使明均见和前韵奉答》《将发朝鲜留别东士大夫四首》等作,"手版腰舆互往还,荒陵别馆共跻攀"②"驰檄犹盈路,题诗已满屏"等句记录了他与朝鲜奏使卞元圭、金明均在征途中结下的深厚友谊。其次,反映与朝鲜著名文士的交往。吴长庆幕僚在戎事之暇即与朝鲜文士诗酒倡和,如张謇之结交朝鲜诗词名家金泽荣,就是中朝文人交流史上的一段佳话,张謇结识金允植后,允植得知张謇雅好诗文,就将金泽荣介绍给张謇。张謇后来在《朝鲜金沧江刊申紫霞诗集序》中回忆道:"往岁壬午朝鲜乱,謇参吴武壮军事,次于汉城。事平,访求其国之贤士大夫,咨政教而问风俗。金参判允植颇称道金沧江之工诗。他日见沧江于参判所,与之谈,委蛇而文,似迂而弥真。其诗駸駸窥晚唐人之室,参判称固不虚。间辄往还,欢然颇洽。"③张謇此后与金泽荣倡和往还,谈古论今,结下了不解之缘,甲午战争后日本吞并朝鲜为殖民地,金泽荣愤而举家离开朝鲜投奔张謇,开始了长达二十二年的流亡生活。在此期间,张謇将其安顿在南通,让其在翰墨林印书局任职,解决了金泽荣的生计问题,并帮助他刊刻了自己的大量学术撰著,如《申紫霞诗集》《韩国历代小史》《丽韩十家文钞》《沧江稿》《韶濩堂集》等,足见二人终身不渝的友谊。又如赵冕镐(字玉垂),于时颇有诗名,周家禄描述他"年八十余,老病失官,饥寒不能自存"④,但他却安贫乐道,不汲汲于富贵,朱铭盘《奉和朝鲜尚书赵君送别之作》云:"赵公八十二,健如中年人。岁禄不满口,端居而乐贫。自言无他好,歌诗娱天真。岂无当世彦,锦衣坐朱茵。见公或心笑,暮景非青春。……感公惜我去,诗篇枉相存。西望员灵魄,东睇扶桑根。坐兹驻余眷,拳拳弥朝昏。⑤ 由此诗中我们可以看到赵冕镐不慕荣利,端居乐贫的风骨,亦可见朱铭盘与他之间的忘年之谊。张謇"八十吟诗尚自豪,唱酬衮衮尽中朝"⑥之句,也对其甘于清贫而不废吟咏表示赞赏,并作《调玉垂逸妾》安慰他,足见二人交谊之深。再次,记载与朝鲜后学的交往。吴长庆幕中诸人在朝鲜日久,时有后学前来访学求诗,如金昌熙之子行冠礼后即来拜见张謇并索其诗,张謇赠其诗云:"忆昔初冠日,公庭举茂才。淹迟雄

---

① 朱铭盘《朝鲜金参判石菱为其季弟索诗》,《桂之华轩诗集》卷三,《清代诗文集汇编》第775册,第365页。
② 周家禄《吴都督内渡,朝鲜奏使卞元圭金明均偕行,时有酬倡》,《寿恺堂集》卷十,《清代诗文集汇编》第762册,第83页。
③ 张謇《张謇全集》第六卷,第331页。
④ 周家禄《朝鲜朝士题画诗记》,《寿恺堂集》卷二十,《清代诗文集汇编》第762册,第138页。
⑤ 黄濬《花随人圣庵摭忆》,北京:中华书局,2008年,第49页。
⑥ 张謇《书朝鲜赵玉垂参判冕镐异苔同岑诗卷后》,《张謇全集》第七卷,第62页。

剑合,沧落爨琴灭。幕府因征伐,尊公与往来。风云激深感,期子凤翎开。"①诗中回顾了与金昌熙的结识与相知,对金教献充满寄托,希望他能有所成就。但面对着内忧外患的时局,眼见腐败堕落的朝政,作者又对青年一代怀才不遇、壮志难酬的深刻同情与愤慨,如《送黄李二生归江原道》:"时事江河下,纷纭口舌争。上书空涕泪,当路有公卿。自璧珍缄镐,青山迟耦耕。即看齐二隐,愁甚鲁诸生。"②诗作流露出对二生空有壮志却报国无门,被迫回归乡野的深深无奈,只好劝慰二人息隐山林。又如朱铭盘所作《赠朝鲜具少年绎书》、《朝鲜儒生李秉哲以诗见投报以此篇》对朝鲜后学砥砺学问、学习中国文化表示赞赏。

　　三是纪行之作。幕僚们随军驻扎朝鲜,用诗笔记录下了在朝鲜生活的片段,这些作品为我们展现了诗人们所历之自然山川、风土民俗、人文景观等,也反映了他们身处异国独特的情感体验。如周家禄在朝鲜创作的部分作品即记地名为题,以出征路线为创作线索,大致记录了援护朝鲜路途所历之地、所见之景、所感之情,这些诗作将远赴异国的旅程与感想,浓缩于诗歌之中。从诗题来看,他写到了从登州渡海出发,由朝鲜南阳府登陆,经过水原府渡汉江抵达汉城戡乱的线路,也记录了参观朝鲜王宫,视察汉城南坛山军营,渡铜雀津和游果川县的行迹,读之万里山川风物如在眼前,其写朝鲜南阳府所见民生之凋敝:"严松排积雪,初日散青苍。下有不测渊,上有千仞岗。沈沈太守府,屋瓦不成行。吏胥三五辈,惨澹古冠裳。……前席进纸笔,强欲罗酒浆。年饥供具薄,劝客聊一尝。"③写水原府是"峨峨水原府,荡荡四达衢。松柏上交柯,车马下驰驱。微风一鼓荡,乱舞蛟龙须"。水原府为朝鲜四都之一,也是朝鲜半岛建筑文化受汉文化影响的集大成者,因此水原府也成为了诗人们常吟咏的主题,作者眼见水原府之壮美山川,不由得发出了"道旁江南客,看山不知劬"的感叹,同时也对这大好河山充满担忧,希望朝鲜君臣能够"爱惜好江山,莫著酒家胡"④。写汉江是"冠山带斜日,雪色忽中分。云是汉江度,冻合冠山云"⑤。写朝鲜王宫是"碧山楼阁起云端,台笠寻梅犯晓寒。作使中宫开壁画,不知身在画中看"⑥。写南坛山是"南坛翠柏与云平,筋鼓风吹笑语声。草积千兽山共走,松烟万灶瘴齐生"⑦。写果川县是"草绿晴崖雪,春风信马蹄。围人松作障,争道水成溪。花发临江瀚,云埋隔树啼。流莺虽自好,柑酒不堪携"⑧。由于时局的艰危和诗人从戎的职责所在,这些诗作并未一味的沉溺于对于异域景色的描摹,反而有意去弱化自然风光的审美性,着重凸显了诗歌寄托讽喻之功能,于诗中寄予兴亡之感和古今之思。如朱铭盘所作《朝鲜柳中使小园听土人杂歌》记观赏朝鲜民间歌舞,既展现了异国民俗风情,又发出今不胜昔之叹,词采研妙,弥近元白:

---

① 张謇《朝鲜金石菱参判命其子教献既冠来见与诗勖之》,《张謇全集》第七卷,第62页。
② 张謇《张謇全集》第七卷,第64页。
③ 周家禄《朝鲜南阳府》,《寿恺堂集》卷十,《清代诗文集汇编》第762册,第81页。
④ 周家禄《水原府雨雪五十里至果川偕林葵赋》,《寿恺堂集》卷十,《清代诗文集汇编》第762册,第81页。
⑤ 周家禄《汉江》,《寿恺堂集》卷十,《清代诗文集汇编》第762册,第81页。
⑥ 周家禄《朝鲜王宫》,《寿恺堂集》卷十,《清代诗文集汇编》第762册,第81页。
⑦ 周家禄《南坛山观前营》,《寿恺堂集》卷十,《清代诗文集汇编》第762册,第83页。
⑧ 周家禄《果川县》,《寿恺堂集》卷十,《清代诗文集汇编》第762册,第83页。

> 歌声未作先打鼓,十声百声不可数。一人发响数人追,一人中间沐猴舞。
> 时联复断或大笑,应是歌间带嘲语。小亭四月花飘摇,垂墙拂地千条柳。
> 借问译者顷何唱,但云㘓唏同讴谣。岂知中有唐诗曲,散入蛮荒化歌曲。
> 龟年幡绰而何人,漫对空弦叹幽独。众中邱生犹好古,忽闻此言喜欲舞。
> 但觉黄河眼底流,如聆剑阁宵中雨。白鸟檐前三五飞,野人歌罢醉还归。
> 座中听曲成萧瑟,歌者心中无是非。①

诗中"座中听曲成萧瑟,歌者心中无是非"之句,颇有"商女不知亡国恨"之情韵。林葵《游句丽王宫感事六首》则指涉时事,鲜写游踪,将感慨寄之于笔端。其一"守旧平章说直言,此中功罪亦难论。感时怅触孙刘事,生子无端似犬豚"之句,咏叹朝鲜国王李熙孱弱,不肖乃父大院君,而闵妃柄政任用外戚以至朝纲紊乱,终致兵变。其二"宫墙劫火乍经余,犹见宜春旧日书。不敢风前谈往事,倚栏惆怅李鸿胪",则记于朝鲜王宫内见宜春帖,颇生黍离麦秀之感,诗有自注云:"宜春帖尚白五律一首,旁署翰林院某某献。鸿胪卿李公引观王宫,凡所经辄闻叹息。"其三"楼台金碧倚云明,残雪松枝冉冉晴。不惜朝寒纤手冻,御沟一片捣衣声",则记于朝鲜王宫内见宫女浣洗,陡然萌生乡关之思。其四"粉泪仓皇间道驰,珠襦零落出龙墀。军中未遇陈元礼,侥幸梨花尺组时",咏闵妃于兵变中狼狈出奔。诗有自注以详其事:"兵变后左翊赞闵应植匿妃从间道避长湖浣村,去京二百余里。应植,妃族人也。"诗中以闵妃比杨贵妃,陈元礼于马嵬坡逼死杨玉环,诗中言未遇,述其侥幸逃命。尺组,乃低级官僚所配戴之组绶,此言左翊赞闵应植助闵妃藏匿免祸。其五"娥眉制敕宝宫开,将种由来有祸胎。风月外家消歇尽,琼台愁绝凤归来",言闵妃族人在兵变中为乱军所戮,闵氏虽逃过一劫,但其宗族势力却消歇殆尽,如其自注所言:"妃闵氏累世将相,兵变诛夷殆尽,妃好干国政也。"其六"万里沧溟积水东,片帆来去借雄风。眼中无限销沉事,不为斜阳过故宫",则不独为朝鲜所发,诗末自注云"谓庚申时事",即指咸丰十年(1860)英法联军火烧圆明园,诗人眼见兵燹后的朝鲜王宫,不由得联想到大清国的圆明园,面对两国同为外夷所辱之境况,诗人满眼萧索之景,满腹悲凉之情。

　　四是反映个人旅朝心迹,此类作品多述乡关之思、行役之苦和失意之悲。首先,诗人们随军援护朝鲜之行,虽至为深受汉文化影响的藩属国,但背井离乡、羁旅外国对安土重迁的中国人来讲,仍然是一件苦差事,诗人们时刻挂念着家中的亲人们,朱铭盘《旅病述感》云:"旅病淹旬季,欲驱苦无门。恒感友朋意,时时来相存。秋风日以厉,落叶盈郊原。元乌思昔垒,众禽念故藩。常恐老母知,家书不敢言。顾此意不乐,寤寐劳其魂。有弟岁已冠,规当今年婚。不能举秀才,念之中心烦。有妹在广陵,家贫难具论。昨闻发肝病,气咽几不温。人生有情性,所急在本根。百虑更相到,有若茂草蕃。"②诗人身处异国他乡,染病而许久未愈更增添了他的思乡之情,虽有挚友陪在身边嘘寒问暖,但对亲情的渴望却愈久愈深。面对着萧萧落叶,疾病的烦扰和内心的苦楚却不敢在家信中有些许透露,因其害怕家中年迈的老母亲为他日夜担忧。而作为兄长,朱铭盘却在为弟妹操心:弟

---

①②　朱铭盘《桂之华轩诗集》卷三,《清代诗文集汇编》第775册,第368、364页。

弟已经成年,既未成婚又未通过乡试;妹妹虽已出嫁,但夫家几贫乏不能自存,况且又从家信中得知妹妹肝病发作,几乎丧命,凡此种种,无不牵动着作者的内心,思乡、思家、思亲的情绪像茂盛的野草一样蔓延开来,于此心境之下,顿觉归途漫长,"回思贱子坐叹息,得归不得遥无期"①。林葵有句如"乡信未开参喜惧,客边无事不艰难""家贫最苦无昆季,亲老何堪久别离""不敢残宵耽睡味,倚门慈母眼常醒"②皆凄凉句、真挚语,读之使人泪下。周家禄《佛岛遇风登陆逾数岭始达马山浦》则于豪语中见真情,别具一番味道:"寂寂无人境,萧萧松树林。马蹄千嶂起,虎迹一山深。险尽犹豪语,归迟但苦吟。壮游非不好,无那望乡心。"③诗人因阻风而登陆行至朝鲜南阳府之马山浦,一路上见苍松翠柏间峰峦叠嶂,不由得游兴大发,但面对美景却始终放不下那对故乡的惦念,只有在除夕夜写下"八道试看图画里,天涯何处梦还家"④这样的诗句,这就是漂泊的游子共同的情愫吧。其次,张謇、周家禄、朱铭盘、林葵等人皆为南方人,援护朝鲜时又皆为布衣而依人作幕,于诗作中亦常常流露行役之劬劳和士常不遇的感慨。诗人们从戎远赴异国,征途中虽可赏沿途风景,体会民风民俗,但对风土之不适及跋涉之艰辛也诉诸文字,故时有行路难之咏叹,如反映朝鲜气候严寒风雪之大:"启口欲吟哦,涕唾忽已坚"⑤,"北风倒卷若尘洒,深者直与蓝舆平"⑥;写雪中山行之艰辛,初乘肩舆,后不得已而骑牛:"弃舆且复上牛背,雪深路窄循深潭。山邮燃炬险相送,予足已僵予手冻。"⑦又如诗人们身处他乡,虽结交异国友人,但毕竟言语不通,沟通较为不便,羁旅的孤寂之感难以排遣,唯有老友才能聊以慰藉,因而朱铭盘在朝鲜见到好友邱心坦后写下了"纵因排旅病,喜极更沾衣"⑧之句,周家禄《元夕赠张謇》有句云"元夕芳尊且破颜,异乡兄弟最相关",同为游子,漂泊之感使诸人更看重这坚贞的友情。吴长庆爱才好士之名著于当时,如人所言:"武壮以寒儒起家,既贵盛,捐金养士,招携豪俊,幕府时号才薮"⑨,其对待幕僚也出于至诚,张謇有诗作对吴长庆之礼贤下士、广纳贤才表示感激:"峨峨高节拥辕门,拂拂朱旂卷阵云。难得名公趋赵壹,况闻揖客重将军。明珠却聘宁无意,宝剑衔知昔所闻。骏骨从来能得马,好收骥騄共殊勋。"⑩朱铭盘"平生风义同严杜,射虎相从意未休"⑪之句,将吴长庆比作严武,而以杜甫自况,亦可见吴长庆待幕僚之情义。但寄人篱下,依人作幕毕竟是不得已而为之,"降身辱志"的屈辱伴随着久困场屋的煎熬,幕府清寒,个中冷暖唯有自己能体会。诗人于游幕中深感年华流逝而功名未就,壮志难酬,并咏叹道:"筹策何人事,忧时漫慨慷"⑫,

---

① 朱铭盘《送王秀才回合肥兼怀方王二秀才》,《桂之华轩诗集》卷三,《清代诗文集汇编》第775册,第365页。
② 陈衍《近代诗钞》,第659页。
③ 周家禄《寿恺堂集》卷十,《清代诗文集汇编》第762册,第83页。
④ 周家禄《汉城度岁寄家》,《寿恺堂集》卷十,《清代诗文集汇编》第762册,第83页。
⑤ 周家禄《夜趣水原府寄范当世武昌》,《寿恺堂集》卷十,《清代诗文集汇编》第762册,第83页。
⑥ 林葵《南阳道中遇雪》,陈衍《近代诗钞》,第662页。
⑦ 林葵《骑牛》,陈衍《近代诗钞》,第662页。
⑧ 朱铭盘《朝鲜军中喜履平至》,《桂之华轩诗集》卷三,《清代诗文集汇编》第775册,第364页。
⑨ 陈诗《江介隽谈录》,王培军、庄际虹辑校《校辑近代诗九种》,上海:上海古籍出版社,2013年,第10页。
⑩ 张謇《奉呈庆军统领庐江吴提督》,《张謇全集》第七卷,第26页。
⑪ 陈诗《江介隽谈录》,王培军、庄际虹辑校《校辑近代诗九种》,第33页。
⑫ 朱铭盘《阻风泊无为州江口》,《桂之华轩诗集》卷三,《清代诗文集汇编》第775册,第366页。

"曳裾早觉依人误,看镜翻惊作客肥"①,无奈迫于生计为稻粱谋,诸如"为客颜同悴,还家梦不分,仍怜禾黍薄,无计谢从军"②、"病起翻令归兴减,鬻文料是可怜生"③可谓字字血泪,为他人做嫁衣之感溢于言表,百般思忖,只好自我安慰书生之成名"百士一不得,随遇倘可敦"④。

三、吴长庆幕府咏朝鲜诗歌的书写特征和诗史意义

首先,具有鲜明的诗史意识和强烈的批判精神。

吴长庆幕僚在朝鲜的诗歌创作,皆感于哀乐缘事而发,浓烈的危机之感和爱国热情,激发着诗人们的创造力,他们用如椽之笔记录下了在朝鲜的所见所闻、所思所感,这些诗作不惟具有审美价值,也具有重要的文献价值,是晚清中朝文人交流的重要文献依据。诗人们将中国古典诗歌中的"诗史"传统继承和蹈扬,用诗歌记录和反应了变局之中的历史画卷,正是在这样的观念指导下,诗人们于诗作中关切现实、反映时事,周家禄《朝鲜乐府》十首、朱铭盘《朝鲜杂诗》七首等皆有关朝鲜政局及中日战事史料。周家禄于朝鲜之事用力最勤,参吴长庆朝鲜军事时著有《朝鲜世表》《朝鲜载记备编》《朝鲜乐府》,其想法就是"以告当世留心东藩之事者"⑤,希望当政者能够有所作为,张謇在兵变平定后"访求其国之贤士大夫,咨政教而问风俗"⑥,也是出于同样的目的,而周家禄在《朝鲜乐府序》中更明确表达了这种"诗史"意识:

> 光绪八年六月,朝鲜都监营兵之变,倭人乘机启衅,上命广东水师提督庐江吴公长庆往援护之,应时定乱,功业伟矣。顾朝廷之谕旨,凭于疆吏之奏疏,疆吏之奏疏,凭于军咨之榱报。奉辞伐罪,立言有体,事状或未尽其实。余征之国人与其朝之士大夫,庆军将校之与斯役者,作《朝鲜乐府》十篇,随事立名,托于辞以风事,不悉喻复。

他久为幕客,深知清王朝政府之腐败庸惰,朝廷之谕旨、官员之奏章都是些官样文章,所谓"奉辞伐罪,立言有体",对于战况时局之载述未能详尽,甚至还可能"未尽其实",尤其是官员们为邀功请赏,往往粉饰太平、歪曲事实,因而他遍访兵变亲历者,以诗歌来记史,"托于辞以风事",以为后来者鉴。其《朝鲜乐府》十篇"随事立名",记为《昌德宫》《长湖村》《大院君》《南坛山》《罪己教》《陈情表》《仁川口》《三军府》《卖国碑》《守旧党》,详述平定朝鲜壬午兵变经过及前后时局之变迁,每篇又有小序,如《长湖村》小序详记兵变中闵妃逃亡经过:"长湖村在广州阴竹县,王妃从弟闵应植家在焉。方乱之作也,王及世子皆避匿,妃被创间道走应植家。国中求妃不得,以薨闻,既发丧矣。会左右知其事者密以

---

① 林葵《骑牛》,陈衍编《近代诗钞》,第 659 页。
② 朱铭盘《赠徐明经》,《桂之华轩诗集》卷三,《清代诗文集汇编》第 775 册,第 366 页。
③ 朱铭盘《寄范无错武昌兼怀令弟中木同年》,《桂之华轩诗集》卷三,《清代诗文集汇编》第 775 册,第 366 页。
④ 朱铭盘《旅病述感》,《桂之华轩诗集》卷三,《清代诗文集汇编》第 775 册,第 364 页。
⑤ 周家禄《书朝鲜留别诗卷后》,《寿恺堂集》卷十八,《清代诗文集汇编》第 762 册,第 130 页。
⑥ 张謇《朝鲜金沧江刊申紫霞诗集序》,《张謇全集》第六卷,第 331 页。

闻,吴公命甲士五百人迎而还之。"①《大院君》小序详兵变之肇端:"昰应柄政十年功最高,权侔人主。既反政,王妃所为不道,王不能治,昰应浸不平。光绪七年,李昰应子载先谋犯宫废立,事觉词连,昰应寝不问。日本使人议条约,所要求奢,国人疾之,欲因以作乱。会都监营饷不时给,士卒哗噪,乘机攻杀日本人,突入王宫,宫中大乱。都监营弁卒皆先世宿卫有功,子孙蟠距兵籍以营为家,所为多不法。乱既作,昰应始出解散之。朝鲜使臣在天津者曰金允植、鱼允中告变直隶总督,闻于朝罪状昰应,朝廷命吴公统兵治之。"②此皆有裨于史料者也。

此外,诗人们在朝鲜的诗作,基于忧患意识和爱国之情,再加上身处异国身履目验江河日下之国势,无不将对腐朽清王朝的愤慨一发而为诗歌,因而诗歌中充满了批判精神。如兵变平定后,清王朝并未及时清除日本对朝鲜的威胁,反而默认了日本逼迫朝鲜签订的《济物浦条约》,使日本在朝鲜有了驻兵权,且可以进驻首都汉城。光绪十一年,北洋大臣李鸿章又将吴长庆驻朝三营撤回,并罢吴长庆所定教练新军之事,随后又将朝鲜之事交于吴长庆幕僚袁世凯裁决,吴长庆郁郁不得志,在光绪十年撤防金州后病逝。种种做法,皆招致吴长庆幕僚的不满,凡此皆寄之笔端,"祖宗手定三藩国,中山越南高句丽。中山已去不可返,越南岌岌累卵危。安得天下严口禁,秘密不遗句丽知"③,对清王朝的藩属国被蚕食殆尽亟表痛心,"眼见爪牙徒,化为豺虎贼。前车岂不远,愚者昏不识"④,对清王朝放任日本在朝鲜扩张权益、损我国威的做法深感愤慨。诗人们面对清王朝的屡弱无能和退让求和,尤其是放弃朝鲜之行为,怒而斥之,将批判的矛头直指最高统治者和北洋大臣李鸿章,如"边防今不用,和议自天裁""空怀歼敌志,上策是和戎"⑤、"王师岂不武,宰相心和平"⑥、"阿奴今碌碌,计拙向东溟"等句对主政者之无能进行了斥责,虽然李鸿章和日方的斡旋,暂时避免了中日战事的爆发,也确有其必要,但在一般士人的认识中,这无疑是损害了国家尊严和民族情感。而"减膳撤乐能几时,元夜宫中召声伎"⑦之句则对于朝鲜政府在兵变平定后"上下泄泄,燕巢危幕而不知;宫廷嘻嘻,火炎昆冈而罔觉"⑧,仍不思改善民生,耽于享乐的可耻行径进行了讽刺。周家禄更借《守旧党》一诗,揭露了当时朝鲜政府内部党争纷起,同室操戈,阋墙而不御侮的情形,诗前有序云:

朝鲜士大夫好立朋党,前明时有东、西、南、北各党,继又有大北、小北、中北党。国朝僖顺王焞时,有宋时烈、尹拯之老论、少论党。近世朝士又分守旧、开化二党。论朝鲜国势,三十年前,自当以守旧为正,今则外夷环伺,风气大开,非人力所能挽回。一二拘墟之士,不顾国势之阽危,欲闭关谢客为自守,计亦多见其不知量已,《诗》曰:不愆不忘,率由旧章,不由先王之法而猥以守旧为辞,鹜虚名而昧实祸,朝鲜

---

① ② 周家禄《寿恺堂集》卷十,《清代诗文集汇编》第762册,第84、85页。
③ 朱铭盘《赠王伯恭》,《桂之华轩诗集》卷三,《清代诗文集汇编》第775册,第365页。
④ ⑥ 朱铭盘《朝鲜杂诗》,《桂之华轩诗集》卷三,《清代诗文集汇编》第775册,第366页。
⑤ 周家禄《朝鲜记事和吴司马瞻菁》,《寿恺堂集》卷十,《清代诗文集汇编》第762册,第82页。
⑦ 周家禄《罪己教》,《寿恺堂集》卷十,《清代诗文集汇编》第762册,第86页。
⑧ 陈诗《江介隽谈录》,王培军、庄际虹辑校《校辑近代诗话九种》,第33页。

其危矣哉。呜呼！岂独为朝鲜也哉。

作者痛心于朝鲜士大夫矜矜于门户与党派,骛虚名而昧实祸,形成"外交未拒英俄法,内乱先构天地峰"①的局面,其句沉痛简切,其时大清国内党争之忧亦复可见,吴长庆之失势实为主和之李鸿章排挤所致,故朱铭盘悲其"德盛而位虚,功高而命促"②,其情形如近人黄濬所言:"光绪初叶,帝后两党交哄,而李高阳与翁常熟交恶,其终也,促成中日甲午海战,所关于国运者甚大。"③清王朝君臣亦以卧薪尝胆之时,而犹亟为分门别户之计,难怪诗人痛国事之举棋,感余生之巢幕了,"戚畹擅朝柄,政令出姬姜"④之句,言及朝鲜国王李熙孱弱,闵妃当政之事,亦隐指西太后,正不仅为高丽哀也。

其次,反映了变局之下,传统士人的惊悸与矛盾心态。

19世纪以来,帝国主义势力开始扩张到东亚和西太平洋地区,对这一区域原本以中国为主导的传统封贡体系造成了巨大冲击。与身处国内,仅靠官方宣传与传言了解国际时局的士人们不同,吴长庆幕僚亲历朝鲜变乱及其善后工作,对清王朝所面临的国际形势,有较为现实和深刻的感知,尤其是目睹列强之跋扈贪婪与"蕞尔小国"日本之气焰日盛,身处异国的诗人们普遍流露出了对传统"天下"秩序即将崩溃的担忧。正如列文森所言,"近代中国思想史的大部分时期,是一个使'天下'成为'国家'的过程"⑤,而真切的感受并且去面对和接受这一过程,对于身处冲突前沿的诗人们来讲,却并非易事,我们可以在他们笔下读到这样的文字:"于其时也,灭道义、上智巧、强凌弱、众暴寡。……斯亦自古在昔以来,莫二之变故者矣"⑥"货殖道行王迹熄""十二万年无此变"⑦,对他们来讲这样的变化是前所未有的,因而内心充满了进退失据的痛苦与慌乱,发出了"世运变迁岂得已,大道破碎谁能镕"⑧的追问。另一方面,诗人们面对这种"失序"的状态,内心又是矛盾的,因而在他们的话语体系中出现了两个系统:一是在传统"天下—九州"格局中对中国文化的追溯。在这个话语体系中,朝鲜仍然是传统"差序格局"下的殊方与绝域,如"不谓一年别,殊方却见君"⑨,"异域垂杨树,由来无二形"⑩,即体现了这一观念,大清国则代表了天下之中与汉、唐威仪,在"貂冠奉使通唐语,龙节趋朝近汉关"⑪、"汉家将士勇且贤,元戎坐备青丘边"⑫这样的诗句中,"汉关""唐语""汉月""汉将""汉家"等意象频繁的出现,又反映出他们希望天下的秩序能够维持"天下—九州"格局,尤其是在眼见曾经的藩

---

①⑧　周家禄《守旧党》,《寿恺堂集》卷十,《清代诗文集汇编》第762册,第88页。
②　朱铭盘《为张提军上朝鲜国王牋》,《桂之华轩文集》卷三,《清代诗文集汇编》第775册,第394页。
③　黄濬《花随人圣庵摭忆》,北京:中华书局,2008年,第87页。
④　周家禄《朝鲜南阳府》,《寿恺堂集》卷十,《清代诗文集汇编》第762册,第81页。
⑤　[美]列文森著,郑大华译《儒教中国及其现代命运》,北京:中国社会科学出版社,2000年,第87页。
⑥　朱铭盘《周彦升朝鲜纪事诗序》,《桂之华轩文集》卷二,《清代诗文集汇编》第775册,第387页。
⑦　周家禄《卖国碑》,《寿恺堂集》卷十,《清代诗文集汇编》第762册,第87页。
⑨　朱铭盘《赠徐明经》,《桂之华轩诗集》卷三,《清代诗文集汇编》第775册,第366页。
⑩　朱铭盘《海外春寒殊剧,漫题二首示履平》,《桂之华轩诗集》卷三,《清代诗文集汇编》第775册,第367页。
⑪　周家禄《吴都督内渡,朝鲜奏使卞元圭金明均偕行,时有酬倡》,《寿恺堂集》卷十,《清代诗文集汇编》第762册,第83页。
⑫　朱铭盘《青丘篇》,《桂之华轩诗集》卷三,《清代诗文集汇编》第775册,第367页。

属国接连被列强蚕食,朝鲜又岌岌可危的情形之后,发出"江山虽好非吾土,倭人狙刺况可危"①的感叹,进而试图通过对传统天下秩序以及朝鲜与中国的历史联系进行再次确认,"在追溯历史起源的过程中保持文化的自尊,以缓解心理的震撼"②。也许可以这样理解,既然在军事和外交中都无法取得胜利,那只好以文化上的优越感来获得些许的平衡,如"兹邦虽中落,自昔书同文"③,"朝鲜旧号高句丽,汉唐文物今为夷"④,都在强调中国文化对朝鲜的影响,而这种文化上的制高点,又被用来证明中国天下秩序的合理性,恰如葛兆光先生所论,当时无论日本、朝鲜、越南还是中国,在"国家自我意识逐渐凸显的时代,为了国家自尊和民族颜面,都试图在文化上夸示于对方"⑤,在"九州一道海波通,风什依稀长邺廊。两境姬熊商玉帛,十朝冕辂视禽封。漫疑商奄非东土,终虑吴牢责上供。努力耆臣谋国是,未应众口赋蒙茸"⑥的诗句中,我们就可以感受到,作者试图通过对朝鲜和中国源远流长的紧密联系的梳理,来证明中朝封贡关系的正当性。此外,对这一秩序的维护,又隐约被清王朝的另一个举动所证明:吴长庆所部平定"壬午兵变"后,清王朝即仿照汉唐模式,勒石战地,是为《东援纪功之碑》,碑文由吴长庆幕僚朱铭盘撰写,并于碑阴勒吴长庆及幕府僚佐将吏之名。这无疑是一个有意味的举动,汉、唐时期,征服外藩及剿灭边患之后,皆立战争纪事碑或边塞纪功碑,除了载述战争经过外,其隐含的意味是对战争发生地主权的宣示。清王朝在历次平定边疆的战事中,即很好地继承了这一传统,并且将其视为重要的宣传策略,碑文中所言"皇帝履至尊而制六合,开明堂而朝诸侯,启洪炉以陶铸域中,执敲朴以箠笞天下"⑦,足见清朝士人对于传统天下观和统治秩序的执着与眷恋,吴长庆另一位幕僚周家禄也撰有《东援纪事碑》碑文,碑文中"于千万年,永奠藩服"亦可作如是观。另一系统则是诗人们基于对西方世界的模糊认识,而形成的"世界—万国"论述。在这个话语体系之中,吴长庆幕僚们出于对国际形势的深切体会,已经不得不去接受和谈论"中国"之外的世界,因而诗歌创作也具有了全球视野。残酷的现实让大家认识到了,"天下"并非只有中国"一极",所谓"天下于今几九州,纵如茧霍不能候"⑧,世界的格局是由多个"九州"组成的,其强大者"曰美曰德曰英法"⑨。伴随着地理知识的拓展,诗人们逐渐认识了世界的版图,因而"欧洲""万国""欧美"等"世界—万国"格局下的意象也开始频繁出现,不断冲击着他们固有的"天下—九州"观念,"犬牙雄岛国,牛耳让欧洲"⑩之句,即被迫承认天朝的衰落。而资本主义的入侵,更从根本上瓦解着传统中国主导的国际秩序,正如周家禄所言"中国与欧美各国立约通商,要是世运迁流,不得不然,

---

① 朱铭盘《送王秀才回合肥兼怀方王二秀才》,《桂之华轩诗集》卷三,《清代诗文集汇编》第775册,第365页。
② 葛兆光《中国思想史》第二卷,上海:复旦大学出版社,2010年,第333页。
③ 周家禄《汉江》,《寿恺堂集》卷十,《清代诗文集汇编》第762册,第81页。
④ 周家禄《朝鲜王京送沈主事莹庆内渡》,《寿恺堂集》卷十,《清代诗文集汇编》第762册,第82页。
⑤ 葛兆光《葛兆光再谈"从周边看中国"》,葛兆光、汪荣祖等著《殊方未远——古代中国的疆域、民族与认同》,第17页。
⑥ 朱铭盘《留别朝鲜士大夫》,《桂之华轩诗集》卷三,《清代诗文集汇编》第775册,第367页。
⑦ 朱铭盘《东援纪功之碑》,《桂之华轩文集》卷一,《清代诗文集汇编》第775册,第383页。
⑧ 朱铭盘《早晚》,《桂之华轩诗集》卷三,《清代诗文集汇编》第775册,第366页。
⑨ 朱铭盘《赠王伯恭》,《桂之华轩诗集》卷三,《清代诗文集汇编》第775册,第365页。
⑩ 周家禄《朝鲜记事和吴司马瞻菁》,《寿恺堂集》卷十,《清代诗文集汇编》第762册,第82页。

利不胜害,得不偿失,上下之人疾首痛心而无可如何"①,面对着"四大部洲一市集"②,"君不见,元山口、仁川口,榷税置关谁可否。又不见,英使馆、俄使馆,揖盗开门谁敢缓"③的新国际秩序的逐渐确立,诗人们于矛盾与苦楚中有感于这一现实,无奈中写下诸如"汉唐壁垒空悲古,欧美梯杭定感今"④、"四郡从来为左翊,九夷何处著欧洲"⑤的悲凉诗句。

再次,展现了近代诗歌昂扬的时代风貌。

汪辟疆先生在论及近代文学与时代之关系时,有过一段精辟的论述:

> 夫文学转变,罔不与时代为因缘。道咸之世,清道由盛而衰,外则有列强之窥伺,内则有朋党之叠起,诗人善感,颇有瞻乌谁屋之思,《小雅》念乱之意,变徵之音,于焉交作。且时方多难,忧时之彦,恒致意经世有用之学,思为国家致太平。及此意萧条,行歌甘隐,于是本其所学,一发于诗,而诗之外质内形,皆随时代心境而生变化。故同为山水游宴之诗,在前则极摹山范水之能,在此则有美非吾土之感;同为吊古咏史之作,在前则撼怀旧之蓄念,在此则抑扬有为之言,斯其显著者也。⑥

吴长庆幕僚遭逢千古未有之大变局,于万方多难、虎狼环伺之际,虽有蜩螗之叹,却能始终保持激昂的斗志,心系家国危亡,"思为国家致太平",因而于诗歌中发出了"努力耆臣谋国是,未应众口赋蒙茸"⑦的时代强音。尤其是身处与列强冲突的前沿,他们对朝鲜之重要性,都有着深刻的思考,如周家禄详于朝鲜史地,在法国入侵越南时即主战,他提出"越南克捷则朝鲜表里山河不防自固",一旦越南沦陷,朝鲜"将有防不胜防之患",并驳斥了主和将领"器不如人"之托辞,他认为"枪械之精存乎器,用枪械存乎人"⑧,应当同仇敌忾,奋力一战。张謇亦力主以战促和,不应畏敌求和,他后来弹劾李鸿章,认为"自来中外论兵,战和相济,西洋各国,惟无一日不存必战之心",但李鸿章却"始终执其决弃朝鲜之意",以致"战不备败和局"⑨。这种抗战之豪情与自强之壮志,始终是吴长庆幕僚咏朝鲜诗作的主旋律,正如张謇所言:"人有恒言曰诗言志,謇则曰诗言事。无事则诗几乎熄矣"⑩,他即是将时代气息与人文关怀注入了诗作之中,朱铭盘亦认为作诗"不为縻言纪事而已,要其有远量高识,托讽喻之旨,博论壮词,出什伯之上"⑪,应当有所讽喻,而他赴朝时所作《蓬莱阁》:"登州城上蓬莱阁,东控烟台北大沽。坐觉文章变天地,宁闻人世有江湖。筹边中旨忧方亟,说战群公口不孤。便竭东南万民力,未应汉过不先胡"⑫,即是一篇

---

① 周家禄《与朝鲜政府书》,《寿恺堂集》卷二十八,《清代诗文集汇编》第 762 册,第 187 页。
② 周家禄《卖国碑》,《寿恺堂集》卷十,《清代诗文集汇编》第 762 册,第 87 页。
③ 周家禄《仁川口》,《寿恺堂集》卷十,《清代诗文集汇编》第 762 册,第 87 页。
④ 周家禄《早衰》,《寿恺堂集》卷十,《清代诗文集汇编》第 762 册,第 89 页。
⑤ 周家禄《将发朝鲜留别东士大夫四首》,《寿恺堂集》卷十,《清代诗文集汇编》第 762 册,第 89 页。
⑥ 汪国垣《汪辟疆论近代诗》,张亚权编撰《汪辟疆诗学论集》,南京:南京大学出版社,2011 年,第 34 页。
⑦ 朱铭盘《留别朝鲜士大夫》,《桂之华轩诗集》卷三,《清代诗文集汇编》第 775 册,第 367 页。
⑧ 周家禄《为吴军门请赴越南前敌疏》,《寿恺堂集》卷十八,《清代诗文集汇编》第 762 册,第 126 页。
⑨ 黄濬《花随人圣庵摭忆》,第 706 页。
⑩ 张謇《程一夔君游陇集序》,《张季子九录·文录》卷八,上海中华书局,1931 年,第 8 页。
⑪ 朱铭盘《周彦升朝鲜纪事诗序》,《桂之华轩文集》卷二,《清代诗文集汇编》第 775 册,第 387 页。
⑫ 陈诗《江介隽谈录》,王培军、庄际虹辑校《校辑近代诗话九种》,第 11 页。

战斗檄文。周家禄在得知朝鲜金昌熙想要退隐山林、独善其身之时,赠诗勉励其奋勇担当,以国家安危为己任:"不才思隐退,隐退非此时。内忧虽翦灭,外患方日滋。故国有乔木,颠危赖扶持。老病思养身,身病何足忧。君看家国病,瞑眩未获瘳。虽乏三年艾,及此尚可求。多忧思闻道,道岂为一身。先忧而后乐,所贵功在民。范公忧天下,岂非闻道人。"①此诗亦是一篇自明其志的佳作,今日读来仍可见其为国为民、先忧后乐之拳拳之心,也正是基于这样的情感基调,他们的诗作呈现出了"清刚"与"豪放"的审美特征,如汪辟疆先生所论:"朱曼君骈文,沉博绝丽,诗亦清刚隽上,与海门周彦升,通州张季直同佐吴武壮幕,有朝鲜《朝鲜杂诗》,工丽不减彦升,其《桂之华轩集》,时多名作。彦升诗亦以清丽见长,沉博不及《桂之华轩》,而韵味差绵远,惜其《寿恺堂集》存诗太多,如严加删汰,则无懈可击矣。"②

陈诗也指出朱铭盘"诗蕴藉中时露豪气,盖太白之伦也"③,张謇则"颇有'致君尧舜上,再使风俗淳'之志"④。张謇、周家禄、朱铭盘等人皆属于汪辟疆先生所划分之"江左派",其特征即于"清新绵纻之中,存简质清刚之体"⑤,今读吴长庆幕僚咏朝鲜诗作,确实殊多梗概多气、慷慨悲凉之感。

要之,吴长庆率部驻扎朝鲜近两年,随其出征援护朝鲜的幕僚周家禄、朱铭盘、张謇、林葵等人创作了大量的诗歌,这些域外诗歌作品融纪事、咏史、抒怀为一体,多角度的反映了庆军东援朝鲜期间的历史画卷、文化交流和时代风貌,既是个人"心史",又是时代之"诗史",因而具有独特的文献价值、认识价值和审美价值。

[作者简介] 侯冬,文学博士,西北师范大学文学院副教授

---

① 周家禄《寿恺堂集》卷十,《清代诗文集汇编》第762册,第89页。
② 汪国垣《汪辟疆论近代诗》,张亚权编撰《汪辟疆诗学论集》,第56页。
③ 陈诗《江介隽谈录》,王培军、庄际虹辑校《校辑近代诗话九种》,第10页。
④⑤ 汪国垣《汪辟疆论近代诗》,张亚权编撰《汪辟疆诗学论集》,第57、55页。

梁启超与近代中国海洋意识的发展

彭 松

[摘　要]　梁启超以进化论的视域对中西文明发展进行整体思考，提出河流文明、内海文明、大洋文明三纪元说，深入探究地理形势对中西文明形态的重大形塑功能，进而开辟一种新的海洋史观。梁启超认为海洋赋予西方海国民族坚韧、进取和争竞的精神力，他努力引导国人精神视野注向海洋，以此启发民智、改造文明，在大洋时代的危机和转机中，发愤自强，成就一种新的海国民族的理想。

[关键词]　进化视域　进取精神　海国理想

作为晚清重要的启蒙思想家，梁启超在进化论的视域中对中西文明的发展进行整体性的思考，在深入考察地理与文明之关系的基础上，他提出了人类文明经历河流文明、内海文明和大洋文明的三个纪元说，追溯了不同文明形态的起源、演替与历史变革的趋势，更深一层地探究中西地理形势对文明形态和文明性格的重大形塑功能。在河流—内海—大洋的文明三纪元说中，梁启超以海洋为文明传递之要枢，勾勒出了一条向着海洋渐次传递和扩张的文明轨迹，大略解释了西方文明崛起的历史线索，从而开辟了一种新的海洋史观。梁启超赋予海洋以前所未有的历史意义和文明价值，不仅刷新了晚清中国人的一般地理观念，而且更有意识地改造国人的文明意识，他努力将国人的精神视野引导向风潮汹涌的海洋，希望唤醒国人正视大洋文明时代的危机和转机，进而刺激出新鲜的冒险争竞意识和强韧的毅力，以积极地效法西方海国，启发民智改造文明，使中国竞立于大洋时代的列国之林。

一、地理与文明：进化视域中的海洋

如果说传统中国有根深蒂固的大陆中心的意识，地分五服，以中土为中心，一层层推衍开去，海洋作为渺远的荒服之地，处于九州之外，常被视同为蛮夷之所。渐至近代的晚清之世，这种传统中国的地理观念遭遇重大冲击，已然不能释解新的寰球经验和文明新知。愈来愈多的有识之士逐渐获得了一种新的海洋视野，从海洋的角度来重新认识地理新世界，如龚自珍就指出"天下有大物，浑员曰海。四边见之曰四海。四海之国无算数"①，也就是说

---

①　龚自珍《西域置行省议》，夏田蓝编《龚定庵全集类编》，北京：中国书店，1991年，第164页。

中国只是海洋围裹中的万国之一,并不能自居于世界之中。魏源更在《海国图志》中豁然提出"大海国"的构想,他畅议中国要以东南的太平洋和西南的印度洋为志,直下两洋,从传统的大陆核心向"两洋转动"的海国格局转换。在《瀛寰志略》这本较早的世界地理志中,这个世界的海洋性被突出地强调,"大地之土,环北冰海而生,披离下垂如肺叶,凹凸参差……","亚细亚者,北尽北冰海,东尽大洋海,西南抵黑海……"①,陆地环绕海洋而生,为海洋限定和包围,同时这片海洋不再是"裨海环之,人民禽兽莫能相通"的荒蛮,而是"帆樯之所经,测侯之所及,约其围径,参厥广轮,准望分率,致为精审"②。海洋已经被纳入现代文明的领域,接受工具化的文明理性的规制,而变为新的文明世界的一域,由此海东泰西依循海路相通,世界形势付诸图册,各国通商传教、来往自如,轮船电报之速,瞬息千里。面对这数千年未有之变局,"筹海"业已成为关乎国家安危和文明进取的关键之要,在泛海而来的西方强权的急剧刺激下,晚清一批具有跨海放洋经历的思想者如王韬、郑观应、薛福成、郭嵩焘等,开始从海洋的视角来观察中西文明,他们意识到西方人"四泛大海"、通利天下,"国振驭远之良策,民收航海之利资",造就了西方文明的面目,而中国文明固囿于大陆,围篱自守终至于落伍。在这样的中西比较视域中,晚清初涉洋务的思想者们已经意识到海洋在中西文明中的不同意义,对于中西文明形态的塑成影响至为关键。他们已经意识到地理与文明之间关系,却尚未有意识地追溯不同文明形态的起源、演替与历史变革的趋势,也未更深一层地探究中西地理形势对文明形态和文明性格的重大形塑功能。

  甲午一役之后,国族的危困刺激和推动着追效西方和追求现代文明的热情,由这种热情激发和推动的维新思想,把追求新学、追竞西方的意识推向新的高峰。晚清新一代维新志士思想激越、言辞慷慨,在"瓜分豆剖"的国族危机之中,他们以更主动的姿态和自觉的意识接受新学,以实现挽救时弊、启发蒙昧的迫切要求,他们在新的全球背景和历史认知中,以新的现代性知识来进行一种意识重塑。在新的意识中,中西文明形态得到了更深入的审视,海洋所在的环球空间也更全面地展现开来。作为维新派重要的思想家,梁启超热衷于探察中西之间不同的文明轨迹和历史发展脉络,由此对中华文明固有的历史形态进行系统化的反思,也试图对中西不同文明形态的起源、演进和历史变革之趋势进行整体性的解释。在梁启超的思想中,新的社会进化论和地理决定论产生重大的影响,这些思想刺激了梁启超从新的视角来观察中国文明,同时也赋予他新的理论框架来构建他的新民思想。戊戌变法的失败及庚子事变后每况愈下的国族命运,促使梁启超从根本上来反思中国文明的固有特性和中西文明的发展趋势,由此发现国民固有的弊缺,进而推动国民进步,以实现其"新民"的主张。

  在写于1902年的《地理与文明之关系》一文中,梁启超撮取西方及日本有关文化地理学的理论与著述,尝试以新绍介之新学说研究中西地理对文化的影响。他在文中首先援引洛克之言:"地理与历史之关系,一如肉体之于精神。有健全之肉体,然后活

---

①② 徐继畬《瀛寰志略》,上海:上海书店,2001年,第6、11页。

泼之精神生焉;有适宜之地理,然后文明之历史出焉。"①以健全的肉体比喻适宜的地理,必须有健全的肉体然后能生出活泼的精神,同样文明历史也紧密依托特定的地理环境。梁启超将发育文明的土地分为三种:一曰高原,二曰平原,三曰海滨,其中他特别推重海滨之于文明历史的意义,他引德儒黑革之言"水性使人通,山性使人塞;水势使人合,山势使人离",骤观地图的人会觉得河海使土地隔阂,但征诸历史,可以发现人类交通往来之便全恃河海。如亚非欧三洲之间,有地中海为隔,而世界文明之起源,反以地中海为中心点。梁启超感叹:"海也者,能发人进取之雄心者也。陆居者以怀土之故,而种种之系累生焉。试一观海,忽觉超然万累之表,而行为思想,皆得无限自由。"②在中国文化中,素来看重安土重迁、恋土怀乡的情怀,而梁氏特别推重海洋所给予人们的进取与冒险精神:"故久于海上者,能使其精神日以勇猛,日以高尚。此古来濒海之民,所以比于陆居者活气较胜,进取较锐。"如果说传统中国文化推重水深土重、民风笃厚的大地气质,海洋只是北溟秋水一般的逍遥无为精神的憩息之所,以及荒渺难征的神怪蛮夷出没之地。梁启超则一反古意,努力标举海洋的文明意义,特别发见海洋精神中的进取不息与勇于冒险的特质。这其中深寓着梁氏亟望改造国民性,给沉滞保守的民族性格中注入动的进取精神和超越固有规限的自由冒险精神,而欲实现这个目的,在他看来就需要转为面向海洋,希冀使海洋的活力和锐气刺激陆居者的惰性。因此,在分析世界各大洲地理形势时,梁启超肯定"以海岸线论,则欧罗巴为五洲之冠。此其于文明程度,有大关系焉"。正由于欧罗巴为高原平原海滨三者调和适均之地,所以它骎骎日进,文明进步最速,而亚细亚"盖由各地孤立,故生反对保守之恶风,抱惟我独尊之妄见。以地理不便,故无交通,无交通故无竞争,无竞争故无进步。亚洲所以弱于欧洲,其大原在是"③。梁启超特别注意到地中海居亚非欧三大洲之中心,"赍平原民族所孕育之文明,移之于海滨而发挥广大之,凡交通、贸易、殖民、用兵,一切人群竞争之事业,无不集枢于此地中海"。故观文明大势,由亚细亚一超而传诸希腊意大利,及罗马远征,乃再跃而散于欧洲之西端;及哥伦布寻得美洲,遂再奋而磅礴于南北亚美利加。梁氏感慨道:"其西渐之迹,历历可稽,岂非以地中海为主动之原力耶?假此地中海而在东方,则文明必先东披,而开辟新世界之伟业,必将成于亚洲人之手矣。由是观之,地理之关系于文明,有更重大于人种者矣。"④梁启超以海洋为文明传递之要枢,勾勒出了一条循着海洋渐次传递的文明轨迹,大略解释了西方文明崛起的历史线索。若从历史学角度来说这种概括自然并不严谨,但其意义在于,开辟了一种新的史观,它不再以大陆上各大中央王朝的兴衰衍替为文明主线,而是将目光投向以往为大陆文明忽视的海陬边涯为文明传递的枢纽。梁启超认为以亚细亚文明为代表的专制政治为人群进化之第一期,专制固为文明进化不可免的必要,但人文渐开,人民自治之习惯既成,政府当缩减其干涉之区域,以存人民自由之范围,这就进入进化之第二期。"亚细亚之所短,在徒抱文明之基础,而不能入于进化之第二期也……欧罗巴之所长,在经过第一期,即入于第二期",而这其中的原因,恰在于亚细亚天然之境遇厚,其精神为天然力所制也。欧罗

①②③④ 梁启超《梁启超全集》第四卷,北京:北京出版社,1999年,第943、944、945、945页。

巴为克服天然之不足,以兢兢勤勤之人力制天然,故得以成。所以说"地理与文明关系之征验既若是矣"。

梁启超对于地理与文明关系的思考,不仅刷新了晚清中国人的一般地理观念,而且更意图改造国人的文明意识,虽然晚清时人已经不再把中国视为天下之中,但大陆文明的意识仍很深固,易于轻忽海洋及其所带来的文明特性。梁启超着力标举海洋所蕴含的文明活力,及其对世界文明的重大塑造作用,针对国民性中的惰性大力挥扬海洋的进取与冒险气质。在对海陆文明不同气质的思考之中,梁启超逐渐形成了他的文明形态进化观,他认为海洋在人类文明形态的演进中起着至为关键的作用。在晚清,由于列强竞逐的现实和严复的大力译介,社会达尔文主义关于人类社会在激烈竞争中进化的观念流传甚广影响深远,在一般的观念中进化的趋势取决于力之强弱,而梁启超则在地理与文明的思考中探究人类文明进化的轨迹。在《二十世纪太平洋歌》中,梁氏以诗行的形式抒写了他所理解的文明进化的历程,诗人于"扁舟横渡太平洋"之际,感受到"上有搏土顽苍苍,下有积水横泱泱"的天地沧桑,乃追思怀想"天演界中复几劫,优胜劣败吾莫强",由此追溯起数千年人类文明演进的劫变历程。在人类文明之初,"初为据乱次小康,四土先达爰滥觞",支地、印度、埃及、安息四者仰赖浩浩江河之利"始脱行国成建邦","恒河郁壮克伽长,扬子江碧黄河黄,尼罗一岁一泛溉,姚台蜿蜒双龙翔"①,这些名川大河灌溉了最初的人类文明,"水哉水哉厥利乃尔溥",造就了最初的文明形态,"厥名河流文明时代第一纪"。河流文明经历了数千年的兴盛后,群族各思扩张,不畏海流之险乘风搏浪开拓新途,"乘风每驾一苇渡,搏浪乃持三岁粮",于是便有了葱葱郁郁的地中海文明,"岸环大小都会数百计,积气森森盘中央",其余各地,如波罗的与亚剌伯,以及"亚东黄渤壮以阔,亚西尾闾身毒洋",各自创造了文明盛况,"斯名内海文明时代第二纪"。直至地理大发现引起一片热狂,"咄哉世界之外复有新世界",一时"帝者挟帜民嬴粮,谈瀛海客多于鲫",至是"大洋文明时代始萌蘖","世界风潮至此忽大变,天地异色神鬼瞠",人类文明引来这个风潮大变、天地异色的时代,造就了"轮船铁路电线瞬千里,缩地疑有鸿秘方"的科技奇迹,也带来了"四大自由塞宙合,奴性销为日月光"的政治变革讯息,剧烈的竞争也带来了迅猛的进步,改变了世界五洲的格局,"愈竞愈剧愈接愈厉,卒使五洲同一堂"。在梁启超的抒写中,大河文明、内海文明至大洋文明,构成了人类文明线性进化的序列。人类的文明史被完整地叙述为历时性进化的顺序,三种不同的文明类型构成了进化的阶梯,在历史的演进和淘汰中,旧的内陆河流文明不可避免地被大洋文明取替。在这样一幅文明鸟瞰的全球视景中,传统中国的大陆中心被描述为古旧的陈迹,而海洋取得了更高一层的文明意义。这不仅向国人传达了新的地理观念,更以新的文明意识冲击国人的思想观念,前所未有地颠覆了中华几千年恒固的自我观念和世界想象,代之以融合了新的海洋意识和全球观念的文明进化论。

自晚清以来,中国人一直在试图寻找建构一种新的历史性的总体框架,以阐说世界文明发展的趋势,并解释西方文明崛起、中华文明衰落的原因。梁启超在地理决定论的

---

① 梁启超《梁启超全集》第十八卷,第5426页。

框架,构建了一个大河文明、内海文明至大洋文明的演进格局,解释了人类文明历时性进化的趋势及其背后的深层原因。尤为重要的是,梁启超以进化论的激情把海洋指示为世界文明的方向,赋予海洋以前所未有的文明价值和历史意义,他开启了一种由陆向海演进的历史叙述和文明想象,在历史的演进和淘汰中,旧的内陆文明终将被大洋文明取替,海洋代表着一种新的文明远景,指示历史演进和时代进取的向度。这种新的文明进化观不是梁启超凭空构想出来的,其中既包含着新的世界眼光和全球意识,更凝结了晚清中国人深刻的文明反思和历史批判,折射了国人面对西方文明"风从海上来"的强势入侵之际的迫切焦虑,也表现了一个现代性匮乏的民族对未来的广阔想象和热烈期望。正因为此,这种由陆向海演进的文明进化观潜入了现代中国人的意识深处,在不同的历史时期可以听到其悠远的回响。如在20世纪80年代所谓新启蒙的意识结构中,再次由海洋激发起了强烈的世界想象,这在电视片《河殇》中达到极致的表现。在这部有着政论气势的电视片中,讲的是黄河所代表的黄色文明(中华文明)被海洋所代表的蓝色文明战胜。河殇意味着发源于黄河内陆的中华文明衰落了,在那经年流淌的泥沙里再也不能演化出新的文明因子,中华文明的出路就是蓝色文明,由黄色向蓝色转变。片中的结语这样说道:"我们正在从浑浊走向透明/我们已经从封闭走向开放……黄河必须消除它对大海的恐惧/千年孤独之后的黄河,终于看到了蔚蓝色的大海。"①如果说从中可以感受到梁启超呼唤大洋文明的回响,那么对"海/陆"文明的历史定位和文明想象的微妙差异正显示了梁启超思想的独到之处。如果说《河殇》简单地赋予中华和西方以"黄色"/"蓝色"的文明标签,两种文明类型自始就已分野,唯有拥抱蔚蓝色文明,脱胎换骨参加"国际大循环",才能使古老的文明重获生机。而在梁启超的叙述中,"河流"—"内海"—"大洋"的文明纪元是全人类共同的经历,中华文明筚路蓝缕艰辛开创"始脱行国成建邦",在河流和内海两个文明形态中均达到了文明的高峰,只是在近世的大洋文明潮流中渐次落伍。而大洋时代固然创造了科技和自由的新风,但同时也是"帝国主义正跋扈,俎肉者弱食者强"的不义丛林。现代中国绝不是自我否定、弃绝自身传统,反身拥抱海洋就可为新的大洋时代接纳,自然而然地加入文明序列。相反,中华文明在这个"物竞天择势必至,不优则劣兮不兴则亡"必然面临严峻的考验,需要激发出全部的力量以迎对大洋时代扑面而至的狂风险浪。

二、危机与毅力:海洋时代激发的进取精神

1899年,戊戌变法失败后流亡海外的梁启超,在前往美国途中写下《太平洋遇雨》一诗:"一雨纵横亘二洲,浪淘天地入东流。却余人物淘难尽,又挟风雷作远游。"②诗中充满豪迈慷慨之气,一扫面对重洋的惶惑和疑虑,而将茫茫大洋视为人生的志途,如其自述:"今年十一月乃航太平洋,将适全地球创行共和政体之第一先进国,是为平生游他洲之始。"③诗人行在风雷激荡的大洋上,充满对前途的自信和探索的豪迈,也由此喻示他将

---

① 钟华民等编著《重评〈河殇〉》,杭州:杭州大学出版社,1989年,第45页。
② 梁启超《梁启超全集》第十八卷,第5419页。
③ 梁启超《梁启超全集》第四卷,第87页。

汇入一股浪淘天地的世界大潮之中。处身于这样一个"大风泱泱、大潮滂滂"的大洋文明时代,梁启超深刻感受到"物竞天择势必至,不优则劣兮不兴则亡"的汹涌潮流,列国竞起、群雄并逐形成了"今日民族帝国主义正跋扈,俎肉者弱食者强"的局面,先有"英狮俄鹫东西帝,两虎不斗群兽殃",又有"后起人种日耳曼"和门罗主义的美国,"潜龙起蛰神采扬",就连"蕞尔日本亦出定",瓜分世界以致"一砂一草皆有主,旗鼓相匹强权强",反观晚清中国"惟余东亚老大帝国一块肉,可取不取毋乃殃",直已沦为了衰朽麻木的老大帝国。面对着太平洋,梁启超感叹"太平洋,太平洋,君之面兮锦绣壤,君之背兮修罗场",大洋时代带来了舰队铁路运河电报日新月异的进步,另一面这些科技的便利亦推动帝国强权的扩张,"尔时太平洋中二十世纪之天地,悲剧喜剧壮剧惨剧齐鞺鞳"。置身于这样一个危机与转机并存的时代,梁启超对这个历史性的时空有深刻的认知。他在乘舟横渡太平洋之际,"蓦然忽想今夕何夕地何地,乃至新旧二世纪之界线,东西两半球之中央,不自我先不我后,置身世界第一关键之津梁"①。对于世界大势的认知和社会进化论的影响,使梁启超对于大洋时代的列国竞争、帝国强权的现实有了深刻的体认,对于他来说置身于这个危机与转机并存的"世界第一关键之津梁",究竟应取怎样一种态度才能挽救国族危亡呢?

  梁启超正视大洋时代在西方强权主导下进行着残忍的国家与种族的生存竞争,他也清醒地知道中国作为一个老大衰朽的国家已沦为俎肉,对于他来说重要的是思考列强如何强盛,中国如何落伍,并由此求觅振兴之道。在思考中西文明势力之兴衰交替的原因时,梁启超思虑深广,他援引地理决定论的视野,论述到中华文明虽然经历了河流和内海文明发展的高峰,但由于缺乏海洋民族的进取与冒险精神,终至于在近世的大洋文明时代沉滞迟缓而衰败。他认为中华文明在近世的失败不是偶尔的策略失误或是谋战不利,而根源于文明的固性,这是几千年来文明所处的地理位置对于民族精神产生潜移默化影响的结果。然而对于梁启超来说,论述了地理对于文明的决定性影响之后,究竟应取怎样一种态度,是以宿命的态度认可中华文明终受地理之限制,难以应对大洋文明时代的挑战,还是以进取的毅力振衰除弊,以奋发竞争的心态重塑国民性,以克服大洋时代的文明危机,这是一个关键的问题。应该承认,地理决定论虽然以更纵深的视野审视文明发展的脉络,有其深刻之处,可是也很容易产生出宿命的意识,认为文明发展必然受制于地理形势,不得不认可现实的处境为不得不然的命运定数,从而导向愈益消极的态度。但梁启超在他引用地理决定论的时候,伊始就不屈从于宿命的态度,而着力于宣扬一种"力本论"的观点,这也构成了梁氏的精神向度。早在戊戌变法之前,梁启超就已形成了一种力本论的思想,在其撰写的《说动》一文中,论述道整个宇宙中充斥着一种被称为动力的宇宙力,万事万物从至小的微尘到人生、整个地球,乃至整个宇宙,都充满了一种动的力量,并生生不息。没有这种力,整个宇宙都将衰退,人的肉体和灵魂都将麻木、僵硬甚至枯萎。因此,梁启超将整个世界看成一个不断"日新"的进程,这种日新的源泉即是一种无所不包的动力。西方人能够取得巨大成就和在世界上广为扩张的原因,就在于西方具

---

① 梁启超《梁启超全集》第十八卷,第 5426 页。

有这种生生不息的动力。究其根源,梁启超认为这离不开海洋给予西方人的影响,他如此阐说:"海也者,能发人进取之雄心者也。陆居者以怀土之故,而种种系累生焉,……试一观海,行为思想,皆得无限自由。彼航海者,以性命财产为孤注,冒万险而一掷之。故久于海上者,能使其精神日以勇猛,日以高尚。此古来濒海之民,所以比于陆居者活气较胜,进取较锐。"①在梁启超看来,人类文明受制于地理原因的制约,人类精神也为天然力所制,这固然是人类文明发展之一大规律。但是随着人群进化,全恃自然力之恩惠的文明,"其所得之,非以人力,故虽能发生,而不能进步",在他看来亚细亚的古老文明就属于这种全恃天然界之恩惠。"欧洲则适相反,其天然界不能生文明,故自外输入之文明,不可不以人力维持之。兢兢焉,勤勤焉,而此兢兢勤勤之人力,即进步之最大原因也。"②欧洲因为缺乏大河灌溉的平原沃土,故其自身的天然力不足以产生文明,而由于其海岸线多曲折,又临近地中海,故能输入文明。然而这种天然的不足却迫使欧洲人以兢兢勤勤的人力来维护文明,反倒促使其走向进步。由此可见,梁启超的地理决定论并非单面强调文明对于现有地理条件的依赖,他更肯定以人力的自觉来突破自然地理的制约,他认为这才是文明进步的动力。

梁启超把文明全恃天然界之恩惠的阶段视为人群进化之第一期,在他看来,亚细亚得大河平原之利,生长出繁盛的物质文明,然而"亚细亚之所短,在徒抱文明之基础,而不能入于进化之第二期也",其原因就在于天然力之境遇厚,其精神为天然力所制也。"欧罗巴之所长,在经过第一期,即入于第二期",就地理条件而言,"彼欧洲本为文明难发生之地,而竟发生之",由此可见在自然面前,人力不可徒然自弃,而只有发奋砥砺,改变天然之不足,才能真正进取日新,开出文明新境界。梁启超由欧洲反观亚洲,他感慨道:"吾亚洲虽为文明难进步之地,曷为不可以进步之?"原来亚洲因为内陆广阔、交通隔绝,因而难以感受大洋文明的刺激,但"近来学术日明,人智日新,乃使亚细亚全洲铁路遍布,电线如织,虽喜马拉耶之崇山不能阻中国与印度之交通,虽比儿西亚之高原不能塞印度内地与东西两洋之往来,亚细亚亦将为文明竞争之舞台矣"。近世科技文明日新月异的发展,已使得原有之地理因素愈来愈不足以制约文明,未来的文明进步当取决于人的努力与进取精神,大有未可限量之势。"人事迁移,向上未艾,或者亚非利加之沙漠,南北极之冰原,且有烂花繁锦,与各大陆国民相辉映者,未可知也。呜呼!万事悠悠,群生莽莽,虽曰天命,岂非人事耶?"③在梁启超看来,西方进步之关键就在于海洋文明所赋予的进取与冒险精神,与之相对的是传统中国囿于陆居者的惰性,而形成的命定观以及道家的消极和退隐思想。当前,要振兴国运,首先就当以海国民族的进取冒险精神刺激传统中国疲惰的意识,使国民以激进奋发的精神加入大洋文明的潮流中去。故而,梁启超极力标举一种充满力本论色彩的新意识,在《论毅力》一文中,他概括说"天下古今成败之林,若是其莽然不一途也。要其何以成?何以败?曰:'有毅力者成,反是者败。'"人生历程之中,大低逆境居多,无论事之大小,而必有数次乃至十数次之阻力。"其事愈大者,其遇挫愈多,其不退也愈难。非至强之人,未有能善于其终者也。"他以行舟来做比喻"更譬诸操

---

① ② ③ 梁启超《梁启超全集》第四卷,第 944、947、948 页。

舟,如以兼旬之期行千里之地者,其间风潮之或顺或逆,常相参伍。彼以坚苦忍耐之力,冒其逆而突过之,而后得从容以容度其顺。我则或一日而返焉,或二三日而返焉,或五六日而返焉;故彼岸终不可得达也。"①就中西之间的地理境遇而言,西方的海国文明正如逆水行舟,在艰难冒逆之间,彼能以艰苦忍耐之力突破之,而中华文明则逐渐安居现状,失去冒逆奋进的气质。故而,梁启超把当前大洋文明的扩张时代视为一个危机与转机并存的机遇,中华文明唯有激发出冒逆冲进的毅力,才能振兴国运,立于大洋时代诸国竞逐之丛林。

正是意识到海洋的波涛险阻对西方人的毅力之磨炼,梁启超也每每在他的诗中着意渲染大洋的凶险以及搏击海洋的艰难奋进。在《欧游心影录》中,梁氏有一首诗精彩地记录了大西洋遭遇狂风恶浪的情形。"云海黝黝同一形,水风猎猎同一声。穿雾黄日出瑟缩,贴浪墨烟蟠狰狞。一低一昂十丈强,我船命与龙鼋争。适填孤往日三夜,噩梦呼起犹怔营。"②梁启超着力渲染云海黝黝、水风猎猎、贴浪墨烟、一低一昂的海上凶险,赞叹"我船命与龙鼋争"与天争竞的人力,诗行里充满了紧张刺激的力量感,表达了对跨海征途的向往。在以诗体形式抒写海洋之思的长诗《二十世纪太平洋歌》中,梁启超更是以慷慨昂扬的精神抒发了他唤起国民御风而起、逆浪以进的宏大志向。在追溯了"大洋文明时代始萌蘖"的历程,在辨认了"今日民族帝国主义正跋扈"的危机现状之后,梁启超面对着"太平洋,太平洋,大风泱泱,大潮滂滂"的恢弘景象,激情描绘了大洋之中"张肺欱地地出没,喷沫冲天天低昂"劲强的自然力,他将这种冲荡汹涌的力量视为呼醒"东亚老大帝国一块肉,鼾声如雷卧榻旁"的机遇。面临着"太平洋中二十世纪之天地,悲剧喜剧壮剧惨剧齐鞺鞳"的变革时代,他清醒地意识到这正是"新旧二世纪之界线",自己正"置身世界第一关键之津梁",这也正是老大帝国的中国和其亿万同胞所面临关键时机。欲在这个举世滔滔、一日千里、弱肉强食的危机时代中生存下来,则唯有迎难而上、逆浪以进,重招国魂,奋发进取。梁启超慷慨激越道"我有同胞兮四万五千万,岂其束手兮待僵。招国魂兮何方,大风泱泱兮大潮滂滂",在这吞吐寰球的磅礴风潮中,他希望中华亿万国民奋发出新的力量,学习海国民族争竞冒险、不避危难的精神,"吾闻海国民族思想高尚以活泼,吾欲我同胞兮御风以翔,吾欲我同胞兮破浪以扬"③。他期望国人从此奋力争竞,破浪长飏在新的大洋时代之中。

三、启蒙与变革:海国理想的展望

作为晚清重要的启蒙思想家,梁启超认识到西方文明在近世的崛起和扩张,缘于其有效地利用了海洋,同时又强力地控制了海洋。面对着汹汹攘攘的世界潮流,他希望中国迎着滚滚而来的海洋大潮,激发出进取搏击的意志,向着海洋进发,以一个独立自强的大海国的形象立于世界诸国之林。梁启超以强烈的启蒙变革的意愿投诸海洋,热情地构想未来中国屹立于寰球浪潮之中的理想姿态。在他笔下,海洋不再是一块蒙着迷蒙面幕

---

① 梁启超《梁启超全集》第七卷,第2856页。
② 梁启超《梁启超全集》第四卷,第989页。
③ 梁启超《梁启超全集》第十八卷,第5427页。

的陌生他者,也不再是列强任意驰骋宰割的势力范围,而成为现代中国主体意识投射下的一片积极的愿景。在国步艰难、外侮频凌的晚清年代,梁启超只能将他所期望的变革寄托于小说创作中,以一种乌托邦愿景的方式,表现未来中国以新的海上强国的主体形象进入世界的愿望,展现出一幅中国在场的全球海洋的图景。写于1902年的《新中国未来记》,以政论小说的形式表达了梁启超对未来中国的期望,《新中国未来记》开篇的楔子即想象在维新成功五十周年之时,我国举行祝典,"诸友邦皆特派兵舰来庆贺,英国皇帝、皇后,日本皇帝、皇后,俄国大统领及夫人,菲律宾大统领及夫人,匈牙利大统领及夫人,皆亲临致祝"。在中国为中心,列强泛海而来致贺的舞台上,乃决定召开一个大博览会,"这博览会却不同寻常,不特陈设商务、工艺诸物品而已,乃至各种学问、宗教皆以此开联合大会,是谓大同"①。这是中国向世界展现自己的大讲台,在这里讲述了中国为列强侵凌而艰难竟起的曲折经历,并且向着世界发散出新中国的大同愿景。在这里,在世纪初屈辱的现实中却出现了奇特的想象远景,大海翻转了方向,向中国围拢来,这海洋不再是一块蒙着迷蒙面幕的陌生他者,也不再是列强任意驰骋宰割的势力范围,而成为新中国展现自己的舞台,又发自中国而向着全世界播散大同的理想。

在梁启超的感召下,1910年陆士谔亦创作了幻想小说《新中国》,在他的笔下,百年后的中国以一种崭新的姿态立于世界万国之中。他着重写到中国重整海军,拥有令列强瞠目的海上力量,新兵舰具由国人自己设厂制造,且靠着电机行驶,"吾国这种兵舰……合并拢来,共有一千艘。以吨数计算起来,共有三十二亿六万九千八百七十四吨。海军力为全地球第一。"②自我国南北洋海军成立,各国惮吾兵力,许把领事裁判权废掉,租界交还。他更加渲染吴淞口大操海军的盛况,八九十艘兵舰气象异常威武,风驶电掣、炮弹如飞蝗般猛射,更有鱼雷艇发射鱼雷的炸力,鲸吼也似一声,海水直立起来,像冰柱般。潜水艇竟如生龙活虎一般,忽而腾起,忽而沉下。种种变化无穷、离奇莫测的景况,尽显了中国脱胎换骨,真正成为一个海上强国,屹立于世的姿态。这种对于海军振兴的企望,对于海上雄姿的渲染,表达了晚清维新之士压抑深重的愿望,即中国要真正洗去屈辱的污垢,必得要从海上振兴起来,并且更以海上大国的雄姿走向海洋世界,从而建起中国"在场"的海洋世界格局。

除了向西方海上强国学习面向海洋、通利天下、发展工商贸易,进而建立起强大的海军舰队,展现海上强国的雄姿之外。梁启超亦强调当在政治制度方面效法西方海国,进行深刻的改良。梁启超认为亚细亚诸国皆实行专制政治,而欧洲却能摆脱神权专制之轭,其原因亦在于不同的地理环境对于文明的塑造之力,他认为亚细亚得恃天然界的恩惠,形成丰富的物质文明,同时也因为依赖自然力,使得人类为天然压服,敬畏恐怖天象,因而理性减缩,妨碍人心之发达,故此亚细亚文明就始终处于人群进化第一期,而不能进入人群进化第二期。梁氏认为"亚细亚历史之缺点不在其昔代之行专制,而在今日之犹安于专制,不知何年何代乃脱其樊耳"。与亚细亚不同的是,欧罗巴因为其天然界条件并

---

① 梁启超《新中国未来记》,上海:东方出版中心,2010年,第6页。
② 陆士谔《新中国》,上海:东方出版中心,2010年,第306页。

不优越，缺乏土阔水深的大河滋养，这反而迫使欧人重视与海外的交通，发扬其海岸线长的优势，自外输入文明，并且必须以人力来努力维护这种文明，兢兢勤勤，即以此促进文明进步。正因为欧人不依赖自然力的恩惠，故得以脱神权专制之轭，行人民自由之治，人文渐开，自治之习惯既成。于是，政府当减缩其干涉之区域，以存人民自由之范围，于是进入了人群进化第二期。"盖人群进化之第二期，所重者不在秩序而在进步，而欲使人民进步，必以法律保护个人之权利，使其固有之势力得以发达，实为第一要义。"①值得注意的是，梁启超为人类进步划分阶段之标志，不是物质和科技的成果，而是社会制度的变革，他认为欧洲之超越亚细亚，西方之超越中国，并不仅仅只是船坚炮利工商发达，更在于政治制度的开辟，使得人类文明从专制崇拜的第一期进步到人民自由之治，而这也是西方国家得以凝聚国民、动员民众的根本原因。正如梁启超在《二十世纪太平洋歌》中疾呼的，自从西方航海大发现，"大洋文明时代始萌蘖"以来，"世界风潮至此忽大变"，不但有"轮船铁路电线瞬千里"的工业奇迹，更开辟了"四大自由（谓思想自由、言论自由、行为自由、出版自由）塞宇合，奴性销为日月光"②的政治文明。梁启超将西方的政治文明与其航海开通的地理格局相联系，认为正是海洋文明的先天条件促进了西方近世民主政治的发展，这种从文明特性的源头来认知西方民主政治发生原因的思维方式也对于后来的中国人有很大影响。如20世纪70年代的顾准在反思中西文明历程的时候，就认为航海、殖民、贸易对于古代希腊民主政治具有重大的塑造作用，而中华大河文明要求集中大规模力量进行治河，这促成古代东方的专制政治的发达。

正因为梁启超对于西方近世限制政府权限、保障人民自由、促进民主之治的政治文明的进步有着深刻的体认，因而他所构想中的未来中国亦不仅仅是船坚炮利、工商发达的一个强国，更重要的是中国需对自身的政治制度进行深刻变革。在他的启蒙小说《新中国未来记》中借孔觉民先生言说六十年史，畅说开国会、行宪政为治国图强的重要意义，由立宪党成立为新中国奠定一块基础，继而扩张民权、培养民智、发扬民德，编纂立宪法典，在此基础上工商兴盛、百业兴旺、国富民强，终于迫得列强修改条约，收回利权，从此立于世界诸国之林，而为普世钦仰。从梁启超畅想的这一幅新中国未来图景，可以看到在他的维新启蒙的整体构想中，立宪行人民自由之治是至为关键的一步，只有在政治体制上进行深刻变革，中国方能真正引进西方的文明，也才能与列强并驾齐驱于世界之林，才能追逐上大洋文明时代的进步潮流。对于梁启超来说，他既看到大洋时代列强弱肉强食的凶竞野蛮，也看到四大自由人民自治的民主潮流涌动，他认为四大自由、立宪政治是西方海国民族文明进步的结晶，同时也体现了他所说的"海国民族思想高尚以活泼"，而这正是中国在向西方学习中亟需效法之处，也只有实现的这样的政治变革，才能真正刷新民智振兴国运，也才能使得四万五千万同胞在大洋文明的潮流中御风以翔、破浪以扬。

[作者简介]　彭松，文学博士，上海财经大学人文学院副教授

---

①②　梁启超《梁启超全集》第十八卷，第947、5428页。

意随世变
——韩愈诗试论

[日] 川合康三 著　陆颖瑶 译

　　中国古典文学的一大特征,在于文学性的因袭非常顽固,且呈均质性地在极为漫长的时间中持续不断。构成文学的种种要素——从词汇、语法到文类、文体,以及作品的题材、主题、内容、作品中包含的情感和思考,无一不贯穿着文学性的因袭。

　　文学性因袭的均质性当然不仅限于文学,它与中国的文化、社会自身的均质性延续相对应。正是这种传统的延续将中国塑造成为"中国",尽管王朝屡次更替,但就连异民族王朝也倾向于汉化,继承了传统文化。虽然世界上还有其他古代文明,但中国是唯一的文明呈均质性地长久延续的例子。

　　贯穿文学的因袭保证了文学呈均质性延续,但另一方面,因袭也规定了阅读文学的方法。接受作品的方法也受到这种顽固的传统的力量的固化和束缚。下面以韩愈诗为例,探讨诗歌读法如何受到因袭的限制,这里选取的是韩愈的《读东方朔杂事》。

　　　　严严王母宫,下维万仙家。噫欠为飘风,濯手大雨沱。

　　诗歌从西王母宫殿写起。天界中以西王母为中心聚集了众多仙人。天界的小小呵欠在下界变成了大风,少许洗手水引起了豪雨。天界与人间的规模如此不同。此乃后文东方朔引起雷电而在人间酿成大灾的伏笔。

　　　　方朔乃竖子,骄不加禁诃。偷入雷电室,鞭靮掉狂车。

　　诗歌的主人公东方朔由此登场。东方朔被认定为是"竖子"。"竖子"一般指小孩子或是童仆,偶尔也被用来语含轻蔑地咒骂成人。但"竖子"在文化中含有别的意义:因为是孩子而不同于成人,处于成人世界的秩序之外,有时也扰乱成人世界,这是一种异世界的人物。例如《春秋左氏传·成公十年》云:

　　　　公(晋景公)疾病,求医于秦。秦伯使医缓为之。未至,公梦疾为二竖子,曰:"彼良医也。惧伤我,焉逃之。"其一曰:"居肓之上,膏之下,若我何。"

这个故事是成语"病入膏肓"的出典。"竖子"在故事中引发疾病,使人受害,且为人之手所不能及。竖子自身并非怀有恶意而引发疾病,对他们而言,这不过是恶作剧而已。竖子是不同于通常世界的异世界中的人物,于人力所不及之处扰乱人类世界的秩序。

在有关杜审言临终情形的轶事中,是"造化小儿"引发人的疾病。

> 初,(杜)审言病甚,宋之问、武平一等省候何如,答曰:"甚为造化小儿相苦,尚何言?然吾在,久压公等,今且死,固大慰,但恨不见替人"云。(《新唐书》卷二〇一《杜审言传》)

这则故事叙述了杜审言的刚毅之态。此处杜审言将造化(造物主)这一超越人类的巨大事物称为"小儿",表现了他与造物主对峙、甚至意欲凌驾于其之上的气魄,而也与于人力所不及之处作恶的"竖子"有相通之处。

被称为"竖子"的东方朔,在天界的西王母和仙人们心目中不被当作独立的成人,而仅仅是个"孩童",他的恶作剧也得到了允许。同时,这也意味着东方朔是侵扰成人世界的异世界的人物。因此,异于常人的东方朔得以扰乱天界。

"骄"是孩童特有的个性,孩童的行动随心所欲。恣意做出恶作剧的东方朔擅自发动了雷电。其中并非含有恶意,而是单纯半开玩笑式的恶作剧。

> 王母闻以笑,卫官助呀呀。不知万万人,生身埋泥沙。簸顿五山踣,流漂八维蹉。

就连东方朔的恶作剧,也因其只不过是恶作剧,使西王母"笑"而没有惩罚他。禁卫兵士也追赶着他大笑。然而东方朔在天界的小小恶作剧,却招致了人间的巨大灾害,甚至令大地崩塌。

> 曰吾儿可憎,奈此狡狯何。方朔闻不喜,褫身络蛟蛇。瞻相北斗柄,两手自相授。

西王母对于东方朔擅自引发雷电的恶作剧一"笑"了之,却也无法忽视雷电在人间造成的巨大灾害。诗中没有明言"曰"的主语,而应当认为主语是已经出场了的"西王母"。她称东方朔为"吾儿"。"儿"与前述的"竖子"同类,而"吾儿"是含有亲切感的爱称,显示出将西王母与东方朔的关系比喻为"母—子"关系的含意。

"可憎"也并非字面所示的意味。对于心爱之人,将表白爱情的目的或是无法实现恋情的焦躁发于此类伪装成轻侮、憎恶心情的言辞,这在恋爱诗中很常见。比如《诗经·郑风·狡童》——字面意思是"狡猾的男子",但此处是含有对恋人的焦躁、撒娇的说法。同样,《郑风·褰裳》有"子不我思,岂无他人,狂童之狂也且"之句,无论"狡童"还是"狂童"都是对恋人的称呼。由此,"吾儿可憎"既是斥责之语,又包含了西王母对于东方朔的喜爱。是类似"这孩子真顽皮啊"的说法。

西王母称东方朔的恶作剧为"狡狯"。"狡狯"一词字面上看似有狡猾之意，不过也有"恶作剧"的意思，这一点由曹丕《列异传》(鲁迅《古小说钩沉》)"北地傅尚书小女，尝拆获作鼠，以狡狯放地"的"狡狯"可以见出。时代较后的陆游《示子遹》诗有"诗为六艺一，岂用资狡狯"之句，自注云"晋人谓戏为狡狯，今闽语尚尔"。若以"狡狯"为"戏"之意，则西王母之语意为"该如何处理这恶作剧呢"。

东方朔得知西王母正在考虑如何处置自己的恶作剧，感到无趣。"褫身络蛟蛇"大约是脱下人形的玩偶外套而化身为蛟蛇之意。东方朔其实是本体不明的人物，而又能变幻自如。有关东方朔的事迹，虽然仅能从《汉武故事》等书中略知一二，可能在韩愈身处的时代留存了更多关于东方朔珍奇行为的记录。

变身为"蛟蛇"的东方朔定睛注视北斗七星的柄，他搓揉双手，似乎要将北斗七星的柄造成别的什么事物。仙人们愈发无法忍耐东方朔的粗暴行为，天界中掀起了谴责东方朔的骚动。

> 群仙急乃言，百犯庸不科。向观睥睨处，事在不可赦。欲不布露言，外口实喧哗。

东方朔行为粗暴放肆，仙人们也无法保持沉默，赶紧向西王母进言。他们先前还同"卫官"一样笑着忽视东方朔的行为，现在则不得不处置东方朔的攻击性态度。得知了东方朔的粗暴举动，他们"急"——赶紧向西王母进言。"百犯"是东方朔迄今在天界犯下的种种罪行。见到东方朔的"睥睨"——傲慢的模样，不知他犯了什么事，但无法置之不理。尽管不想公之于众，但还是在外界演变为大骚乱。

> 王母不得已，颜嚬口赍嗟。颔头可其奏，送以紫玉珂。

西王母虽认为东方朔令人困扰，但不愿将其流放。然而她也无法与"群仙"的申诉相争论。表现出西王母并非自愿将东方朔遣出天界的，是"颜嚬""口赍嗟""颔头"(即脸、口、头)等丰富地展现了表情、态度的身体部位动作，显示出西王母对于东方朔的留恋。送别礼物是"紫玉珂"，即装饰在马头上的紫色宝玉。西王母将紫玉赠予东方朔，无奈地将其流放出了天界。

> 方朔不惩创，挟恩更矜夸。

到下一句读者方才明白，被赶出天界的东方朔进入了汉武帝的宫殿。他在那里仍然不思悔改，倚仗武帝的宠爱而随心所欲地行动。

> 诋欺刘天子，正昼溺殿衙。一旦不辞诀，摄身凌苍霞。

即便进入了汉宫,东方朔也诋毁武帝,白天在宫殿中便溺,不断做出种种恶作剧。后来有一天,他没有告辞就挺身飞走,凌驾于青云之上。

过去有关这首诗的评论,大多解释为韩愈对于同时代朝廷中奸邪小人的批判:

〔宋〕韩醇(魏仲举《新刊音辩昌黎先生文集》所引)曰:公时为右庶子,而皇甫镈、程异之徒乃用事,元和十一年也。《杂诗》及《读东方朔杂事》《谴疟鬼》,皆指事托物而作也。

——认为此诗指皇甫镈、程异专权之事。

〔宋〕洪兴祖(魏本所引)曰:退之不喜神仙,此诗讥弄权挟恩者耳。

——认为此诗批判身受君恩而恣意弄权之人。

〔清〕朱彝尊曰:刺天后时事。

——朱彝尊认为此诗所述为前代武后朝之事。

〔清〕方世举曰:刺张宿也。

——方世举认为此诗批判的是张宿。据《旧唐书》本传,张宿布衣时为尚是诸王的宪宗所用,宪宗被立为太子、即位后更加宠爱张宿。方世举将诗句逐一与张宿事迹联系起来加以说明。

〔清〕王元启曰:考宿本传,方说良是。但其依比事实,颇多牵强缪戾之失。

——支持方说,而又指出将诗句与事实相对应,存在牵强附会。

〔清〕陈沆曰:此为宪宗用中官吐突承璀而作也。

陈沆将此诗解释为批判宪宗任用的宦官吐突承璀。现在最为通行的钱仲联先生的注释也支持陈沆的"批判宦官吐突承璀"一说:

钱仲联曰:陈(沆)说较核,兹据以系年。

关于所指究竟为何人,注家众说纷纭,但上述注释的共通之处在于,以东方朔为邪恶人物,并在韩愈所处时代的官场中寻找与这样的东方朔相符的人物。注家列举出的唐代人物,都是贪求权力而诡计多端之人。但正如上文分析所示,诗中东方朔的举动并非追求权力而策划政治阴谋,而只是单纯的孩童游戏。将诗中的东方朔与官场中的邪恶人物联系起来,表明理解东方朔的方式有误。恶作剧与邪恶同样令人受害,但恶作剧并非为自身谋求利益的行为,在这一点上两者有别。恶作剧仅仅是为取乐而做出的行为。日语中的"いたずら"有"恶作剧"之意,同时还有"无用、无益、徒劳"之意,这也正显示了恶作剧的无目的性和非功利性。

注释者们将本诗解释为对于实存人物的批判,不正是因为他们固执地认为诗以"美刺"为主旨、传统的对于诗歌理解方式的限制发挥了作用吗?可以认为,"诗歌是批判现实世界,尤其是政治世界的作品"这种固定的解读方法令人朝向了讨论"批判的是谁"的方向。如果不被"诗歌以批判为主旨"的思想所束缚,不是可以有更加自由解读的方法吗?

过去的注释中,仅有一种与"批判说"不同,即顾嗣立《昌黎先生诗集注》所引的俞玚之说:

> 俞玚曰:此诗兴祖以为讥弄权者,观结语云云,殊不然也。意亦指文人播弄造化,如《双鸟诗》云尔。不然何独取方朔而拟之权幸邪?

俞玚完全否定了认为此诗批判朝中弄权人物的意见,认为此诗与韩愈《双鸟诗》一样,叙述的是如同造物主一般用语言创造世界的诗人。

那么,他认为与《读东方朔杂事》诗相类似的《双鸟诗》又是怎样的作品呢?

> 双鸟海外来,飞飞到中州。一鸟落城市,一鸟集岩幽。不得相伴鸣,尔来三千秋。两鸟各闭口,万象衔口头。春风卷地起,百鸟皆飘浮。两鸟忽相逢,百日鸣不休。有耳聒皆聋,有口反自羞。百舌旧饶声,从此恒低头。得病不呻唤,泯默至死休。雷公告天公,百物须膏油。自从两鸟鸣,聒乱雷声收。鬼神怕嘲咏,造化皆停留。草木有微情,挑抉示九州。虫鼠诚微物,不堪苦诛求。不停两鸟鸣,百物皆生愁。不停两鸟鸣,自此无春秋。不停两鸟鸣,日月难旋辀。不停两鸟鸣,大法失九畴。周公不为公,孔丘不为丘。天公怪两鸟,各捉一处囚。百虫与百鸟,然后鸣啾啾。两鸟既别处,闭声省愆尤。朝食千头龙,暮食千头牛。朝饮河生尘,暮饮海绝流。还当三千秋,更起鸣相酬。

诗歌大意如下:两只鸟从"海外"飞来"中州",但各自处在城市与山中,三千年间没有鸣叫相应。忽然吹起了春风,二鸟相会而开始鸣叫,喧闹之声令众鸟沉默,压倒万物。于是"雷公"向"天公"控诉——二鸟令一切生物陷入沉默,自然的运作也为之停止,长此以往则世界也会失去秩序。收到控诉的"天公"令二鸟分离,囚禁在不同的地方。万物由此重新发声。二鸟不得不再次沉默,但三千年后它们会再次一同鸣叫相应。

对于这首诗的解释中,没有认为"双鸟"是批判政治人物的意见,旧说大致分为两种。一说"双鸟"指释老。宋代柳开《韩文公双鸟诗解》(《河东先生集》卷二)、叶梦得《石林诗话》《笔墨闲录》意见相同。另一说"双鸟"指李杜或韩孟。"李杜说"始见于苏轼《书丹元子所示李太白真》诗中"化为两鸟鸣相酬,一鸣一止三千秋"之句,张表臣《珊瑚钩诗话》赞同此说。葛立方《韵语阳秋》否定了释老说,与《珊瑚钩诗话》一样以苏轼诗为依据,但认为"双鸟"所指乃是韩孟而非李杜。其后,朱彝尊的观点接近释老说,而完全否定了李杜说、韩孟说。何焯《义门读书记》以柳开的释老说为迂阔穿凿而加以否定,赞同葛立方的韩孟说。方世举、翁方纲、陈沆、徐震等人都赞成韩孟说。

释老说以韩愈反对佛教而尊崇儒教为前提,并以诗中"双鸟海外来,飞飞到中州""周公不为公,孔丘不为丘"之句为据。与李杜说、韩孟说大不相同的是,释老说认为"双鸟"是破坏秩序、危害万物的生物并加以否定,但这一观点根源于固守儒家立场的态度,没有理解全诗表达的同情未能施展本来姿态的"双鸟"之悲哀的态度。

可以赞同以"双鸟"为作家的解释。将作家的诗文创作比喻为"鸣",见于韩愈的其他文章。《送孟东野序》起首云"大凡物不得其平则鸣","鸣"不仅限于鸟。随季节变换而"维天之于时也依然,择其善鸣者而假之鸣。是故以鸟鸣春,以雷鸣夏,以虫鸣秋,以风鸣冬",各种自然事物的声响都可称为"鸣"。

"双鸟"以"鸣"发出了甚至破坏世界秩序的冲击,万物也因其而被完全暴露出来,这一点很能显示韩愈的文学观。他提到李白、杜甫的创作具有的暴力,有《荐士》诗云"勃兴得李杜,万物困陵暴";又言及二人的创作无视规范、秩序而自由奔放,有《感春四首》其一诗云"近怜李杜无检束,烂漫长醉多文辞"。

这里的作家究竟是李杜还是韩孟,不必加以严格区别。韩愈将自己与孟郊的关系比拟为李白与杜甫的关系。《醉留东野》诗云"昔年因读李白杜甫诗,长恨二人不相从。吾与东野生并世,如何复蹑二子踪",这是将自己与孟郊的交游比拟为李杜交游,而李杜的诗歌风格,应当也是韩愈自身的目标。准此,"双鸟"可以既理解为李杜,同时也理解为韩孟,或是理解为韩愈所思考的非特定的作者的宿命、悲哀。"朝食千头龙,暮食千头牛。朝饮河生尘,暮饮海绝流"以饮食为喻,描述了"双鸟"的逸出常轨的规模。

顺带一提,韩愈作有《感二鸟赋》。他于贞元十五年(795)博学宏词科再次落第,三次上书宰相也毫无回音,失意之余离开京城,途中遇到被运往京城进献给皇帝的两只鸟(白乌、白鸐鸰),感叹"余生命之湮阨,曾二鸟之不如",这与"双鸟"的含意不同。

关于前文的《读东方朔杂事》诗,只有俞炀不赞同此诗系为批判朝中人物所作的意见,认为与《双鸟诗》相同。两诗的确有相通之处。一是东方朔和双鸟的行动、举止都令周围蹙眉不满。二是两者都遭到了不幸的命运:东方朔被从天界流放到了汉宫,失去容身之处,双鸟则是在相聚之时才尽情鸣叫,被拆散后遭到幽闭的厄运。三是作者对于生不逢时的东方朔、双鸟的悲哀表示了同情。

二诗虽有上述相通之处,但内容却大不相同。双鸟遭遇不幸,是因为"鸣",即它们的语言创作招致了周围自然世界的混乱。东方朔则因恶作剧而受到仙人的厌恶。他的恶作剧包括擅自引起雷电、在宫廷中排泄等不具有恶意而意图取乐的嬉戏。讲述卓越作家的悲哀的《双鸟诗》与复述东方朔的恶作剧的《读东方朔杂事》，在此具有决定性的差异。那么，写下了东方朔的恶作剧的《读东方朔杂事》到底想要讲述什么呢？

东方朔身处天界时受到西王母宠爱，却以恶作剧招致混乱，身处人间宫中时受到汉武帝垂爱，却做出种种恶行，这不正是trickster（弄臣、无赖）吗？trickster处于当权者侧近，通过恶作剧扰乱秩序。中国的trickster典型即为孙悟空，而孙悟空也遭到了天界流放的厄运。东方朔是被塑造为同样形象的人物。通过运用trickster这一概念，能够较好地说明东方朔的个性和在诗中扮演的角色。详论东方朔之为"小丑""滑稽"的论文，有大室干雄《羽化登仙的滑稽者——论东方朔的"狂"》（《新编　正名与狂言——古代中国士人的语言世界》，1986，Serika出版社）。

将《读东方朔杂事》诗解释为批判朝中邪恶人物的人们，不是被"诗歌以政治性批判为宗旨"的传统诗歌解读方法所束缚住了吗？文化人类学提出的"trickster"这一崭新概念，对于理解东方朔非常有效。

读者被文学性因袭中定型的理解方法所束缚之时，作者自身是否幸免呢？原本在中国传统文化中，作者与读者并不像近代以来这般是彼此分离的，而是作者即读者、读者即作者。尽管如此，卓越的作家这一类人，常常先于同时代的读者们前进了好几步。即便没有trickster这一清晰的概念，作家也能够不受思维定式的束缚，进入超越了定型思维的领域。陶渊明、杜甫、韩愈、苏轼等等当世杰出的作家屡屡突破文学性因袭的限制，扩展了创作的世界。即便他们的新创在后一时代又被因袭化而纳入文学内部，但其中也有难以被纳入的部分。我们必须知道，他们留下的作品内部延伸着定型化的文学理解方法所难以解读的混沌的世界。

我们借用如今可以了解的trickster这一概念，可以加深对于东方朔的理解。但是《读东方朔杂事》诗不能据此加以理解。韩愈诗中所表达的，不能认为是单纯的对于trickster的描写。全诗通过这一名为东方朔的人物，叙述了没有容身之处之人的悲哀。这种悲哀方才是诗歌的重要因素。出于本性、遵从本性的行动招致了周遭的不满，在任何地方都遭到驱逐，这可以说是一种悲哀。

如果说《读东方朔杂事》借由东方朔这个trickster写出了不容于世的个性的悲哀，那么《双鸟诗》则借由两只鸟写出了不容于世的作家的悲哀。若进一步深入，可以说两诗都讲述了自身与世界的普遍而根本性的相克。这应当源自韩愈自身的悲哀情绪。无论是天性还是身为作家的孤独，其中都可以推测出韩愈自身的悲哀。

离开认为诗是政治批判工具的观念、从trickster的概念出发重新理解诗歌的我们，实际上也受到了时代的制约。因此，世易时移，还会出现其他的解读方法。如此意随世变，诗歌在各个时代中被不断以新的方法解读下去。我们身处如今这一时代，只要指出于当今之世方才可行的解读方法，并将其传授给后一时代，便已足矣。

[作者简介]　川合康三，日本京都大学文学部名誉教授

最近十年日本的中国唐代小说研究状况

［日］赤井益久 著　陆颖瑶 译

本报告上承刊登于《中唐文学会报》第十四期（2007年）的《最近十年日本的唐代文学研究状况》（下称"前稿"），以其后十年为一阶段进行总结。虽然说是过去十年，但前后跨越的时间不止十年。另外，本文和前稿一样，目的在于汇报研究的趋势和概况，由于篇幅有限，预先声明本文并非网罗性的文献解题。本文谨对所引用文献的作者姓名省略敬称。

这十年之间，自前稿之后大大推进的，要属有关唐代小说的专著接连出版。这些专著多是过去发表过的论文合集，但每篇论考又不同于各个时期基于不同关注点而写成的论文，而是汇集成为一册专著，富有洞见地围绕贯彻始终的主题展开论述，令人感到其中另有意义。下文按出版年份先后顺序进行介绍。

冈本不二明《唐宋传奇戏剧考》（汲古书院，2011年，515页）上承前一部著作《唐宋的社会与小说》（汲古书院，2003年，438页）而来。正如书名所示，第一部分是唐代小说论考，第二部分则是从唐宋戏剧到元杂剧的相关论考，书末附有书评篇和与《王魁》有关的资料篇。第一部收录论述《柳毅传》、《南柯太守传》、《东阳夜怪录》、"红叶题诗故事"以及题为《沧州与沧浪——隐者的居所》的论文。第二部论题如下：第一章"南宋的社会与戏剧"，第二章"斋郎考——围绕宋代歌舞剧的一个问题"，第三章"黄庭坚《跛奚移文》考"，第四章"黄庭坚与南柯梦"，第五章"王侯与蝼蚁"，第六章"宋代都市中的演艺和犯罪"，第七章"闺怨与负心的戏剧"。有关唐代小说的论考如下：关于《柳毅传》，研究了柳毅传的演剧性要素如何构成故事，分析了虐待、传书、报复、谢礼、降嫁等情节；关于《南柯太守传》，着眼于作为树木的槐树，探寻其植根于中国文化的背景，论述主人公重返青年时代并进入梦中之事，解释了小说叙述在时间上的矛盾；关于《东阳夜怪录》，论述了其中描写的精怪与六朝志怪小说存在何种差异，以及这种差异具有怎样的意义；有关"红叶题诗故事"，追踪从故事诞生的中唐直到北宋时期的故事的发展，指出了树叶作为纸的代用品的意义；论文《沧州与沧浪——隐者的居所》追寻了词语的出典及其后的历史性变迁。作者将唐代小说视为宋元时期广为传承的文艺形式，并将其置于与演剧和诗文的交流过程中进行考察。我们回忆起今后唐代小说研究的进展时，能从中得到很多启发。

冈田充博《唐代小说〈板桥三娘子考〉——东西方的变驴变马故事之间》（知泉书馆，

2012年,692页),可以说是这十年间值得标榜的研究成果。该书也是前稿曾提及的一系列研究的论文合集。该书在东西方文献中探寻收录在《河东记》中不满八百字的人化为驴马的变身故事的来历。有关文物东传的研究已有很多,但其中几乎没有与唐代小说有关的。本书分为四章,第一章是历时性研究,第二章是共时性研究,第三章和第四章则定位为中国与日本的比较研究。在第一章中,作者根据原文精心收集资料,追寻文献的踪迹。作者在欧洲文献中没有找到与原作情节类似的故事,于是注目于变驴变马故事大量流传的西亚,发现《一千零一夜》的"呼罗珊的谢弗尔曼王"的故事与之有很多相似之处。虽然其成书晚于《板桥三娘子》,但可以推断故事流传的经过,故事最古老的确切出处可以追溯到根据克什米尔诗人索玛·德瓦所作的《布里哈特·卡塔》改编的《卡塔·萨利特·萨伽拉》(收录于《穆利刚卡达王子的故事》)。同时,作者在考察传奇故事的影响关系时,指出传播过程中对故事的主干和细节、故事框架和具体情节等各种要素做出了取舍并产生了复杂的变化与接受,对于流传过程中不断变化的故事框架做出了跨越时空的推论。第二章将《板桥三娘子》置于同时代的小说中,考察了该小说具有怎样的特色。与前一章积累间接证据的倾向相比,本章敏锐地切入作品本身,在唐代的类似故事中考证作者薛渔思、《河东记》、作为舞台的汴州以及幻术的有关情况。中日两国变身故事的比较研究,可以从这类故事从西亚传入中国、又从中国传入日本的过程中得到推论。作者在全面分析中国的变身故事的基础上将其分为四类,即"报应故事类""《出曜经》类""《一千零一夜》类"和其他类型。自佛教传入以后,中国的变身故事与轮回转世和因果报应思想密切联系,产生了许多"人变为畜生偿还孽债"的故事。本书的贡献之一,在于收集了与"药草"——《板桥三娘子》中伴随着"从驴马变回人形"(现形)情节的现形契机——有关的类似故事,将这类故事构建为新的体系。这类故事的基础是《出曜经》(本缘部)中关于香巴拉草的故事,第四章讨论在日本的接受情况时,这一点也被定位为显著地发展了的要素。本书有关故事的传播和变化接受的研究成果,今后受到众多学者的批评和检验,应当能极大促进唐代小说研究的发展。赤井所作的详细书评载于《中国文学报》(京都大学中国文学会,82册,2012年4月,152—166页)。

日向一雅编《源氏物语与唐代传奇》(青龙舍,2012年,265页)是展现了近年来和汉比较文学研究活跃状况的成果。该书是七位学者的研究论文集。以下是各篇论文的题目:李宇玲《唐代传奇与平安文学》、河野贵美子《古注释中所见源氏物语与唐代传奇》、柴崎有里子《〈落洼物语〉和〈游仙窟〉》、新间一美《源氏物语与游仙窟》、日向一雅《明石姬故事与〈莺莺传〉》、陈明姿《唐代传奇与〈源氏物语〉中的梦故事》、仁平道明《〈源氏物语〉与唐代传奇的"型"》。七篇文章都以《源氏物语》为中心,在文献以及措辞和表现手法、结构方面探讨了其与舶来日本的(包括存在舶来的可能性的)以《游仙窟》为首的唐代传奇之间的关系。李宇玲《唐代传奇与平安文学》在《游仙窟》《冥报记》《长恨歌传》《长恨歌》《任氏怨歌行》等有着明确影响关系的作品之外,还列举了《任氏传》和《源氏物语》夕颜卷、《莺莺传》和《伊势物语》69段及《源氏物语》帚木卷·花宴卷·明石卷、《离魂记》《霍小玉传》和《源氏物语》中六条妃子的生灵和死灵、《步飞烟》和《伊势物语》初段等等例子,推测唐代小说影响了当时的日本人,使其关注具有现实性和冲击性的故事情节。河野贵美子

《古注释中所见源氏物语与唐代传奇》指出,在目录学上由归入史部变为归入小说类的变化,对于小说规范的确立有着重要意义,而后指出《源氏物语》古注释对于传奇小说的接受,并通过引用古注释、特别是《河海抄》中受《游仙窟》影响的部分加以具体论证。柴崎有里子《〈落洼物语〉和〈游仙窟〉》论述了《游仙窟》对于《落洼物语》中落洼女与道赖从邂逅直到彼此亲爱的整个过程的影响。新间一美《源氏物语与游仙窟》论述了八世纪初叶舶来日本的《游仙窟》对于《万叶集》和其他许多汉诗都产生了影响,在此基础上人们欣赏传奇小说,《游仙窟》对《源氏物语》若紫卷、夕颜卷等都有所影响。日向一雅《明石姬故事与〈莺莺传〉》着眼于《源氏物语》明石卷中明石姬与光源氏的结婚和离别,从中辨识出崔莺莺的面影,推断该卷受到了《莺莺传》的影响。陈明姿《唐代传奇与〈源氏物语〉中的梦故事》分析了中日两国的"梦游",在指出两者的异同和类似之处的基础上,更指出与讲述人生无常的中国传奇相比,《源氏物语》描写了深感人生难料的悲哀的女性形象。仁平道明《〈源氏物语〉与唐代传奇的"型"》,在重新确认《源氏物语》直接和间接地接受了唐代传奇的基础上,指出唐代传奇的"型"在《源氏物语》以前就被日本文学所吸收,由于《源氏物语》所接受的也包括了这一部分,所以看起来就好像是接受了唐代传奇一样,论文举例说明了这一点。这些是和汉比较文学的卓越研究成果,另一方面,中国文学研究者采取何种研究方法,这是今后的课题。

富永一登《中国古小说的发展》(研文出版,2013年,566页)是作者考察其重点关注的从六朝古小说到唐代小说的发展而写的已发表论文的合集。序章副标题为"前往想象世界的邀请",举出从六朝志怪小说到唐代小说的例子,概论中国古代小说观念的变迁。上承序章的第二章论述了六朝殷芸《小说》和唐代顾况《戴氏广异记》序等文献中体现的小说观。第三章考察了六朝志怪小说的解题、志怪小说中的"鬼"和以《异苑》为中心的志怪小说的文体。第四章和第五章都是本书的核心部分。"从六朝志怪到唐代传奇——以异种族婚姻为中心"通过考察《人虎传》《袁氏传》《狐说话》《白蛇传》《柳毅传》,指出了唐代小说的创作性。第五章"唐代传奇论考"考察了沈亚之的史传类作品和《异梦录》《湘中怨解》《秦梦记》等传奇类作品,认为史传类作品倾向于通过叙述自己见闻的人物行为来阐述与之相关的政治性、道德性主题,而传奇类作品则是古文家沈亚之尝试运用当时流行的传奇体文章进行创作的结果。"唐代小说中的'鬼'"一章全面考察《太平广记》鬼类所收录的作品,将有关故事分为爱情主题的故事、冥界使者的故事以及其他故事三类,认为"鬼"这一志怪小说的代表性主题令作品具有人性感情,令志怪小说接近文学作品。对于已有石田干之助、泽田瑞穗等的先行研究的"商胡买宝故事",作者叙述了来自西亚并席卷唐王朝全域的东西交流,并举出都城长安的胡化风潮来说明东西方贸易和胡人商贾的活跃情形进入唐代小说的经过。作者还指出同类型故事和故事的传播在其中可能发挥了重要作用。在"《莺莺传》——爱情小说的边界"一章中,作者认为崔莺莺的形象以古典的神女形象为基底,又混杂了旧时士大夫之女的形象,作者元稹出于训诫后世之人的目的而写作,而诗作与小说作品之间的文艺性质差异正是种种矛盾产生的原因。"《鱼服记》的创作意图——唐代传奇的娱乐性"一章举出类似故事的例子,论述了像酒宴上的"酒令"那样追求谐谑性、互相讲述"奇事"的做法,其中蕴含了创作意图和娱乐性特征。

"唐代小说的创作意图——以《杜子春》为中心"简述了杜子春的同类型故事,认为"爱"导致修炼仙药失败这一情节设定,就结论而言是根据造访异世界的故事类型而创作出来的。作者认为在从六朝古小说即志怪小说到唐传奇的发展过程中,娱乐性与创作意图乃是动力之源。

小南一郎《唐代传奇小说论——悲哀与憧憬》(岩波书店,2014年,257页①)中收录的论文大多已在前稿(或是更早以前的文章)介绍过,但汇集成册的论文所具有的意义不仅限于是论文的合集,所以此处仍然加以介绍。作者试图探索唐代小说的核心作品为何产生于中唐、受到官僚阶层支持而留存下来的优秀作品为何未能发展成为延续到下一朝代的文学形式。文集收录的六篇论文都曾经发表,而"前言"是新作,其中论述了从所谓的六朝古小说转变到唐传奇的过程中故事结构的问题、作为传奇核心内容的恋爱故事与古典文学中的"神人婚姻故事"的关联的问题、作为技巧的"虚构"的问题、不得不在现实与理想的矛盾中生存下去的人们的悲哀与憧憬等等问题。"序论——从'叙述'进入'作品'"假设作品世界的基底有着"传说"(说话),它的接受者们出于共通的价值观和关注点而将作品世界加以升华。这个基本想法令其后收录的论文观点具有了说服力。第一章"《古镜记》——太原王氏的传承"认为唐代传奇小说在中唐时期兴起,其社会史角度的背景是六朝以来门阀贵族的衰退和新官僚阶层的勃兴;作者假设有一群以维持贵族地位和宗族传统为使命的人们,认为一直在太原王氏家族内部传承的使命在王通和王度之后由于组织结构的衰退而显现了出来。第二章"《莺莺传》——元白集团的小说创作"认为当时科举出身的人们共有的价值观和对于社会性的"婚仕"等问题的想法,正表明了他们对于支持科举的官僚体制的疑问和非议。第三章"《李娃传》——长安的街与人们"超越了过往的人物形象论,关注人物形象之间的相互关系,将故事视为主人公郑生在前半段故事中的"下降"和后半段故事中的"上升"并加以分析,认为死亡与再生是在承袭古代神话并建立在母子关系、父子关系之上的,传奇小说的精髓在于士大夫阶层与都市居民的价值观的矛盾与调和。第四章"《霍小玉传》——传奇小说的挫折"认为传奇小说之所以没有在后世得以发展,一个重要原因在于尽管故事主题和人物描写都很出色,但霍小玉表达愤恨之情的豪侠形象从承载传奇的阶层的价值观转变为了受藩镇力量影响的人物。关于作者所论的都市居民对于写作传奇的阶层的影响力,这一点今后需要继续讨论。

冈本不二明《〈李娃传〉与鞭——唐宋文学研究余滴》(汲古书院,2015年,277页)上承作者先前的著作《唐宋的社会与小说》(汲古书院,2003年)、《唐宋传奇戏剧考》,以唐代小说之外的论文为中心。成为书名由来的第一章"《李娃传》与鞭——平康坊·曲江池·剑门",从《李娃传》文中的"坠鞭"一词出发,探寻其在唐宋诗词中是如何固定成为典故的。同时作者还指出四川的"剑门"扮演了通过仪礼的角色,并推测陆游对自身诗人身份的觉悟与在剑门的彻悟有关。第二章"《左传》与《李娃传》"认为过去先行研究所指出的"《李娃传》基本构造源自《左传》隐公元年中郑庄公与母武姜的对立与和解"这一观点很难成立,并进一步指出《李娃传》的作者与写作年份之所以难有定论是因为以白行简为作

---

① 译者按:本书有中译本《唐代传奇小说论》,童岭译,伊藤令子校,北京:北京大学出版社,2015年。

者的看法存在不合理之处,倒不如以白居易、白行简兄弟的友人元稹为作者的假说更能够成立。第三章"审雨堂之谜——《南柯太守传》异闻"概述了《南柯太守传》从晚唐到宋代的影响,论述了先行研究认为是这一故事的原型是"卢汾"的观点很难成立。第四章"宋诗所见《枕中记》的影响"指出《枕中记》被宋诗作为典故接受并普及,不仅仅是单纯的词汇,甚至影响了诗人们的人生观。

叶山恭江《唐代传奇的讲述者——故事的时间与空间》(汲古书院,2016年,220页)以所谓的"叙事学"(narratology)为理论根据,按照热拉尔·热奈特的《叙事话语》所提供的方法,根据"讲述者"是否作为故事中的人物登场("是"则为"同质叙事","否"则为"异质叙事")将鲁迅《唐宋传奇集》中收录的36篇作品分为以下四类:(1)故事外异质叙事类型(25篇);(2)故事外同质叙事类型(11篇);(3)故事内异质叙事类型(1篇);(4)故事内同质叙事类型(4篇)。经过这样的分析,研究聚焦在故事的"讲述者"上。该书第一部分说明了叙事理论的术语和理论,并以《谢小娥传》为例论证了理论的实际应用。第二部分为实践篇,以《古镜记》和《南柯太守传》为例进行分析。论《谢小娥传》时,作者分析了主人公谢小娥和作者李公佐,以及"讲述者"的地位,指出故事结构意在强调给予犯人复仇的动机的不是别人而正是李公佐。论《古镜记》时,作者设想了讲述整个故事的王度的存在,指出被认为与古镜关联薄弱的王度其实居于故事的中心地位。论《南柯太守传》时,作者留意"时间标记"与"空间标记",论述了在空间上蚂蚁国"槐安国"位于生死二界之间,具有沟通二界的功能,在时间上主人公淳于棼在梦中重返青春、回到与父亲分别的时间点上,这是作为"士大夫"而重生的时间。中国文学研究中"叙事理论"的应用,已有中里见敬《中国小说的叙事理论研究》(汲古书院,1996年),这是从古典作品到近现代小说都有所涉及的研究成果。作者今后如要探明所谓"说话"(不是口头文学性质,而是"传说"之意)的形态、进一步阐述"讲述者"与"传说"的关系、提出对于作品文本的全新解读,理论的深化应当是必要的。本书附录有《唐代传奇相关研究文献目录(日本编2000年—2014年)》。

继而可以指出的是"基础资料"即翻译、译注类的盛行。前稿也指出过,就典型的唐代小说研究而言,收集同类型故事、正确理解当时词汇和语义,不仅是单篇作品,对于所谓小说集的研究也很有必要,这一想法是资料性工作盛行的背景。

竹田晃、黑田真美子编《中国古典小说选》全12卷(明治书院),是汉魏时期直到清朝的文言小说的译注。第1卷"汉魏"《穆天子传·汉武故事·山海经·其他》(2007年)、第2卷"六朝一"《搜神记·幽明录·异苑·其他》(2006年)、第3卷"六朝二"《世说新语》(2006年)、第4卷"唐代一"《古镜记·补江总白猿传·游仙窟》(2005年)、第5卷"唐代二"《枕中记·李娃传·莺莺传·其他》(2006年)、第6卷"唐代三"《广异记·玄怪录·宣室志·其他》(2006年)、第7卷"宋代"《绿珠传·杨太真外传·夷坚志·其他》(2007年)、第8卷"明代"《剪灯新话》(2006年)、第9卷"清代一"《聊斋志异1》(2009年)、第10卷"清代二"《聊斋志异2》(2009年)、第11卷"清代三"《阅微草堂笔记·子不语·续子不语》(2008年)、第12卷"历代笑话"《笑林·笑赞·笑府·其他》(2008年)。过去附有传奇小说原文的译注成果尽管只有国译汉文大成《晋唐小说》(国民文库刊行会,盐谷温译注,1920年),以及新释汉文大系《唐代传奇》(明治书院,内田泉之助、乾一夫著,1971年)、《六朝·唐小说集》(学习研究社,高桥稔、西冈晴彦译注,1982年),但解说和译文都很平易,应当广为一般读者或是不研究本领域的读者所接受。另外,以小说集为单位的编纂也可以说是新的尝试。

在持续性的译注工作方面,太平广记研究会在《中国学研究论集》(广岛大学,广岛中国学学会,1998年创刊)上按部类刊载译注。2007—2014年间,该研究会在《中国学研究论集》(18—33卷)刊登《太平广记》译注(9)—(24),每年两次,每次一卷,译注了从《太平广记》卷二八五"幻术二"到卷三百"神十"的内容。另外,2006年起今场正美和尾崎裕在《学林》(立命馆大学,中国艺文研究会)43—58卷上连载《〈太平广记〉"梦"部译注(1)》,2015年5月出版了单行本《太平广记梦部译注》(中国艺文研究会,360页)。太平广记读书会(熊本大学)在2008—2015年间在《国语国文研究》杂志上连载《太平广记》"龙"部的译注。2014年以后,冈田充博、泽崎久和、赤井益久所作《〈河东记〉译注稿》《〈名古屋大学中国语学文学论集〉28》也在连载。可以见出对于小说集全译工作,特别是对于整理词汇和故事类型的执着。

虽然与唐代小说没有直接关系,但在小说史研究上却十分必要,所以也在此介绍《〈夷坚志〉译注》(斋藤茂、田渊兴也、福田知可志、安田真穗、山口博子译注,甲志上2012年出版,甲志下2015年出版,乙志上2017年出版)。该书包括原文、校勘、语释、翻译部分,应当会在今后与唐代小说的同类型故事比较研究、故事系谱研究方面大有贡献。

下面叙述有关论文的情况。由于关于论文可以指出几种倾向,所以以下文将论文大致分为如下几类:唐代小说单篇作品研究、故事及类型故事的研究、唐代小说集的研究、文化史层面的研究、和汉比较视角的研究、关于《太平广记》的研究。前文专著部分举出的著作中已经收录的论文不再赘述,并尽可能全面列举约十年间富有特色的研究成果。

积极发表单篇作品研究的赤井益久,著有论文《传奇与笔记——论中国小说史的主题》(2005年,《国学院杂志》106—11)、《〈枕中记〉校辨》(2006年,《中国古典研究》51)、《〈杜子春传〉臆说》(2008年,《中国古典研究》53)、《〈昆仑奴〉刍议》(2013年,《中国古典研究》55)、《论莺莺传作者的自我观照》(2016年,《国学院杂志》117—11)等,为了揭示唐代小说盛行的中唐时期之时代风气,而探究传奇中的人物形象。下定雅弘著有《怎样解读〈莺莺传〉？——以与"情之赋"的关系为中心》(2008年,《冈山大学文学部纪要》50)、《怎样解读〈河间传〉？——女性的强烈性欲和篇末的训诫》(2009年,《冈山大学文学部纪要》51)、《怎样解读〈长恨歌传〉？——以杨贵妃形象的讨论为中心》(2009年,《冈山大学文学部纪要》52)、《〈丽情集〉〈长恨歌传〉与〈文集〉〈长恨歌传〉》(2010年,《中国文士论丛》6)等。探索了针对过去解释的全新解读。另有远藤星希《围绕唐代传奇小说〈定婚店〉的考察》(2016年,《青山语文》46)、三枝茂人《〈飞燕外传〉成书年代及作者考》(2008年,《中国文学报》75)、别宫章子《唐代传奇研究——〈红线〉所见的侠义小说特征》(2009年,《东京女子大学日本文学》105)等论文。

有关故事主题和故事类型的比较研究,有作为译注部分介绍的单行本《太平广记梦部译注》的研究成果发表的今场正美《二人同梦——志怪传奇中梦的作用》(2007年,《学林》45)、福田素子《六朝唐代小说中的转世复仇故事——到讨债鬼故事出现为止》(2008年,《东方学》115)、户仓英美、上原究一、铃木弥生、武井遥香、铃木政光《读〈太平广记〉——险些被虎吞食的故事》(2009年,《东京大学中国语中国文学纪要》12)、福田俊昭《〈朝野佥载〉中的医药故事》(2007年,《东洋研究》164)、《〈朝野佥载〉中的嘲嗤故事》(2012年,《东洋研究》184)、西川幸宏《猿猴的异种族通婚故事与〈白猿传〉》(2007年,追手门大学,《亚洲学科年报》1)诸文。研究作为小说舞台的都市的论文,有橘英范《作为小说舞台的隋唐洛阳城》(2012年,《中国文史论丛》8)、佐野诚子《〈任氏传〉的长安》(2014年,《中唐文学会报》)、赵倩倩《〈太平广记〉收录"金牛""银牛"故事考》(2013年,《早稻田大学大学院教育学研究科纪要别册》21)、屋敷信晴《唐代龙类小说中龙王形象的变迁——围绕"龙之真义"与创作性》(2014年,《中国中世文学研究》63、64)、李哲权《志怪小说、传奇小说中的边界性动物:以狐的变身故事为中心》(2015年,《圣德大学语言文化研究所论丛》23)等论文。研究同类型故事或是对故事进行分类,是从事唐代小说研究的前辈学者所采用的主要方法之一。与此同时,对传说和民间故事的研究在世界范围内也有所进展,今后或许会有对于比较研究的需求。在这层意义上,汉斯·耶尔克·瓦塔著《国际传说目录——分类和文献目录》(2016年出版,加藤耕义译、小泽俊夫监修,小泽传说故事研究所,2272页)可以与阿尔奈·汤普森的研究成果一同被研究者所使用。

从文化史角度出发的论文有安田真穗《小说中描写的"妒"——以〈妒记〉为中心》(2007年,《关西外国语大学研究论集》85)、河田聪美《"犬"与"狗"——出现在〈太平广记〉〈全唐诗〉中的狗》(2007年,《立教大学语言中心纪要》17)、盐卓悟《唐宋两代的屠杀与肉食观念——以〈太平广记〉〈夷坚志〉为线索》(2007年,《史泉》105)、盐卓悟《唐宋文言小说与内藤湖南——以〈太平广记〉为中心》(2007年,《亚细亚游学》105)、许飞《唐代小说所见的"纸钱"》(2010年,《中国中世文学研究》57)等。唐代小说的价值在于其具有小说的功能,这一点自不必言,同时其中也包含着很多正史和史书所遗漏的视角和立场。历史所描绘的只不过是书写者所见的世界,而很多论文都证明小说的视角和立场可以补充历史。

唐代小说研究在考察单篇作品的主题和创作性方面取得了进展。由于原始材料受到限制,几乎没有单行小说集,即便依据《太平广记》等书进行复原也可能与原始形态有所偏差等原因,唐代小说集的研究可谓滞后于单篇作品研究。不过,沟部良惠《论顾况〈戴氏广异记序〉》(2012年,《庆应义塾大学日吉纪要·中国研究》5)通过这篇稀有的唐代小说集序文,指出其反映了当时的怪异观和对于天人相关说的信仰变得薄弱的时代风气,并论证了序文作者顾况是充分理解了《广异记》并为悼念戴孚而写的。大角哲也《唐代小说〈纂异记〉考释(2)》(2014年,《中国中世文学研究》64,该研究的首篇论文发表于2001年《中国学研究论集》7)以及前述的《河东记》译注等,考察小说集的特色,可见考察小说集传播过程和小说集固有的地域性、编纂意图等等方面的余地依然存在。

近年来忽然有很多从和汉比较文学的观点出发的论文问世。屋敷信晴《唐代传奇与日本文化——围绕〈枕中记〉的接受》(2007年,《亚细亚游学》105)、新间一美《源氏物语花宴卷与〈莺莺传〉——胧月的系谱》(2008年,《白居易研究年报》9)、诸田龙美《"物哀"的渊源——〈若菜〉的私通与〈莺莺传〉》(2008年,《和汉比较文学》40)、渡边秀夫《汉文传与唐代传奇·故事——围绕〈续浦岛子传记〉》(2010年,《和汉比较文学》44)、增子和男《芥川龙之介〈杜子春〉与唐代传奇〈杜子春〉之间——以唐传奇〈杜子春〉的出典和编者为中心》(2014年,《和汉比较文学》52)、长濑由美《〈源氏物语〉的用典手法与唐代传奇·中唐的文学观》(2015年,《中古文学》95)、堀诚《由〈人虎传〉再论〈山月记〉的空间——志怪传奇和近代日本的位相》(2015年,《早稻田大学国语教育研究》35)、李宇玲《窥视的文学史——平安文学与唐代传奇之间》(2016年,《亚细亚游学》197)等。今后这方面研究的进展令人期待。

最后介绍对于唐代小说研究不可或缺的有关《太平广记》的研究。屋敷信晴《论〈太平广记〉明野竹斋抄本——以卷三〈汉武帝〉为中心》(2006年,《中国中世文学研究》49)、盐卓悟《论关西大学图书馆内藤文库藏〈太平广记〉》(2008年,《汲古》54)、西尾和子《典故出处资料所见〈太平广记〉的特征——从与〈太平御览〉的比较出发》(2008年,《和汉语文研究》6)、西尾和子《〈太平广记〉与〈太平御览〉的分界——以〈晋书〉和〈南史〉为线索》(2009年,《和汉语文研究》7)、盐卓悟《国立公文书馆藏〈太平广记〉诸版本的系统》(2011年,《汲古》59)、西尾和子《北宋时期〈太平广记〉的接受形态——以〈玉海〉太平广记条所见王应麟自注的验证为中心》(2012年,《和汉语文研究》10)、西尾和子《北宋末至南宋〈太平广记〉的接受形态》(2013年,《和汉语文研究》11)、西尾和子《论南宋时期〈太平广记〉接受扩大的原因》(2014年,《日本中国学会报》66)等。在书籍数量飞跃性增长的近世社会的发展过程中,目录学视角的文献批判为做出正确解读提供了重要的基础性研究。

与笔者写作前稿之时相比,尽管经过了同样长度的时间,但与唐代小说有关的论文数量大约翻了一倍,至于专著方面的成果,更是上一阶段无法与之相比的。与此同时,虽然可以看出小说研究在追赶研究方法和视角都先行一步于诗歌研究,但小说具有的深度仍然不能轻易允许研究的进步,其原因在于,小说具有的多重构成要素的复杂性以及小说有着要求相关各领域合作研究的多样性。不过,同时解决这些问题之时,又将获得极大的研究成果。本文虽然只不过是能力有限者的一孔之见,但如能有益于中唐文学研究,便也有了执笔的意义。

[作者简介] 赤井益久,日本国学院大学教授

从"文苑"之文到"淑世"之文*

——《新唐书》列传对"文"的重新定义

[美] 田 安

为了向今年荣休、并斩获唐奖汉学奖的宇文所安(Stephen Owen)先生表示敬意,我想在开头援引他发表在美国学刊《唐代研究》(*T'ang Studies*)25 周年纪念刊物上的一篇文章,以他对已佚唐代诗集的研究作为我这次演讲的引子。宇文所安先生在文章中深度剖析了审美价值观的历史形成过程如何推动了经典的产生,而在他的语境中,这也就是唐代文学经典的成形。他指出,"经典'尚待建构'的阶段令某些人焦虑,因为他们愿意相信特定作品的杰出价值既是永恒的,也是不言而喻的"。而这一经典建构阶段中不稳定的、零散杂乱的、充满偶然性的本质应该得到我们的切实关注:通过更犀利地描摹这种杂乱和冲突状态,我们能更好地理解,当时那种想要使经典及其文学价值趋于稳定的努力有其紧迫性。

为了能够理解这一建构阶段,我们显然必须考察距离"唐代文学"的产生最切近的助因——也就是唐代文献的宋代版本、选集和评注。但我们也同样必须关注与唐代文学关联较远的观念视角,其中就包括史学想象。为了尽可能广泛地定义那些造就文化遗产的唐代文人,宋代"读者"运用多样的、互相关联的机制,逐渐发展出他们对唐代文学的审美及道德评价。他们所做出的一些成果,如选集和版本修订,提供了一个静态的、等级化视野下的文学价值观。另一些成果则提供了编年性质的线性文学史叙事。此外,还有一部分则收集了关于唐代文人和文本的故事集成。而在这些机制框架中,最具权威性的无疑是官修史书。就唐代来说,我们幸运地有两部唐史;而 10 世纪的《旧唐书》与 11 世纪的《新唐书》之间的对比暴露了许多围绕唐代过往彼此冲突的立场——包括对"文章"之本质与作用的对立观点。

促使早期北宋士大夫修改《旧唐书》的动机在于他们失望地发现,《旧唐书》缺乏政治指导和道德教诲,因此在《新唐书》中,无论是简省的"本纪",还是重编的"列传",其主旨都更具指导性和显白说教功能。在分析列传部分时,我并没有对阅读文本敬而远之,而是采取了泛读的方式:我目前的研究重点是 66 位唐代士大夫官员列传,之后,我会将这部分列传与《旧唐书·文苑传》和《新唐书·文艺传》特别进行比较。我今天的演讲不会

---

* 本文为田安教授在 2018 年唐代文学年会的发言稿,演讲时间为 2018 年 8 月 20 日。

涉及研究过程的细节，而是通过几个例子简要概括《新唐书》列传所构建的唐代"文章"观。

尽管与欧阳修等11世纪中叶的古文改革家相比，宋祁属于他们的前辈，但这位史学家的儒家情怀依然充分体现在他所修撰的《新唐书》列传中，因此，我们在这些列传中发现一种政治实用的、以儒家为中心的文学写作观也就不足为奇了。而较少为人关注的则是他为了充实这种观点所采取的精致而迭加使用的技巧。宽泛地说，我将宋祁在《新唐书》列传中运用的修改手段确认为五种类型，它们都有助于重新定义"文章"的作用和本质。第一种，也是最简单的技巧是消除《旧唐书》中的文学印记——从列传中除去文题、不再引用美文，并删掉关于传主文风的评论。其次，正如学者早已指出的那样，宋祁坚持将唐代原始文本改写为风格更加平易的古文，尽力抚平、消弭堆砌辞藻和典故的骈文文风。但为了突出列传的政治性定位，宋祁也连续增添了不少官方公文（以奏章和政策声明为主）中的简短引用。同时，他在若干处也进行了大规模修改，我称之为"宏观层面的重组"（macro-level reorganization），在《新唐书》中重新编排列传以重新评估传主的历史意义，此外还有"微观层面的重组"（micro-level reorganization），其中包括将传主文风的评论移至列传末尾，从而降低文学在整体叙事中的重要性。最后，也许也是最具影响力的一点，是宋祁完全重写了卷末赞语，以此将历史个体与更宏观的所谓唐代历史"元叙事"（metanarratives）联系在一起。而这些与《旧唐书》的赞语及史臣评论相比，依然在本质上是去文学化的。这些不同改写技巧的层层迭加具有深远的影响。在我看来，其中一个最为显著的效果是一种全新的作者观（authorship）在数百篇列传中成型，这种作者观抵消了"作者"本人与他个人史传的距离。宋祁对《旧唐书》列传的修改展现了一个经过精心设计的意识形态及文学修辞的再现"体系"，在这个体系中，唐代文人被设定为或成功、或失败的国士，而他们的文学作品仅仅是他们经世致用的工具。

那些有名的极端例子为文学写作设定了标准，而其他列传则通过这个标准被加以评估。《新唐书》中的韩愈、柳宗元列传是我们非常熟悉的例子，两篇列传都通过"文章"提倡"复古"和"圣人之道"，但我们在其中发现了两种不同而互补的"文章"意涵。韩愈被描绘成一位模范官员兼多产文人，而《新唐书》列传通过广泛援引他的六篇文章支持了这种观点。在此，韩愈被定义成一位终极"作者"，也就是说，他不仅仅是文本创作者，而且被视为以"传道"为己任的"韩子"。《韩愈传》最后把他推举为唐代文学神殿（pantheon）里的至尊，并且在新的文学史叙事中，唐代"文章"在中唐达到顶峰，而韩愈则标志着这一制高点：

> 至贞元、元和间，愈遂以六经之文为诸儒倡，障堤末流，反刓以朴，划伪以真……愈独喟然引圣，争四海之惑……自愈没，其言大行，学者仰之如泰山、北斗云。

然而，在《新唐书·柳宗元传》中，尽管传记开头批评了柳宗元参与王叔文、韦执谊主导谋划的永贞革新——这也是宋祁进行"宏观层面重组"的一个例子——但《新唐书》列传实际上重塑了柳宗元，把他展现为一个悲剧英雄，在贬谪生涯中发现了自己的心声与人生目的。宋祁将原先《旧唐书·柳宗元传》拓展了十倍：如今的《新唐书》列传四次引用了柳宗元贬谪时期所写的长篇文章，柳宗元在文中承认了自己的过失，而通过"文章"使自己重新致力于"明道"，"苟一明大道，施于人世，死无所憾，用是自决"。在这里，虽然宋祁通过把柳宗元与其他永贞革新参与者的列传合为一卷，突出了他的政治失利，但他用柳宗元的文章重新恢复并增进了他的名声，而柳宗元在11世纪中叶早已是鼎鼎大名。

宋祁同样会通过文学写作的负面例子来重新定义"文"的本质及功用——白居易和元稹列传就是极其有力的左证。《旧唐书》将元、白二人称许为唐代最杰出的两位文人，在他们的列传中大段援引其作品，并评论道："若品调律度，扬搉古今，贤不肖皆赏其文，未如元、白之盛也。"而在《新唐书》中，白居易的文章被公然批评为"俗"，但还是因为他躲过了唐代后期党争的政治局面而受到褒扬；《新唐书》对《元稹传》的改写则更加戏剧化，宋祁把元稹和牛僧孺及其他"牛党"成员归为一卷，并把他描绘成党争中的倾轧者——他凭借自己那点文学才华骗取官职，并与小人沉瀣一气，从而走向自我毁灭。而对元、白二人身为士大夫官员的最终评价也决定了其文学作品的价值。

在士大夫官员的列传中，我们至少能够理解宋祁需要一个更加政治化的叙事框架；但我们在文学性列传中也看到同一种框架的影响，即便它在这里并不适用。学界早已指出，《新唐书》以一些出人意料的方式重新布置了唐代"文苑"：《旧唐书·文苑传》所记载的105人中，只有48人位列《新唐书·文艺传》。这当然部分是因为《旧唐书》非常倚重8世纪中叶所编纂的《国史》，并以此为其基本文献（《旧唐书·文苑传》中的87％为初唐或盛唐文人）。因此，宋祁不仅希望缩减7世纪末、8世纪初武则天时期宫廷文学文化的印记，而且为了充实唐代后期的文学图景，他增加了26位相关文人，最终《新唐书·文艺传》总共记载了79位文人。不仅如此，有一些早先列入《旧唐书·文苑传》的文士因为其地位得到提升而不再被归入"文苑"，这样的例子有陈子昂和司空图——前者加入了正规士大夫的行列，并成为对抗武则天的士人典范，后者则名列《卓行传》的一员。

但无论是考察《新唐书·文艺传》中新添加的文人类型，还是研究对既有文人列传的修改，我们发现，相同的意识形态与文学修辞机制正在发挥作用，甚至连小角色也不例外。实际上，在这些短得多的列传中，我们却更强烈地发觉儒家社会关系网的存在力量，这一社交网络由韩愈、颜真卿和杜甫等文化英雄组成。一些首次出现在《文艺传》中的人物与韩愈关系密切，比如李观、欧阳詹、李贺等人，而他们与韩愈的联系也在列传中被加以强调。至于像李华这样通过从事"复古"写作来弥补早年政治过失的人物故事，《新唐书》提供了更多的细节和叙事上更加清晰的起承转合（narrative arc）。至于诸如萧颖士等人的英雄事迹叙事，《新唐书》列传的篇幅扩充了三倍。而当相关文人言行过失的证据让人感到棘手时，比方说李白在安史之乱期间的举动，所有这些矛盾记载都通过增添为李白辩护的轶事和其他文本材料而被掩饰过去。

但最令人吃惊的事实在于，连《新唐书·文艺传》的文学性也大打折扣。文题被删去、唐代作品的引用被省略、关于个人文风的描述也被降到最低限度。我的演讲将以一个著名例子收尾，那就是《新唐书·文艺传》所记载的杜甫传记（或曰"圣传"[hagiography]）。就像宋祁为韩愈、陈子昂等少数人所做的那样，他特地在杜甫传记的末尾插入了一篇为传主度身定做的赞语："昌黎韩愈于文章慎许可,至歌诗,独推曰'李杜文章在,光焰万丈长',诚可信云。"在赞语中,宋祁称赞杜甫是《诗经》以降最杰出的诗人,并借用了韩愈的观点作为权威性的总结陈词。杜甫和韩愈列传或许是《新唐书》中被改写为"圣传"的极端例子,但他们在宋祁的意识形态及文学修辞体系中也最具代表性。

  宋代史学家试图更好地理解人为事件,把它们嵌入更宏大的意义结构中;这种探索不仅决定了他们历史中文学写作的可见程度,而且从中创造出更宏观的"元叙事"。在《新唐书》列传中,文学作品被降格为"事",成为道德价值的指示性(indexical)标识,而唐代作家则被重塑为道德上始终如一、被赋予历史连贯性的人物。从叙事学视角来看,《新唐书》列传不仅成功,而且影响深远:它们从错杂混乱、互相矛盾的记载中,建构出有关赎罪、悲剧与失败的动人传记故事。但《新唐书》列传之所以能做到这点,恰恰在于它们无视了唐代文化织体中文学的位置——如此一来,《新唐书》列传对中古中国的文学与"文化"给出了前所未有的重新定义。

[作者简介] 田安(Anna M. Shields),美国普林斯顿大学东亚系中国文学教授

图书在版编目(CIP)数据

中国文学研究.第三十二辑/教育部人文社会科学重点研究基地复旦大学中国古代文学研究中心主办.—上海：复旦大学出版社，2019.11
ISBN 978-7-309-14489-5

Ⅰ.①中… Ⅱ.①教… Ⅲ.①中国文学-古典文学研究-文集 Ⅳ.①I206.2-53

中国版本图书馆CIP数据核字(2019)第154785号

中国文学研究(第三十二辑)
教育部人文社会科学重点研究基地复旦大学中国古代文学研究中心　主办
责任编辑/杜怡顺

复旦大学出版社有限公司出版发行
上海市国权路579号　邮编：200433
网址：fupnet@fudanpress.com　http://www.fudanpress.com
门市零售：86-21-65642857　　团体订购：86-21-65118853
外埠邮购：86-21-65109143
上海崇明裕安印刷厂

开本787×1092　1/16　印张11.25　字数229千
2019年11月第1版第1次印刷

ISBN 978-7-309-14489-5/I·1173
定价：45.00元

如有印装质量问题,请向复旦大学出版社有限公司发行部调换。
版权所有　　侵权必究